KB154386

불씨

1

불씨 1

초판 1쇄 발행 2021년 8월 20일

지은이 | 차해솔

발행인 | 김성룡
기획, 편집 | (주)스마트빅(쉼표)
교정 | 김은희
표지디자인 | 우물
출판등록 | 제2014- 000017호 (2011년 6월 30일)

펴낸곳 | 도서출판 가연
주 소 | 서울시마포구 월드컵북로 4길 77, 3층 (동교동 ANT빌딩)
전 화 | 02- 858- 2217
팩 스 | 02- 858- 2219
ISBN | 978-89-6897-094-8 03810

vol. 1

EMBER

불씨

차 혜 솔 장편소설

차 례

Prologue. 중독

　침대가 거칠게 삐걱거렸다. 서화는 절박한 손길로 헤드 보드를 붙잡았다. 감당할 수 없는 쾌락이 발끝에서부터 치밀었다. 축축한 살 내음과 잔뜩 구겨진 시트는 그에게 엉망진창 흐트러지는 중이란 걸 대변했다.

　뜨거운 쾌감이 쉬지 않고 전신 곳곳을 찔렀다. 이대로 있다간 터질 것만 같았다. 다시 헤드를 잡기 위해 팔을 뻗는데, 단단한 팔뚝이 허물어진 서화의 허리를 당겨 안았다. 그리고 빈틈없이 등 뒤로 몸을 맞붙여오며 귓불을 잘근, 씹어댔다.

"안아 달라면서 왜 자꾸 달아나."

"……잠깐, 읏."

서화는 고개를 도리질했다. 뒤에서 파고드는 그의 감각이 지나치게 선명했다. 벌써 세 번째 관계였다. 아직 식지 않은 콘돔이 쓰레기통 구석 어딘가에 처박혀 있었다. 취미가 운동이라는 남자답게 그는 쉴 틈이 없었다. 서화의 몸이 하얀 시트에 파묻힐 만큼 거칠게 짓누르기도 하고, 때로는 애가 탈만큼 느릿하지만 치밀하게 안을 헤집고 다녔다. 그러나 가장 괴로운 것은 몰아치는 쾌감이 터지려고 할 때마다 거짓말처럼 멈추는 남자의 움직임이었다.

"……안 돼."

고르지 못한 호흡 속에서 서화는 간절히 토해냈다.

"……떼지 말아요."

허리에 둘린 그의 손이 달아나려고 하자 서화가 고개를 저으며 애원했다.

"그럼?"

뭘 원하는지 뻔히 알면서 되묻는 그가 짓궂었다. 그도 그녀만큼이나 잔뜩 젖은 상태였다. 하얀 엉덩이에 맞붙은 탄탄한 허벅지가 땀에 젖어 끈적했다.

"……해줘요."

"뭘."

"진짜……."

못됐다는 말이 턱까지 차올랐다. 그러나 그조차 뱉을 여력이 없었다. 어서 빨리 이 갈증에서 해소되고 싶었다. 차오를 듯 말 듯한 이 고통 속에서 당장 달아나고 싶었다.

"더 깊게……."

수도 없이 남자에게 빨려 부풀어 오른 아랫입술을 꾹 깨물며 속삭였다.

"더 깊이 와줘요."

"응."

그가 맥박이 뛰는 목 뒤에 입을 맞추며 예고 없이 치고 들어왔다. 감당하지 못한 몸이 속절없이 무너져 내렸다. 그럼 그가 다시금 허리를 당겨 세우며 전보다 더 끝없이 밀려왔다. 그리고 몸속 깊은 곳, 가장 곤두선 감각을 꾹, 짓누르며 쓸어 올리자 서화는 참지 못하며 신음을 흘렸다.

미칠 듯이 좋다가도 미칠 듯이 괴로운 쾌락이 전신으로 퍼져갔다. 그런데도 갈망할 수밖에 없는 이 감각이 두려웠다. 꼭 중독될 것만 같아서. 이 쾌락은 오직 이 남자만이 선사할 수 있는 것이었다. 어쩌면 첫 만남부터 예감했는지 모르겠다. 그와 이렇게 될 거라고. 이렇게 끊임없이 입을 맞추고, 몸을 섞고, 교성을 내지르며 잔뜩 흐트러질 거란 걸. 그래서 난 이 남자가 두려웠던 것이라고.

그 남자

날이 밝았다.

퀴퀴한 마음과 달리 레스토랑에 도착한 서화는 통유리에 비춘 자신의 모습을 살폈다. 무릎까지 내려오는 살구색 원피스가 그녀의 하얀 피부를 더욱 화사하게 살려주었다. 어머니, 혜진이 직접 고른 옷이었다. 그녀는 이른 아침부터 초조한 기색을 감추지 못하며 서화의 옷매무새를 정돈해주었다.

'네 아버지한테 듣기론 강호 그룹 회장님 아들이라는데, 널 학교에서 봤는지 만나고 싶어 하는 눈치인가 봐. 이러나저러나 우리 딸 마음이 가장 중요한 거 아니겠어? 아버지는 신경 쓰지 말고 너 마음 가는 대로 해.'

그렇게 신신당부했지만, 서화의 생각은 달랐다. 아버지 오제원은 어디까지나 일이 어긋나지 않은 전제하에서만 유한 사람이었다. 게다가 '강호' 그룹은 그가 총장으로 있는 대학의 재단을 맡고 있었다. 그러니 뻔하지 않은가. 이 만남을 추구하는 아버지의 의도가.

"예약하셨을까요?"

입구에 들어서자 카운터에 서 있던 직원이 미소를 머금으며 다가왔다. 서화는 오늘 만나기로 한 남자의 얼굴을 잠시 떠올렸다. 곧이어 메마른 음성이 그녀의 입술을 타고 흘러나왔다.

"차성준이요."

"안내 도와드리겠습니다."

직원을 따라 걸음을 옮기자 햇살 진 창가 자리가 나타났다. 아직 상대는 도착하지 않았는지 테이블이 텅 비어 있었다. 덕분에 한결 편한 마음으로 주변을 둘러볼 수 있었다. 홀로 자리를 지킨 지 얼마나 흘렀을까.

"누구 기다리는 걸까요?"

"뻔하지. 여자밖에 더 있어?"

작은 수군거림이 서화의 귓가를 울렸다. 옆 테이블에서 식기를 치우는 여직원들의 것이었다.

"그만 쳐다봐. 그러다 컴플레인이라도 들어오면 어쩌려고 그래?"

매니저로 보이는 여자가 날카롭게 경고하자 앳된 얼굴의 여직원이 입술을 비죽 내밀었다.

"잘생긴 걸 어떡해요. 매니저님. 저 태어나서 저렇게 생긴 사람처음 봐요. 심지어 향까지 좋았다니까요? 아까 지나가는데, 이 냄새가 완전……."

황홀감에 젖어가던 여직원이 다급히 입을 다물었다. 서화와 눈이 마주친 탓이었다. 직원은 민망했는지 마저 식기를 치운 뒤, 부리나케 자취를 감추었다. 그 모습에 서화는 작게 실소했다. 대체얼마나 잘생겼길래. 조소가 전공인 그녀의 직업상 사물을 관찰하는 게 일상이 되면서 웬만한 이목구비는 눈에 담은 터였다. 어제도 학교에서 날고 긴다는 남학생을 모델로 세워두고 코앞에서조각을 만들었다.

무심코 뒤를 돌아보는데, 불현듯 생각지 못한 곳에서 서화의 시선이 붙잡혔다. 레스토랑 정중앙 자리에 한 남자가 팔짱을 끼고서 눈을 감고 있었다. 곱게 펴진 허리와 곧은 목선이 유독 눈에 띄었다. 그 때문인지 남자를 둘러싼 테이블 곳곳에서 열기 짙은 시선이 묻어났다. 격식을 차리는 척, 나이프 질을 하다가도 힐끔거리는 눈동자들이 꽤 노골적이었다. 정작 시선의 대상이 된 남자는 고요했다. 적당히 각진 턱을 살짝 내린 채 미동조차 보이지 않았다. 그 모습이 꼭 정교하게 깎인 조각상을 보는 듯했다.

서화는 무의식적으로 남자의 이목구비를 훑어 내렸다. 햇살이드리운 진갈색 머리카락. 깊게 잠긴 긴 눈매. 끝이 날카롭지만, 전혀 인위적이지 않은 콧날. 마지막으로 남자치고 불그스름한 입술에 시선이 닿은 순간이었다. 창틈 새로 봄바람이 스며들며 남자의 머리칼을 흩트렸다. 그와 함께 남자의 눈꺼풀이 느릿하게 밀려 올라갔다.

"……."

"……."

착각일까. 방금 눈이 마주친 듯한 기분이 든 건. 어쩐지 남자가 이곳을 빤히 응시하는 기분에 서화는 서둘러 고개를 돌렸다. 뒤늦게 민망함이 몰려왔다. 괜스레 무릎을 쓰다듬는데. 또각또각. 묵직한 구둣발 소리가 희미하게 들리기 시작했다. 머지않아 시선 밑으로 처음 보는 블랙 로퍼가 걸려들었다.

"오서화 씨?"

듣기 좋은 중저음이 울리자 서화가 흠칫, 놀라며 고개를 들었다. 아니나 다를까, 다수의 이목을 끈 남자가 서화를 내려다보고 있었다.

"하마터면 엇갈릴 뻔했네."

남자가 희미한 웃음을 띠며 말했다. 그것도 모자라 스스럼없이 맞은편에 자리를 잡자 잠시 서화의 정신이 멍해졌다. 상황 파악이 잘 되질 않았다. 제원이 건넨 사진 속의 '차성준'은 다소 차가운 생김새의 남자였다. 반면 눈앞의 남자는…….

미처 발견하지 못했던 자유분방함이 하나둘씩 눈에 들어왔다. 답답하다는 듯 살짝 끌어당긴 넥타이. 두세 번 크게 걷어붙인 소매 셔츠. 그 사이로 드러난 강건한 팔목. 그리고 다소 성의 없이 착용한 메탈 시계까지. 무엇보다 남자의 앞머리가 막 샤워를 끝낸 것처럼 촉촉이 젖어 있었다.

"혹시 사람을 빤히 쳐다보는 게 습관인가?"

남자가 젖은 머리를 쓸어 올리며 물었다. 그러더니 턱을 괸 상태로 서화를 물끄러미 주시한다.

"아까도 날 이렇게 보던데."

서화는 아무 말도 하지 못했다. 얼굴을 느릿하게 훑는 남자의 시선은 꽤 노골적이었다. 그 순간 남자의 입술이 희미하게 비틀렸다.

"취향 많이 바뀌었네, 차성준."

"……."

"지금 몇 시죠?"

남자가 손목에 찬 시계를 확인하며 물었다.

"아직 시차 적응이 안 돼서. 귀국한 지 한 3시간 됐나?"

시차 적응. 귀국. 3시간. 남자가 뱉은 단어를 하나하나 곱씹던 서화는 휴대폰을 바라봤다. 액정이 잠잠한 게 차성준은 오지 않을 모양이다. 서둘러 핸드백을 챙기며 일어나는데.

"하고 싶은 거 없어요?"

남자가 팔짱을 낀 채 서화를 올려다봤다.

"여기까지 나왔는데, 빈손으로 돌아가기엔 아깝잖아요."

"실례지만 누구시죠?"

"아, 소개. 미안해요. 나도 급히 연락만 받고 나온 입장이라."

그렇다는 건 차성준과 안면이 있다는 건데. 서화는 잠자코 남자의 입이 열리기를 기다렸다. 남자가 시선을 바닥에 고정하며 물었다.

"혹시 차성준이랑 잘 될 생각 있어요?"

"이름도 모르는 분한테 할 이야기는 아닌 거 같은데요."

"그걸 들어야 내 대답이 정해질 거 같아서."

남자의 고개가 천천히 들렸다. 유한 인상이라고 생각했는데, 처음엔 미처 보지 못한 서늘함이 공존했다. 톡톡. 남자가 검지로 테이블을 두드리며 나지막이 말했다.

"서지한."

"……."

"그게 내 이름입니다. 이제 입 열 마음이 생겼어요?"

서화는 잠시 침묵하더니, 무표정한 얼굴로 남자를 바라봤다.

"대답하기 애매하다면요."

"그럼 이쪽도 애매해져야지."

알 수 없는 기류가 흐르길 잠시. 남자의 입꼬리가 가볍게 휘었다.

"차성준 따까리, 라고 하면 적당하겠네."

끼익, 의자가 뒤로 끌리며 서화의 얼굴에 그림자가 졌다.

"뭐 하고 싶냐고 최소 한 번은 물어봤으면 내 역할은 충실했다고 보는데."

서화를 내려다보는 남자의 눈이 지나치게 고요했다.

"아직도 못 알아먹겠어요?"

"……."

"그쪽 오늘 차성준한테 물 먹은 거야."

* * *

"뭐? 물을 먹여?"

14

아침부터 유라의 목소리가 실기장을 크게 울렸다. 반면 서화는 손에 든 망치로 석고상을 부수는 데 여념이 없었다. 쾅쾅! 격한 파열음과 함께 밤새 만든 작품이 산산이 조각났다. 보다 못한 유라가 또 한 번 소리쳤다.

"작작 때려! 아예 다 깨부수지 그래?"

"그럴 거야."

"뭐?"

유라는 화들짝 놀라며 서화의 작품 앞으로 달려왔다. 아무리 봐도 완벽에 가까웠다. 인물의 입체감은 물론, 이목구비 하나하나가 섬세하고 정교했다.

"너 지금 차성준인가 뭔가 하는 놈한테 바람맞아서 이래?"

"오서화가 잘도 자존심 상해하겠다."

"그러게."

뒤에서 작업 중이던 은정과 가은이 대화에 끼어들며 코웃음을 쳤다. 소개팅이 파투났다는 사람치고 서화의 상태는 굉장히 평온했다. 유라가 한숨을 푹, 내쉬었다.

"그거야 나도 잘 알지. 굴러들어 온 복 걷어찬 게 어디 한두 번이야? 그래도 오서화 인생에서는 첫 소개팅이잖아. 드디어 꽃 피우나 싶더니."

"그러게. 웬만한 소개팅은 거들떠보지도 않았으면서."

"내 말이 그 말 아니야. 엊그제 모델로 자진 참여한 최정혁한테는 쥐뿔도 관심 없어 보이더니. 걔 소개받으려고 안달 난 여자애들만 몇 명인 줄 알아? 그런 놈도 걷어차고 나간 소개팅인데, 감히 바람을 맞혀? 첫눈에 반했다더니 다 개소리였구만. 오써, 너

설마 그 남자 맘에 든 거 아니지?"

유라가 이를 바득 갈며 주먹을 쥐었다. 서화는 그저 가볍게 웃어 보였다. 첫인상으로 판단하기에 차성준은 제 스타일이 아니었다. 가깝다면 오히려 그 남자가……. 별안간 서화의 얼굴에 그늘이 졌다.

……서지한이라고 했나.

하필 그 남자가 했던 마지막 말이 머릿속을 스쳐 갔다.

'돌아가요. 마음에도 없는 자리 지키지 말고. 난 그 말 전하려고 온 거니까.'

마음이 없다는 건 어떻게 알았을까.

"뭐야, 왜 대답이 없어. 설마 벌써 마음까지 줬어?"

유라의 채근에 서화는 손에 묻은 석고 가루를 털며 몸을 일으켰다.

"나, 이 조교님이 할 이야기가 있대서 사무실 좀 다녀올게."

"조교가? 갑자기 왜? 아, 그 새로 온다는 겸임 때문에?"

얼마 전, 겸임교수가 급작스레 일을 그만두게 되었다. 다음 주부터 새로운 교수가 수업에 나올 예정이었다.

"누구래? 남자 맞지? 잘은 생겼고? 꽤 반반하다는 소문이 돌던데."

"글쎄. 자세한 건 가봐야 알 거 같아. 다녀와서 이야기해도 되지?"

서화는 옅게 웃으며 문고리를 잡아당겼다.

* * *

　서화의 발걸음이 닿은 곳은 학과 사무실이 아닌 아무도 드나들지 않는 건물의 뒤편이었다.

　'차 이사, 재단 일을 전적으로 맡은 책임자야. 그래서 시간을 내기가 어려웠을 테지. 살다 보면 여러 변수가 닥치기 마련이잖니. 조만간 다시 날짜를 잡는다는구나. 그러니 서화, 네가 너그럽게 이해하렴.'

　어젯밤, 아버지에게서 전달받은 이야기를 서화는 몇 번이나 곱씹었다.
　"이해하라…… 이해하라고."
　이해하라는 사람 치고 제원의 말투는 강경했다. 언제나 그랬다. 감정 상할 일이 생기면 그는 그녀를 조용히 서재로 불러냈다. 그리고 한결같이 네가 이해하렴, 네가 수긍하렴, 네가 품어주렴, 마치 배려가 몸에 묻은 아이가 되기를 원했다. 서화는 흔쾌히 순응했다. 예의 바르고 사려 깊은 사람 정도야 얼마든지 돼줄 수 있었다. 뼛속 깊숙이 박으라면 그조차도 기꺼이 받아들일 수 있었다. 잘 알고 있으니까. 제 인생에 있어 반항은 사치란 걸.
　"하아……."
　서화는 차가운 시멘트벽에 등을 기대며 고개를 쳐들었다. 높게 솟은 건물 사이로 흘러가는 뭉게구름이 보인다. 자유롭고 유유자적한. 손 틈새에 껴 있는 담배를 깊이 들이마셨다. 하늘 위로 올라

불씨　　17

가는 희뿌연 연기를 따라 서화가 나지막이 중얼거렸다.

"그래, 이 정도면 됐어."

이 정도 사치면 충분하다고, 스스로를 다독이며 담배를 다시 입에 문 순간이었다. 부스럭. 자갈 밟히는 소리가 들리며 낯선 인영이 나타났다. 신축건물이 생겨나며 방치된 이 건물을 찾는 사람은 극히 드물었다. 혹시 제원이 아는 사람일까, 서화는 다급히 담배를 등 뒤로 숨겼다.

"어, 형. 거의 다 왔어. 사무실 근처야."

실루엣의 정체가 드러나자 서화의 안면이 딱딱해졌다. 그 남자였다. 차성준을 대신해서 레스토랑에 나왔던. 막 담배를 입에 물던 남자가 고개를 돌렸다. 정통으로 눈이 마주치자 남자의 목소리가 한층 가라앉았다.

"잠깐 끊어봐."

통화를 끊기 무섭게 남자가 한 걸음 다가왔다. 무심한 두 눈이 머리부터 발끝까지 느릿하게 훑어 내렸다. 왠지 모를 긴장감에 주춤거리자 남자가 픽, 웃으며 한쪽 눈꺼풀을 찡그렸다.

"그러다 옷 탄다."

서화는 뒤늦게 자각했다. 등 뒤로 피어오르는 메케한 연기를. 서둘러 등을 돌렸을 때는 이미 작은 불씨가 옷에 번진 후였다.

선뜻 몸이 움직이지 않았다. 사고회로가 꽉 막혀버린 기분. 그때였다. 남자가 겉옷인 블랙 니트를 벗어던지며 다가왔다. 그리고 서화의 팔을 확 잡아당겼다. 순식간에 넓은 품이 들이닥치며 서화의 얼굴이 탄탄한 가슴팍과 맞닿았다.

퍽퍽퍽! 등 뒤로 둔탁한 소음이 울려 퍼졌다. 서화의 작업복과 남자의 니트가 마찰하며 나는 소리였다. 그 과정이 몇 번 더 반복되면서 불씨가 가까스로 숨을 죽였다.

"이거 완전……."

나직한 한숨이 머리맡을 울렸다. 서화는 슬그머니 얼굴을 들었다. 남자가 눈초리를 가늘게 뜨며 짓궂게 미소 지었다.

"순 꼴통이었네?"

서화는 아무 말도 하지 못했다. 부드럽게 올라간 남자의 입꼬리에서 눈을 뗄 수 없었다. 황급히 넓은 품을 빠져나왔다.

"죄송합니다. 옷은 배상할게요."

"이 옷이 얼마인 줄 알고. 학생 아니야?"

그가 다시 담배를 입에 물며 중얼거렸다.

"어리다고 생각은 했었는데."

달칵. 불씨가 피어오르며 회색 연기가 남자의 얼굴을 장막처럼 가렸다.

"계속 거기 있게? 어떻게? 같이 피자고?"

그가 시멘트벽에 기대서며 멀뚱히 서 있는 서화를 의아하게 쳐다봤다. 서화의 두 눈이 남자의 손에 들린 블랙 니트로 향했다. 그 의미를 알아챈 남자가 별거 아니라는 투로 말했다.

"됐으니까 그만 가 봐요."

서화는 듣지 않았다. 작업복 주머니에서 포스트잇과 펜을 꺼내 자신의 휴대폰 번호를 적어 남자에게 내밀었다.

"제 번호예요. 배상 필요하면 언제든지 연락 주세요."

남자가 적힌 번호를 느릿하게 읽어 내려갔다. 그러더니 아직 반이나 남은 담배를 미련 없이 내던져 비벼 끄고, 서화를 말없이 스쳐 갔다.

"그런 거 없어도 만나겠는데."

커다란 그림자가 골목을 빠져나가기 직전이었다. 남자가 바지 주머니에 양손을 꽂아 넣으며 고개를 돌렸다.

"오늘 일은 차성준한테 입도 뻥긋 안 할 거니까 걱정 말고."

가볍게 손을 흔들며 멀어져가는 남자를 서화는 물끄러미 바라봤다. 그러다 문득 남자가 밟아 죽인 담배꽁초를 내려다봤다. 옅게나마 연기가 남아 있었다. 그때 골목 안으로 바람이 훅 몰아치며 담배의 쾌쾌한 향을 휩쓸고 지나갔다. 그리고 다시금 작은 돌풍이 찾아든 순간이었다. 남자에게서 느꼈던 달콤한 블루베리 향이, 한동안 서화의 코끝에 맺혀 사라지지 않았다.

* * *

어쩌면 남자는 짐작 아닌 확신을 했던 걸까. 우리가 다시 보게될 거라는 걸. 마치 피할 수 없는 직감처럼.

"앞으로 졸업전시회는 물론 다양한 행사와 실기 수업을 서포터해줄 서지한 교수네."

"반갑습니다. 서지한입니다."

강 교수의 소개에 남자가 간결하게 고개를 숙였다. 전과는 사뭇 다른 인상이었다. 이마를 가리던 앞머리가 시원스럽게 올라간 탓에 조명 아래 빛나는 피부가 희고 매끄러웠다. 짙은 눈썹과 쌍꺼풀이 얇게 진 눈매는 자칫 차가운 인상을 심어주는 것 같다가도 부드럽게 풀어진 입술이 이를 융화시켰다. 무엇보다 176cm의 강 교수를 왜소화시킬 만큼 남자의 키는 훤칠했다. 몸에 걸친 것은 고작 하얀 셔츠와 검정 슬랙스가 전부인데도 그는 독보적인 피지컬을 자랑했다.

"뭐야. 뭐야. 우리 지금 졸업 앞두고 있다고 몸보신시켜주겠다는 거야, 뭐야."

유라가 연신 호들갑을 떨어댔다. 그녀 말고도 여기저기서 부푼 감정이 뭉게뭉게 피어올랐다. 1, 2학년은 수줍게 남자를 훔쳐보기 바빴고, 밤샘 작업으로 반 시체가 된 3, 4학년은 먹잇감을 앞둔 맹수처럼 지한을 스캔했다.

"이 조교의 열렬한 구애로 어렵게 모신 몸이야. 다들 사리 쌓인 건 알겠는데, 막 다루는 불상사는 없도록."

"당연하죠!"

"교수님, 사랑해요!"

학생들을 열렬한 지지에 강 교수는 징그럽다는 듯 눈살을 구겼다. 반면 이런 상황이 익숙한지 남자의 얼굴은 지나치게 여유로웠다. 언뜻 즐기는 것 같기도 했다.

서화는 인물을 스캔할 때처럼 지한을 죽은 듯이 관찰했다. 그 집요함을 느낀 걸까. 그가 곧바로 서화를 찾아냈다. 시선이 얽히기 무섭게 그의 입술이 가라앉았다. 그 간극에 당황한 것도 잠시. 강 교수가 서화를 가리키며 활짝 웃었다.

"아, 그래. 저기 오서화. 우리 과에서 그나마 정상인을 맡고 있지. 평소 책임감이 강하고 여러모로 능력이 출중한 친구야. 우리 학교의 명물이자 꽃이지. 이 조교한테 들었을지 모르겠지만, 수업 관련으로 도움을 청할 게 있다면 서화를 가장 신뢰하는 게 좋을 거야."

서화는 마른침을 꿀꺽, 삼켰다. 유심히 이곳을 쳐다보는 지한의 시선이 버거웠다. 교내에서 서화의 이미지는 강 교수가 설명한 그대로였다. 올바르고, 또 올바른 아이. 의도해서 만들어진 이미지는 아니었다. 그저 시간이 흐르다 보니 그런 인식이 박혀 들었을 뿐이었다. 그러나 지한은 담배를 태우던 오서화를 먼저 접했다. 단정한 이미지로 추앙받는 자신을 보며 그는 지금 무슨 생각을 하고 있을까. 서화는 복잡한 마음을 애써 억누르며 시선을 돌렸다. 그때 주머니에서 진동이 울렸다. 한 통의 메시지를 확인한 서화의 두 눈이 어둡게 가라앉았다.

[차성준입니다. 오늘 8시, 송화 호텔 레스토랑에서 보도록 하죠.]

* * *

서화는 감흥 없는 얼굴로 시선을 숙였다. 다시 입게 된 원피스의 밑단이 바람결에 실려 나풀거렸다. 몇 걸음만 더 걸으면 약속장소인 송화 호텔이었다. 입구까지 데려다준다는 혜진의 성화에도 불구하고 굳이 정문 근처에 내려 도보를 택했다. 들키고 싶지 않았다. 통유리에 비춘 자신의 무료한 얼굴을. 여동생, 수연에게 반강제적으로 받은 메이크업도 생기를 얹어주지는 못했다. 서화는 휴대폰을 꺼내 시간을 확인했다.

「 PM 7 : 40 」

약속 시각까지는 아직 충분한 여유가 남아 있었다. 이조차도 아버지의 강요로 계산된 상황이긴 했지만. 그 과정에서 혜진과 제원 사이에 작은 트러블이 일어났다. 저번처럼 또 바람맞을 일 있냐며 혜진이 평소답지 않게 목소리를 높이자 제원은 반박하는 대신 서화를 지그시 바라보며 물었다.

'네 생각은 어떠니?'

멋모르던 시절에는 정말로 제게 선택권이 있는 줄 알았다. 그러나 하고 싶은 것을 택한 순간, 어떤 그림이 펼쳐졌던가. 폭력보다 아픈 냉대와, 무생물 취급하는 듯한 제원의 무감한 시선이 시시때때로 숨통을 조여 왔다. 그제야 서화는 깨달았다. 원하는 것을 곧이곧대로 뱉어서는 안 되는 것이라고. 그건 옳지 못한 행동이자 아주 몰상식한 짓이라고.

"어? 서화야."

호텔에 막 들어선 참이었다. 로비에 앉아 있던 누군가가 서화를 알은체했다. 주인공의 얼굴을 확인한 서화가 작게 탄식하며 고개를 숙였다.

"안녕하세요. 이 조교님."

"네가 여긴 어쩐 일이야."

남자가 하얀 이를 훤히 드러내며 웃었다. 그는 얼마 전, 서화를 학과 사무실로 불러낸 이상원 조교였다. 유한 인상과 안경 너머의 부드러운 눈매 때문에 학생들 사이에서 '잘생긴 교회 오빠'로 불리곤 했다.

"이야, 너 이렇게 차려입은 거 보니까……."

상원은 감탄을 잇지 못하며 엄지를 척 세웠다.

"예쁜 애가 작정하고 꾸미면 진짜 장난 없구나. 아, 이런 말은 실례인가? 기분 나빴으면 미안."

서화는 작게 웃었다. 칭찬하기 무섭게 수습에 나서는 상원의 모습이 어리숙하면서 친근했다.

"조교님은 어떤 일로 오신 거예요?"

"아, 나? 아는 녀석이 이 호텔에 며칠째 묵고 있거든. 오랜만에 술이나 한잔하려고 했더니, 도통 내려올 생각을 안 하네. 서화, 너도 알 거야. 오늘……."

서화의 시선이 문득 상원의 어깨너머로 닿았다. 수많은 승강기 중 가운데 것의 문이 활짝 열리며 누군가가 걸어 나왔다. 긴 다리를 휘적거리며 앞머리를 부스스 털어내는 모습이 왜인지 낯설지 않았다.

"그 서지한이라고 겸임교수로 온 녀석인데, 아씨 깜짝이야!"

상원이 소스라치며 가슴을 부여잡았다. 언제 다가온 건지 지한이 떡하니 등 뒤에 서 있었다.

"야! 넌 쫌……! 하, 뭔 말이 필요하겠냐. 연락도 제때 안 받는 놈이."

"미안. 깜빡 잠들었어. 근데 여긴 누구?"

서화는 두 귀를 의심했다. 방금 자신을 향해 누구냐고 물어본 사람은 지한이 분명했다.

"아, 인사해. 오서화라고 조소과 4학년생. 강 교수님이 말씀 안 하셔? 서화, 우리 학교에서 평판 좋기로 유명한 애인데."

"본 것 같긴 한데."

곱씹는 남자의 말투가 꼭 재미난 놀잇감을 둔 것처럼 모호했다.

"잘 모르겠네."

……거짓말. 한 번도 아니고 세 번이나 마주쳤으면서.

"이번 기회에 잘 기억해둬. 서화, 너는 이 자식이 사고 칠 것 같으면 바로 나한테 일러바치고. 실력 하나는 기가 막히게 좋은 녀석인데, 문제는 그게 전부야."

신랄하게 지한을 비판하면서도 상원의 입가에는 미소가 만연했다. 그것이 두 사람의 관계가 스스럼없다는 걸 증명했다. 서화는 옅게 웃으며 말머리를 돌렸다.

"실례지만 제가 선약이 있어서 먼저 가 봐도 괜찮을까요?"

"어, 그래그래. 괜히 귀한 시간 뺏은 건 아닌지 모르겠네."

"아니에요. 그럼 학교에서 뵙겠습니다."

두 사람을 스쳐 가는 서화의 발걸음이 초조했다. 등 뒤로 지한의 시선이 따라붙는 게 느껴졌지만, 절대 고개를 돌리지 않았다. 꼬리표처럼 따라붙은 상원의 한마디가 가슴을 무겁게 짓눌렀다.

"요새 서화 같은 애도 드물지. 애가 모난 구석이 없어. 가끔은 그게 좀 안쓰러울 때가 있지만."

* * *

"예약하고 왔는데요."

레스토랑에 들어서자 카운터에 서 있던 여자가 양손을 가지런히 모으며 물었다.

"실례지만 예약자 분 성함이 어떻게 되실까요?"

"차성준이요."

"이쪽으로 안내해드리겠습니다."

여자의 안내에 따라 서화는 걸음을 옮겼다. 약속장소는 저번과 비슷한 규모였다. 펼쳐진 풍경도 다를 건 없었다.

귀에 거슬리지 않을 만큼의 잔잔한 클래식, 곧은 자세로 나이프질을 하는 사람들. 일정한 시선, 일정한 박자, 일정한 톤. 틀에 박힌 공식을 지켜보자니 이상하게도 속이 거북해졌다. 그나마 마음에 드는 게 있다면 창밖의 정경이었다. 도시의 네온사인 불빛과 까만 밤하늘이 어우러져 아름답게 반짝였다. 한동안 시선을 빼앗길 때쯤 클러치 백에서 진동이 느껴졌다. 발신자는 차성준이었다.

[처리할 업무 때문에 10분 정도 늦어질 것 같습니다.]

미안한 감정이라곤 전혀 찾아볼 수 없는 메시지였다. 정작 서화는 아무런 감흥도 없었다. 혼자만의 침묵에 갇혀 멀거니 창밖을 바라보는데, 다시 진동이 울렸다. 차성준일까 싶어 무심코 눈을 내린 서화가 미간을 좁혔다. 발신자는 그녀의 하나뿐인 여동생, 수연이었다.

─언니! 어디야?

전화를 받자마자 스피커 새로 다급한 목소리가 쏟아졌다.

"어디긴. 레스토랑이지."

—혹시 차성준, 그 남자랑 같이 있어?

"아니, 아직."

—하…… 주여. 살았다. 언니, 내 말 잘 들어. 그 남자 오기 전에 빨리 거기서 나와.

"갑자기? 왜? 무슨 일인데?"

—무슨 일이긴! 우리 아빠지만 진짜 답도 없어.

제원의 언급에 서화의 표정이 어두워졌다.

사건의 발단은 이러했다. 차 키를 두고 온 수연이 다시 집으로 돌아갔다가 우연히 제원의 통화내용을 엿듣게 됐다고 한다.

—언니 의견은 묻지도 않고, 이 결혼 성사시키겠다잖아. 이게 무슨 개떡 같은 소리야. 언니가 심청이야? 지금이 어떤 세상인데, 좋아하는 사람이랑 실컷 연애해도 모자랄 판에 결혼을 해? 눈 뜨고 코 벨 일 있어? 아, 뭐해. 빨리 안 나오고!

흥분하며 소리치는 수연에 비해 서화는 덤덤했다. 언뜻 체념에 가까운 얼굴이기도 했다. 서화는 나긋한 목소리로 끊긴 대화를 이어갔다.

"설마 아버지가 그러실 분이겠어."

—……뭐?

"내 걱정은 말고 마저 보던 일 봐. 집 들어가기 전에 연락할게."

—언니, 미쳤어? 끊기만 해봐. 가만 안 둬. 이번에 산 옷 싹 다 쓸어갈 거야. 나, 완전 진심이다? 어? 작정하고…….

뚝. 서화는 일방적으로 통화를 끊으며 휴대폰을 테이블에 내려놓았다. 몇 번 더 수연에게 전화가 걸려왔지만, 무음으로 바꿔 주위를 고즈넉이 조성시켰다. 유리창에 반사된 자신의 얼굴을 바라보던 서화가 쓰게 웃었다.

"이번에도 선택권은 없었네."

애초에 기대 없는 만남이었다. 어쩌면 학교에서 자신을 보고 첫눈에 반했다는 차성준의 이야기조차 아버지가 꾸며낸 것일지도 모른다. 적당한 핑곗거리. 그럴듯해 보일만한 서사. 추후 남들 입방아에 오르내리기에는 딱 적당하지 않은가. 그런데 왜일까. 평소라면 그냥 넘길 상황이었다. 서화는 몇 번이나 수연의 말을 곱씹었다.

'좋아하는 사람이랑 실컷 연애해도 모자랄 판에 결혼을 해? 눈 뜨고 코 벨 일 있어?'

좋아하는 사람.

좋아하는.

좋아하는…….

문득 전 남자친구와 이별하며 펑펑 울던 유라의 얼굴이 떠올랐다. 너무 사랑해서 숨이 막힐 것 같다는 그녀를 보며 동기들은 하나같이 공감을 표했다. 그러나 서화는 어떤 위로도 건네지 못했다. 공감할 수 없었다. 그리고 한편으론 궁금했다. 사랑이라는 감정 때문에 하루에도 수십 번씩 천국과 지옥을 오가는 기분이 어떤 건지. 서화는 단 한 번도 그 뜨거움에 휘둘려본 적이 없었다. 그런 순간이 과연 오긴 할까. 아버지의 뜻대로, 그가 주는 삶에 순응하다 보면, 언젠가는 누군가를 미친 듯이 사랑하는 날이 자신에게도…….

끼익―.

의자가 뒤로 끌리며 서화의 무릎이 펴졌다. 누군가에게 조종이라도 당하는 것처럼 그녀는 뻣뻣하게 클러치백과 휴대폰을 쥐고 레스토랑을 빠져나갔다.

그 후부터 머릿속은 암전이었다. 액정에는 [20 : 09]란 숫자가 하얀빛을 머금었다. 앞으로 차성준이 도착하기 일 분 전. 아니나 다를까, 6층을 스쳐 올라오는 승강기 하나가 보였다. 왠지 차성준이 타고 있을 것 같은 직감이 들었다. 서화는 반사적으로 옆 승강기 버튼을 눌렀다. 8층을 가로지르던 승강기가 띵동, 소리와 함께 멈춰 섰다. 문이 활짝 열린 순간, 서화의 두 다리가 얼어붙었다.

"……."

"……."

승강기 안에는 단 한 사람만이 타고 있었다. 벽에 등을 기댄 채 눈을 감고 있는 남자. 미동 없이 서 있던 지한의 눈꺼풀이 천천히 올라갔다. 눈이 마주친 순간, 서화는 천천히 발을 뻗었다. 심장이 쿵쿵, 아프게 뛰었다. 나쁜 짓을 저지른 어린아이처럼 손끝이 잘게 떨렸다. 태연한 척 앞을 바라보는데.

"예. 차성준입니다."

묵직한 저음이 귓가를 울렸다. 옆 승강기에서 내린 남자의 것이었다. 정제된 발소리와 각진 슈트핏만으로 차성준이란 걸 알 수 있었다. 통화를 이어가던 그가 문득 걸음을 멈추었다. 서화는 저도 모르게 치맛자락을 꽉 움켜쥐었다. 단 네 발짝. 차성준과의 거리는 고작 그것밖에 되지 않았다.

쿵쿵.

쿵쿵쿵.

심장이 귀에 달린 것처럼 거센 펌프질을 해댔다. 차성준의 고개
가 승강기 쪽으로 돌아간 순간이었다.

쿵, 쿵, 쿵.

묵직한 발소리가 울려 퍼지며 커다란 실루엣이 서화의 시야를
가로막았다. 넓은 어깨와 흐트러진 앞머리, 한두 개 풀린 셔츠 사
이로 드러난 깊은 쇄골. 그리고…… 코끝을 은은히 간지럽히는 블
루베리 향기. 서화는 입술을 꽉 깨물며 지한을 올려다봤다. 그는
말없이 왼팔을 뻗었다. 기다란 손가락이 '닫힘' 버튼을 누르자 문
이 닫히기 시작했다.

쿵. 비로소 차성준의 실루엣이 사라지자 서화의 입에서 하, 밭
은 숨이 토해졌다. 안도감이 물감처럼 가슴에 퍼져갔다. 하지만
평온을 만끽하기도 전에 또 다른 고비가 찾아왔다. 서화는 한 발
짝 물러서며 지한을 주시했다. 그의 회갈색 눈동자가 지극히 무
심했다. 그래서 더 남자의 심중을 간파하기 어려웠다. 그는, 서지
한은 차성준의 측근이 아니던가. 알은 척을 해도 모자랄 판에 손
수 문을 닫아주었다. 장막을 쳐주었다. 충동적인 일탈을 기꺼이
방관해주었다.

"그렇게 어설퍼서 달아날 수 있겠어?"

서화의 어깨가 바짝 굳었다. 어느새 지한은 벽에 등을 기댄 채
눈을 감고 있었다.

"이왕 시도한 거 필사적으로 굴어야지."

서화는 죽은 듯이 지한을 응시했다. 어둠 속에 잠겨 있는 건 분
명 남자인데, 꼭 자신이 심연 속으로 빠져드는 기분이었다. 그 사

이, 층수는 막힘없이 내려갔다. 띵. 1층에 도착하자 그의 시선이 움직였다. 입가에는 가벼운 미소가 맺힌 뒤였다. 그러나 귓가에 떨어진 한마디는.

"개처럼 끌려 다니기 싫으면."

한순간에 서화를 깊은 나락으로 빠트렸다. 알 수 없는 치욕스러움이 목 끝까지 차올랐다. 무어라 반박하고 싶었지만, 도무지 입이 열리지 않았다. 그의 시선이 제 왼쪽 팔에 닿아 있었다. 덜덜덜, 무자비로 떨리는 하얀 살결이 위태롭기 짝이 없었다. 어설프게 주먹을 쥐어 봐도, 다른 손으로 팔목을 움켜잡아도 상황은 똑같았다. 서화가 할 수 있는 건, 그저 호텔 복도를 빠져나가는 지한의 뒤태를 원망스레 바라보는 것뿐이었다.

* * *

은은한 조명 아래 서 있는 서화의 표정은 초연했다. 그녀는 말없이 책을 읽어 내려가는 제원을 죽은 듯이 주시했다. 제원은 한참 후에야 쓰고 있던 돋보기를 책상에 내려놓으며 서화를 바라봤다.

"병원은 다녀오는 길이야?"

병원, 이라는 두 글자가 이 순간만큼은 생소하게 다가왔다.

"복통이 심해서 직전에 나왔다며."

덧붙여진 말에 서화는 눈을 내리깔며 서둘러 대답했다.

"죄송합니다."

"아니야. 괜히 좋지 못한 컨디션으로 만났다가 귀한 시간을 망치는 것보다는 낫지. 밤이 늦었으니 이만 올라가도록 해."

의외의 선처에 서화는 한숨을 삼키며 서재를 빠져나왔다. 2층에 도착하자 기다렸다는 듯 방에서 수연이 튀어나왔다.

"언니!"

"안 잤어?"

"이 와중에 잠이 오겠어? 몸은 괜찮아?"

그녀가 안절부절 어쩔 줄 몰라 하며 서화의 안색을 살폈다.

"세상에……. 얼굴 좀 봐. 전쟁 치르다 온 것도 아니고. 이게 다 유난스러운 오제원 씨 때문이야."

수연이 주먹을 불끈 쥐며 제원이 있는 서재를 노려봤다.

"방으로 가서 이야기하자."

혹시나 제원의 귀에 들어갈까, 서화는 수연을 자신의 방으로 이끌었다. 철컥, 문이 닫히고 나서야 의문 가득한 얼굴로 수연을 추궁했다.

"복통이라니? 그게 무슨 소리야?"

"병원 다녀오는 길 아니었어?"

서화의 눈이 가늘어졌다. 그러고 보니 차성준에게서 따로 연락이 없었다.

"아버지는 어떻게 아신 건데?"

"자세한 건 나도 몰라. 엄마 말로는 차성준, 그 남자한테 직접 연락 왔다던데? 언니 괜찮냐면서. 생각할수록 영 별로라니까. 첫 단추만 잘 끼웠어도 이런 일은 없었을 거 아니야."

차성준은 출발선에서부터 이미 탈락이라며 수연이 고개를 내저었다.

"근데 언니 표정이 왜 그래?"

"아무 것도 아니야. 늦었다. 그만 가서 자."

"아, 뭐야. 있으면서 왜 없는 척해? 내가 고작 1년 반 유학 다녀왔다고 그새 거리감이라도 생긴 거야?"

"그런 거 아냐. 그냥 좀 피곤해서 그래."

"됐다. 말을 말자, 말을."

수연이 풀이 죽은 채로 돌아섰다. 평소라면 동생을 달랬을 텐데, 서화는 차마 손을 뻗지 못했다. 머릿속이 복잡했다.

"……복통?"

절로 헛웃음이 터졌다. 출처 없는 상대의 배려로 그녀의 일탈은 무사히 끝을 냈다. 문제는 날개를 달아준 대상이었다. 그 사람이 누구일지는 안 봐도 뻔했다. 자연스레 떠오르는 한 남자.

'그렇게 어설퍼서 달아날 수 있겠어?'

서화는 무너지듯 침대 위로 쓰러지며 쿠션에 얼굴을 파묻었다.

"……잘 알지도 못하면서."

* * *

화요일 아침.

햇살이 내리쬐는 캠퍼스 아래 조소과는 유난히 분주했다. 신입생들은 수시로 거울을 들어 얼굴을 확인하기 바빴다. 화장이 무엇이냐며 남 일 보듯 하던 3, 4학년조차 분칠을 하는 데 여력이 없었다.

"그래서 오늘 겸임이 들어온다 이거지?"

"아, 그렇다니까. 대체 몇 번을 말해."

후드 티와 청바지, 혹은 줄 그어진 트레이닝 복만 입고 다니던 유라의 차림새가 오늘따라 남달랐다. 움직일 때마다 원피스 끝자락이 나비처럼 나풀거렸다.

"호박에 줄 긋는다고 수박이 되나."

은정이 턱을 괸 채 심드렁한 얼굴로 말했다. 립스틱을 바르던 유라가 멈칫하며 활짝 웃어 보였다.

"간신히 업 된 기분 망치지 말아줄래?"

"남자는 극혐이라며."

불과 한 달 전에 헤어진 남자친구를 두고 유라가 밥 먹듯이 하던 말이었다.

"어머. 누가 그런 말을 했어? 난 잘 모르겠는데. 아, 맞다. 나 아직 가방에 커터 칼 넣고 다니는데. 괜찮으면 구경 한번 할래? 요즘 색깔별로 수집하는데 맛 들였잖아."

은정은 순간 등골이 섬뜩해지는 것을 느끼며 슬그머니 몸을 돌렸다.

"뭘 그렇게 봐?"

그녀의 발길이 닿은 곳은 서화의 등 뒤였다. 휴대폰을 빤히 보고 있던 서화가 흠칫 놀라며 눈을 들었다.

"아, 은정아."

"연락 올 사람이라도 있어? 아까부터 계속 그것만 보던데."

"별 거 아냐."

서화는 흐릿하게 웃으며 대답을 무마했다. 여러모로 마음이 심란했다. 차성준과의 만남이 두 번씩이나 파투가 난 이상 세 번째 만남은 피해 가기 어려웠다. 그런데 그날 이후로 차성준에게서 연락이 오지 않았다. 혹시 거짓말한 게 들통이 난 건 아닐까, 추측도 해봤지만 그랬더라면 아버지가 먼저 입을 열었을 터였다. 오늘 아침까지만 해도 제원은 평소와 다를 것 없이 서화를 상대했다.

"왔다, 왔어!"

망을 보고 있던 후배가 큰 목소리로 외쳤다. 곳곳에서 퍼프를 두드리는 소리가 전투적으로 울려 퍼졌다. 마침내 앞문이 열리고, 강의실 내부가 죽은 듯이 고요해졌다.

탁. 탁. 탁.

블랙 로퍼가 강의실 바닥과 부딪히며 일정한 마찰음을 만들어 냈다. 커다란 실루엣이 강연대 앞에 서자 듣기 좋은 중저음이 울려 퍼졌다.

"서지한입니다."

평소 유난스럽기로 악명이 자자한 조소과였다. 얄궂은 반응이 하나둘씩 터져 나오기 마련인데, 이상하리만큼 강의실은 조용했다. 아마도 그의 옷차림 때문일 것이다. 핏 좋게 달라붙은 9부 슬랙스와 버건디 색감의 목 폴라가 그의 길쭉한 팔다리와 한 몸처럼 잘 어울렸다. 하지만 학생들의 이목이 쏠린 곳은 따로 있었다. 차분히 내린 남자의 앞머리. 창 틈새로 흘러들어온 바람결에 살짝 곱슬기 있는 갈색 머리칼이 휘날리자 다들 넋을 놓았다.

"의외네. 출석률 바닥칠 줄 알았더니."

지한이 웃으며 출석부를 펼쳐 들었다. 종이를 한 장 한 장 넘기며 예고 없이 목소리를 냈다.

"김나연."

"……."

"김나연 안 왔어?"

"아, 아뇨. 여기 있습니다!"

멍을 때리고 있던 학생이 다급히 팔을 들었다. 지한은 시선을 한 번 주더니, 마저 출석을 불렀다. 학생들은 그의 입안에서 자신의 이름이 굴려질 때마다 소리 없는 아우성을 내질렀다. 어느덧 나열된 이름이 막바지 순서에 접어든 차였다.

"오서화."

"……."

"오서화."

"……네."

다소 늦은 대답이었다. 아니나 다를까, 지한의 시선이 서화에게 날아들었다.

"뭐야. 있으면서 왜 대답을 안 해."

생각지 못한 일침이었다. 수많은 시선이 파도처럼 서화에게 쓸려왔다. 옆에 앉은 유라도 당황스러웠는지 조용히 서화의 허벅지에 손을 올렸다. 그제야 서화가 입을 열었다.

"죄송합니다."

높낮이라곤 전혀 느낄 수 없는 음성이었다. 한동안 서화를 주시하던 지한이 돌연 입꼬리를 당겼다.

"죄송할 필요까진 없고."

그는 남은 학생들의 이름을 마저 부르는 것에 집중했다. 그리고 수업에 앞서 자신을 간단히 소개했다.

"당분간 여러분들의 서포터를 맡게 되었습니다. 그래봤자 강 교수님이 누누이 언급한 기본적인 베이스를 바탕으로 수업을 진행할 예정이라 별다를 건 없습니다."

여기저기서 머리 굴러가는 소리가 들렸다. 평소 강 교수가 가장 중요시 하던 게 뭐더라. 유라의 머리 위에 가장 먼저 불이 들어왔다. 하지만 그녀는 금세 망연자실한 표정을 지으며 탄식했다.

"……망했다."

지한이 교탁을 짚으며 시선을 널리 뻗었다.

"전시회를 앞두고 있다고 들었는데."

한영 대학교 미대는 능력 좋은 예술가들을 최대 배출해낸 곳으로 조예가 깊었다. 그 덕분에 서울에서 가장 큰 '피아' 갤러리 관과 협약을 맺어 일 년에 한 번씩 학생들의 작품을 대상으로 전시회를 열곤 했다. 지한은 석상이 된 얼굴들을 느긋하게 감상했다.

"완성품은 바라지도 않으니까 적당히 진행됐다 싶으면 가져와요. 아니지. 실기장이 이 바로 뒤에 있던데. 굳이 불편함을 감수해서 가지고 올 필요가 뭐 있어?"

그 말을 끝으로 그는 바람처럼 사라졌다. 원치 않은 배려에 학생들의 얼굴이 똥 씹은 것처럼 구겨졌다.

* * *

"영, 감을 못 잡겠단 말이야."

유라의 은밀한 속삭임에 은정이 미간을 구겼다.

"또 뭐가."

"아니, 저 겸임 말이야."

유라가 턱짓으로 지한을 가리켰다. 그는 신입생들의 작품을 감상 중이었다. 예리한 시선이 작품을 스치고 갈 때마다 푸릇한 후배들의 안색이 뻣뻣하게 굳어갔다.

"이 나이 먹었음 사이즈 딱 나오기 마련인데, 도무지 속을 모르겠단 말이지."

"뭘 얼마나 봤다고 벌써부터 사이즈를 재."

"그래야 물 수 있는 먹잇감인지 아닌지 알 거 아냐."

물어? 누굴? 은정이 기겁하며 두 발짝 물러섰다. 유라는 허물을 벗고 태어난 나비처럼 사뿐히 날갯짓하며 눈을 반짝였다.

"난 이제 연애에 의미 두지 않을 거야. 막 만날 거야. 어차피 타오르는 건 한순간이잖아? 그 순간만 즐기겠다는데 나쁠 게 뭐야?"

"예예. 마음껏 즐기세요."

은정은 체념하며 작품이 있는 곳으로 돌아갔다. 그녀의 눈에 작품을 빤히 응시하고 있는 서화의 모습이 보였다. 설핏 인상을 찡그린 얼굴이 뭔가 마음에 들지 않는 눈치였다.

"밤새 또 뭘 만들더니, 그새 완성했어?"

그녀가 완성된 작품을 손수 깨트린 것이 불과 며칠 전이었다.

"아직 완성은 아니야. 더 다듬어야 해."

"그래도 이 정도 퀄리티가 어디야. 오서화, 관찰력 하나는 끝내준다니까. 손끝 좀 보라고. 뭘 어떻게 해야 단기간 안에 이렇게 뽑을 수 있는 거지?"

연달아 터진 찬사에 다른 학생들의 시선이 따라붙었다. 모두 다 동의한다는 눈빛이었다. 서화는 조소과 내에서도 실기 성적이 최고로 우수한 학생이었다. 작년에는 모 대기업에서 개최한 공모전에서 당당히 대상을 수상하며 큰 상금을 휩쓸기도 했다.

"뭐 재미난 구경이라도 났어?"

은정이 화들짝 놀라며 뒤를 돌아봤다. 지한이 몇 걸음 떨어진 곳에 서 있었다. 그의 등장에 학생들이 홍해 갈라지듯 길을 터주었다.

"달걀 껍데기네?"

그의 시선이 은정의 작품에 닿았다.

작품명은 '간사.'

달걀 껍데기가 사람의 얼굴 모양처럼 겹겹이 쌓여 있었다. 외형은 날카롭지만, 그 속에 담긴 알맹이는 위태롭고 초라했다. 인간의 이중적인 면모를 보여주는 표현법이었다.

"나쁘지 않네. 전달하려는 의미도 확실하고."

의외의 호평에 은정의 눈이 크게 뜨였다.

"조금만 더 생동감을 입혔으면 좋겠는데, 네 생각은 어때?"

"아…… 네. 저도 그렇게 생각합니다."

은정은 끌려가듯이 대답했다. 그 사이, 지한의 걸음이 오른쪽으로 향했다. 서화의 작품이 있는 곳이었다. 모두가 호평이 쏟아질 거라고 예측했다.

지한은 서화가 만든 작품을 고요히 주시했다. 작품명은 아직 미정이었다. 그러나 무언가에 닿기 위한 손가락의 형태만 봐도 대상이 깊은 갈증에 시달리는 중이란 걸 예측할 수 있었다.

"뭘 말하고 싶은 거야?"

그의 입술이 나지막이 열렸다.

"껍데기만 갖다 붙인 것도 아니고."

뒤따라온 감상평에 장내의 공기가 싸늘하게 가라앉았다. 정작 찬물을 뒤집어쓴 쪽은 서화가 아닌 은정을 비롯한 나머지 학생들이었다.

"껍데기? 저게?"

웅성거림이 서화의 귓가를 찔렀다. 그간 많은 작품을 만들었지만 크게 만족을 한 적은 없었다. 하지만 그렇다고 껍데기라는 품평을 받아본 적도 없었다.

"뭘 원하는 것 같긴 한데, 손끝만 쓸데없이 정교하잖아."

지한이 손수 서화의 작품을 흉내 내며 미간을 구겼다.

"작품명이 미정인 것도 그렇고. 네 입으로 직접 말해봐. 뭘 표현하고 싶었던 거야?"

진심으로 이해할 수 없다는 지한의 눈을 보며 서화는 입술을 굳게 다물었다. 전부터 무심한 눈으로 제 속을 꿰뚫어 보려는 남자의 태도가 마음에 들지 않았다. 이질감이 느껴졌다. 몸속 깊은 곳에 꼭꼭 숨겨둔 것을 억지로 끄집어내려는 것 같아 속이 메스꺼웠다.

"저도 잘 모르겠습니다."

침묵 끝에 대답을 내놓자 따가운 시선이 따라붙었다.

"본인도 모르면서 만들었다? 여유 넘치네."

"……."

"소모품에 시간도 투자할 줄 알고."

지한이 비수와도 같은 말을 꽂으며 서화를 스쳐 갔다. 두 사람을 지켜보는 학생들의 시선이 위태롭게 흔들렸다. 마치 살얼음판을 걷는 것처럼 뒷골이 오싹했다. 그때였다.

쨍그랑!

난데없는 파열음이 냉랭한 공기를 찢어놓았다. 모두가 입을 쩍 벌리며 서화를 바라봤다. 그녀의 손에는 작업용 망치가 들려 있었다. 옆에 있던 은정이 말리기도 전에 서화가 한 번 더 망치를 휘둘렀다.

쨍그랑!

사정없이 내려치자 작품이 순식간에 산산이 조각났다. 서화가 고개를 돌려 지한을 바라봤다. 한바탕의 폭풍을 겪은 학생들과 달리 그의 눈빛은 무덤덤했다. 그는 서화의 발밑에 나뒹구는 파편들을 지그시 감상했다. 서화가 무표정한 얼굴로 씹어뱉었다.

"소모품이니까요."

그러니 쓸모없어 부순 거나 다름없다며, 그녀의 눈이 차게 빛났다.

조우

일종의 경고이기도 했다. 더는 선을 넘지 말라는 무언의 일침. 한동안 두 사람 사이에 팽팽한 신경전이 오갔다. 죄 없는 학생들만이 숨죽이며 그들의 눈치를 살필 때였다.

"탁월한 선택이야."

지한의 입꼬리가 빙긋 올라갔다. 동시에 서화의 눈 밑이 잘게 일그러졌다.

"아, 그리고."

돌아서던 지한이 걸음을 멈추며 서화를 바라봤다. 그는 손에 든

클립보드로 뒤통수를 툭툭, 두드리며 퉁명스레 내뱉었다.

"다시 제출해."

"……."

"부쉈으면 붙일 줄도 알아야지."

서화는 멀어져가는 지한의 뒤태를 멍하니 주시했다. 주변에서 웅성거리는 소리가 들렸지만, 신경 쓸 여유가 없었다. 또다. 남자를 마주칠 때마다 느낀 울렁거림이 이번에는 식도까지 타고 올라와 이성을 건드렸다. 낯설면서도 억누르기 힘든 뜨거움이었다. 서화는 조용히 주먹을 말아 쥐었다. 손톱이 살갗을 깊숙이 파고든 순간, 그녀의 까만 눈동자 위로 작은 불씨가 피어올랐다.

* * *

열 가지를 잘해도, 한 가지에서 초점이 어긋나면 입방아에 오르기 마련이다. 조소과 실기장에서 있던 사건은 일파만파로 퍼져 곳곳에서 말이 나오기 시작했다. 오서화한테 그런 면이 있었느냐는 둥, 그동안의 모습은 전부 가식적인 이미지 메이킹이었냐는 둥, 서슴없는 비난이 쏟아졌다. 소문이 추문으로 바뀌기 시작하자 유라는 이대로 둬선 안 된다며 목소리를 높였다. 타는 속을 아는지 모르는지, 서화는 하루도 빠짐없이 실기장에 나와 작품을 만들었다. 하지만 깨부수는 게 더 많았다. 뭐가 마음에 안 드는지 그녀는 좀처럼 진도를 나가지 못했다. 방향을 잡았다 싶으면 한숨을 내쉬며 망치를 들었다.

"쟤 저러다 병 오는 거 아냐?"

멀리서 지켜보던 유라의 얼굴이 초조했다. 옆에 있던 가은도 동요하는 눈빛이었다. 접이식 침대에 누워 휴대폰 게임을 하는 은정만이 유일하게 평화로운 휴식을 즐기는 중이었다.

"냅둬. 어련히 잘하실까."

"야, 이은정. 넌 친구 맞냐? 서화가 저런 적이 한 번이라도 있었냐고. 쟤 어제는 여기서 밤새웠다니까?"

"그게 뭐? 가끔은 물고 늘어질 때도 있어야지. 그래서 오는 영감도 있잖아."

"하여간 속 편한 년."

유라가 눈살을 찌푸리며 고개를 돌렸다. 창밖으로 익숙한 인영이 보였다.

"속 편한 양반 저기 또 한 명 있으시네."

언제 친해졌는지 지한이 타과 남학생들과 농구를 하고 있었다. 운동화 아닌 로퍼를 신고 있음에도 공을 튕기는 그의 몸짓은 가벼웠다. 그가 사뿐히 점프하자 셔츠가 말려 올라가며 숨겨진 복근이 설핏 모습을 드러냈다. 한눈에 봐도 단단한 몸이었다.

지한이 가볍게 눈앞의 남학생을 제치며 슛을 던졌다. 포물선을 그리던 농구공은 무리 없이 골대를 파고들었다. 그 모습을 넋 놓고 보던 유라가 뒤늦게 정신을 차리며 인상을 찌푸렸다.

"아니, 왜 서화만 못 잡아먹어서 안달이야? 쟤 혹시 겸임한테 밉보인 적 있어?"

곁에 있던 가은이 고개를 저었다.

"서화가 누구한테 미움 살만한 애는 아니잖아."

"그러니까 더 납득이 안 된다는 거 아니야."

그날, 실기장에서 몇몇 동기와 후배들이 지한에게 혹평을 받긴 했지만, 서화만큼은 아니었다. 가벼운 조언 혹은 충고가 전부였다.

"그리고 재욱이가 말해준 건데, 다른 애들한테는 겸임 인기 좋대."

유라는 기가 막힌다는 얼굴로 다시 지한을 바라봤다. 그새 골을 넣었는지 그가 학생들과 하이파이브를 하고 있었다. 입가에 번지는 미소가 서른이라기엔 지나치게 풋풋하고 청량했다.

"저기 같이 농구 하는 애들. 겸임한테 한 번씩은 밥 얻어먹었을걸?"

"심지어 지갑도 잘 여셔?"

"서재욱은 아예 지한이 형이라고 부르던데."

재욱은 유라의 오래된 소꿉친구였다. 어려서부터 유별나게 까칠한 성격 탓에 아무에게나 쉽게 곁을 주는 녀석이 아니었다. 저런 놈도 홀릴 줄 알면서 왜 서화는……. 유라는 답답한 얼굴로 서화의 뒤통수를 바라봤다. 그녀는 작품을 만드는 데 정신이 없었다. 이제 3일. 3일 후에 또다시 지한과 마주쳐야만 한다.

"짜증나."

유라와 가은이 흠칫거리며 서화를 바라봤다. 서화가 아직 마르지도 않은 조각상을 향해 사정없이 분무기를 쏘아댔다. 주르륵, 주르륵. 흘러내리는 반죽이 꼭 처절한 눈물 같았다. 그것을 빤히 지켜보는 서화의 눈동자가 초조했다.

마감 날짜가 가까워질수록 마음이 불안했다. 차라리 작품이 뜻대로 풀리지 않아 신경질이 나는 거면 모르겠다. 며칠째 뜻 모를 감정이 가슴 속을 헤집고 다녔다. 그 뜨거움을 주체 못해 무작정 손을 놀리다 보면 다소 날 것의 작품이 눈앞에 나타났다. 그럴 때마다 서화는 사정없이 조각상을 깨트렸다.

꼭.

'개처럼 끌려 다니기 싫으면.'

그 남자의 말을 인정하는 거 같아서.

* * *

3일 후.

"작품은 잘 진행되고 있지?"

강 교수의 걸걸한 목소리로 수업이 시작됐다. 그의 곁에는 지한도 함께였다.

"서 교수가 각자 눈높이에 맞춰 피드백을 해줬다고 들었는데, 잘 녹아 있는지 어디 한번 봐보자고. 하나라도 없으면."

강 교수가 밝게 웃으며 말을 이었다.

"다 깨부수라고 할 거야."

"아, 교수님!"

학생들이 진절머리가 난다는 얼굴로 소리쳤다. 강 교수는 듣는 체도 안 하며 지한을 데리고 실기장으로 향했다.

실기장은 평소답지 않게 깔끔했다. 항상 바닥에 쌓여 있던 하얀 부스러기도 보이지 않았을 뿐더러 짐짝처럼 널브러진 도구들도 잘 정돈되어 있었다. 이게 다 지한의 영향 때문이란 걸 강 교수는 암묵적으로 체감했다.

"오늘은 또 어떤 말로 쑤셔놓으려나."

멀리서 지한을 지켜보던 유라가 죽은 듯이 속삭였다. 서화는 말 없이 유라와 눈을 마주쳤다.

"걱정 안 되는 얼굴이다?"

"글쎄."

걱정되고 말 것도 없었다. 서화는 어젯밤이 돼서야 가까스로 작품을 완성할 수 있었다. 일주일 내리 3시간만 자며 만들어낸 결과물이었다. 그래서인지 정신이 비몽사몽했다. 눈꺼풀이 금세라도 감길 것처럼 둔하고 무거웠다.

"어디 오서화 작품 좀 구경해볼까?"

어느새 강 교수가 다가왔다. 그의 서글서글한 눈매가 기대감으로 잔뜩 부풀어 올랐다. 강 교수는 평소 서화가 만든 작품이면 호평을 던지기가 부지기수였다. 그러니 남다른 호기심이 생겨나는 게 당연했다. 그에 비해 지한은 무표정한 얼굴로 하얀 천에 감싸진 서화의 작품을 바라볼 뿐이었다.

서화는 바로 천을 걷어냈다. 스르륵, 하얀 천에 물결이 일며 유리창을 뚫고 들어온 햇살이 석고상을 환히 비추었다. 그러자 약속이라도 한 것처럼 실기장이 고요해졌다. 하나같이 놀란 기색을 감추지 못했다. 이번에도 서화가 선보인 것은 인간의 '손'이었다. 그런데 전과는 분위기가 사뭇 달랐다. 첫 작품이 정교하고 섬세했다면 지금 이 작품은…….

"……뺨 때리기 직전 아냐?"

누군가 소곤거렸다. 급히 입을 틀어막았지만, 적적한 공기를 울리고도 남을 만큼 선명한 목소리였다. 가격하게 꺾인 손목과 쫙 펴진 손가락이 다소 기괴하며 섬뜩했다. 뾰족한 손톱은 당장이라도 뺨을 후려갈길 것처럼 날카로웠다.

"좋네요."

서화는 두 귀를 의심했다. 옆에 있던 유라도 화들짝 놀라며 뒤를 돌아봤다. 지한이 만족스러운 얼굴로 서화의 작품을 감상 중이었다.

"충분히 생동감도 느껴지고. 특히 이 부분."

그가 작품의 중지와 새끼손가락을 살포시 어루만졌다. 다른 손가락들과 달리 살짝 굽이진 게 차오르는 분노를 감당하지 못해 꺾인 듯한 생동감을 연출했다. 서화는 아랫입술을 꾹 깨물며 양손을 등 뒤로 숨겼다. 지한이 조각을 어루만질 때마다 꼭 자신의 손가락을 매만지는 기분이 들었다. 그럴 수밖에 없었다.

"대상이 눈앞에 있는 것처럼 엄청난 분노가 느껴지는데."

그의 감상평 그대로였으니까. 솔직히 엿 먹으라는 심보로 만든 작품이었다. 아무리 머리를 굴려도 그의 잔향에서 헤어 나오지 못하자 도리어 발끝에서부터 화가 치밀었다. 그래서 마구잡이로 손을 놀린 것뿐인데.

"강 교수님 생각은 어떠세요?"

지한의 물음에 강 교수가 턱을 쓰다듬었다. 주름진 눈가에 고심이 둥둥 떠오르더니 이내 활짝 접혔다.

"좋아. 아주 좋아."

서화는 더욱 미궁 속으로 빠져들었다.

"부드러운 곡선만 살리는 게 가끔 아쉬울 때가 있었는데, 그래서 더 섣불리 입을 열기 어려웠지. 그 사람의 장점을 망칠 수도 있는 민감한 부분이니까. 근데 오서화가 이런 날 것의 감정도 표현할 줄 알고."

강 교수의 흡족히 웃어 보였다. 서화는 발끝만 바라봤다. 혼란스러웠다. 장단점을 함께 알게 된 이 순간. 문득 그런 생각이 들었다.

어쩌면.

어쩌면…….

서지한은…….

"이 와중에 서 교수가 서화의 단점을 캐치한 게 대단한걸? 곡선 하면 자네를 빼놓을 수가 있나? 서 교수는 우리나라 할 것 없이 해외에서도 인정받는 유명한 인재야. 인간 개인마다 가지고 있는 선들을 다채롭게 표현하기로 저명하지."

강 교수의 칭찬에 지한은 소리 없이 웃었다.

"로댕이 그런 말을 한 적이 있어. 예술을 하기 위해선 때로는 과감한 판단이 필요하다고."

곡선보다는 직선을, 직선보다는 사선을. 빛 보다는 그늘을, 그늘보다는 어둠을.

"예술은 그 어떤 단어로도 정의 내릴 수가 없는 분야지. 난 아직도 잘 모르겠네. 미(美)의 기준이 무엇인지. 꽃이 아름답다고 생각하는 사람이 있는가 하면 꽃이 필 수 있게 도와준 흙을 아름답다고 느끼는 사람도 있지 않겠어?"

그러니 세상의 기준에 갇혀 살기보다는 좀 더 다양한 시각으로 사물을 바라보길 바란다며 강 교수는 조언했다. 서화를 향한 칭찬도 잊지 않았다.

"오서화. 아주 잘했어."

서화는 아무 말도 할 수 없었다. 지한에게 자신은 단순히 놀잇감이라고 생각했다. 그런데 남자가 진중히 작품을 감상했다는 것과, 비수 같은 충고가 실질적인 피드백이었다는 것에 얼굴이 화끈거렸다. 부끄럽고, 수치스러웠다. 쥐구멍이 있다면 당장이라도 숨고 싶었다.

나는……. 아닌 척 굴면서 내심 자만하고 있던 걸까. 그 누구도 내 작품에 흠집을 낼 수 없을 거라고.

서화는 처음으로 알게 되었다. 그동안 작품을 만들면서 제 감정을 넣어본 적이 한 번도 없다는 걸. 외형만 화려하고 완벽할 뿐, 속은 빈껍데기에 불과했다. 오히려 분노하며 마구 손을 놀린 게, 그래서 난잡하다고 비웃었던 작품이, 사람들의 감정을 건드렸다는 것이 견딜 수 없어 두 눈을 질끈 감았다.

간신히 눈을 떴을 때는 다른 학생의 작품을 살피고 있는 지한이, 한참 동안 서화의 눈동자에 머물렀다.

* * *

어느덧 전시회가 코앞으로 다가왔다. 아주 작은 변화도 함께였다. 첫째는 논란이 된 서화의 인성 문제가 눈코 뜰 새 없이 작품을 준비하느라 수면 밑으로 가라앉았다는 것이고, 둘째는 누군가가 매일같이 실습장을 방문한다는 것이다. 그것도 배가 출출한 저녁 시간만 골라서.

"어? 교수님!"

문 옆에서 작업하고 있던 여학생이 반색하며 지한을 맞았다. 오늘도 그의 양손에 먹거리가 가득했다.

"너 그렇게 쌓다가 죽도 밥도 안 된다."

지한이 포장 음식을 책상에 내려놓으며 학생의 작품을 비평했다. 반묵음을 한 여학생이 발을 동동 구르며 울상을 지었다.

"아, 왜요. 어제는 쌓아보라면서요."

"쌓으라고 했지, 뭉텅이를 만들라고는 안 했어."

으으, 앓는 소리를 내던 여학생이 분무기를 들어 작품을 해부시켰다. 그러면서도 웃음을 잃지 않았다. 다른 학생들의 입가에도 웃음꽃이 활짝 피어났다. 모두 다 지한의 등장을 반기는 눈치였다. 학생들은 다정한 듯 다정하지 않은 그의 까칠함을 좋아했다. 단 한 사람을 제외하고.

"오서화."

조용히 구석에서 데생을 하던 서화의 손길이 뚝, 멈추었다.

"넌 안 먹어?"

서화가 고개도 돌리지 않은 채 대답했다.

"배 안 고파요."

마저 연필을 잡고 스케치를 이어갔다. '쟤는 왜 저렇게 틱틱대?' 비난하는 소리가 등을 찔렀으나 서화의 얼굴에는 작은 동요조차 나타나지 않았다. 단지.

"데생을 꾸준히 하는 이유가 있어?"

예고 없이 다가온 긴 다리가 조금 당황스러울 뿐.

"하루에 한 시간은 꼭 하는 거 같은데."

서화는 조용히 연필을 내려놓았다. 앞치마를 벗어 의자에 대충 걸쳐놓은 그녀가 말없이 지한을 스쳐 갔다. 드르륵, 쿵. 실기장 문을 닫고 나오자 '쟤 미친 거 아녜요?' 하는 비난이 쏟아졌다. 그와 함께 휴대폰이 지잉 울렸다.

[오써~ 작업 오전에 다 끝냈다며. 언제까지 짱 박혀 있을 건데ㄲㄲ – 유라]

유라를 비롯한 동기들은 학교 근처, 호프집에서 술 한잔을 즐기는 중이었다. 서화는 할 일이 있다며 실기장에 남는 것을 택했다. 굳이 늦은 시간까지 이곳을 지키는 이유는 딱 하나였다.

드르르륵. 닫은 문이 재차 열리자 서화의 어깨가 흠칫 굳었다. 지한으로 추정되는 커다란 그림자가 복도 위로 길게 늘어졌다. 서화는 서둘러 걸음을 돌렸다. 아무리 속도를 높여도 뒤따라오는 그와 거리가 멀어지지 않았다. 결국, 멈춰 선 서화가 차갑게 쏘아붙였다.

"왜 따라와요."

"누가 그래. 너 따라간다고?"

지한이 길목을 가로막으며 서화를 내려다봤다. 굳게 다물린 그의 입술만 봐도 그가 단단히 화가 났다는 걸 알 수 있었다.

"너."

침묵 끝에 그가 말했다.

"내가 싫은 건 알겠는데, 굳이 다른 애들 앞에서까지 티 내지 마."

"……."

"너한테 득 될 게 하나도 없잖아."

서화는 발등에 못이 박힌 것처럼 멀어지는 지한의 뒷모습을 멀거니 응시했다.

* * *

찾아간 호프집은 만석이었다. 시끌벅적한 분위기 속에 서화는 간신히 문 옆 테이블에 자리를 잡은 동기들을 발견했다.

"아주 날을 새다 오지 그랬어?"

반쯤 거나하게 취한 유라가 눈을 흘겼다. 가은과 은정이 어서 앉으라며 자리를 만들어주었다.

"미안해. 늦어서."

"작업실에 꿀단지라도 숨겨놨어? 껄떡하면 짱 박혀 있는 게 수상해."

유라가 못마땅한 눈으로 서화를 훑었다. 그러다 등 뒤의 테이블에서 울려 퍼지는 왁자지껄한 웃음소리에 팔꿈치로 누군가의 등을 퍽, 후려쳤다. 악, 소리와 함께 얻어맞은 상대가 거칠게 고개를 돌렸다.

"뒤질래, 노유라."

"야. 서재욱. 다른데 가라고. 왜 여기까지 와서 소란이야."

"말은 바로 해라. 내가 먼저 왔다."

"그러니까 좀 가시라고요. 네 얼굴 때문에 없던 술맛도 다 달아나잖아."

"야. 이은정. 취한 애 안 보내고 뭐 하냐."

재욱이 신경질적으로 은정을 노려봤다. 왜 불똥이 은정에게 튀냐며 유라가 언성을 높였지만, 은정은 심드렁한 얼굴로 대꾸했다.

"쟤랑 나랑 친구였어? 오늘 처음 알았네."

"야. 이은정."

유라가 발끈하며 눈을 치켜떴다. 은정은 서둘러 화제를 전환했다.

"서재욱이 넌 왜 아직까지 버티고 있어. 올 사람이라도 있어?"

"어. 오면 바로 일어날 거야. 이 근처라고 했는데."

서화는 빈 잔에 술을 채우며 묵묵히 잔을 비워냈다. 지켜보던 가은이 초조한 목소리로 물었다.

"무슨 일 있었어?"

"아니. 왜?"

"낯빛이 안 좋아서."

"뭐? 오써 아파?"

유라가 깜짝 놀라며 얼굴을 들이밀었다.

"그러네. 요새 분위기 쌔한 것도 그렇고. 혹시 겸임 때문에 그래?"

별생각 없이 찔러본 것이었다. 그런데 서화가 아무 말도 하지 못하자 유라의 턱이 크게 벌어졌다.

"세상에. 맞네. 겸임이 문제네."

"……."

"그래. 신경 안 쓰이는 게 이상하지. 나 같아도 불편해. 아니야. 그냥 꼴 보기가 싫지."

"싫은 건 아니야."

"그치. 아니…… 어?"

유라의 눈이 휘둥그레졌다. 서화가 덤덤히 말했다.

"안 싫어한다고."

"아, 그, 그래. 근데 왜……."

유라는 당혹감을 감추지 못했다. 티만 내지 않았을 뿐, 근 며칠
간 지한을 대하는 서화의 태도가 어땠던가. 돌 바라보듯 무심했
고, 그가 작품에 대한 피드백을 위해 다가오기만 하면 자리를 회
피했다. 술잔에 시선을 두던 서화가 무겁게 입을 열었다.

"그냥 좀 신경 쓰여. 그래서 불편해."

"신경 쓰여? 왜?"

왜…….

그 대목 앞에 서화는 길을 잃었다. 정신 차리고 보면 지한의 행
동 하나하나를 면밀하게 주시하고 있는 자신을 발견할 수 있었
다. 그래서 알게 된 게 있다면 그는 커피보다 차를 즐겨 마신다는
것. 상의는 밝은색보다 어두운색 계열을 즐겨 입는다는 것. 그리
고 뭔가가 풀리지 않을 때면 습관적으로 한쪽 눈꺼풀을 찡그린다
는 것. 작고, 사소한 것들이었다. 그 사람을 주의 깊게 관찰하지
않는 한 절대 알 수 없는.

"설마…… 너, 그래서 계속 실기장에 남아 있었던 거야? 겸임이
저녁마다 찾아오니까 그거 잠깐 보려고?"

유라가 기겁하며 테이블을 두드렸다. 그때 은정이 다급히 유라
의 팔뚝을 붙잡았다.

"아, 왜 있어 봐. 궁금하잖아. 오써, 네 말은 지금 겸임한테 관심
이 생겼다, 그거지?"

서화에게 선택권 따원 없었다. 고민하기도 전에 이유 모를 불길

함이 찾아왔다.

"어? 지한 형!"

재욱이 대뜸 누군가를 보며 손을 높였다. 주위가 죽은 듯이 조용해졌다. 서화는 천천히 시선을 내렸다. 자주 보던 블랙 로퍼가 입구 앞, 조명을 받아 매끄럽게 빛이 나고 있었다. 아득한 탄식이 입안을 맴돌았다. 어디서부터 들었을까. 어디까지 듣고 만 걸까. 미동 없던 로퍼가 움직임을 보이며 서화를 무심히 지나쳤다. 지한이 재욱의 옆자리에 꿰차기 무섭게 서화는 자리를 박찼다.

* * *

호프집에서 빠져나온 서화는 인근 골목에 몸을 숨겼다. 아무도 없는 곳에서 생각을 정리하고 싶었다. 그러나 주변이 고요해질수록 복잡한 마음은 더욱 선명하게 무르익었다.

"죄지었어? 왜 나가."

불쑥 들린 음성에 고개가 들렸다. 은정이 기가 막힌다는 얼굴로 골목 끄트머리에 서 있었다. 그녀는 서화의 옆에 다가와 나란히 시멘트벽에 등을 기댔다.

"그렇게 뛰쳐나가는 게 더 수상해."

"이상해 보였어?"

"광고하는 줄?"

은정이 피식, 웃으며 농담조로 말하자 서화는 민망함에 입술을 말아 물었다.

"겸임한테 관심 있는 게 싫어?"

"아직 있다고는 말 안 했어."

"왜? 충분히 매력 있던데. 내 스타일만 아니지. 생긴 거야 뭐, 자주 말 나오는 거 보면 잘생긴 걸 거고. 옷도 센스 있게 잘 입고. 또."

또…….

은정이 재킷에서 담배를 꺼내었다. 달칵, 불을 지피고 나서야 그녀가 나지막이 중얼거렸다.

"널 자꾸만 신경 쓰이게 만들고."

서화의 눈동자가 잘게 떨렸다. 거짓말을 들킨 어린아이처럼 심장이 쿵, 내려앉았다.

"알고 있었어?"

"알고 말고 할 게 뭐 있어. 네 눈이 말해주던데."

은정은 차분하고 묵직한 성격의 소유자였다. 조용히 상황을 지켜보다가 무심코 던진 말로 사람의 허를 찔렀다.

"뭐가 문젠데."

이미 모든 걸 알고 있다는 듯한 어투였다. 서화는 한숨을 작게 내쉬었다.

"잘 모르겠어. 이상하잖아. 며칠 전만 해도 경계하던 사람이었는데."

서지한이 보는 앞에서 보란 듯이 작품을 깨부수고 경고를 날린 게 불과 몇 주 전이었다. 그 짧은 사이 감정에 변화가 일어났다는 게 서화로서는 이해하기 어려웠다.

"감정에 이유가 어디 있어. 드라마나 소설 속에서나 서사를 쌓지, 현실에서도 통할 거란 생각을 버려."

은정이 담배를 한 모금 태우며 손을 들어 보였다. 쫙 펼쳐진 다섯 손가락이 서화의 눈앞에 들이 밀어졌다.

"딱 5초."

무슨 의미냐며 서화가 눈을 끔뻑였다. 은정이 빙그레 미소 지었다.

"딱 5초면 충분하다고. 그 안에 불이 타오를 수도 있는 거고, 불이 꺼질 수도 있고. 감정이란 게 그렇게 단순해. 그러니까 너무 복잡하게 생각할 필요 없어. 그냥 본능대로 끌려가 봐. 혹시 알아?"

"……."

"그곳이 천국일지."

그 말을 끝으로 은정이 골목길을 빠져나갔다. 그녀가 남긴 말을 곱씹던 서화는 맨투맨 주머니에서 담배를 꺼내었다. 그리고 불을 지피려는데, 라이터가 손에 잡히지 않았다. 그제야 호프집에 가방을 두고 왔다는 걸 깨달았다. 하는 수 없이 입에 문 담배를 빼내는데 탁, 소리와 함께 불씨가 피어올랐다. 서화의 동공이 얕게 일렁였다. 언제 온 건지 지한이 태연한 얼굴로 손에 쥐고 있던 라이터를 가리켰다.

"필요할 거 같아서."

서화는 가만히 그를 바라보다가 고개를 숙였다. 불길이 닿은 담배 끝이 치익 타오르며 뿌연 연기가 두 사람 머리 위로 피어올랐다.

"싫어하는 줄 알았어."

연기가 어느 정도 흩어진 참이었다. 담배를 꺼내든 지한이 몇 걸음 떨어진 곳에 서서 낮게 중얼거렸다.

"혐오하는 것 같기도 했고."

"그렇게 말한 적 없어요."

"알아. 아까 그랬잖아. 싫어하진 않는다고."

그걸 또 상기시켜줄 필요는 없는데. 민망함에 아랫입술을 깨물자 지한이 가볍게 웃었다. 그러나 금세 한쪽 눈꺼풀을 찡그린다. 뭔가가 풀리지 않을 때 나오는 그의 습관 중 하나였다.

"난 널 잘 모르겠어."

"……."

"알 것 같다가도 흐릿해지고, 모를 것 같다가도 선명해지고."

남자의 목소리가 물에 젖은 솜처럼 축축했다. 그 묘한 이질감에 문득 서화의 가슴이 간지러워졌다. 다 알 것처럼 굴어놓고 이제 와 모르겠다는 건 무슨 심보일까.

"너 말이야."

그가 한 걸음 다가온 찰나였다.

"오서화!"

익숙한 음성이 골목을 날카롭게 울렸다. 목소리의 주인공은 다름 아닌 유라였다. 서화는 그녀의 발자국이 가까워지는 것을 멍하니 듣고만 있었다. 그 소리가 선명해진 순간, 지한이 손에 들린 담배를 가볍게 튕기며 서화를 어둠 속으로 집어넣었다.

"어? 서 교수님?"

유라는 뒤태만으로 지한의 존재를 알아챘다. 서화는 숨죽이듯 상황을 지켜봤다. 아니, 숨을 쉴 수가 없었다. 얼굴 양옆으로 벽을 짚고 있는 지한의 팔뚝이 견고했다. 속절없이 그의 품 안에 갇힌 것도 모자라 그의 시선을 고스란히 받아내기란 쉬운 일이 아니었다. 숨만 들이켜도 남자에게서 풍기는 달콤한 향기가 가슴에 꽉 들어찼다.

"여기서 뭐 해요?"

유라의 물음에 지한이 시선을 내리깔며 서화를 응시했다. 이유 모를 진득한 눈빛에 숨이 가빠오자 그가 나지막이 속삭였다.

"글쎄."

서화의 눈동자가 파도처럼 흔들렸다. 그때 지한이 서화의 손에 있던 담배를 빼앗아가더니, 자신의 입으로 서슴없이 가져갔다. 그러고는 태연하게 유라를 바라본다.

"아, 뭐야. 담배 피우던 중이었어요? 난 또 뭐라고. 혹시 서화 못 봤어요?"

지한은 대답 대신 자신의 품 안에 갇힌 서화를 내려다봤다.

"모르겠는데."

"아씨, 애는 대체 어디로 튄 거야. 이게 다 교수님 때문이에요. 왜 하필 그때 나타나서는!"

유라가 신경질적으로 쏘아붙이며 획 돌아섰다. 그녀의 실루엣이 사라지고 나서도 두 사람은 한참 동안 서로를 주시했다. 쾌쾌한 향기가 코를 찌를 때쯤, 서화의 시선이 지한의 손에 들린 담배로 떨어졌다.

"숨겨달라고 한 적 없는데."

꽤 건조한 목소리였다. 아니, 그렇게 보이려고 무던히 노력 중이었다. 그렇지 않으면 몸속을 북북 울리는 심장 소리를 당장이라도 들킬 것만 같았다. 반면 지한은 짙어진 눈으로 서화를 감상했다. 집요하면서 꽤 노골적인 시선에 온몸이 거미줄에 휘감긴 것만 같았다. 이러다 심장이 터질 수도 있겠다싶은 순간, 그가 툭 내뱉었다.

"숨기고 싶었나 보지."

긴 정적이 흘렀다. 서화는 저도 모르게 물러서며 벽에 바짝 등을 기댔다. 더는 물러설 곳이 없단 걸 알면서도 몇 번이나 몸을 물렀다. 쿵쿵쿵. 걷잡을 수 없이 뛰어대는 심장이 혼란스러웠다.

숨기고 싶었나 보지.

의미 모를 한마디. 아니, 어쩌면 별 의미 따위는 없을 한마디.

"이건 압수."

지한이 손가락에 끼고 있던 담배를 흔들었다. 그는 그것을 바닥에 내던지고, 뒷굽으로 불씨를 느리게 짓이겼다.

"넌 자나 깨나 불조심이야."

그가 씩 웃으며 경고하자 서화는 아무 말도 하지 못했다. 어둠 속에서도 남자의 미소는 선명하게 빛이 났다. 이미 한 번 그의 옷을 태워 먹은 전적이 있지 않나.

서화는 골목을 빠져나가는 남자의 뒤태를 멍하니 주시했다. 문득 은정의 충고가 떠올랐다. 5초면 충분하다던. 불이 타오를 수도, 불이 꺼질 수도 있는. 그런데 5초가 지나면 그땐 어떻게 되는 걸까. 묻고 싶은 마음을 서화는 꾹 집어삼켜야 했다.

* * *

"오써, 어젠 죽을죄를 지었다."

유라가 허리를 납작 숙이며 사과의 뜻을 표했다. 작업실에서 다음 작품을 구상 중이던 서화가 조용히 연필을 내려놓았다.

"내가 눈치를 별나라에 두고 왔나 봐. 그때 겸임이 들어올 줄은……."

"괜찮아."

"괜찮…… 응?"

유라가 벙 찐 상태로 허리를 세웠다.

"진짜? 겸임 보는 거 불편하지 않아?"

어젯밤, 서화는 호프집으로 돌아오자마자 가방을 챙겼다. 그 이유가 '서지한' 때문이라고 유라는 생각하는 듯했다. 하지만 빠른 귀가의 원인은 아버지, 제원이었다. 집에 급한 손님이 올 예정이니 서둘러 들어오라는 연락이 떨어졌다.

평소라면 혜진과 안성댁이 음식을 준비하고 있었을 텐데, 집에 갔을 때 혜진의 모습은 보이지 않았다. 수연에게 듣기론 서화가 오기 전부터 두 사람 사이에 냉전이 흐르고 있었다고 한다. 최근 들어 제원과 혜진은 자주 다투었다. 누가 먼저 싸움을 붙이느냐는 의미 없는 질문이었다. 원래 아버지의 의견을 항상 수용하는 엄마였으니까. 그것이 어긋나면서 트러블이 일기 시작했다고 봐도 무방했다.

"아, 교수님! 저희가 밥 산다니까요!"

난데없는 타인의 음성에 서화와 유라의 시선이 앞문을 향했다. 모습을 보인 건 지한이었다. 그리고 그를 뒤따라온 여학생들을 서화는 가만히 바라봤다. 유라가 서화의 귀에 대고 속닥거렸다.

"뭐야? 쟤네 경영학과 애들인데?"

"같이 밥 먹는 게 그렇게 어려워요? 저희가 사드린다니까요."

머리를 높이 올려 묶은 여학생이 눈을 크게 뜨며 지한에게 달라붙었다.

"말했잖아. 배 안 고프다고."

"거짓말. 아까 실습실에서 샌드위치 먹는 거 봤거든요? 그리고 평소에 아침밥도 잘 안 챙겨 먹고 다니잖아요."

"네가 그걸 어떻게 알아."

되묻는 그의 음성이 어쩐지 싸늘했다. 여학생이 흠칫, 굳으며 웅얼거렸다.

"그거야…… 뭐. 다 아는 법이 있죠."

"언제까지 있을 거야?"

"네?"

"안 보여? 작업 중인 거."

지한이 손으로 뒤를 가리켰다. 유라가 '우리?' 하고 작게 소곤거렸다. 그제야 여학생의 얼굴이 발갛게 달아올랐다. 뒤늦게 두 사람을 발견한 듯싶었다. 하지만 좀처럼 미련을 버리지 못하자 유라가 다시금 서화의 귀에 속닥거렸다.

"쟤 말이야. 머리 묶은 애. 서재욱 절친이 쟤한테 고백했다가 대차게 까였다는 거 아냐."

아까 지한에게 밥을 사겠다던 그 여학생이었다. 사막여우를 닮은 앙증맞은 외모의 소유자였다.

"아직 손 볼 곳 남았다고 했지."

지한이 고개를 돌려 서화를 바라봤다. 유라가 숨죽이며 덧붙였다.

"엮여봤자 좋을 거 없어. 그냥 다 했다고 해."

서화가 대답했다.

"조금 남았어요."

유라의 눈이 휘둥그레졌다. 여학생들은 입술을 잘근 깨물며 아쉬운 기색을 감추지 못했다.

"들었지?"

지한이 열린 문을 향해 눈짓했다. 어서 나가보라는 듯. 마지못해 여학생들이 발걸음을 돌리자 그제야 유라가 참고 있던 숨을 터트렸다.

"숨 막혀 죽는 줄 알았네. 그냥 밥 한번 먹어주지 그랬어요. 그게 뭐 어려운 일이라고."

"내가 왜?"

"아까 교수님한테 밥 사달라고 했던 애 말이에요. 임수현, 걔. 예뻐서 인기 좋아요. 축구공처럼 걷어차인 놈들만 몇 명인 줄 알아요?"

"눈, 코. 입 달렸으면 다 예쁜 거야?"

시큰둥한 지한의 반응에 유라가 큭, 웃음을 터트렸다. 그러다 한 가지 의문점에 고개를 갸웃거렸다.

"작업도 다 끝났는데, 웬 방문?"

웬만한 작업은 전부 다 마무리가 된 상태였다. 그러니 지한이 이곳을 방문할 이유는 딱히 없었다. 그는 어느새 서화의 옆에 서 있었다. 그녀의 무릎에 놓인 스케치북을 바라보더니, 다소 심심한 투로 말했다.

"또 데생이네."

"서화한테는 습관이에요."

유라가 대신 답하며 작업실 책상에 폴짝 뛰어올라 엉덩이를 붙여 앉았다.

"솔직히 말해 봐요. 아까 그 여자애들이랑 어떻게 아는 사이에요? 연관성이 없어도 너무 없잖아. 그리고 임수현 걔가 누구한테 매달릴 급은 또 아니란 말이지."

서화가 학교의 대표적인 간판인 것처럼 임수현도 속된 말로 '여신'이라고 불리는 여학생 중 한 명이었다. 그러나저러나 지한의 관심은 오로지 서화의 스케치북에 꽂혀 있었다.

서화는 다시 스케치를 이어갔다. 하지만 지한의 숨소리가 얼굴 옆에서 느껴지자 그만 손에 힘이 풀리고 말았다. 연필이 바닥에 툭, 떨어지며 데구루루, 굴러 지한의 신발 앞에서 멈추었다. 그 방향으로 고개를 돌린 서화는 입술을 꾹, 깨물었다. 그가 코끝이 닿는 거리에 서 있었다.

"참 섬세해. 네 그림은."

"……."

"그래서 아쉬울 때가 있어."

나른한 감상평을 흘리며 그가 멀어져 갔다. 서화는 자신의 그림을 내려다봤다. 정체 모를 여자의 뒤태가 연달아 그어진 선에 의해 표현돼 있었다. 가는 목선과 앙상한 손목. 다소 굽이진 어깨. 목 뒤로 아무렇게나 삐져나온 잔머리. 음울함이 물씬 풍기는 그림이었다. 가끔 여자가 누구냐고 물어보는 사람이 있을 때마다 서화는 나도 몰라, 하고 대답했다.

서화는 한 달에 한 번씩은 꼭 여자를 그렸다. 그에 특징이 있다면 항상 등을 돌리고 있다는 것, 절대 얼굴을 보이지 않는다는 것.

"근데 대체 왜 온 거예요?"

유라가 답답한 투로 물었다. 뒷문으로 다가선 지한이 손잡이를
쥔 채 대답했다.

"오늘도 있을 거 같아서."

그가 잠시 서화를 눈에 담고 실기장을 빠져나갔다.

* * *

"언니, 오늘 전시회 몇 시까지 가면 돼?"

이른 아침부터 수연이 분주히 방안을 돌아다녔다. 화장대에 앉
아 귀걸이를 요리조리 귓불에 가져다 대는 게 영락없는 스무 살
이었다.

"오고 싶을 때 와."

"진짜? 그럼 엄마랑 같이 갈게."

"굳이 엄마까지 데리고 올 필요 없어. 너만 와."

혜진은 최근 갱년기를 겪으면서 안색이 좋지 못했다. 자주 체하
는가 하면 얼굴이 화끈 달아올라 정원에 나가 열을 식힐 때가 부
지기수였다.

"그래도 이왕 가려면 같이 가야지. 엄마도 가고 싶어 하는 눈치
던데."

"그래?"

"응."

"……아버지는?"

콧노래를 흥얼거리던 수연이 멈칫하며 거울 너머로 서화를 바
라봤다.

"아…… 물어보질 못했네. 안 간다고 할 게 뻔해서. 지금이라도 가서 말해 볼까?"

"아냐, 됐어."

그동안 여러 번의 전시회가 있었지만, 제원이 찾아온 적은 단 한 번도 없었다. 그는 애초에 관심이 없었다. 서화가 무얼 하고 다니는지, 무얼 좋아하는지, 무얼 싫어하는지. 그러니 기대하는 것 자체가 불필요한 희망이었다.

"먼저 가 있을게. 올 때 연락 줘."

서화가 에코백을 어깨에 걸치며 휴대폰을 챙겨 들었다.

"이번 작품도 기대할게."

수연의 응원에 서화는 쓰게 웃었다. 집 밖을 나서자 메시지가 와르르 쏟아졌다. 과 단톡방의 숫자가 999+를 넘어서고 있었다.

[다들 뭐 입음? 원피스 입고 가는 거 오버???]
[호박에 줄 긋는다고 수박 안 된다니까?ㅋ]
[이은정 닥쳐 ——]

서화는 유라와 은정의 메시지를 읽을 때마다 웃음을 터트렸다. 쉴 새 없이 올라오는 대화들은 대부분 영양가 없는 내용이었다. 오늘 누가 무얼 입었다는 둥, 생각보다 사람이 꽤 몰렸다는 둥, 끝나고 뒤풀이에 갈 예정이냐는 둥. 서화는 버스에 몸을 실으며 눈을 감았다. 그 순간 가방에 올려둔 휴대폰에서 진동이 울렸다.

[대박……오늘 겸임 대박인데?]

자연스레 지한의 얼굴이 떠올랐다.

[겸임 벌써 왔어? 왜? 오늘도 핏 작살남? ㅎㅎ]
[ㄴㄴㄴㄴ그게 아님]

서화의 눈매가 반사적으로 가늘어졌다. 삐이이이-. 누군가 누른 하차 벨에 붉은 불이 들어오며 새로운 메시지가 나타났다.

[여친이랑 같이 옴]

＊ ＊ ＊

서화는 눈앞에 걸린 커다란 현수막을 바라봤다.

「 만월(滿月), 그 끝에서 」

이번 전시회의 주제였다.
서화는 갤러리 관으로 향하는 계단을 천천히 밟기 시작했다. 한발, 한 발 디딜 때마다 종아리에 힘이 바짝 들어갔다. 결국, 중간에 멈춰 서며 숨을 길게 내쉬었다. 가슴이 답답했다. 단순히 숨이 차서 그런 거라고 치부하려 했지만, 자꾸만 시선이 휴대폰으로 쏠렸다.

[여친?? 겸임 여친 있어?]

[없는 게 이상하지ㅋㅋㅋ 여자 존예ㅠㅠㅠㅠ 정장 입었는데 골반 라인 끝장남ㅠㅠ]

대화방은 여전히 지한과 그의 여자 친구 이야기로 떠들썩했다. 서화는 무시하며 남은 계단을 차곡차곡 올라갔다. 갤러리 관 내부는 이른 시간임에도 많은 사람들로 북적였다. 한영 대학교의 명성과 '피아' 갤러리 관의 명성이 더해져 사람들의 호기심을 불러일으킨 게 큰 이유였다.

서화는 전시된 작품들을 느긋하게 살펴보았다. 한 달 넘게 고생한 동기들과 후배들의 작품이 내리쬐는 조명에 의해 반짝, 빛이 났다.

사람들은 학교 측에서 배포한 '도록'을 손에 들며 차분히 작품을 관람했다. 이따금 들리는 감상평을 듣고 있노라면 웃음이 새어 나왔다. 각기 다른 시선으로 작품을 정의 내리는 게 신기했다. 꼭 예술에는 정답이 없다는 강 교수의 조언처럼. 그러다 문득 로비 중앙에 시선이 갔다. 서화의 작품으로 추정되는 석고상이 은은한 조명을 받으며 전시돼 있었다. 사람들은 하나같이 그녀의 작품을 진기한 눈으로 관찰했다. 흉측하게 꺾인 관절을 보고 불쾌한 표정을 짓는 이도 있었고, 다소 날것의 감정표현에 매우 만족해하는 이도 있었다. 멀찍이서 상반된 반응을 지켜보는데, 연하늘색 슈트를 입은 늘씬한 여성이 한 남자를 데리고 서화의 작품 앞에 멈춰 섰다.

"난 이게 제일 맘에 드는데."

여자가 다정한 목소리로 말했다. 그러자 남자가 물었다.

"왜?"

"그냥. 느낌이 좋아서. 날 것 같다고 해야 하나. 서지한, 너도 같은 생각 아니야?"

여자의 입술에 은은한 미소가 번졌다. 지한의 입가에도 같은 미소가 피어올랐다. 며칠 전, 끈질기게 달라붙던 여학생들을 상대하던 것과는 전혀 다른 얼굴이었다. 그에게도 저런 면모가 있었던가. 서화는 조용히 목 언저리를 짓눌렀다. 갑자기 가슴이 무거워지며 참기 힘든 울렁거림이 끓어올랐다. 그러다 불현듯 회의감이 찾아오며 허망한 기분이 들었다.

내가 왜 기분 나빠하는 건데?

어째서?

왜?

……대체 난 저 사람한테 뭘 바라고 있었던 거야?

서화는 서둘러 몸을 틀었다. 하지만 몇 걸음도 못가 걸음이 끊겼다. 갑자기 콧속을 훅, 파고든 진한 꽃향기 때문이었다. 잠시 정신이 아찔해 주춤거리자 커다란 손이 서화의 팔목을 휘감았다. 뼈마디가 두꺼운 손가락이었다. 팔목을 감싼 메탈 시계를 따라 눈을 들자 커다란 꽃다발이 서화의 시야를 그득 채웠다.

"괜찮습니까?"

귓속을 파고든 음색은 낮고 묵직했다. 짙은 남색 빛의 슈트를 입은 남자가 고요한 눈으로 서화를 응시하고 있었다. 남자의 입술이 다시 한번 움직였다.

"차성준입니다."

동시에 지한의 시선이 서화의 등 뒤에 닿았다.

그 여자

　서화는 성준이 내민 꽃다발을 가만히 주시하다가 조심스레 품에 안아 들었다.

"여긴 어떻게 알고 오셨죠?"

　갑작스러운 그의 방문이 당황스럽지 않다면 거짓말이었다. 서화는 한 발짝 물러서서 남자를 올려다봤다. 내리깐 눈매가 한없이 깊고 차갑다. 사진으로 느꼈던 것보다 더 짙은 고적함이었다. 커다란 체격 때문인지 알 수 없는 위압감도 함께였다.

"성준 오빠."

묘한 기류가 흐르던 찰나, 타인의 음성이 불쑥 끼어들었다. 그 여자였다. 지한의 옆에서 은은히 웃던.

"오빠가 여긴 어쩐 일이야?"

여자는 친근한 얼굴로 성준의 곁에 다가왔다. 잠시 여자에게 눈길을 주던 성준이 다시 서화를 눈에 담았다. 그 찰나, 또 다른 타인의 발소리가 서화의 등 뒤에서 울려 퍼졌다. 한 걸음, 한 걸음 지한이 가까워지는 소리가 들리자 서화는 꽃다발을 꽉 끌어안았다.

"잠시 실례하겠습니다."

서화는 절대 돌아보지 않았다. 다리에 힘을 주며 2층으로 향하는 계단을 밟았다. 동기들이 있는 대기실에 도착하고 나서야 꾹 참고 있던 숨을 터트렸다.

"웬 꽃다발?"

소파에서 휴대폰을 하고 있던 유라가 놀란 눈으로 다가왔다. 서화는 유라에게 꽃다발을 넘기며 가방에서 휴대폰을 꺼내었다. 역시나 부재중이 몇 통 찍혀 있었다. 전부 다 차성준, 그 남자에게서 걸려온 것들이었다. 그리고 하나의 메시지.

[오늘 전시회에 차 이사가 방문할 거다.]

제원이 보낸 메시지의 의미는 간결했다. 알아서 그 남자를 잘 대하라는 일종의 경고와도 같았다.

"오써, 누구한테 받은 거냐니까?"

꽃향기를 그윽하게 들이마시던 유라가 눈을 반짝였다. 서화는 대답 대신 손안에서 울려 퍼지는 진동에 아래로 시선을 내렸다.

[차성준입니다. 지하 1층 커피숍에서 기다리고 있겠습니다.]

"나, 잠깐 누구 좀 만나고 올게."

"누구?"

"다녀와서 말해줄게."

"야! 곧 강 교수님 오신다고 했단 말이야!"

유라의 외침에도 서화는 대기실을 빠져나왔다. 그때 계단을 밟고 올라오던 지한과 정통으로 눈이 마주쳤다.

"어디 가."

기분 탓일까. 다른 때보다 그의 음성이 차갑게 느껴지는 것은.

"서지한. 강 교수님은 언제 오신대?"

엎친 데 덮친 격이라고 지한의 여자 친구라고 불리는 여자가 그의 등 뒤로 모습을 보였다. 서화는 걸음을 옮기며 차게 읊조렸다.

"알 거 없잖아요."

* * *

"차성준입니다."

"오서화예요."

서화는 덤덤히 자신을 소개했다. 으레 차성준이 그랬던 것처럼. 커피숍에 들어서자 쉽게 남자를 찾아낼 수 있었다. 사람들의 이목이 한곳으로 몰려 있는 탓이었다.

"절 학교에서 보셨다고요?"

서화가 커피를 한 모금 마시며 물었다. 성준은 긍정도, 부정도

하지 않았다. 그 묘한 태도에 작은 깨달음이 일었다. 남자는 자신을 학교에서 한 번도 본 적이 없다는 걸. 결국, 제원에게 전해 들은 차성준의 이야기는 새빨간 거짓말이었던 것이다.

"전시회 좋아해요?"

"가끔 보러 다닙니다."

"좋아하는 건 아니란 소리네요."

성준이 물끄러미 서화를 주시했다. 꼭 사람 머릿속을 꿰뚫어 보려는 것처럼 집요한 눈빛이었다.

"제가 예정된 스케줄이 있어서 용건만 간단히 했으면 해요."

어차피 '목적'만 있는 만남. 그게 무엇이든지 서화는 들어줄 용의가 있었다. 아버지가 이 만남에 의의를 두고 있는 이상 자신에게 선택권은 없었다. 오제원은 언제든지 오서화를 버릴 수 있는 권력자였고, 서화는 그가 만들어준 단 하나의 '울타리'를 포기할 자신이 없었다. 알고 있으니까. 그의 손아귀에서까지 버려지면 자신은 정말 외톨이가 된다는 걸.

"서지한과는 어떤 사이입니까?"

체념으로 물든 서화의 눈동자가 빠르게 올라갔다.

"무슨 의미죠?"

당연히 남자가 이 만남에 대한 본질적인 이유를 말할 줄 알았다. 혹은 바라는 조건 같은 것들. 그런데 지한에 대한 이야기라니.

"말 그대로입니다."

성준이 낮은 목소리로 덧붙였다.

"서로 알고 있는 눈치라서."

"당연한 거 아닌가요?"

어째서? 이번에는 성준의 얼굴에 의문이 떠올랐다.

"저희 학교 교수님이니까요."

"아. 교수."

서화는 눈을 가늘게 떴다. 남자의 어투에서 묘한 괴리감이 느껴졌다. 마치 '지한'에 대해 전혀 모르는 듯한 사람처럼.

"차성준 씨와 서 교수님은 어떤 사이죠?"

"그게 왜 궁금합니까?"

"……."

"어차피 우리 관계에 있어서는 쓸모없을 텐데."

쓸모없을 텐데. 씹어뱉는 남자의 입술이 어쩐지 싸늘했다.

"그럼 왜 그 자리에 서 교수님을 보낸 거죠?"

"그 자리?"

성준이 팔짱을 끼며 의자 깊숙이 몸을 묻었다. 미묘하게 달라진 그의 태도에 서화는 좋지 못한 기운을 느꼈다. 왜인지 모르겠으나 지한의 이름을 함부로 굴려선 안 될 것 같은 촉이 섰다.

"잠시 제가 착각했나 봐요."

서화는 어설픈 거짓말이란 걸 알면서도 꼿꼿이 내뱉었다. 진득한 시선이 얼굴에 달라붙는 게 느껴졌다. 그것을 애써 무시하며 의자에서 일어나 성준을 내려다봤다.

"말씀드린 것처럼 자리를 오래 비울 수가 없는 입장이라서요. 하실 말씀 더 없으면……."

"전시회 끝나고 뭐합니까?"

서화가 의아한 눈으로 성준을 바라봤다.

"식사 한 끼 제대로 대접하고 싶은데."

진심일까. 그러기엔 남자의 눈동자가 지나치게 무심했다.

성준은 옷매무새를 가볍게 정리하며 몸을 일으켰다. 서화의 고개가 자연스레 뒤로 젖혀졌다. 처음 만났을 때도 느낀 거지만 지한만큼이나 성준의 기럭지도 만만치 않았다. 지한이 샤프하면서 골격 좋은 몸이라면 성준은 뼈대가 크고 단단한 몸이었다. 잠시 고민하던 서화의 시야에 한 남자가 걸려들었다. 조교, 상원이었다. 그는 누군가와 싱글벙글 웃으며 메뉴를 고르는 중이었다.

……또 그 여자잖아.

지한의 옆에서 해사하게 웃던 여자란 걸 깨닫기 무섭게 상원과 눈이 마주쳤다. 서화는 서둘러 상황을 정리했다.

"끝나고 연락할게요."

* * *

"그럼 즐거운 관람되시길 바라며, 전시회를 위해 고생해준 학생들과 해마다 힘써주시는 '피아' 갤러리 관 관계자 분들께도 감사의 인사를 전합니다."

강 교수의 축사로 본격적인 전시회가 시작됐다. 중요한 행사이니만큼 플래시가 곳곳에서 터져 나왔다. 평소 전시회를 즐겨보러 다니는 셀럽들의 등장으로 분위기는 더욱 무르익어갔다. 서화는 은정과 같이 입구에서 도록을 나눠주는 중이었다. 손에 들린 장수가 바닥을 보일 때쯤이었다.

지이이잉—.

서화의 휴대폰에서 진동이 울렸다. 발신자는 여동생, 수연이었다.

−언니.

"응. 어디쯤이야?"

−그게 있잖아.

스피커 너머로 들리는 소음이 어지럽고 복잡했다. 수연이 길 한 복판에 서서 우왕좌왕하는 게 눈에 선히 그려졌다.

−미안한데, 내가 일이 생겨서 엄마 먼저 보냈어.

"급한 일이야?"

−말하자면 좀 길어. 근데 아까부터 엄마가 전화를 안 받네? 실은 가는 길에 병원 한 번 들렸거든.

남은 도록을 정리하던 서화의 손이 멈칫했다.

"병원은 왜?"

−속이 안 좋대서. 아침에 먹은 밥이 체한 것 같다는데, 그건 아닌 거 같아. 안성댁 이모가 그랬는데, 저번 주에도 병원을 갔다는 거야.

"그걸 왜 이제 말해."

−왜긴. 엄마가 이모 입 단속시켰으니까 그렇지. 엄마는 내가 알고 있다는 것도 모를걸.

"알았어. 내가 연락해볼게."

−응, 언니 미안해. 만나면 나한테도 꼭 좀 연락 줘.

통화가 끝나자 서화는 바로 혜진의 번호를 찾아 눌렀다. 그러나 신호음만 갈 뿐, 좀처럼 그녀의 음성을 들을 수 없었다. 마음이 조급해져 남은 도록을 은정에게 넘기며 양해를 구했다.

"은정아. 미안한데, 나 잠깐만 나갔다 올게."

"무슨 일 있어?"

"엄마가 이 근처에서 헤매고 있는 거 같은데, 전화를 안 받으시네."

"신경 쓰지 말고 편히 다녀와."

"고마워."

서화는 서둘러 건물을 빠져나갔다. 다시 통화를 걸며 분주히 이곳저곳을 둘러보는데, 불현듯 분수대 난간에 앉아 있는 여자의 뒤태가 눈에 들어왔다. 설마…….

"이를 어째요. 미안해서."

"아닙니다."

서화는 눈이 잠시 커졌다. 낯설지 않은 한 남자가 혜진에게 음료수를 건네고 있었다. 서화의 두 다리가 홀린 듯이 움직였다.

"……엄마."

"어? 서화야."

서화를 발견한 혜진이 활짝 미소 지었다. 그와 함께 지한이 뒤를 돌아봤다. 그와 정통으로 눈이 마주친 서화는 최대한 태연한 척, 혜진의 앞으로 걸어갔다.

"병원 다녀왔다면서요."

"누가 그래? 수연이구나. 요 계집애가. 별거 아니라고 몇 번이나 말했는데도."

"괜찮아요?"

"그럼. 아침에 먹은 밥이 잠깐 체했나 봐."

거짓말.

단순히 체했다고 하기엔 혜진의 안색이 좋지 못했다. 게다가 지한이 건넨 것은 음료수만이 아니었다. 작은 약봉지도 함께였다.

서화는 무릎을 굽혀 혜진의 얼굴을 부지런히 살폈다.

"몸이 안 좋으면 집에서 쉬셨어야죠. 왜 굳이 여기까지 와서
는……."

"어머, 얘 좀 봐. 엄마 서운하게 왜라니. 어떻게 안 올 수가 있어."

혜진이 단호한 투로 말했다. 그녀는 흐트러진 서화의 머리칼을
귀 뒤로 다정히 넘겨주며 미소 지었다.

"좋아서 온 거야. 말했잖아. 엄마는 우리 딸 작품 좋아한다고."

서화는 아무 말도 하지 못했다. 한영대 미대에 진학한 가장 큰
이유 중에 혜진의 영향이 없다고 말할 수 없었다.

아주 어릴 적, 서화는 사람이 눈앞에서 죽어가는 과정을 지켜
본 경험이 있었다. 그 후유증 때문인지 밤만 되면 악몽을 꿨고,
때때로 누군가에게 목이 졸리는 것처럼 '잘못했어요, 잘못했어
요.' 토막 난 호흡을 내뱉으며 경기를 일으켜야 했다. 그런 서화
를 위해 혜진은 갖은 노력을 쏟아 부었다. 그중 하나가 '그림'이었
다. 정서적으로 불안한 아이에게는 그림만이 유일한 의사소통의
기로였다.

"그럼 저는 이만 가보겠습니다."

등 뒤를 울리는 묵직한 음성에 서화의 어깨가 딱딱하게 굳었다.
혜진이 다급히 목소리를 냈다.

"내 정신 좀 봐. 서화야. 이분이……."

"감사합니다."

돌아서는 지한의 두 다리가 멈추었다. 서화가 작게 중얼거렸다.

"……교수님."

"교수님?"

혜진의 두 눈이 휘둥그레졌다. 몸을 돌린 지한이 혜진을 보며 허리를 깊이 숙였다.

"인사가 늦었습니다. 서지한이라고 합니다."

"아…… 네. 교수님이셨군요. 어머, 그런 줄도 모르고. 저는 서화 엄마예요."

혜진이 서화의 손을 마주 잡으며 나긋하게 말을 이었다.

"우리 서화가 곧 졸업반이긴 하지만 잘 좀 부탁드릴게요. 애가 숫기가 없어서 그렇지. 매사에 뭐든지 열심히 하는 친구거든요."

아픈 기색은 어디 가고, 혜진은 기쁜 얼굴로 서화의 장점을 줄기차게 나열했다. 그럴수록 서화는 쥐구멍에 숨고 싶은 심정이었다. 부끄럽고, 마치 발가벗겨진 듯한 기분이었다. 혜진이 말한 것처럼 자신은 완벽한 딸도, 학생도 아니었다. '허울과 껍데기' 그 이상 그 이하도 아니었다. 무엇보다 이런 사실을 지한이 가장 잘 알고 있다는 것에 얼굴이 화끈거렸다. 서화는 혜진의 팔목을 붙잡았다. 어떻게든 그녀를 데리고 전시장으로 돌아갈 생각이었다.

"저도 좋아합니다."

서화의 눈이 빳빳하게 굳었다. 놀란 낯빛으로 고개를 들자 지한이 덤덤한 얼굴로 말을 이었다.

"좋은 작품이니까요."

좋은…….

서화의 눈동자가 얕게 흔들렸다. 그제야 좋아한다는 게 자신의 작품을 두고 한 말이란 걸 깨달았다.

"정말요? 교수님이 그렇게 봐주신다니까 제가 좀 안심이 되네요."

혜진은 가슴을 쓸어내리며 서화를 애틋하게 쳐다봤다. 서화는 그저 발끝만 바라봤다. 지한이 돌아서고, 그의 발소리가 멀어질 때까지 차마 고개를 들지 못했다. 꼭 기대하고 만 것 같아서. 좋아한다는 그 말. 그렇지 않고서야 이토록 허망할 순 없는 거였다.

* * *

"좋은 분 같아."

벌써 세 번째다. 혜진의 입에서 지한을 향한 감탄사가 터져 나온 게. 서화는 혜진의 손을 잡고 눈앞의 그림을 보며 물었다.

"어디가요?"

"응?"

"어디가 그렇게 좋은데요?"

"글쎄."

곰곰이 고민하던 혜진이 학생들과 대화를 나누고 있는 지한을 보며 덧붙였다.

"뭐랄까. 사람이 참 선해."

서화는 수긍하지 못했다. 그녀에게 지한의 첫인상은 '불쾌함'이었다. 멋대로 마음을 꿰뚫고, 멋대로 그 마음을 어림잡아 깊숙이 찌르는. 하지만 우습게도 부정하지 못했다. 그가 던진 말은 꼭 화살촉 같았다. 무심코 던진 한마디에 가슴이 따끔거렸고, 가끔은 괜한 오기까지 부리게 됐다. 그러니 가까이해서 좋을 게 없다. 가까스로 잔잔해진 감정의 파동에 돌을 던져서는 안 될 일이었다.

"잠깐 어지러워서 계단에 서 있는데, 친절하게 손을 잡아주는 거 있지?"

"교수님이요?"

"응. 아마도 내가 학부모인 줄 알고 그런 거 같은데. 그래도 요즘 같은 세상에 호의를 베푸는 게 어디 쉬운 일이니? 서화, 너도 잘해드려."

서화는 학생들에게 둘러싸여 있는 지한을 물끄러미 바라봤다. 그가 무슨 말을 할 때마다 학생들은 까르르 웃음을 터트리며 은근슬쩍 그의 옷깃을 붙잡았다. 그럴 때면 지한은 그저 가볍게 웃어넘겼다.

가벼운.

가벼운…….

가벼운 사람.

서화는 멋대로 정의 내리며 시선을 돌렸다.

"이 작품이야?"

그 사이, 혜진은 한 석고상에 관심을 보였다. 바로 서화의 작품이었다.

"지금껏 본 작품들과는 전혀 다른 느낌이네."

툭 떨어진 감상평에 서화의 낯빛이 어두워졌다.

"……별로예요?"

"아니. 전혀. 너 키우면서 다양한 작품을 접했지만, 솔직히 엄마는 아직도 이 분야에 대해 잘 모르겠어. 그냥 느끼는 대로 말할 뿐이지. 그런데 이번 건 뭐랄까?"

혜진은 허리를 낮게 숙이며 작품을 골똘히 응시했다.

"이상하게 공감이 가네."

"공감이요?"

"응. 누구든지 이런 감정을 느껴본 적이 있을 거 같아서. 단지 다 참고 사는 거겠지. 터트려봤자 좋을 게 없으니까."

그렇게 말하는 혜진의 얼굴이 어쩐지 씁쓸했다. 그때였다.

"저도 그렇게 생각합니다. 어머니."

불쑥, 들린 음성에 서화와 혜진의 고개가 동시에 돌아갔다. 목소리의 주인공을 알아챈 서화의 두 눈이 경계심으로 반짝였다. 지한의 여자 친구라고 불리던 그 여자가 떡하니 눈앞에 서 있었다.

멀리서 봤던 것보다 더 아름다운 생김새의 여자였다. 하늘 색감의 슈트는 여자의 시원한 기럭지를 더욱 빛나게 해주었고, 그녀가 흘러내리는 머릿결을 쓸어 올릴 때면 좋은 향기가 퍼져 나왔다. 무엇보다 여자의 분위기가 맑고 깨끗했다. 은방울꽃처럼 은은하면서 순백한 기운이 몸 곳곳에서 묻어났다.

"저도 조금 놀랐거든요."

여자가 부드럽게 미소 지었다.

"오서화 양이라면 이번에도 결이 섬세한 작품을 선보일 줄 알았는데, 예상을 빗나가서 굉장히 의아했죠. 그래서 더 좋았지만요."

"실례지만 누구실까요?"

혜진이 조심스레 묻자 여자는 지갑에서 명함 한 장을 꺼내었다.

"반갑습니다. 큐레이터 송유미라고 합니다."

서화는 명함에 적힌 문구를 살폈다. '송유미'라는 이름 다음으로 '제니스'의 큐레이터라는 글씨가 눈에 띄었다.

"전부터 서화 양과 이야기를 나누고 싶었는데, 좀처럼 틈을 안 주더라고요. 멀리서 지켜보다가 이대로는 안 될 거 같아서 용기

내 직접 다가왔습니다. 만나서 반가워요. 서화 양.”

유미가 대뜸 손을 내밀었다. 서화는 손을 잡는 대신 무심한 눈으로 유미를 올려봤다.

“절 아시나요?”

“그럼요. 큐레이터한테 좋은 작가를 발굴해내는 것만큼 중요한 임무는 없으니까요. 그래서 이번 작품 관련으로 하고 싶은 말이 아주 많아요.”

유미의 눈이 열정으로 불타올랐다. 하지만 서화가 선뜻 경계심을 풀지 못하자 유미는 서화의 손에 들린 명함을 냉큼 빼앗아 그녀의 바지 주머니에 꽂아 넣었다.

“전시회 끝나고 뒤풀이 가죠?”

전시회를 끝마치면 학교 측에서 쫑파티를 제공해주곤 했다. 그래봤자 조촐한 술자리에 불과하긴 했지만. 다만 서화는 유미가 이 사실을 알고 있다는 것에 의아할 뿐이었다.

“그럼 그때 봐요.”

유미가 싱긋 웃으며 돌아섰다. 또각또각. 울려 퍼지는 하이힐 소리를 멍하니 듣던 찰나, 혜진이 들뜬 목소리로 대화를 걸어왔다.

“우리 서화, 벌써 스카우트 된 거야?”

“설마요.”

“말하는 거 들어보니까 예전부터 네 작품을 주의 깊게 본 거 같은데? 그리고 ‘제니스’라면 송화 그룹에서 운영하는 곳 아니니?”

송화는 우리나라에서 5성급 호텔을 대거 운영하는 곳으로 저명했다. 몇 년 전에는 이름값 한다는 작가들을 대거 스카우트해 예술 분야에서도 단기간 안에 명성을 휘날린 이력이 있었다.

유미는 어느새 학생들 틈에 섞여 있었다. 정확히는 지한의 옆자리였다. 그녀가 까치발을 들어 그의 귓가에 무어라 속삭였다. 뒤이어 지한의 입가에 연한 미소가 번지자 서화는 차갑게 등을 돌렸다.

* * *

"뭐? 안 간다고?"

유라가 놀란 얼굴로 소파에서 튕겨 나왔다. 이미 많은 학생이 짐을 싸고 뒤풀이 장소로 향한 뒤였다. 유라만이 대기실에 홀로 남아 서화를 기다리던 중이었다.

"그래도 마지막 뒤풀이인데, 같이 가야지."

유라의 탄식에 서화는 한 손에 꽃다발을 품으며 문손잡이를 움켜잡았다.

"미안. 선약이 있어."

"선약? 그런 말 없었잖아. 설마……."

유라가 휘둥그레진 눈으로 꽃다발과 서화를 번갈아 바라봤다.

"이거 차성준인가, 뭔가 하는 그 남자가 주고 간 거야?"

서화는 딱히 부정하지 않았다. 유라의 입이 쩍 벌어졌다.

"세상에……."

그때였다. 갑자기 굳게 닫힌 문이 벌컥, 열리며 누군가가 걸어 들어왔다. 눈이 마주친 세 사람은 한동안 말이 없었다. 숨 막히는 침묵이 흐르는 가운데, 태연한 음성이 울려 퍼졌다.

"여기 서서 뭐 해."

지한의 물음에 유라가 어색한 웃음을 띠었다.

"하하, 글쎄요. 교수님은요?"

지한은 대답 대신 소파 위, 가지런히 놓여 있는 푸른 재킷을 바라봤다.

"아, 유미 언니 옷 찾으러 온 거예요?"

거리낌 없이 유미를 알은척하는 유라의 태도에 서화의 눈이 가늘어졌다. 그 사이, 지한이 재킷을 챙겨 들었다.

"저희도 곧 나가려던 참이었어요."

유라가 문을 열고서 서화의 팔을 잡아당겼다. 서화는 유라가 이끄는 대로 걸음을 옮겼다.

"그래서 지금 차성준 그 남자 만나러 가는 거야?"

1층으로 향하는 마지막 계단을 남겨둔 때였다. 유라가 귓속말이라기엔 다소 큰 목소리로 속삭였다. 그러자 뒤따라오던 지한의 두 다리가 거짓말처럼 우뚝 멈추었다. 서화는 솔직하게 대답했다.

"응."

"미쳤네……."

유라가 기겁하며 혀를 내둘렀다.

"뭐야. 컨셉을 대체 어떻게 잡은 거야? 저번에는 대차게 물 먹이더니, 이번에는 뇌물 공세? 이거 갈수록 별로인데. 그래서 얼굴은 어땠어?"

서화는 잠시 성준의 얼굴을 떠올렸다. 그를 마주한 시간은 그리 길지 않았다. 세세한 생김새는 기억나지 않았으나 깊이를 알 수 없는 서늘한 눈매만큼은 명료히 각인돼 있었다. 솔직히 말하면 사진과 다를 게 없었다. 한마디로 그녀의 스타일이 아니었다.

그런데도.

"괜찮았어."

마음에도 없는 거짓말을 했다. 차성준, 그 남자에게는 미안한 일이지만 그의 존재감만이 이 숨 막히는 공기를 단절시킬 수 있을 거 같았다.

"역시 얼굴에서 큰 점수를 줬구만."

그럴 줄 알았다는 듯 유라가 콧노래를 흥얼거렸다. 그때 지한의 다리가 소리 없이 움직였다.

"교수님, 어디로 가는지 알아요?"

유라의 물음에 지한은 가볍게 손을 흔들었다. 그가 전시회장을 빠져나가자 서화가 참지 못하고 물었다.

"그 사람은 어떻게 알아?"

"누구?"

"아까 아는 눈치였잖아. 유미라고."

"아, 유미 언니. 알고 보니까 강 교수님 제자더라고. 겸임하고는 대학 동문이래."

"동문?"

"응. 네가 그 남자 보러 간다고 했을 때 알게 된 거야. 너도 그때 있었어야 했는데. 간 큰 신입생께서 유미 언니한테 겸임 여친이냐고 물었다가……"

망신도 그런 망신이 없었다며 유라가 키득거렸다.

"아무튼, 둘이 그렇고 그런 사이는 아닌가 봐. 유미 언니가 질색한 거 보면 답 나왔지."

유라의 마지막 한마디만이 깊게 낙인찍혀 서화의 마음에 커다란 파문을 일으켰다.

* * *

결국 성준과의 저녁 약속은 취소되었다.

[일이 생겼어요. 미안하지만 다음에 봐요.]

그에게서는 어떤 회신도 오지 않았다. 어쩌면 벌써 제원의 귀에
들어갔을지도 모른다. 그런데도 서화는 뒤풀이에 참석했다. 충동
적인 결정이었다. 그 이유가 뭘까, 고민하는 것은 시간 낭비에 불
과했다. 다른 학생들과 다를 것 없이 안도하는 자신을 발견할 수
있었으니까. '서지한'과 '송유미' 두 사람의 관계가 친구, 그 이상
그 이하도 아니란 것에 대해.
"자꾸 그런 눈으로 보지 말아줄래? 나는 맹세코 서지한을 남자
로 생각해본 적이 없다니까?"
유미는 억울하다며 테이블을 탕탕 두드렸다. 학생들이 야유하
며 그녀를 더욱 몰아세웠다. 이대론 안 되겠다 싶었는지 유미는
같은 테이블에 앉아 있던 상원에게 SOS의 신호를 보냈다.
서화는 두 사람을 묵묵히 관찰하면서 몇 가지 사실을 알게 됐
다. 지한을 포함한 세 사람은 대학에서 만난 인연이라는 것. 지한
과 유미는 같은 과 동기였고, 상원과는 교양수업에서 알게 된 선
후배 사이였다.
"글쎄. 송유미한테 서지한은……."

상원이 턱을 쓰다듬으며 심오한 표정을 지었다. 덩달아 학생들의 얼굴에도 초조함이 어렸다.

"불씨라고 해야 할까."

"불씨요?"

학생들이 감을 잡지 못하자 상원의 입꼬리가 씩 올라갔다.

"지한이 때문에 유미가 꽤 속앓이를 했거든."

간신히 잠재운 오해의 불씨가 다시 불타올랐다. 유미가 서둘러 수습에 나섰다.

"이 선배가 진짜. 말을 그렇게 하면 어떡해요. 애들이 또 오해하잖아요. 아니야. 그런 거 절대 아니야."

"맞아. 애초에 성립 불가였지."

상원이 자조적으로 고개를 끄덕이며 팔짱을 꼈다. 그는 묵묵히 술잔을 비우고 있는 지한을 흘깃거렸다.

"경쟁자였다고 할까. 둘이 거의 앙숙이었거든. 뭐, 지한이는 딱히 신경도 쓰지 않았지만."

"아, 선배! 그만해요. 됐어. 내 입으로 말할 거야. 그래. 내가 서지한한테 엄청난 열등감에 사로잡힌 적이 있었어. 그게 전부야. 됐니?"

한때 유미의 꿈은 이상적인 아티스트가 되는 것이었다. 그러나 그 앞에는 언제나 지한이 서 있었고, 유미에게 그는 좋은 경쟁자이자 때로는 '재능'이라는 한계에 굴복하게 만드는 커다란 바위와도 같았다.

"그때도 두 녀석이 재미난 안줏거리긴 했지. 그러고 보면 지금이랑 다를 게 없네. 질색하는 송유미나 신경도 안 쓰는 서지한이냐.”

　상원의 말처럼 지한은 유미에게 시선조차 주지 않았다. 그는 강
교수가 자리를 비운 후부터 혼자서 술을 비우거나 핸드폰을 만지
작거리는 게 전부였다.

　“가만 보니까 서화한테 유미 학생 때 모습이 보이네. 그치, 지
한아?”

　잔을 들던 서화의 손이 허공에서 멈추었다.

　“글쎄. 잘 모르겠는데.”

　지한이 휴대폰을 들고 자리에서 일어났다. 그는 서화를 무심히
지나치며 술자리를 빠져나갔다. 찬바람이 쌩쌩 부는 태도에 주위
가 고요해졌다. 몇몇 학생들은 ‘쟤가 오죽 겸임한테 깐깐하게 대
했어?’ 대놓고 서화를 저격했다. 그 말에 열 받은 유라가 자리에
서 벌떡 일어나자 서화가 그녀의 옷자락을 끌어당겼다.

　“괜찮아.”

　“뭐가 괜찮아. 쟤네 악질 중의 악질이야. 저번에도 깐족거리더
니.”

　“틀린 말도 아닌걸.”

　소문은 이유 없이 나는 게 아니었다. 의도적으로 지한에게 벽을
치던 그간의 모습이 당연히 좋게 보일 리 없었다.

　“아직 더 달릴 수 있죠?”

　갑자기 눈앞에 나타난 글라스 잔에 서화가 고개를 들었다. 유미
가 다른 손에 들고 있던 맥주병을 가볍게 흔들어 보였다.

　“전시회도 성공적으로 끝났는데, 표정이 왜 그래요. 죽 쑨 것마
냥. 좋은 자리인데, 실컷 즐겨야죠. 그런 의미로 나는 서화 씨 옆

에서 마시는 거로."

유미가 은근슬쩍 서화의 옆자리를 차지하자 테이블이 활기차게 돌아가기 시작했다. 그러다가도 서화를 향한 수군거림이 들려오면 유라가 눈을 희번덕거리며 소리의 근원지를 죽어라 노려봤다.

"언니, 쟤들이 뭐래요?"

"왜? 말해주면 가서 머리채라도 잡게?"

"전혀요."

유라는 가소롭다는 듯 숄더백을 툭툭, 두드렸다.

"요새 커터칼을 색깔별로 수집하는 중이에요."

"어우, 야……. 갑자기 왜 장르를 호러로 바꾸는데. 참아. 참는 게 좋아. 그래도 나름 귀엽지 않아?"

"쟤들이요?"

유라의 미간이 팍 구겨졌다.

"설마……. 언니가 서 교수님을 짝사랑했던 건 아니죠?"

"미쳤니?"

유미는 기겁하며 인상을 찌푸렸다.

"직접 보여줄 수도 없고. 내가 이런 말까진 안 하려고 했는데, 나 좋아하는 사람 있어."

생각지 못한 고백에 유라의 눈이 커졌다. 그건 서화도 마찬가지였다. 동요하지 않은 척해도 까만 눈동자에는 미세한 떨림이 일었다. 그걸 알아챈 유미가 싱긋 웃으며 서화의 빈 잔에 맥주를 따랐다.

"저런 질투도 어리니까 할 수 있는 거지. 나이 먹어봐. 그런 열정도, 체력도 다 사라진다? 그리고 쟤네가 단순히 서화 씨가 마음에 들지 않아서 저러는 거 같아?"

유라가 단호히 대답했다.

"아뇨. 다 잘나신 서 교수님이 원인이겠죠."

"빙고. 한때 피해자였던 내가 조언 하나 해주자면 무시가 답이
야."

"언니도 당했어요?"

"아까 상원 선배 말 못 들었어? 틈만 나면 안줏거리로 올라왔다
니까. 심지어 그때도 좋아하는 사람 있다고 동네가 떠나가도록 떠
들고 다녔는데도 그랬지."

"서 교수님한테 열등감 가진 적 있었다면서요."

유미가 어금니를 사리물며 미소 지었다.

"그래서 더 기분 나쁘다는 거 아니야. 매일 같이 작업하다 보니
까 오해를 산 거 같은데, 생각해봐. 하루도 빠짐없이 얼굴을 보는
거라고. 그럼 안 질리겠어? 뭐, 예나 지금이나 저 녀석 때깔 좋은
건 여전하지만."

"그때도 교수님 인기 좋았어요?"

"그러게. 나도 궁금하네. 왜 좋았을까요?"

질문은 유라가 아닌 서화를 향했다. 굳이 보지 않아도 유미의
눈동자가 호기심으로 반짝이는 게 느껴졌다. 서화는 무시하며 잔
을 들었다. 그때 짠, 하고 말간 소리가 울려 퍼졌다. 유미가 손수
서화의 잔에 자신의 잔을 부딪친 것이었다.

"고생 많았어요."

"무슨 말이 하고 싶으세요?"

서화의 반응은 차가웠다. 당황할 법도 한데 유미는 의연하게 받

아쳤다.

"서화 씨는 날부터 세우고 상대하는 스타일이구나. 이해해요. 예민한 만큼 작품의 완성도는 높아지는 법이니까. 그쪽 사람들이 다 그렇잖아요?"

아니. 전혀. 예민한 편은 맞으나 모두에게 해당되는 것은 아니었다. 유라의 말을 빌리자면 서화는 오히려 둔한 쪽에 속한다고 했다. 기쁜 일이 있어도, 슬픈 일이 있어도, 억울한 일이 있어도 너처럼 무감한 눈으로 세상을 바라보는 사람도 없을 거라면서. 언제부터 그런 태도를 유지했는지는 잘 모르겠다. 단지 그게 편하다고 생각됐을 때쯤에는 그것이 습관이 돼 있었다.

"아니면 상원 선배가 나 닮았다고 해서 기분 나빴어요?"

"기분 안 나빴어요."

단호한 부정에 잠시 정적이 흘렀다. 예상치 못한 대답이었는지 유미의 눈이 토끼처럼 동그래졌다. 끔뻑끔뻑. 눈꺼풀을 깜빡이길 반복하던 그녀가 별안간 웃음을 터트렸다.

"서화 씨, 이런 캐릭터였구나. 유라 말이 맞았네. 되도록 작품 이야기만 하고 싶었는데, 이번에도 물 건너간 거 같네요."

그게 무슨 소리냐며 서화가 미간을 좁혔다.

"지한이한테 관심 있죠?"

반박 못 하는 서화를 보며 유미가 씩, 웃어 보였다.

"이젠 눈만 봐도 알아요. 이 사람이 서지한한테 관심이 있는지 없는지 정도는. 대학 다니면서 그런 애들한테 여간 호되게 당했어야지. 물론 서화 씨 두고 하는 말은 절대 아니에요."

그런데 굳이 이런 식으로 대화를 끌고 가는 이유가 뭘까. 간신히 느슨해진 경계가 곤두서려던 때였다.

"그럼 그것도 알아요? 지한이도 서화 씨한테 관심 있는 거."

서화는 이제 대놓고 인상을 찌푸리며 유미를 바라봤다.

"어디까지나 추측이지만 지한이를 오랫동안 지켜본 측근으로서 걔가 누구 작품을 추천할만한 녀석은 아니거든요."

"추천이라뇨?"

"나한테 서화 씨 작품 추천한 사람이 지한이에요."

거짓말.

그 말이 목구멍에 탁, 걸려 내려가지를 않았다.

'좋은 작품이니까요.'

당연히 예의상 한 소리인 줄 알았다. 단순히 학부모인 혜진이 눈앞에 있어서. 그래서 흘러가듯 내뱉은 말이라고 생각했는데……

"근데 두 사람 혹시 싸웠어요? 빤히 서로한테 관심 있는데, 신경전 벌이는 이유가 있나 싶어서."

서화는 대답하지 못했다. 문이 열리며 지한이 들어왔기 때문이다. 그의 체취가 점점 가까워지자 서화는 투명한 글라스 잔에 시선을 못 박았다. 자칫하면 들킬 것만 같았다. 쿵쿵쿵. 전신을 울리는 커다란 고동과 발끝에서부터 피어오른 불씨를.

* * *

술자리는 밤늦은 시각까지 이어졌다. 해산될 때쯤에는 다수의 눈이 풀려 있었다.

"유미 언니, 3차 가셔야죠!"

"어우, 유라야. 너 너무 얼큰하게 취했다."

유라가 종이 인형처럼 너풀거렸다. 비틀거리는 그녀의 몸뚱어리를 은정이 간신히 붙잡으며 살벌한 눈빛을 띠었다.

"어지간히 나대."

"어이구, 이게 누구야. 우리 은정 씨 아니야?"

"아, 술 냄새. 앞으로 입 벌릴 때마다 십만 원일 줄 알아."

은정은 유라의 입을 틀어막으며 택시를 잡았다. 그리고 유미의 도움을 받아 가까스로 유라를 뒷좌석에 집어넣었다. 은정도 서둘러 탑승했다.

"고생 많으셨어요."

"아니야. 너희들이 더 고생 많았지. 조심히 들어가."

유미는 손수 문까지 닫아주며 두 사람을 배웅했다. 택시가 점이 되어 떠나가자 그제야 그녀가 한결 편안한 얼굴로 돌아섰다. 그러다 문득 아직 한 사람이 더 남아 있다는 걸 깨달았다.

"서화 씨, 괜찮아요?"

바닥에 꽂혀 있던 서화의 시선이 천천히 들렸다. 그녀는 전봇대 아래 죽은 듯이 서 있었다. 불행 중 다행인 것은 시야만 흐릿할 뿐, 몸뚱어리를 지탱하지 못할 정도는 아니었다.

"먼저 가보겠습니다."

"혼자 괜찮겠어요? 아까 보니까 계속 마시던데."

"괜찮습니다. 그럼 조심히 들어가세요."

유미의 성화에도 서화는 서둘러 걸음을 재촉했다. 꺼질 듯 말

듯 한 정신을 꽉 붙잡으며 앞으로 나아갔다. 주황빛으로 물든 거리를 지나, 큰 도로를 지나, 미로처럼 이어진 좁은 골목길을 하염없이 걷던 때였다.

"어디까지 갈 건데."

어깨 위로 서늘한 음성이 내려앉았다. 그제야 흐릿한 시야가 탁 트이며 눈앞의 배경이 머릿속에 인식됐다. 막다른 길이 펼쳐져 있었다. 양옆으로는 단단한 벽이 세워져 있었는데, 벽 한 면을 크게 물들인 커다란 그림자가 낯설지 않았다.

"왜 따라왔어요."

서화가 따지듯이 물었다. 등 뒤에 서 있던 지한은 대답 대신 골목 안으로 들어섰다. 숙인 고개를 천천히 들자 그늘진 그의 얼굴이 보인다. 어쩐지 그는 화가 난 표정이었다. 단 한 번도 느껴보지 못한 송곳 같은 차가움이 그의 주변을 에워싸고 있었다.

"돌아가. 택시 잡아줄게."

서화는 한동안 초점이 흐린 눈으로 지한을 올려봤다. 그리고 자신도 모르게 한숨 쉬듯 속마음을 흘려보냈다.

"······따라오지 말지."

지한의 미간이 설핏 좁아졌다. 그게 돌이킬 수 없을지도 모를 상황에 대한 마지막 경고처럼 느껴졌음에도 술기운의 여파일까. 멋대로 입이 움직였다.

"간신히 잠잠해졌다 싶으면 다시 또 치고 올라와. 자꾸······."

"······."

"거슬린다고요. 나야말로 교수님을, 아니 서지한 씨를 잘 모르겠어요. 그쪽이야말로 알 것 같다가도 흐릿해지고, 모를 것 같다가도 선명해져."

줄곧 생각했다. 그는 내 그림을 좋아하는 것일까, 아님 '송유미' 그 여자의 추측처럼 내게 관심이 있는 것일까. 갈피를 잡지 못해 두근거림에 허덕이다가도 부질없는 설렘이란 걸 깨닫고 나면 깊은 허망함이 밀려왔다.

언젠가 은정이 했던 말이 떠올랐다. 단 5초 만에 불이 타오를 수도, 불이 꺼질 수도 있는 게 사랑이라고. 그러나 불씨가 피어날지언정 활활 타오르는 것은 서화에게 불가능한 일이었다. 누구보다 잘 알고 있으니까. 함께 삶을 살아갈 상대는 자신의 선택이 아닌 아버지, 제원의 선택으로 결정될 거란 걸. 서화는 처음으로 스스로가 나약하다는 생각을 했다. 그리고 그런 비틀린 감정을 갖게 만든 지한이 애석하게도 미웠다.

"진짜 그렇게 생각해?"

지한이 고요한 눈으로 서화를 내려다봤다.

"누가 먼저 피하기 시작했는데."

그가 천천히 거리를 좁혀왔다. 서화는 반사적으로 뒷걸음질을 쳤다. 다가서고 물러서기가 반복됐다. 등 뒤로 시멘트의 차가운 감촉이 닿은 순간, 서화는 꼼짝없이 얼어붙었다. 지한의 눈동자가 싸늘하게 식어 있었다.

"생각할수록 이해가 안 가. 신경 쓰여서 바라보면 언제 그랬냐는 듯 모르는 사람 취급했으면서. 날 모르겠다고? 알려고 한 적은 있었어?"

돌이켜보면 서화의 시선은 언제나 지한을 향해 있었다. 그가 즐겨 마시는 차, 습관처럼 나오는 표정들, 평소 입고 다니는 옷 스타일까지. 그 사람을 주의 깊게 관찰해야지만 알 수 있는 것들이었다. 억울한 마음에 입술을 달싹거리는데, 지한이 먼저 선수를 쳤다.

"애초에 내가 가벼운 놈이었으면 하는 건 아니고?"

말문이 막혔다. 차마 부정할 수 없었다. 그건 아마도……

"그래야 쉬워지니까. 나 같은 놈 마음에 담아두지 말자고 생각하는 게."

서화의 얼굴이 확 달아올랐다. 할 수만 있다면 당장이라도 이곳을 벗어나고 싶었다. 그토록 부정하던 감정이 손쉽게 발각되자 가슴이 아프게 쿵쾅거렸다. 수치스러움이 뼛속까지 파고들며 시야를 어지럽게 흔들었다.

"이유 없이 무시하길래 모른 척했어. 근데."

지한이 허리를 낮게 숙이며 실소했다.

"다른 누군가와 있는 걸 보여주기 위한 절차일 줄은 몰랐네."

서화는 직감했다. 그가 말하는 게 차성준일 거라고. 입술을 꽉 짓씹었다. 아니라고 말하고 싶었다. 그런 게 아니었다고. 나는 그저…….

"네 입으로 직접 말해봐."

떨리는 눈동자로 남자를 올려다봤다. 전과는 비교도 할 수 없을 만큼 냉랭한 기운이 그에게서 묻어났다.

"내가 어떻게 해줬으면 좋겠어?"

"……무슨 말이에요?"

어떻게 해줬으면 좋겠냐니. 그에게 뭔가를 바란 적이 한 번이라도 있었나.

"네 눈에 내가 거슬린다면 더는 아는 척하지 않을게. 처음부터 아무것도 몰랐던 사이로 돌아가는 것도 썩 나쁘진 않겠지."

서화에게는 더할 나위 없이 좋은 제안이었다. 정의 내리지 못하는 감정 때문에 더는 시간 낭비하지 않을 수 있는 절호의 찬스였다. 그런데 왜…….

"……멋대로 헤집은 건 교수님이잖아요."

목울대가 뜨겁게 울컥거렸다. 화가 났다. 그에게 다가서기조차 쉽지 않은 자신과 달리 언제든지 관계를 끊을 수 있는 지한의 여유로움에 분했고, 약이 올랐다.

"……먼저 신경 쓰이게 만든 게 누군데."

그가 차성준을 대신해서 그 자리에 나오지만 않았다면. 처음으로 용기 낸 그녀의 일탈을 모른 체했다면. 그래서 현실과 이상, 그 사이를 두고 갈팡질팡하는 자신을 끝까지 무시했더라면……. 그랬더라면…….

"파헤치려고 한 적 없어."

서화의 눈동자가 얕게 흔들렸다. 전과 달리 지한의 얼굴이 복잡했다. 잠시 먼 곳에 시선을 두던 그가 착잡한 눈으로 서화를 바라봤다.

"보인 그대로 말했을 뿐이지."

보인 그대로……. 그 말이 서화의 목구멍을 아프게 찔렀다.

"나는……."

"그러게."

지한이 한숨 쉬듯 말했다.

"왜 내 눈에는 잘 보였을까."

"……."

"차라리 안 보였으면 더 좋았을 텐데."

읊조리는 그의 음성이 씁쓸했다. 착각이란 걸 안다. 술에 취해서, 그래서 멋대로 그의 마음을 판단하고 싶은 거라고 아무리 감정을 추슬러 봐도 그를 향한 감정은 손 틈새로 빠져나가는 모래알처럼 자꾸 새어나갔다.

"……뭐가 보였는데요?"

결국 서화가 참지 못하고 물었다. 알고 싶었다. 타인들이 아닌 지한의 눈에 자신이 어떻게 비쳤을지.

"본인이 제일 잘 알 거 아니야. 한 번쯤은 솔직해져도 나쁘지 않잖아."

한 번쯤은. 곱씹던 서화의 입술이 얕게 비틀렸다.

"멋대로 짐작하지 마요. 꼭 내가……."

"……."

"도망치고 싶은 사람 같잖아."

제원이 만들어준 울타리는 서화에게 기적과도 같았다. 그가 자신을 품어주지 않았다면 어린 나이에 죽었을지 모르는 일이었다. 그런데 지한의 눈에는 자신이 마치 이 삶에 무료함을 느껴서, 지겹다 못해 신물이 나서 당장이라도 탈주하고 싶은 사람처럼 보인다는 건가? 기가 막힐 노릇이 아닐 수 없었다. 감히, 감히 어떻게…….

그러나 부정하면 할수록 가슴은 크게 요동쳤다. 사실은 제원의 완벽한 딸로 살아가는 게 지친 건 아닐까. 그래서 남몰래 일탈을 꿈꿔오던 게 아닐까. 자꾸만 수긍하는 마음을 붙잡지 못하고 탁,

놓쳐버린 순간이었다.

삐-. 깊은 이명이 서화의 뇌리에 붉은 줄을 그었다. 반사적으로 두 눈을 질끈 감았다. 또다시 삐- 이명이 몸속을 울렸다. 그때였다. 잊고 있던 한 여자의 목소리가 서화의 귓가를 찢을 듯이 파고들었다.

'……죽어. 너 같은 건 죽어버려야 해. 태어나지 말았어야 해.'

서화는 양손으로 귀를 움켜잡으며 고개를 저었다. 순식간에 호흡이 토막 나며 토할 것처럼 속이 울렁거렸다. 수상함을 느낀 지한이 눈을 가늘게 뜨며 한 걸음 다가왔다.

"오서화."

"……."

"오서화, 정신 차려."

그의 경고에도 서화는 쉽게 이성을 찾지 못했다. 자꾸만 한 여자의 울부짖음이 번개가 내리꽂히는 것처럼 크게 메아리쳤다.

'제발…….'

'제발!'

'제발 죽어! 제발!!'

서화는 고개를 거칠게 흔들며 벽에 등을 부딪쳤다. 더는 물러설 곳이 없는데도 계속 뒷걸음질을 쳤다. 지한이 빠르게 다가와 서화의 상태를 살폈다. 하얗게 질린 낯빛과 혈색 잃은 입술은 한눈에 봐도 창백했다. 그가 그녀의 볼을 조심스레 감싼 순간이었다.

"……모르는 년."

서화가 나지막이 중얼거렸다. 지한의 얼굴이 한층 굳어졌다. 그녀의 말간 눈동자가 텅, 비어 있었다. 이루 말할 수 없는 감정들이 복잡하게 얽히며 그녀를 검은 수면 밑으로 끌어당겼다. 서화는 안간힘으로 목소리를 쥐어짰다. 잠시나마 일탈을 바란 자신에게 정신 차리라는 듯 채찍과도 같은 말을 멍하니 읊조렸다.

"……분수를 모르는 년."

지한은 허리를 낮게 숙였다. 손을 펼쳐 서화의 흐릿해진 눈동자 위로 흔들어 보였다.

"오서화."

"……."

"서화야."

나긋한 부름이 약이 된 걸까. 서화의 초점이 조금씩 또렷해지기 시작했다. 어느 정도 정신이 돌아왔을 때는 그만 다리에 힘이 풀렸다. 주저앉으려던 몸뚱어리를 지한이 가까스로 붙잡았다.

"……놔요."

서화가 고개를 푹 숙이며 거부했지만, 지한은 듣는 시늉도 하지 않았다. 서화의 무릎 뒤로 손을 집어넣더니, 단숨에 그녀를 안아 들었다. 서화가 화들짝 놀라며 지한의 목에 팔을 둘렀다.

"……뭐 하는 거예요."

남자는 앞만 주시했다. 서화가 달아나기 위해 몸을 바르작거리자 낮은 일침이 떨어졌다.

"고집도 적당히 부려."

그 으름장에 서화는 결국 몸에 힘을 풀어야 했다. 할 수 있는 거라곤 남자의 몸에서 풍기는 달콤한 향기를 무방비하게 느끼는 것뿐이었다.

* * *

'유지아.'

서화가 세상에 태어났을 때 따라붙은 첫 이름이었다. 정작 이름을 지어준 여자는 서화의 이름을 불러주지 않았다.

'김윤서'.

그러니까 그 여자의 이름이었다. 서화의 하나뿐인 친모(親母).

여자는 아주 예뻤다. 커다란 스크린 속에서도, 마당이 끝없이 펼쳐진 집에서도. 하지만 그게 전부였다. 서화가 기억하는 여자는 아주 난폭했다. 물건을 집어 던져 집 안을 아수라장으로 만들어놓는 게 일상이었다. 그럴 때마다 검은 양복을 입은 남자들이 들이닥쳐 여자를 제압했다. 아직도 선명했다.

'놔, 놓으라고! 차라리 죽여. 차라리 날 죽이란 말이야!'

짐승처럼 울부짖으며 남자들을 할퀴고 발악하던 여자의 모습이. 서화는 방 안에 숨어 좁은 문 틈새로 여자를 바라봤다. 그러다 불현듯 눈이라도 마주치면 여자는 개처럼 달려들었다.

'너 때문이야. 이게 다 너 때문이라고!'

여자는 항상 서화를 탓했다. 더는 기품 있는 여배우로 활약하지 못하는 것도, 사랑하는 사람과 결혼하지 못한 것도.

한 번은 선잠에 빠진 날이었다. 낯선 인기척에 부스스, 눈꺼풀을 비비며 눈을 뜨자 누군가가 자신을 내려다보고 있는 게 보였다. 달빛이 검은 실루엣을 비춘 순간, 세 살 어린 서화의 얼굴이 하얗게 질려갔다. 김윤서, 그 여자였다. 여자는 핏기가 가신 눈으로 서화를 죽은 듯이 바라봤다.

'⋯⋯승원 씨가 보고 싶어.'

최승원. 여자가 작열하는 태양만큼이나 뜨겁게 사랑했던 남자.

'⋯⋯엄마.'

서화가 작게 웅얼거리자 여자의 눈이 서글프게 일그러졌다. 그녀는 고개를 격하게 저으며 바닥에 주저앉았다.

'부르지 마. 그렇게 부르지 말라고. 내가 왜 네 엄마야? 네가 왜 내 딸인데⋯⋯. 나랑 유태하 사이에 자식 따윈 없어. 그 남자 핏줄을 난 가지지 않았어. 응? 그렇다고 말해줘. 제발. 네가 그 남자 딸이면 내가 승원 씨한테 다시는 갈 수가 없잖아.'

여자는 한참 동안 흐느꼈다. 처음으로 여자가 가냘프고 처량하다는 생각이 들었다. 그러나 한 남자가 방 안으로 들어오면서 어리숙한 동정은 연기가 되어 사라졌다. 이제는 얼굴조차 기억나지 않는 남자였다. 그리고 서화를 유일하게 따스하게 품어준 남자이기도 했다.

'······아빠.'

서화가 떨리는 목소리로 어름거렸다. 유태하는 화가 잔뜩 난 얼굴이었다. 그가 김윤서를 보며 짧고 굵게 명령했다.

'나와.'

윤서는 응하지 않았다. 눈물과 비웃음이 뒤죽박죽 얽힌 눈으로 태하를 원망스레 노려볼 뿐이었다.

'밤마다 생각해. 당신을 죽일까. 아니면 내가 죽어버릴까. 그것도 아님······.'

여자의 눈이 싸늘하게 식어갔다. 푹 꺾인 고개가 고장 난 목각인형처럼 삐걱거리더니, 서화를 주시했다. 텅 비어 있는 여자의 안광 속으로 무언가가 번득였다. 그것은······ 살기였다. 불길함을 느낀 태하가 단숨에 다가와 윤서를 제압했다. 여자는 발악하며 몸부림을 쳤다.

'놔! 놓으라고! 제발······. 날 좀 놔달란 말이야. 숨 쉬고 싶어. 살

고 싶다고.'

여자가 매달리며 애원했지만 남자는 눈 하나 깜빡이지 않았다. 손쉽게 여자를 옭아매더니, 여자가 품은 살기와는 비교도 안 될 만큼 싸늘한 얼굴로 일갈했다.

'죽어도 내 안에서 죽어.'

그때 여자의 표정은 어땠나. 마지막으로 살아보겠다는 의지가 눈앞에서 휘발된 것처럼 흐리게 웃던 얼굴이 처량하기 짝이 없었다. 아마도 그날, 그녀는 직감했던 거 같다. 자신은 절대 유태하의 손아귀에서 벗어날 수 없다는 걸. 사랑하는 남자의 곁으로 다시는 돌아갈 수 없다는 걸.

그래서였을까. 그 후로 윤서가 서화를 상대하기 시작했다. 입에 담기도 싫어했던 서화의 이름을 대수롭지 않게 부르더니, 평소 잠을 자주 설치는 서화의 곁을 오랫동안 지켜주기도 했다. 서화는 한순간에 바뀐 윤서의 태도가 당황스러웠지만 어린 나이, 엄마의 사랑이 고팠기에 그녀를 거부하지 않았다. 한 번은 그녀가 떡볶이를 해줬는데, 너무 맵고 짜기만 했다. 그런데도 맛있다는 말을 앵무새처럼 반복했다. 좋았으니까.

'정말? 고마워, 지아야.'

자신의 말 한마디에 웃어주던 여자의 얼굴이, 음성이, 그녀의 따

스한 품이. 마음 편히 '엄마'라고 부를 수 있다는 것만으로 서화
는 세상을 다 가진 것만 같았다. 그렇게 모든 것이 순리대로 돌
아가는 줄 알았다. 그러던 어느 날이었다. 유태하의 출장이 해외
로 잡히면서 그가 일찍 집을 비우자 윤서가 서화의 방을 찾았다.

'지아야. 우리 놀러 나갈까?'
'오늘요?'

서화는 가만히 창밖을 바라봤다. 온 세상이 하얀 눈으로 뒤덮
여 있었다. 흩날리는 눈발을 멍하니 응시하자 윤서의 눈이 서글
픔으로 물들었다.

'왜? 싫어?'

서화는 고개를 저으며 밝게 웃었다.

'좋아요.'

여자의 손길을 받으며 옷을 챙겨 입었다. 희고 가는 손가락이
서화의 점퍼의 지퍼를 채워주었다. 그리고 그녀가 탁한 목소리
로 말했다.

'……미안하다.'

그때는 그게 무슨 의미인지 몰랐다. 여자의 차에 올라타고, 차가 인적이 드문 곳에 접어들고 나서야 알 수 없는 불길함이 찾아왔다.

'엄마, 우리 어디 가는 거예요?'

여자는 말해주지 않았다. 그저 표정 없는 얼굴로 전방만 주시하기만 했다. 어느새 차는 구불구불한 경사를 지나 산속 깊은 곳으로 들어갔다. 서화는 안전벨트를 꾹 붙잡으며 윤서를 초조하게 바라봤다.

'그 남자가 괴로워할까.'

본능적으로 알 수 있었다. 그 남자가 아빠, 유태하란 걸. 그 순간 사라졌다고 생각한 살기가 여자의 눈에 그득 차올랐다.

'괴로워했으면 좋겠어. 죽을 때까지.'
'……엄마. 자, 잘못했어요.'

서화는 빌었다. 윤서를 멈춰야만 했다. 그렇지 않으면 돌이킬 수 없는 비극이 자신을, 엄마를 집어삼킬 것만 같았다.

'엄마, 잘못했어요. 잘못했어요.'

닭똥 같은 눈물이 후드득, 떨어졌다. 서화는 손이 닳도록 빌고 또 빌었다. 종국에는 펑펑 울며 애원했다.

'살려주세요. 엄마, 살려주세요.'

차는 설원 위를 하염없이 내달렸다. 얼굴이 눈물로 범벅됐을 때는 어느덧 끝이 보이기 시작했다.

절벽. 낭떠러지. 그리고 추락.

이렇게 죽는구나, 두 눈을 질끈 감는 순간 쾅! 커다란 마찰음이 차체를 울렸다. 순식간에 차가 뒤집히며 서화의 시야도 함께 뒤집혔다. 간신히 눈을 떴을 때는 에어백이 터지지 못해 피범벅이 된 윤서의 얼굴이 시야에 들어왔다. 그리고 차창 밖으로 익숙한 남자가 걸어오는 모습이 희미하게나마 보였다. 출장을 간 줄 알았던 유태하였다. 서화는 죽을힘을 다해 속삭였다.

'아……빠. 나, 웃, 여…기 있어…요. 사, 살려…주세요.'

애석하게도 그의 시선은 오로지 한 여자만을 향했다. 그는 찌그러진 차 문을 있는 힘껏 열어젖히며 윤서를 끄집어냈다.

'……김윤서. 윤서야, 정신 차려.'

태하가 조급하게 윤서의 뺨을 두드렸다. 처음이었다. 그렇게나 괴롭게 일그러진 아빠의 얼굴은. 그의 눈에서는 눈물인지 핏물인지 모를 것이 뚝뚝, 흘러내렸다. 그때였다.

'……비켜.'

죽은 줄 알았던 윤서가 밭은 숨을 토해내며 힘겹게 웅얼거렸다. 그 모습에 태하의 눈꼬리가 서글프게 휘어졌다.

'말했잖아. 죽어도 내 안에서 죽으라고.'

마치 죽음을 예감한 사람처럼 애달픈 고백이었다. 그토록 발악하며 남자를 밀쳐내던 김윤서는 죽음 앞에서 손 하나 까딱하지 못했다. 축 늘어진 상태로 태하를 하염없이 바라보기만 했다. 그가 윤서를 꽉 끌어안으며 속삭였다.

'미안하다. 널 사랑해서.'
'……나쁜 자식.'

그 말을 끝으로 윤서가 눈을 감았다. 머지않아 태하도 여자를 품은 채 하얀 눈밭 위로 몸을 묻었다. 두 사람에게서 흘러나온 피가 순백한 설원을 물들였다. 붉은 낙인. 끝내 이루어지지 못한 사랑. 그리고 그 비극을 유일하게 지켜보던 서화의 두 눈이 깊은 원망에 차올랐다.

'엄마…… 아빠…….'

어째서 나를 한 번도 바라봐주지 않는 거예요.

어째서 나를 한 번도 불러주지 않는 거예요.

왜 나를…….

사랑해주지 않는 거예요.

* * *

그날의 비극에서 깨어나자 관자놀이가 축축했다. 그리고 약품 냄새가 코를 역하게 찔렀다. 서화는 인상을 찌푸리다가 손등에서 느껴지는 온기에 시선을 내렸다.

"……."

그녀의 눈동자가 얕게 흔들렸다. 다른 사람도 아닌 지한이 그녀의 손등에 손을 포갠 채로 잠이 들어 있었다. 어떻게 된 거지. 곰곰이 골몰했으나 누군가 고의로 필름을 끊은 것처럼 기억이 조각나 있었다. 딱 한 장면만 선명히 그려졌다.

제원의 늪에 갇혀 있다 보면 가끔 숨이 막힐 때가 있었다. 그럴 때마다 서화는 김윤서, 친엄마의 얼굴을 떠올렸다. 그 여자를 마치 채찍이라고 생각하며 가슴에 깊이 찍어 내렸다. 정신 차리라고. 네 분수를 알라고. 처음 채찍을 휘둘렀을 때는 며칠간 악몽에 시달려야 했다. 하지만 그조차 습관이 되면서 버틸 힘이 생겨났다. 그런데 왜……. 서지한 앞에서 평정심을 잃고 와르르 무너져 내렸던 걸까.

"일어났어?"

"……!"

서화의 눈이 크게 뜨였다. 언제 일어났는지 지한이 흐트러진 앞머리를 쓸어 넘기며 그녀를 바라보고 있었다. 그는 찌뿌둥한 몸을 가볍게 스트레칭 하더니, 곧바로 수액을 확인했다.

"다 들어간 것 같네."

저걸 다 맞을 때까지 곁에 있어 준 걸까.

"잠깐만 기다려. 퇴원 수속 밟고 올게."

지한이 커튼을 젖히며 돌아섰다. 그때 서화가 불쑥 그의 손목을 붙잡았다. 팔 길이가 모자란 바람에 그만 손이 미끄러지며 그의 손가락을 움켜쥔 꼴이 돼버렸다. 서둘러 손을 떼려 하자, 커다란 손이 순식간에 손가락 사이를 파고들며 갈고리처럼 옭아맸다. 지한이 한층 가라앉은 눈으로 서화를 내려다봤다.

"왜."

말을 잇지 못하던 서화는 간신히 입을 움직였다.

"……어떻게 된 거예요?"

"말해주면."

"……"

"더는 날 안 세울 자신 있어?"

서화는 아무 말도 하지 못했다. 지한이 그럴 줄 알았다는 듯 감긴 손을 스르르, 풀었다. 그리고 손수 서화의 손을 잡고 이불 속으로 집어넣었다.

"좀 더 눈 붙이고 있어."

그렇게 돌아서는 남자를 서화는 멍하니 바라봤다. 그가 보이지 않을 때쯤 한숨을 길게 내쉬었다.

"뭐 하는 거야, 오서화."

한두 살 먹은 어린애도 아니고. 어젯밤의 기억들이 하나둘씩 되살아났다.

'나야말로 서지한 씨를 잘 모르겠어요. 그쪽이야말로 알 것 같다가도 흐릿해지고, 모를 것 같다가도 선명해져.'

수치스러움에 두 눈을 질끈 감았다. 굳이 뱉어서 좋을 게 없는 말이었다. 쓸데없는 감정, 들키지 말자면서, 조용히 끝내자면서 그렇게 다짐해놓고…….

그런데 왜일까. 며칠 전부터 가슴을 답답하게 짓누르던 응어리가 더는 느껴지지 않았다. 더 나아가 시원하기까지 했다. 서화는 이불 속에 갇힌 손을 들어 보였다. 여전히 지한의 온기가 남아 있었다. 살며시 손바닥을 쓸어내기를 잠시. 서화의 양 볼이 홧홧하게 달아올랐다. 지금 무슨 짓을…….

"……미쳤어."

그게 아니면 아쉬운 마음이 들 순 없는 거였다.

* * *

두 사람은 함께 병원을 나섰다. 칠흑 같은 어둠이 사라지고, 새벽녘의 향기가 아스팔트 위로 올라왔다. 서화는 앞서가는 지한의 등을 초조하게 바라봤다. 도무지 입이 떨어지지를 않았다.

"……교수님."

지한의 걸음이 뚝, 멈추었다. 그가 몸을 틀어 서화를 바라봤다.

뭔가 마음에 들지 않은 눈치였다.

"어제는 잘도 이름 불러놓고, 오늘은 왜 또 교수님이야."

"그건⋯⋯."

마땅한 변명거리가 없었다. 술에 취했다고 하기엔 무례했고, 모른 척 굴기엔 어젯밤의 기억이 생생했다. 서화는 허리를 납작 숙였다.

"죄송합니다. 어제 일은⋯⋯."

"오서화."

코앞에서 느껴지는 인기척에 서화의 고개가 들렸다. 지한이 한 손을 바지 주머니에 꽂으며 그녀를 바라봤다.

"참는 것도 습관이야."

"⋯⋯."

"그러다 병 되는 거고."

서화의 표정이 잠시 멍해졌다. 당연히 화를 낼 줄 알았다. 그런데 남자가 어젯밤의 실수를 진중히 관찰한 것도 모자라 충고까지 내던지자 문득 묻고 싶어졌다.

"⋯⋯참아야 살 수 있다면요."

"⋯⋯."

"그게 유일한 생존방식이라면 그땐 뭐라고 할 건데요."

살아가면서 모든 것을 다 가질 수는 없는 법이다. 무언가를 얻게 되면 반드시 무언가를 잃게 되는 게 이 세상의 이치였다. 서화는 지한의 입이 열리길 초조하게 기다렸다. 그러나 귓가에 박힌 말은 전혀 예상 밖의 것이었다.

"배 안 고파?"

그가 태연한 얼굴로 맞은편 식당을 눈짓했다.

"밥이나 먹으러 가자."

* * *

"설렁탕 두 그릇이요."

김이 모락모락 피어오르는 뚝배기가 테이블 위로 올라왔다. 지한은 밥공기를 능숙히 흔들어 뽀얀 국물에 풍덩 집어넣었다. 반면 서화는 손 하나 까딱하지 못했다. 복잡한 얼굴로 지한을 바라보기만 했다. 그러자 그가 수저로 국물을 휘저으며 눈을 맞춰왔다.

"계속 구경만 할 거야? 안 내켜도 먹어. 약 먹으려면."

신경성 복통과 빈혈. 의사의 입을 빌리자면 그러했다. 빈혈은 그렇다 쳐도 복통은 단순히 그날에 가까워져서 그런 거로 생각했는데.

"교수님."

"내가 말해주면."

"……."

"그렇게 행동할 거야?"

서화의 눈초리가 가늘어졌다. 무슨 말인지 파악하기 어려웠다. 지한이 한숨을 내쉬며 덧붙였다.

"꼭 내 입에서 나오는 말이 정답이길 바라는 것 같아서 하는 소리야."

"정답이라뇨?"

그는 관자놀이를 긁적이며 의자에 등을 기댔다. 그러곤 팔짱을 끼며 서화의 눈을 빤히 응시했다. 그게 꼭 사람 속마음을 꿰뚫어 보려는 거 같아 서화는 시선을 회피했다.

"네가 그리는 데생. 그러니까 소묘는 섬세한데, 그래서 때론 보기 괴로울 때가 있어."

갑자기 이야기가 데생 쪽으로 흘러가자 서화의 동작이 뚝 멈추었다.

"쓸데없는 부분까지 아주 상세히 묘사하지. 아마 네 주변 사람들은 하나같이 이렇게 나불거렸을 거야. 관찰력이 뛰어나네요. 묘사력이 탁월하네요. 그 선에 담긴 네 감정 따위는 안중에도 없다는 듯."

서화는 말을 잇지 못했다. 지한의 말이 비수처럼 날아와 가슴에 꽂혔다. 틀린 게 없는 말이었다. 그녀가 그린 데생을 보며 사람들은 하나같이 극찬하기에 바빴다. 그 안에 담긴 감정을 주의 깊게 보는 사람은 단 한 명도 없었다. 그건 아마도……

"네 전공은 데생이 아닌 조소니까. 조소를 할 때는 아무 감정도 보이지가 않거든. 완성된 작품 하나하나가 섬세하고 정교하지. 근데 그게 전부야. 왜?"

가슴이 불안하게 쿵쿵, 뛰기 시작했다. 서화는 직감했다. 서둘러 자리를 박차야 한다고. 그가 또다시 마음을 꿰뚫기 전에. 그러나 지한이 먼저였다. 그가 깍지 낀 손에 턱을 묻으며 고요히 말했다.

"들키기 싫고, 또 한편으론 두려운 거야."

"……"

"네가 평소 어떤 생각을 하는지 남들이 알게 될까 봐. 그래서 네

평정심이 무너지기라도 할까 봐 겁나는 거겠지.”

서화는 부정하지 못했다. 왜인지 모르겠으나 어릴 적 혜진의 손을 잡고 심리 상담소를 찾았던 순간이 떠올랐다. 상담사는 서화에게 흰 스케치북과 크레파스를 주며 그리고 싶은 것을 그려보라고 제안했다. 그때 서화가 그린 것은 하얀 눈밭이었다. 그 뒤로는 앙상한 나뭇가지가 펼쳐져 있었는데, 설원 가운데 그려진 새빨간 핏자국을 보며 상담사는 말없이 서화의 머리를 쓸어주었다.

‘서화, 그림을 참 잘 그리는구나.’

그림을 그리는 것은 언제나 즐거웠다. 하지만 치료를 받는 횟수가 많아질수록 혜진의 얼굴에는 그늘이 졌다. 한 번은 그녀의 손을 잡고 집으로 향하는 길이었다. 갑자기 혜진이 눈물을 뚝뚝, 흘리며 서화를 꽉 끌어안았다.

‘서화야. 미안해. 엄마가 미안해.’

그때 서화가 한 생각은 단 하나였다. 그림을 그리는 건 엄마를 슬프게 하는 일이구나. 이제는 슬픈 그림 말고, 엄마가 좋아하는 그림을 그리자. 그게 무엇일까, 어린 나이의 서화는 생각보다 쉽게 답을 알아냈다. 사람들이 보기에 잘 그린 그림. 누가 봐도 탄성을 자아낼 만한 그림. 그래서 재능 좋은 딸을 가졌다고, 사람들의 찬사에 엄마가 기뻐할 수 있는 그림. 그때부터 서화는 사물을 집요히 관찰하기 시작했다. 그 노력이 빛을 발하며 나가는 대

회마다 상을 휩쓸었다. 하지만 수많은 극찬에도 혜진의 반응은
한결같았다.

'서화야. 네가 그리고 싶은 걸 그려.'

지금에서야 그 말을 되새겨본다. 내가 잘 그리는 것과 내가 그리
고 싶은 것. 잘 모르겠다. 그게 뭔지. 들키고 싶지 않았다. 예술은
작가의 내면을 보여주는 매개체라는데, 혹시나 사람들이 자신이
가진 나약함을 알아채고 손가락질할까 봐 겁이 났다. 그러나 가
장 들키기 싫은 건…….

그럼에도 이런 나약함을 알아주길 바라는 간사함이었다. 사실
은 누군가의 손길을 기다리고 있다고, 그러니 날 좀 봐달라는, 그
간절함을 들킬까 봐 두려웠다. 그래서 철저히 작품에 가면을 씌웠
다. 그 누구도 흠집 낼 수 없도록 보다 완벽함을 추구했다.

"널 보고 있으면 새장에 갇힌 새를 보는 거 같아."

어느 때보다 지한의 목소리가 무거웠다.

"사람들의 손길에 의지하며 무럭무럭 자라나지만, 시선은 언제
나 태양을 향해 있지."

무의식적으로 날고 싶다는 것을 표출하듯. 한 번쯤은 높은 곳으
로 비상하고 싶다는 것을 염원하듯.

"하지만 날 수 없어. 왜?"

"……."

"모르거든. 나는 법을. 또 두렵겠지."

"……."

"새장 밖의 세상이 생각한 것처럼 황홀하지 못할까 봐. 근데 말이야."

지한이 팔짱을 끼며 서화를 응시했다. 그녀는 쉽사리 그와 눈을 마주치지 못했다. 덤덤히 창밖을 바라보는 것 같아도 주먹 쥔 하얀 손은 얕게 떨리고 있었다. 지한이 쐐기를 박았다.

"겪지 않고선 아무것도 모르는 법이야. 그럼 결말은 뻔하지 않겠어?"

"······."

"사람들이 주는 관심만 먹다가 새장에 갇혀 죽든, 그 안에서 겁쟁이처럼 태양만 바라보다 죽든."

* * *

'도착하면 연락해.'

손수 택시를 잡아준 지한의 마지막 인사였다.

창밖의 풍경을 바라보던 서화는 문득 시선을 내렸다. 지한의 번호로 추정되는 11개의 숫자가 액정에 동동 띄워져 있었다. 뭐라 입력할까, 고민하던 그녀는 조심스레 손을 놀렸다. 긴 망설임 끝에 저장을 완료하자 혀끝에 걸린 말이 툭, 튀어나왔다.

"······꼭 파도 같아."

서지한, 그 남자를 떠올리면 제 마음이 그러했다. 끝없이 밀려오는, 그래서 어떻게 둑을 쳐야 할지 난감한. 하지만 오늘 하루만큼은 내버려 두고 싶었다. 그가 남긴 잔향을 밀어내고 싶지 않았다. 그러나 택시에서 내리자 언제 그랬냐는 듯 서화의 얼굴에 긴장감이 어렸다. 아침 6시. 외박을 한 셈이었다. 최대한 발소리를 죽이며 집 안으로 들어서는데, 갑자기 욕실 문이 열리며 수연이 나타났다.

"언니, 언제 왔어?"

"쉿."

"어차피 집에 아무도 없어."

"……뭐?"

"아빠는 어제 일 있어서 안 들어왔고, 엄마는……."

서화는 다급히 수연의 손목을 붙잡고 방으로 향했다.

"유난은. 걱정 마. 언니 친구 집에서 자고 올 거라고 말해뒀어."

서화가 멈칫하며 뒤를 돌아봤다.

"……진짜?"

"응. 어제 전시회 못 간 사죄의 마음으로. 미안해. 남자친구가 갑자기 아프다는데 안 갈 수가 있어야지."

수연에게는 3개월 된 남자 친구가 있었다. 이제 막 연애를 시작한 관계인만큼 온종일 휴대폰만 붙잡고 있을 때가 여러 번이었다.

"됐어. 괜찮아."

"역시 우리 언니. 아량 하나는 알아줘야지. 그보다 지금까지 어디 있다가 왔어? 오서화 씨가 외박이라니. 내일은 해가 서쪽에서 뜨려나?"

"그냥."

"그냥이 어디 있어. 설마…… 언니 남친 생겼어?!"

지금껏 서화가 연애란 걸 한 적이 있었나. 그녀에게 호감을 표시하는 남자는 많았어도 그녀가 관심을 보인 이성은 단 한 명도 없었다. 적어도 수연의 기억으론 그랬다.

"그런 거 아냐."

"아니긴. 딱 봐도 냄새가 나는데."

그때 서화의 휴대폰에서 진동이 울렸다. 액정을 본 서화의 눈동자가 딱딱해졌다. 수연이 꺅, 소리를 질렀다.

"파도? 내가 생각하는 그 파도?"

서화는 호들갑 떠는 수연을 간신히 밀치며 통화버튼을 눌렀다. 그러자 약간은 잠긴 듯한 지한의 목소리가 들렸다.

─집이야?

"……네."

─그래. 푹 쉬어.

할 말은 그게 전부인가.

"저기."

다급히 입술을 움직였다. 스피커 너머가 고요했다. 혹시 끊어진 건가 싶어 액정을 확인하는데.

─응. 듣고 있어.

듣기 좋은 중저음이 귓가에 꽂혔다. 서화는 초조하게 입술을 말아 물었다.

"……잘 자라고요."

지한의 대답을 듣기도 전에 통화를 끊어버렸다. 크게 숨을 몰아쉬며 돌아서자 수연이 음흉한 표정을 지으며 서 있었다.

"잘 자긴 뭘 자. 해가 벌써 중천에 떴는데."

"……너, 안 바빠?"

"말 돌리는 게 더 수상해. 누구야. 빨리 실토해!"

수연이 득달처럼 달려들었다. 서화는 팔을 높이 들며 죽을힘으로 휴대폰을 사수했다. 아주 짧지만, 그래서 특별할 수밖에 없는 지한과의 추억을 들키고 싶지 않은 것처럼.

* * *

"잘 자라고?"

통화가 끊긴 액정을 응시하던 지한의 입가에 실없는 웃음이 걸렸다. 그는 서서히 떠오르는 태양을 바라보며 한숨 쉬듯 중얼거렸다.

"하긴 잘 자야지."

자그마치 8년이다. 스물하나에 한국을 떠나 외국에서 보낸 시간이. 그 때문인지 귀국한 지 한 달이 넘어서도록 깊은 잠을 자지 못했다. 불면증을 달고 사는 것도 있었지만, 여러 가지 원인도 함께였다. 지한은 담배를 한 대 태우며 높은 담장을 응시했다. 모던하면서 상아색으로 뒤덮인 우아한 디자인은 중세시대를 연상케 했다. 정작 그것을 바라보는 지한의 눈동자는 무료했다.

삐걱, 기분 나쁜 쇳소리가 울려 퍼지며 한 남자가 대문 밖으로 걸어 나왔다. 자연스레 눈이 마주치자 남자가 넥타이를 느릿하게 비틀었다.

"차 이사님."

수행비서인 권 실장이 성준의 등 뒤로 따라 나왔다. 지한은 담배꽁초를 느리게 비벼 끄며 걸음을 옮겼다.

"여기저기 설치고 다니는 소리가 들리던데."

대문을 넘어서기 직전이었다. 낮은 음성이 지한의 발목을 붙잡았다. 뒤를 돌아보자 성준이 주차된 차의 창문을 거울삼아 넥타이를 매만지는 게 보였다.

"네가 이 집구석에서 할 수 있는 건 딱 세 가지야."

그가 창문에 반사된 지한을 응시하며 말했다.

"먹고, 싸고, 자고."

마치 짐승을 빗댄 조건이었다.

"정도껏 설쳐."

그 말을 끝으로, 그를 태운 검은 세단이 점이 되어 사라졌다. 지한은 마저 걸음을 옮기며 넓은 정원을 가로질렀다.

"어머, 지한이 왔니?"

집안으로 들어서자 주방에서 누군가가 걸어 나왔다. 이 집의 안주인이자 30년째 차준택 회장의 옆자리를 지키고 있는 조미진 여사였다.

"안 그래도 식사 중이었는데, 괜찮으면 들어오렴."

지한의 시선이 식탁 위에 머물렀다. 평소 차 회장은 조찬만큼은 간단히 섭취하는 것을 선호했다. 그 이유로 향이 진한 음식이 올라온 적은 손에 꼽았다. 그런데 오늘 아침은 줄가자미를 중심으로 휘황찬란한 음식들이 식탁을 가득 채웠다. 미진은 몸매관리를 중요시하는 여자였다. 기름진 음식은 절대 입에 대지 않았다. 하지만 음식의 절반가량이 사라진 걸 보면 준택이 집을 비운 틈을 타 어젯밤 지인들을 불러 한바탕 소란을 떤 모양이다.

"먹고 오는 길이에요."

지한이 메마르게 말하며 미진을 지나쳤다.

"지한아. 네 작업실 말이야."

계단을 밟고 올라서던 다리가 뚝, 멈추었다. 뒤를 돌아보자 미진의 입가에 묘한 미소가 걸렸다. 지한은 문득 며칠 전, 준택과 나눈 대화를 떠올렸다.

'작업실은 무슨 작업실이야. 널린 게 땅덩어리인데.'

개인 작업실이 필요하다는 빌미로 지한이 집을 나가려 하자 준택은 집 근처 땅을 사서 작업실을 만들어주겠다며 강경히 통보했다. 원체 고집이 센 양반이라 대충 흘려듣고 말았는데, 미진이 관심을 보이자 벌써 피로함이 몰려왔다. 미진이 한마디를 살포시 흘렸다.

"이 뒤에 창고를 쓰는 건 어떨까 해서."

본관 뒤에 안 쓰는 창고가 하나 있긴 하다. 거미줄로 범벅된 폐허에 가깝다는 게 좀 우습지만.

"집 근처에 마련하는 것도 좋지만 집 안에 있으면 여러모로 효율적이지 않겠니? 나도 너한테 더 신경 쓸 수 있고. 싹 다 개조하면 괜찮을 것도 같은데 네 의견은 어떠니?"

지한은 실소를 터트렸다. 미진은 버릇처럼 묻곤 했다.

'네 의견은 어떠니?'

친어머니가 죽고, 이 집구석을 밟은 날부터 입버릇처럼 들었던 말이었다. 선택권을 주는 게 아니라 강압에 가까운 말이기도 했다. 그럼에도 사랑받기 위해서 열심히 받아쳐야 했던 말.

"별로예요."

깔끔한 거부에 미진의 눈 밑이 미약하게 일그러졌다. 지한이 씩 웃었다.

"뭐 하러 쓸데없이 돈까지 투자하세요. 창고는 창고로 써야 제격이지."

미진의 입술이 굳게 다물렸다. 지한은 마저 남은 계단을 밟았다.

"그 아가씨 말이야."

"……."

"네가 보기엔 어떠니?"

지한이 고개를 돌려 미진을 응시했다.

"어떻냐뇨."

"성준이가 무슨 마음으로 그 아가씨를 결혼상대로 점찍어 뒀는지 짐작은 갈 거 아니야."

"아. 결혼 상대?"

곱씹는 지한의 어감이 삐딱했다. 미진은 이해할 수 없다는 듯 고개를 갸웃거렸다.

"그때 본 거 아니었니?"

그때라면.

'혹시 차성준이랑 잘 될 생각 있어요?'

'이름도 모르는 분한테 할 이야기는 아닌 거 같은데요.'

잊고 있었던 서화와의 첫 만남이 선명히 떠올랐다. 그날은 지한이 8년 만에 한국 땅을 밟은 날이었다. 공항을 빠져나와 호텔에 도착한 지 3시간도 되지 않아 미진에게서 전화가 걸려왔다.

'성준이가 오늘 선을 본다는데, 일정에 차질이 생겼지, 뭐야. 권실장이 해결하기 전에 내가 해결하는 편이 나을 거 같아서. 도와줄 거지? 가서 어떤 아이인지 지한이 네 눈으로 살펴도 보고. 형일인데, 이 정도도 못 해주면 널 데리고 살아온 내 세월이 아깝지 않겠니?'

조만간 이 집구석을 뜰 예정이었기에 지한은 별생각 없이 약속 장소로 향했다. 그러나 그 상대가 서화란 걸 알아차렸을 땐 생각이 바뀌었다. 다소 어린 생김새와 어딘가 모르게 공허한 여자의 태도가 수상했다. 머지않아 알 수 있었다. 여자는 제 의지로 이자리에 나온 게 아니란 걸. 투명하지만 서글픈 여자의 눈이 자꾸만 그의 신경을 긁었다. 그래서였다. 계획에도 없던 말을 지껄인 것은.

'돌아가요. 마음에도 없는 자리 지키지 말고. 난 그 말 전하려고 온 거니까.'

그랬던 여자를 다시 학교에서 보게 될 줄 누가 알았을까. 그것도 교수와 제자로.
"여사님이 모르는 걸 저라고 알까요?"
지한이 차게 선을 그으며 미진을 바라봤다.
"정 궁금하면 하나뿐인 아들 분께 직접 물어보시죠. 물론 순순히 대답해주진 않겠지만."

쿵. 문을 닫고 방에 들어오자 참고 있던 한숨이 터져 나왔다.

"결혼…… 결혼이라고."

지한은 문에 등을 기대며 고개를 젖혔다. 아침 햇살이 깃든 그의 눈동자가 복잡했다. 그는 주머니에서 휴대폰을 꺼내 들었다. 통화 이력이 남은 11개의 번호를 말없이 응시하길 한참.

그의 입가에 서글픈 미소가 번졌다.

"잘 자긴 글렀네."

삼자대면

전시회가 끝나자 모처럼 조소과에 여유가 찾아왔다. 실기장에서는 대청소가 한창이었다. 문 옆에서 빗자루질 중이던 은정이 걸레질 중인 유라에게 말을 걸었다.

"강 교수님이 오늘 우리 인물 뜬다더라."

"갑자기? 누구? 정해오라는 말 없었잖아."

"그러게. 이미 지정해놓으셨나."

인물을 조소하기 위해서는 인물의 정면, 측면, 뒷면까지 입체적이고 세세한 사진이 필요했다.

"아, 피곤해 죽겠는데. 뭘 또 떠?"

유라가 손에 쥔 걸레를 내팽개치며 의자에 풀썩, 주저앉았다. 은정이 쯧, 혀를 차며 그녀를 나무랐다.

"전시회 준비한다고 며칠 밤새우는 것보다는 낫잖아."

"그건 그렇지? 그나저나 오써, 어제는 잘 들어갔어?"

서화가 창틀을 닦다 말고 시선을 돌렸다.

"응."

"오늘따라 얼굴색이 좋다?"

서화는 제 얼굴을 조심스레 매만졌다. 유라의 말과 다르게 피부는 푸석푸석했다. 몇 시간밖에 자지 못해서였다.

"어제 꽤 마셨잖아. 속 괜찮아?"

"바로 해장해서 괜찮아."

"해장? 누구랑?"

서화의 입술이 꾹 다물렸다. 수상함을 느낀 유라가 눈을 가늘게 뜬 순간이었다.

"이제 좀 사람 사는 곳 같네."

예고 없이 실기장 문이 열리며 강 교수가 나타났다. 그 뒤로 지한도 함께였다.

"더 빡빡 문지르지 않고 뭐해?"

강 교수의 잔소리에 학생들이 입술을 뾰로통 내밀었다.

"다들 전시회 준비한다고 고생들 많았다. 덕분에 올해도 기사 풍년이야."

그는 손수 준비해온 잡지와 신문을 펼쳐 들었다. 곳곳에 '한영대학교' 전시회를 소개하는 문구들이 가득했다. 명성에 비해 아쉽다는 평도 있었으나 대부분 호평이 주를 이루었다.

"어? 오써, 네 작품 실렸다."

기사를 읽던 유라가 화들짝 놀라며 손가락질했다. 서화의 작품이 기사 정중앙 자리에 대문짝만하게 실려 있었다. 강 교수가 방긋 웃으며 서화를 칭찬했다.

"이 기사를 쓴 기자가 서화 작품을 굉장히 마음에 들어 했지."

"아시는 분이세요?"

"그럼. 내 제자니까."

"와, 우리 교수님 제자만 몇 명이야."

유라가 감탄하며 지한을 흘깃거렸다.

"자, 각설하고. 오늘은 오랜만에 인물을 뜰 거야."

"아, 좀 쉬면 안 돼요?"

학생들의 아우성이 빗발쳤지만, 강 교수는 눈 하나 깜빡이지 않았다.

"그럴 줄 알고 괜찮은 모델을 섭외해왔잖아."

"누구요?"

강 교수의 시선이 지한을 향했다. 지한이 덤덤한 얼굴로 자신을 소개했다.

"오늘 하루, 모델로 서게 된 서지한입니다."

"대박."

여기저기서 감탄사가 터져 나왔다. 무기력했던 공기가 금세 흐트러지며 작업실이 후끈 달아올랐다.

"누가 나와서 모델 상세 사진 찍고 인원수만큼 프린터 좀 해와."

강 교수의 제안에 너나 할 것 없이 손을 번쩍 들었다.

"제가 하겠습니다!"

"아닙니다. 이런 잔일은 후배인 저희가 해야죠!"

선후배 간의 신경전이 팽팽했다. 강 교수가 이리저리 고개를 돌리더니, 누군가를 지목했다.

"그래. 서화, 네가 하는 게 좋겠다."

서화의 두 눈이 느리게 끔뻑였다.

'왜 또 쟤야?' 수군거리는 소리가 들렸지만, 신경 쓸 겨를이 없었다. 그들의 질타보다 이곳을 바라보는 지한의 시선이 더 부담스러웠다.

"뭐해? 어서 안 나오고."

강 교수의 재촉에 서화는 마지못해 걸음을 옮겼다. 교탁 앞에 도착하자 의자에 앉아 있는 지한과 눈이 마주쳤다.

"사심이 들어가서 어디 쓸 만한 사진이 나오겠어?"

강 교수가 툴툴거리며 학생들을 힐난했다. 그러니 서 교수를 봐도 아무렇지 않은 서화, 네가 찍어보라는 말도 함께 덧붙였다. 서화는 당장 말하고 싶었다. 그건 착각이자 오만이라고. 그의 시선이 닿기라도 하면 가슴께가 알싸한데, 가까이 마주 보는 것은 그야말로 고역이었다.

서화는 강 교수가 가지고 온 카메라를 손에 쥐고 단상으로 올라섰다. 지한의 뒤통수부터 찍을 생각이었다.

"찍겠습니다."

마른침을 삼키며 셔터를 눌렀다. 찰칵, 소리가 울려 퍼지며 렌즈 안에 지한의 뒷모습이 담겼다. 햇살이 깃든 다갈색의 머리. 언제 봐도 결이 좋은 머리칼이었다. 문득 남자의 머릿결을 만져보고 싶다는 충동이 일었다. 손가락 사이로 남자의 머리칼이 파고들면 어떤 느낌일지 궁금했다.

"뒤에 찍었으면 옆도 찍어야지."

강 교수의 재촉이 없었다면 자칫 손을 뻗을 수도 있었다. 서화는 호흡을 고른 후, 한 발짝 움직였다. 허리를 살며시 숙이자 렌즈 가득 선이 또렷한 남자의 옆태가 들어찬다.

지한의 자세는 굉장히 올바른 편이었다. 정면을 편히 응시할 뿐인데, 긴 목선과 곱게 펴진 허리선이 부드러웠다. 무엇보다 남자의 속눈썹은 길고 촘촘했다. 높이 솟아오른 미간은 인위적이기보다 자연스러웠고, 끝이 날카로운 콧날은 반듯하며 오뚝했다. 새삼 그가 미남이란 걸 실감하는 순간이었다.

"찍겠습니다."

서화는 마른침을 삼키며 셔터를 눌렀다.

"이제 서 교수 정면만 찍으면 되나?"

강 교수의 언질에 심장이 빠른 속도로 뛰기 시작했다. 도무지 그를 정면으로 마주할 자신이 없었다. 한 번에 끝내버리자. 그렇게 다짐하며 단상에서 내려와 지한을 마주 보았다. 하지만 그와 눈이 마주치자 언제 그랬냐는 듯 마음이 허물어졌다.

"좀 더 가까워야 하지 않겠어?"

강 교수가 그와 간격을 좁히라며 손짓했다. 머뭇거리던 서화는 요구대로 몇 발짝 더 움직였다. 그때였다. 갑자기 끼익, 의자가 끌리며 지한이 순식간에 서화의 코앞까지 다가왔다. 난데없는 접촉에 놀라 몸을 비틀거리자 그가 여유롭게 손목을 붙잡으며 나긋이 속삭였다.

"빨리 찍어."

그가 서화에게만 들릴 수 있게끔 작게 투정했다.

"목 아파 죽겠으니까."

그제야 서화는 알 수 있었다. 그의 올바른 자세는 자연스럽게 나온 게 아니란 걸. 그 또한 서화를 의식하고 있다는 증거였다.

"괜찮나?"

강 교수가 깜짝 놀라며 다가왔다. 서화는 가까스로 지한에게서 벗어나며 고개를 숙였다.

"죄송합니다."

그의 온기가 닿은 손목이 화끈거렸다. 태연한 척 카메라를 고쳐 드는데, 렌즈 속 지한은 무표정으로 돌아와 있었다. 그 모습이 어쩐지 짓궂게 느껴졌다.

"찍을게요."

서화는 셔터 위로 검지를 올렸다. 창 틈새로 금빛 같은 햇살이 넘어와 지한의 얼굴을 물들였다. 단 한 번도 피사체가 아름답다고 생각한 적은 없었다. 그런데 왜 이 순간만큼은 아름답다는 말이 입안 가득 맴도는지.

찰칵.

서화는 햇살이 빗겨나간 후에야 셔터를 눌렀다. 그 누구에게도 보여주고 싶지 않았다. 빛과 그림자가 공존하는 남자의 얼굴이 얼마나 아름다운지. 그리고 남자의 눈동자 안에 스며든 이유 모를 서글픔을, 되도록 혼자서만 간직하고 싶었다.

* * *

불씨 133

지한을 만들어내는 건 쉽지 않았다. 서화는 남들보다 빠르게 작업을 끝내는 편이었다. 하지만 벌써 30분이 흐르도록 심봉대에 부목만 묶어둔 채 흙에는 손조차 대지 못했다.

"오늘은 영 컨디션이 아니야?"

옆에서 작업 중이던 은정이 넌지시 물었다. 서화는 흐리게 웃으며 지한의 사진이 걸린 이젤을 빤히 응시했다.

"좀 어렵네."

"왜? 신경 쓰여서?"

서화는 학생들의 작품을 봐주고 있는 지한을 흘깃거렸다. 그 모습에 은정이 미간을 좁혔다.

"불이 붙은 건 확실한데, 일방통행?"

"잘 모르겠어."

"관심 있는 건 맞구나."

"……이게 관심일까?"

차라리 가벼운 호기심에 불과했다면 마음이 이렇게까지 무겁진 않을 것이다. 뭐랄까. 지한을 보고 있으면……. 자꾸만 가슴께가 간지러웠다. 그뿐인가. 가끔은 조울증에 걸린 사람처럼 기분이 축 가라앉기도 했다. 지금도 그랬다. 그의 팔꿈치를 은근슬쩍 잡으며 웃고 있는 후배를 발견하자 이유 모를 짜증이 치밀었다. 문득 회의감이 몰아친다. 내가 이렇게 치졸한 사람이었나.

"자꾸 정의 내리려고 하지 마. 그럴수록 복잡해진다니까."

은정이 찰흙을 부목에 붙이며 말을 이었다.

"감정에 답이 어디 있어. 좋으면 좋은 거고, 싫으면 싫은 거지. 하나로 정의 내릴 수 있을 거란 생각을 버려."

"……한심하잖아."

"왜? 난 좋은데. 네가 혼란스러워하는 것도 보고."

"이게? 순 바보 같지 않아?"

"바보가 어때서. 사랑 앞에선 다 비겁하고 겁쟁이야. 그래서 난
딱 질색이지만."

서화는 은정의 말을 되새기며 다시 지한을 바라봤다. 그는 심지
를 이런 식으로 잡으면 안 된다고 한 학생을 꾸짖는 중이었다. 학
생이 쉽게 감을 잡지 못하자 소매를 걷어붙이며 손수 시범을 선
보였다. 자연스레 학생들이 몰려들었다. 그 광경에 또다시 가슴이
따끔거린다. 이 감정이 무엇인지 알면서도 서화는 모른 체했다.

인정하면 진짜, 진짜로…….

치졸해질 것 같아서.

결국, 지한에게 등을 돌린 채로 작업을 이어갔다. 그러나 수업
이 끝날 때까지도 서화가 한 것이라곤 고작 중심축을 잡은 게 전
부였다.

* * *

"그래, 그 아가씨 전시회에 다녀왔다고?"

이제 막 칼질을 시작한 성준의 손이 멈추었다. 그는 맞은편에
앉아 식사를 이어가고 있는 준택을 응시했다. 아침 식사를 간단
히 해결하는 남자라기엔 음식을 흡입하는 속도가 빠르고, 식욕
이 왕성했다. 성준은 나이프를 소리 나지 않게 테이블 위에 내려
놓았다.

"인사 차 들렀던 것뿐입니다."

"조만간 데리고 와."

명령에 가까운 어투였다. 관심 있는 이성이 생겼다고 넌지시 이야기를 흘린 게 화근이었다.

"왜? 별로야?"

성준에게서 대답이 없자 준택의 미간이 못마땅하게 일그러졌다. 그는 감정을 숨길 줄 모르는 남자였다. 애초에 숨기려는 노력조차 하지 않았다. 곡선이라곤 전혀 찾아볼 수 없는 남자. 하지만 그 고집 덕분에 지금의 '강호'가 생겨날 수 있었고, 그는 이제 '예술'에까지 관심을 두기 시작했다. 이유야 뻔했다. 깐깐하고 고집 센 노인네에게도 열병 같은 첫사랑이 존재했다. 성준은 누구보다 잘 알고 있었다. 준택이 아직도 그 여자의 흔적을 일상에서 찾아 헤매는 중이란 걸.

듣기로 준택의 첫사랑은 촉망 받는 신예 예술가였다고 한다. 돈밖에 모르던 준택을 단번에 홀릴 만큼 아름다운 용모를 지녔다고도 했다. 준택은 최근 들어 '강호'가 재단을 맡은 '한영 대학교'에 큰 관심을 보이는 중이었다. 오서화의 아버지이자 총장으로 있는 오제원과의 식사 자리를 종종 갖는 것만 봐도 그가 재단을 키우려는 마음을 단단히 먹었단 걸 지레짐작할 수 있었다. 현재 재단을 총괄하고 있는 사람은 성준이었다. 준택의 갑작스러운 통보로 앉게 된 자리였다.

'한번 잘 가꿔봐.'

쉽게 직책을 주는 남자가 아니었다. 그 심중이 무엇일까, 골몰하던 성준은 그것이 괜한 시간 낭비란 걸 깨달았다. 얼마 전 외국에서 돌아온 망아지 한 마리. 지한을 떠올리자 그의 눈동자가 차게 가라앉았다. 뭐 하나 마음에 드는 구석이 없는 녀석이었다.

준택의 손을 잡고 저택에 온 순간부터 지한은 성준의 인생에 불청객, 그 이상 그 이하도 아니었다. 지금도 그 생각에는 변함이 없었다. 녀석이 준택의 첫사랑이었던 여자의 핏줄이란 게 눈에 거슬렸다. 한 가지 확실한 것은 재단이 언젠가는 서지한의 손에 넘어갈 거란 것이다. 아마도 자신의 손안에서 한참 굴려진 후, 가장 먹기 좋은 떡이 됐을 때 꿀꺽, 삼키게 할 계획이겠지.

살면서 궁핍함이 무엇인지 모르고 살아온 성준이었다. 태어났을 때부터 모든 게 완벽한 환경에서 자라난 그는 무언가를 깊이 갈망해본 적도, 원해본 적도 없었다. 가끔은 이런 삶이 지루할 때도 있었다. 그러나 처음부터 제 손아귀에 있던 것을 앗아가면 말이 달라진다. 추후에 알게 됐다. 서지한이 자신을 대신해서 '오서화'와의 선 자리에 나갔다는 걸. 미진이 미리 손을 쓴 것이다.

"곧 인사시키겠습니다."

성준의 차분한 대답에 준택의 눈빛이 한결 유해졌다.

"아, 그리고 지한이 작업실 말이야."

"……."

"근처에 괜찮은 곳 좀 알아봐. 가능한 터 좋은 곳으로."

성준은 나이프를 들어 두툼한 고깃덩어리를 썰어냈다. 선홍빛의 핏물이 하얀 접시를 붉게 물들였다. 그것을 바라보는 성준의 눈동자는 무료했다. 그는 흐트러짐 없는 자세로 잘린 고기를 입에 집어넣었다. 천천히, 느릿하게 음미하기를 잠시. 온기라곤 느껴지지 않는 음성이 준택의 귓가를 울렸다.

"잘 알겠습니다."

* * *

"서화야. 끝나고 맥주 한 잔 어때?"

유라가 어깨를 두드리며 물었다. 서화는 작업을 하다 말고 창밖을 바라봤다. 캠퍼스가 어둠으로 짙게 물들어 있었다.

"난 좀 더 손 봐야 할 거 같아."

"이 정도면 겸임이랑 거의 판박인데?"

유라의 감상평에 옆에 있던 가은이 격렬히 고개를 끄덕였다. 좀처럼 진도를 나가지 못하던 서화는 언제 그랬냐는 듯 작품을 완성 시켰다.

"겸임이 보면 놀라겠어. 난 이상하게 멀끔히 생긴 얼굴이 더 어렵더라. 중심선이 조금만 빗겨 가도 이목구비 비율이 똥 돼서 그러나."

"난 그래서 일찌감치 포기했잖냐. 이젠 겸임 사진만 봐도 눈이 아플 정도야."

유라가 고개를 내저으며 자신의 작품을 바라봤다. 지한의 얼굴과는 다소 먼 생김새의 석고가 쓸쓸하게 놓여 있었다. 가은이 측은한 눈길로 유라를 바라봤다.

"나중에 어쩌려고? 겸임 은근 성격파탄자던데."

"적당히 비벼 봐야지. 별수 있나. 그리고 보니까 오써, 아까 겸임이랑 뭔 얘기 했어?"

"무슨 이야기?"

"겸임이 네 팔목 잡고 뭐라 속삭였잖아."

"……별말 안 했는데."

"분위기가 예사롭지 않던데. 엊그제까지 겸임한테 벽치는 거 같더니 요새는 또 고분고분해?"

유라는 둔한 것 같아도 촉이 좋았다.

"벽칠 이유가 뭐 있어. 어차피 아무 사이도 아닌데."

"뭐, 네가 그렇다면 그런 거고. 그럼 고생해. 혹시 맘 바뀌면 바로 연락하고."

서화는 알겠다며 손을 흔들었다. 두 사람이 떠나자 실기장에 고요함이 찾아왔다. 서화는 화장실에 들러 손을 씻은 후, 다시 자신의 작품을 점검했다.

"……맘에 안 들어."

여러 차례 손을 댔음에도 뭔가가 마음에 들지 않았다. 이젤에 걸린 지한의 사진을 빤히 응시하는데.

"그러다 내 얼굴 뚫리겠다?"

갑자기 들려온 목소리에 서화가 소스라치며 뒤를 돌아봤다. 지한이 팔짱을 낀 채 작업실 문에 비스듬히 서 있었다.

"……언제 왔어요?"

"네가 내 사진 노려볼 때부터."

"노려본 적 없어요. 관찰한 거지."

"그렇단 말이지."

지한이 가볍게 웃으며 실기장 안으로 들어왔다. 학생들이 어지르고 간 필기도구를 정리하던 그가 불현듯 유라의 작품을 발견하고 동작을 멈추었다.

"이게…… 나라고? 좀 심각한데."

서화는 웃음이 새어나가려는 걸 꾹 참았다. 지한의 낯빛은 꽤 심각했다. 저런 표정도 지을 줄 알았나. 왜인지 모르겠으나 놀리고 싶은 마음이 샘솟았다.

"나쁘진 않은 거 같은데, 별론가 봐요."

지한의 한쪽 눈썹이 삐뚜름하게 올라갔다. 심기를 건드린 모양이다. 그가 긴 다리를 움직이며 거리를 좁혀오기 시작했다.

"번복할 기회를 줄게. 진심은 아니지?"

지한은 서화의 등 뒤에 있는 책상을 짚은 후 허리를 숙였다. 자연스레 그의 울타리 안에 갇히게 된 서화는 떨리는 심장을 감추며 반박했다.

"자기 얼굴에 꽤 자신 있다는 소리로 들리네요?"

"볼품없다고 생각한 적은 없으니까."

서화는 반박하지 못했다. 볼품없기는커녕 지한을 볼 때마다 아름답다고 생각한 그녀였다.

"왜 왔어요?"

서화가 시선을 바닥에 고정한 채 물었다. 의자에 앉아 있어서 망정이었지, 자칫 일어섰다간 입술이 닿을 수 있을 만큼 그와의 거리가 가까웠다. 지한이 고개를 비스듬히 세우며 속삭였다.

"궁금해서. 네가 만든 나는 어떨지."

착각일진 몰라도 꼭 보고 싶어서 왔다는 말처럼 들렸다.

"수업에 통 집중을 못한 것도 그렇고."

눈치채고 있었나. 다른 학생들의 작품을 신경 써주느라 관심조차 없는 줄 알았더니.

"네가 보는 난 이렇게 생겼구나."

지한의 시선이 서화의 등 뒤로 넘어갔다. 그녀가 만든 작품을 골똘히 바라보던 그가 돌연 고개를 삐딱하게 세웠다.

"근데 내 코가 이렇게 낮나?"

무슨 소리냐는 듯 서화의 고개가 들렸다. 지한이 만족스럽지 못한 투로 덧붙였다.

"이것보다는 높은 거 같은데."

"진심으로 하는 소리, 아니죠?"

"진심이면?"

서화는 고개를 돌려 자신의 작품을 바라봤다. 작품을 만들 때 가장 신경 쓴 것 중 하나가 지한의 '코'였다. 날카롭지만, 인위적이지 않은. 그 느낌을 살리기 위해 몇 번이나 분무기를 뿌려 수정을 봤는지 모른다.

"못 믿겠으면 만져보든가."

불쑥 던져진 제안에 심장이 쿵 떨어졌다.

"입체감을 계산하려면 만지고 느끼는 것만큼 확실한 게 없거든."

그가 서화의 손을 부드럽게 쥐며 자신의 머리 위로 가져갔다.

서화는 신음이 터지려는 걸 가까스로 참아냈다. 손가락 사이사이를 파고든 남자의 진갈색 머리칼은 부드러웠다. 상상하던 감촉, 그 이상이었다.

지한은 어느새 눈을 감고 있었다. 편히 만지라는 듯 그의 표정이 온순했다. 서화는 마른침을 삼키며 천천히 손을 움직였다. 흐트러진 남자의 앞머리를 만지고, 높이 솟은 미간을 지나 기다란 속눈썹이 내려앉은 눈두덩을 슬며시 짓눌렀다. 좌우로 느리게 문질렀을 때는 지한의 턱 밑에 힘이 들어가는 게 느껴졌다. 그러자 머릿속에 붉은 경고등이 울렸다. 여기서 멈추라고. 그렇지 않으면 커다란 파도가 너를 집어삼킬 것이라고. 하지만 그녀의 이성은 단단하지 못했다. 손가락은 어느새 그의 코끝에 닿아 있었다. 그가 허락한 마지막 지점이었다.

서화는 좀 더 대범하게 손을 밑으로 내렸다. 붉은 기가 감도는 남자의 입술을 짓누른 순간이었다. 지한의 눈꺼풀이 천천히 밀려 올라갔다. 그의 얼굴에서 더는 장난기를 찾아볼 수 없었다. 탁하고 검은 감정만이 남자의 눈동자 위로 가득 차올랐다. 그 와중에도 서화의 손끝은 제멋대로였다. 누군가 손가락에 실을 감아 잡아당기는 것처럼 남자의 입술 안쪽을 좀 더 깊이 파고든 순간이었다.

"……앗."

서화가 작게 신음하며 눈동자를 떨었다. 지한이 앞니로 그녀의 손가락을 살며시 깨문 탓이었다.

"정신 차려."

서늘한 일침이 사형선고처럼 가슴을 할퀴었다. 팽팽하게 당긴 공기는 어긋난 지 오래였다. 서화는 간신히 지한을 마주 보았다. 남자의 두 눈이 깊고 짙었다. 하물며 그를 카메라로 찍었을 때 느꼈던 이유 모를 서글픔이 또다시 그에게서 묻어났다. 그가 낮은 목소리로 경고했다.

"시험하지 마."

"······."

"나도 내가 어떻게 나올지 모르니까."

서화는 멍하니 돌아서는 지한의 뒤태를 바라봤다. 그가 작업실을 빠져나간 뒤에도 서화는 한동안 움직이지 못했다. 겨우 정신을 차린 후에야 뭔가에 홀린 사람처럼 분무기를 집어 들었다. 그리고 미친 듯이 작품에 물을 뿌리며 분주히 손을 놀리기 시작했다.

* * *

"그래서 온다는 거야, 만다는 거야."

유미가 짜증스러운 얼굴로 통화를 이어갔다. 옆에서 맥주를 홀짝이던 상원이 목소리를 낮추라며 손짓했지만 소용없었다. 벌써 몇 분째 누군가와 실랑이를 벌이는 중이었다.

"······뭐? 장난해? 거기서 성준 오빠가 왜 나와? 야, 서지한. 좋은 말할 때 빨리 와라. 저번에도 바쁘다면서 약속 파투 낸 거 그새 잊었어? 너만 바빠? 나도 바쁘고 상원 선배도 바쁘······."

"왔잖아."

유미가 멈칫하며 시선을 들었다. 분명 오지 않겠다던 양반이 멀끔한 얼굴로 그녀를 내려다보고 있었다.

"뭐야. 왔으면 왔다고 말을 하든가. 사람 헷갈리게 하는 것도 아니고."

유미가 인상을 쓰며 지한을 노려봤다. 상원이 서둘러 상황을 수습했다.

"또 왜 그래. 너네는 절친인 것 같다가도 앙숙 같냐."

"누가 그래요. 절친이라고."

유미가 으르렁거리며 반박했다. 그 사이 지한은 상원의 옆자리를 꿰찼다. 그러곤 상원이 마시다 만 맥주를 서슴없이 입으로 가져갔다.

"야 이 자식아, 그거 내 거야!"

상원이 소리쳤으나 소용없었다. 맥주를 벌컥벌컥 들이켜던 지한은 마지막 한 모금까지 털어내고 나서야 느긋하게 잔을 돌려주었다.

"두 잔 사줄게."

"이런 미……. 아무 때나 먹을 수 있는 게 아니라고. 한정판 몰라? 어? 한정판?"

상원이 호프집 벽에 붙은 포스터를 가리켰다. 하루에 딱 열 잔만 판매 가능하다는 '흑임자 맥주' 사진이 대문짝만하게 걸려 있었다.

"어쩐지 달더라. 내 스타일은 아니야."

"뚫린 입이라고 말은 잘하지."

상원이 울적한 눈으로 빈 잔을 바라봤다.

"무슨 일 있었어?"

지한을 유심히 관찰하던 유미가 심드렁한 얼굴로 물었다.

"아니."

"그래? 그럼 나, 서화 씨한테 연락한다?"

한순간이었다. 그의 눈동자에서 웃음기가 사라진 것은. 유미가 회심의 미소를 지었다.

"학교에서 오는 길 맞지?"

144

"묻고 싶은 게 뭔데."

"신경 거슬릴 때마다 벽 치는 건 여전하네."

항상 그랬다. 지한은 남의 인생사에 끼어드는 것에 관심이라곤 쥐뿔도 없는 녀석이었다. 그랬던 녀석이 서화의 작품을 추천했을 때 당연히 놀랄 수밖에 없었다.

"왜? 서화 씨가 너, 영 별로래?"

"이건 또 뭔 소리야. 서지한, 너 그새 서화 꼬셨어?"

상원이 퍼뜩 반응하며 일침을 가했다.

"다른 사람은 몰라도 서화는 절대 안 돼."

"누가 보면 선배가 서화 씨 친오빠인 줄 알겠어?"

"내가 들은 게 있어서 그래."

"들은 거? 뭔데?"

"그러니까……."

쉽게 말을 잇지 못하던 상원이 한숨을 푹 내쉬었다.

"우리 학교 총장이 서화, 아버지 되는 분이라 그래."

"그래서?"

"됐다. 당사자도 아닌데, 함부로 말 꺼내면 안 되지."

"아, 뭐야. 김 팍 새게 이럴 거예요? 처음부터 운을 떼지 말던가."

유미가 신경질적으로 잔을 탁, 내려놓던 때였다.

"왜."

상원이 흠칫 굳으며 옆을 바라봤다. 지한이 무표정한 얼굴로 되물었다.

"그게 왜."

반복된 물음에 유미의 눈이 반짝였다. 이런 상황이 낯설기는 상원도 마찬가지였는지 난감한 표정을 지으며 마지못해 실토했다.

"서화가 그 집 입양아라는 소문이 있어. 나도 어디까지나 교수님들 술자리에서 들은 거라. 다들 쉬쉬하는 분위기긴 한데…….
그래서 내가 접때 그랬던 거야. 서화, 애가 안쓰러운 구석이 있다고."

'접때'가 언제인지 묻지 않아도 알 수 있었다. 높은 하이힐을 신은 탓에 발갛게 달아올랐던 서화의 하얀 뒤꿈치가 지한의 눈앞을 스쳐 갔다.

"그때 전시회에서 본 어머니랑은 사이 좋아 보이던데?"

유미의 물음에 상원이 쯧, 혀를 찼다.

"사이좋은 거야 그렇다 치고. 그냥…… 보고 있으면 애가 안쓰러운 면이 있어. 아는 후배 중에 입양아로 큰 애가 있는데, 걔가 언제 한 번 술 먹고 그러더라. 자기는 어렸을 때 버려질까 봐 부모 눈치 보면서 자란 게 아직도 기억난다고."

서화는 교수들 사이에서도 화젯거리였다. 총장의 딸이라는데 모를 리가 없었다. 다만 서화의 평소 행실이 입양아라는 트라우마 때문에 생긴 습관은 아닐까, 상원은 남몰래 추측했다.

"그러니까 순진한 애 건들지 말라고."

덧붙여진 경고에 반응한 건 지한이 아닌 유미였다.

"누가 보면 서지한이 작정하고 꼬시는 줄 알겠네. 얘가 그런 질낮은 녀석들이랑 비교가 돼요? 수준이 있지."

"아니, 내 말은……. 야, 송유미. 언제는 이 녀석이랑 안 친하다며. 갑자기 방패 세우는 건 뭔데."

"말이 되는 소릴 해야지. 서화 씨도 지한이한테 영 관심 없는 눈치는 아니던데.”

“진짜?”

상원이 눈을 크게 뜨며 지한을 바라봤다. 지한은 묵묵히 술만 들이켰다. 기억 파편에 박혀 있던 서화의 가녀린 음성이 한참 동안 그의 귓가를 맴돌았다.

'……참아야 살 수 있다면요. 그게 유일한 생존방식이라면 그땐 뭐라고 할 건데요.'

* * *

“헐, 대박. 손본다는 게 이거였어?”

유라가 화들짝 놀라며 서화의 작품을 감상했다. 그녀 말고도 동기 후배 가릴 거 없이 모두가 서화의 작품을 보며 말을 잇지 못했다.

“괜찮아?”

서화가 조심스레 묻자 유라는 난감하다는 듯 관자놀이를 긁적였다.

“이걸 뭐라고 말해야 하나. 당연히 괜찮지. 근데 그…….”

“……예술 같아요.”

후배 중 한 명이 불쑥 내뱉었다.

“사람마다 가지고 있는 선이 있다는데, 서 교수님 특유의 분위기를 너무 잘 살린 거 같아요. 선배님 진짜 대단하세요.”

생각지 못한 찬사에 서화는 어색한 웃음을 흘렸다.

"고마워. 그렇게 봐줘서."

"크으, 겸임이 보고 안 놀랄 수가 없겠네."

유라가 엄지를 치켜들며 서화를 추켜세웠다.

"근데 어딜 손 봤어? 어제랑 비슷한데 뭔가가 다르단 말이야."

"눈을 좀 손 봤어."

"눈? 코가 신경 쓰인다고 하지 않았어?"

"응. 그랬는데."

서화는 솔직하게 말할 수 없었다. 실은 어젯밤, 지한에게서 보았던 서글픔을 표현하고 싶었다고.

"어디 중간 점검 좀 해볼까?"

강 교수가 실기장 문을 똑똑, 두드리며 걸어 들어왔다. 역시나 지한도 함께였다. 학생들이 뿔뿔이 흩어지며 제자리로 돌아갔다. 서화는 괜한 긴장감에 주먹을 움켜쥐었다. 처음이었다. 진심이 담긴 작품을 선보이는 것도, 그 대상이 지한이란 것도.

"이게 서 교수라고?"

작품 점검에 들어간 강 교수가 질겁하며 유라의 작품을 가리켰다. 유라는 침묵으로 대답을 일관했다.

"자네 언제 원한 산 적 있어?"

강 교수가 혀를 내두르며 지한을 바라봤다. 지한은 그저 가볍게 웃는 것으로 대답을 대신했다. 그 뒤로도 지한을 본떠 만든 석고 상들을 향한 느긋한 감상이 이어졌다. 어느덧 서화의 차례가 다가왔을 때였다.

"이거 원…… 감상을 해야 할지 감탄을 해야 할지."

강 교수의 눈이 황홀함에 젖어 들었다. 그는 지한의 이목구비를 똑같이 옮겨놓은 작품에 말을 잇지 못하더니, 지한에게로 화살을 넘겼다.

"서 교수 감상평이 궁금하군."

서화는 초조하게 입술을 말아 물었다. 도무지 지한과 눈을 마주칠 자신이 없었다. 그의 입에서 어떤 감상평이 흘러나올지 예측하기 어려웠다. 말없이 서화의 작품을 응시하던 지한이 나지막이 입술을 뗐다.

"괜찮네요."

잠시 정적이 흘렀다. 강 교수가 눈을 끔뻑거리며 되물었다.

"설마 그게 전부인가?"

"다른 게 또 있어야 합니까?"

"아니, 그건 아니지만……."

말끝을 흐리던 강 교수는 목석처럼 서 있는 서화를 보며 인자하게 웃었다.

"서화야, 수고했다."

"……감사합니다."

시선이 바닥에 꽂혔다. 차마 지한의 얼굴을 볼 수 없었다. 역시 어젯밤, 선을 넘었던 걸까. 칭찬까진 아니라도 적당한 평은 들을 수 있을 줄 알았는데. 서화는 한참 후에야 고개를 들어 지한을 바라봤다. 그는 수업이 끝날 때까지 그녀에게 시선 한 번 주지 않았다. 꼭 하루아침에 사람이 뒤바뀐 것처럼 서늘한 공기가 그의 주변을 둘러쌌다.

* * *

"서화야, 밥 먹고 들어갈 거지?"

마지막 수업이 끝난 직후였다. 서화는 모처럼 동기들과 저녁 약속을 잡았다.

"응. 끝나고 맥주도 한잔 할래? 내가 살게."

"뭐? 네가 산다고?"

짐을 챙기던 유라가 화들짝 놀라며 서화를 바라봤다.

"응. 내가 쏠게."

"갑자기?"

서화는 평소 술을 즐겨 마시는 편이 아니었다. 술자리가 잡히면 가장 먼저 자리를 박찬 적이 대다수였다.

"꼭 일이 있어야 마실 수 있는 거야?"

"아니, 절대! 나야 당연히 좋지. 언제 또 이런 기회가 오겠어?"

"그럼 은정이랑 먼저 가 있을래? 나 휴대폰을 실기장에 두고 와서 그것만 챙기고 금방 따라갈게."

유라는 알겠다며 먼저 강의실을 빠져나갔다. 그제야 곡선을 그리던 서화의 입가가 스르르, 내려앉았다. 잠시 의자에 앉아 노을빛으로 물든 캠퍼스를 물끄러미 감상했다. 새빨갛게 익어가는 풍경이 자신의 마음과 다를 게 없었다. 한 번도 아닌 두 번씩이나 지한에게 거부를 당한 여파는 상상 이상이었다. 숨을 쉴 때마다 가슴이 갑갑했고, 차갑게 돌아선 그의 뒷모습만 생각하면 누군가 주먹으로 명치를 때린 것처럼 심장이 저릿했다.

"······정신 차려."

서화는 자리에서 벌떡 일어나 강의실을 빠져나왔다. 차라리 다른 생각을 하자. 할 수 있는 고민은 죄다 머릿속에 굴리며 실기장에 도착한 때였다.

"……."

서화는 섣불리 움직이지 못했다. 누군가 접이식 침대에 누워 잠이 들어 있었다. 그것도 그녀의 작품 바로 앞에서.

……아니야, 아닐 거야.

파동 치는 마음을 억누르며 다리를 뻗었다. 하지만 잠든 남자의 얼굴을 확인하자 발등에 못이 박힌 것처럼 몸이 얼어붙었다. 서화는 마른침을 삼키며 곤히 잠든 지한의 얼굴을 바라봤다. 감겨 있는 그의 눈꺼풀이 고요하며 평온했다. 언제부터 여기 있었던 걸까. 저도 모르게 손을 뻗으려던 서화는 돌연 주먹을 움켜쥐었다. 이미 그에게 두 번이나 경고를 받지 않았나. 충동적인 마음을 꾹 붙잡으며 책상 서랍에 넣어둔 휴대폰을 소리 나지 않게 꺼내 들었다. 그러나 그게 전부였다. 차마 발걸음이 떨어지지 않았다.

한 번만. 딱 한 번만…….

그를 가까이서 마주하고 싶었다. 결국, 욕심을 이기지 못하며 지한에게 다가섰다. 그는 여전히 고요했다. 무방비한 상태, 그 자체였다. 소년과 남자, 그 경계선에 서 있는 것처럼 때 묻지 않은 순수함이 그에게서 묻어났다.

꼭…… 한 폭의 그림처럼.

창틈 새로 바람이 불었다. 4월치고 꽤 차가운 바람결이었다. 실기장을 빙빙 돌던 바람은 지한의 머릿결을 흩트리고 지나갔다.

……간지러울 거 같은데.

서화는 눈 밑에 내려온 지한의 앞머리를 슬그머니 정돈해주었다. 하지만 부드러운 머리칼이 손가락 사이를 파고들자 또 한 번

의 충동이 그녀를 시험했다. 조금 더 그를 만지고 싶다고. 안 된단
걸 알면서도 이미 그녀의 손은 지한의 눈 밑에 닿아 있었다. 은근
슬쩍 내려가는 움직임이 발칙하기 짝이 없었다. 둥글게 세운 손
끝으로 남자의 입술을 살며시 건드린 순간이었다.

"……!"

서화의 눈동자가 크게 흔들렸다. 손가락을 적시는 지한의 숨소
리가 전과 달리 고르지 못했다. 황급히 팔을 떼는데, 그 찰나 그의
눈꺼풀이 밀려 올라갔다. 다갈색 눈동자가 어젯밤과 비슷한 감정
을 띠며 서화를 빤히 직시했다. 깊고, 어두운. 그래서 한없이 빨려
들어갈 수밖에 없는. 서둘러 몸을 일으켰다. 그러나 지한이 먼저
였다. 그가 빠르게 서화의 팔목을 잡아당겼다. 반동을 이기지 못
한 몸이 속절없이 남자의 단단한 허벅지 위로 무너졌다.

"뭐 하는 거야."

그가 허리를 단단히 옮아매며 물었다.

"묻잖아. 뭐 한 거냐고."

서화는 떨리는 눈동자로 지한을 바라보았다. 석양빛이 땅거미
처럼 내려앉은 남자의 얼굴은 사뭇 위협적이었다.

"……언제부터 깨어 있었어요?"

"네가 온 후부터."

서화의 얼굴이 확, 달아올랐다. 눈만 뜨지 않았을 뿐, 모든 걸 눈
치 채고 있었다는 건데……. 절로 원망 섞인 신음이 새어 나왔다.

"……왜."

"왜 모른 척했냐고?"

그가 한숨을 깊게 내쉬었다. 한층 더 가라앉은 눈이 서화의 이

목구비를 느릿하게 쓸어내렸다.

"내가 말했지. 시험하지 말라고."

그 의미가 무엇인지 서화는 뒤늦게 자각했다. 턱 끝을 간지럽히는 그의 숨소리가 거칠었다. 그 사실을 깨닫기 무섭게 입술이 충동적으로 움직였다.

"시험하면 어떻게 되는데요."

침묵이 흐르며 남자의 눈이 가늘어졌다. 그때였다. 커다란 손이 서화의 허리를 거세게 당겨 안았다. 그리고 섬세한 손끝이 척추를 느릿하게 쓸어내리자 숨이 턱, 막혔다.

"오서화."

"……."

"나, 그렇게 좋은 놈 아냐."

지한이 고개를 기울이며 말했다.

"네가 상상하는 그런 놈 아니라고."

서화는 묻고 싶었다. 내가 당신을 어떤 눈으로 바라보고 있는지. 어쩌면 첫 만남부터였을지 모른다. 아무런 접촉도 없었는데, '차성준'보다는 '서지한'이란 남자가 궁금했고, 혼자만의 일탈을 즐기다가 그에게 발각됐을 때는 두려움과 함께 묘한 호기심이 피어올랐다. 꾹꾹 숨겨둔 상처를 그가 건드렸을 때는 어떠했나. 분노가 치밀었다. 하지만 지금은. 그래, 지금은……. 이름 모를 이 감정을, 갈망을, 그가 좀 더 어루만져줬으면 좋겠다는 욕망이 수시로 그녀의 가슴을 두들겼다.

"어제도 느낀 거지만 되게 오만한 거 알아요?"

서화는 태연한 척 지한의 어깨에 양손을 올렸다.

"내가 서지한 씨를 어떻게 생각하는 줄 알고."

지한은 무표정한 얼굴로 서화를 응시했다. 어깨에 걸쳐진 여자의 손목에서 얕은 떨림이 느껴졌다. 아닌 척 굴어도 여자는 몹시 긴장한 상태였다. 그는 천천히 손을 뻗었다. 서화가 그에게 그랬듯 바람결에 흐트러진 여자의 긴 생머리를 귀 뒤로 다정히 넘겨주었다. 고작 그 손길 하나에도 여자는 뺨을 붉혔다.

지한은 알고 있었다. 서화가 은연중에 자신에게 의지하고 있다는 것을. 그가 그녀에게 해준 것은 아무것도 없었다. 꽉 막혀 있던 터널을 조금 뚫어준 것 이외에는. 그런데 그게 꼭 '빛'이라도 되는 것처럼 따라오는 여자가 순수하면서도 한편으론 안쓰러웠다. 그녀가 살아오는 동안 아무도 그녀의 진심을 들여다봐 주지 않은 거같아서. 지한은 깊이 고민했다. 자신이 과연 이 여자에게 어떤 사람이 돼줄 수 있을지. 그럴만한 존재가 될 수는 있을지.

"적어도 나는 널."

그가 나직이 운을 뗐다.

"제자라고 생각한 적 없어."

"……."

"단 한 번도."

예상치 못한 고백에 서화의 속눈썹이 얕게 떨렸다.

"너도 알고 있었잖아."

그의 두 눈이 서화의 등 너머에 있는 작품으로 향했다.

"어떤 미친놈이 여기 누워서 자기 얼굴을 감상하고 있겠어."

서화의 눈이 의심으로 가늘어졌다.

"괜찮다고만 했잖아요."

"응."

그가 퉁명스레 받아쳤다.

"나쁘지 않았거든. 네 손으로 만든 날 보는 게 꽤 괜찮아서. 그이상의 감상평은 딱히 생각이 안 났어. 그냥 솔직하게 말할 걸 그랬나?"

서화는 입술을 꾹 깨물었다. 안도감에 마음이 허물어지다가도 그가 얄미웠다. 어쩐지 그의 손바닥 안에서 놀아난 기분이다.

"무슨 생각하는데."

지한이 말이 없는 서화를 부드럽게 올려다보았다. 서화는 아무말도 하지 않았다. 복잡한 눈으로 지한을 응시하더니, 별안간 그의 목에 팔을 둘렀다. 그러곤 남자의 입술을 지그시 주시하며 속삭였다.

"서지한이랑 키스하면 어떤 기분일까."

"……."

"잠깐 고민했어요. 왜요?"

꽤나 도발적인 공격이었다. 작은 복수심에 나온 행동이기도 했다. 정작 지한에게서는 어떤 감정도 읽을 수 없었다. 묘한 공기가 흐르기를 한참. 그가 다시금 척추를 느릿하게 쓸어내리기 시작했다. 전보다 더 힘이 실린 선명한 감각으로. 다른 한 손으로는 발그레 달아오른 서화의 뺨을 감싸더니, 불순한 손길로 그녀의 아랫입술을 지분거렸다.

"해보면 알겠지."

그 말을 끝으로 그가 바짝 다가왔다. 서화는 저도 모르게 두 눈을 질끈 감았다. 하지만 아무 기척도 느껴지지 않자 조심스레 눈을 뜬 순간이었다. 서화의 눈동자가 크게 너울거렸다. 충격적인 장면을 맞닥뜨린 것처럼 입술이 느슨히 벌어졌다.

　처음이었다. ……이런 눈의 서지한은. 방금까지 있던 여유로움은 그의 얼굴에서 감쪽같이 사라진 뒤였다. 탁한 눈동자 위로 불씨가 피어오르더니, 서늘한 경고가 귓가를 파고들었다.

"눈 감아."

　그는 전처럼 기다려주지 않았다. 과열된 욕망이 폭발하듯 목 뒤를 파도처럼 휘감으며 입술을 집어삼켰다. 빈틈없이 맞물린 접촉에 양손이 허공으로 붕 떠올랐다. 하지만 곧 지한에게 붙들리며 그의 목에 팔을 둘러야 했다. 능숙하면서 배려 섞인 입맞춤이 이어졌다. 그가 아랫입술을 감쳐물며 윗입술을 혀로 살며시 핥을 때면 등 뒤가 찌르르 전율했다.

　서화는 혼미해지는 정신 속에서도 지한의 품을 깊숙이 파고들었다. 비록 불장난일지라도 이 순간을 잃고 싶지 않았다. 좀 더 그와 가까워지고 싶었다. 좀 더 그의 향기에 잔뜩 취해 서로의 숨결을 나누고 싶었다. 그 열망이 조금은 과했던 걸까. 그만 그의 입술을 깨물고 말았다. 지한이 천천히 입술을 떼어내며 나직이 속삭였다.

"그만할까?"

　서화의 두 눈이 붉게 젖어 들었다. 무수히 많은 생각이 뒤섞이며 머릿속을 빙글빙글 돌아다녔다. 하지만 피어오르는 불씨에 모조리 불타오르며 결국 남은 것은 뜨거운 욕망뿐이었다. 서화는 고개를 저었다. 투정 부리듯 지한의 입술을 다시 깨물었다. 그러자 그의 목울대에서 낮은 웃음소리가 울려 퍼졌다. 그 진동이 고스란히 서화의 입술에 전달되자 자연스레 그녀의 입술이 벌어졌다. 지한이 그 순간을 놓치지 않고 단숨에 파고들었다.

맞닿은 혀가 뜨겁고, 부드럽다. 입천장을 눅진히 휘젓고 다니며 젖은 살덩이를 찌르는 혀의 놀림에 넝쿨처럼 그에게 엉켜 들었다. 그리고 생각했다. 이 남자에게 과연 뜨겁지 않은 곳이 있을지. 코끝을 간지럽히는 더운 숨결도. 허리를 옭아맨 단단한 손길도. 잠시 숨이 벅차 뒤로 물러날 때면 저돌적으로 다시 부딪혀오는 입술도. 모든 것이 뜨거웠다. 이러다 전부 타버리는 건 아닐지, 두려울 만큼.

* * *

결국 서화는 친구들과의 술자리를 뒤로 한 채 지한의 차를 타고 집 앞까지 도착하였다. 그리고 아쉬움을 느낄 새도 없이 이별을 맞이해야 했다.

'조심히 들어가.'

눈만 마주쳐도 떨려 하는 자신과 달리, 마치 우리 사이에 아무 일도 없었다는 듯 지한의 태도는 평온했다. 그렇게 며칠이 흘렀을까. 서화는 방 안 침대에 앉아 휴대폰을 바라봤다. 아무 연락도 오지 않은 까만 액정에 마음이 무거워지던 참이었다.

똑똑똑.

노크 소리와 함께 문이 열리며 수연이 고개를 빼꼼히 내밀었다.

"언니, 밥 먹으러 내려오래."

"응. 바로 갈게."

휴대폰을 책상 서랍에 집어넣으며 1층으로 향했다. 그러나 주방에 도착하자 서화의 낯빛이 급격히 어두워졌다. 개인적인 일로 귀가가 늦어질 거라던 제원이 떡하니 식탁을 지키고 있었기 때문이었다.

"앉아라."

묵직한 명령에 서화는 소리 나지 않게 의자를 꺼내었다. 문득 맞은편을 바라보자 평소보다 안색이 좋지 못한 혜진의 얼굴이 눈에 띄었다. 딱딱하게 굳은 눈 밑은 애써 분노를 억누르는 것처럼 느껴졌다. 제원의 표정 또한 날이 바짝 갈린 송곳처럼 차가웠다. 두 사람 사이에 흐르는 기류를 의식하며 젓가락을 드는데.

"서화야."

나직한 부름에 서둘러 젓가락을 내려놓았다.

"네, 아버지."

"조만간 차성준 그 친구가 우리 집에 올 예정이다."

예기치 못한 주제에 서화의 눈빛이 흔들렸다.

"그 집에서 널 보고 싶어 하는 눈치야."

"여보!"

혜진이 언성을 높이며 제원을 막아 세웠다.

"서화 의견은 물어보지도 않고 무작정 일을 진행하는 게 어디 있어요?"

제원은 서화에게로 눈길을 돌렸다. 그 의미가 무엇인지 서화는 아주 잘 알고 있었다. 수백 번, 수천 번 넘게 겪지 않았나. 아버

158

지의 침묵은 선택권을 주는 게 아니라 암묵적인 강압이라는 걸.

"됐어, 서화야. 네가 싫으면 만날 필요 없어."

혜진이 빠르게 상황을 단절시켰다. 제원을 바라보는 그녀의 눈빛이 살벌했다. 생전 처음 보는 모습이었다. 한 번이라도 제원 앞에서 그녀가 언성을 높인 적이 있었나. 항상 수긍하고, 순종하며 제원의 의견에 토를 달지 않던 아내였다. 서화가 덤덤히 운을 뗐다.

"갈게요."

"서화야!"

서화는 애써 미소 지으며 혜진을 달랬다. 섣불리 입을 뗐다가 어떤 파국이 일어날지 모른다. 적어도 자신으로 인해 아버지와 어머니의 관계를 깨트리고 싶진 않았다.

"잘 생각했다. 이번 주말에 차성준 그 친구한테 연락이 올 거다. 이번에는 잘 받아줘."

이번에는.

제원이 뱉은 말을 곱씹던 서화는 문득 간담이 서늘해지는 것을 느꼈다. 역시나 아버지는 눈치 채고 있던 게 분명하다. 전시회가 있던 그날, 성준과 저녁 식사를 함께하지 않았다는 걸. 그러나 그를 다시 마주할지언정 관계의 진전이 일어나기란 희박했다. 이미 다른 사람이 마음을 비집고 들어온 이상 의미 없는 만남에 불과했다. 그래, 차라리 만나서 정리하자. 서화는 마음을 다잡으며 허리를 곧게 세웠다. 성준과의 관계를 끝낼 시 어떤 후폭풍이 몰아칠지 알면서도 좀처럼 선로를 틀 수 없었다.

* * *

일요일 오후. 차성준이 온다더니, 웬 낯선 남자가 집 앞에 차를 대기시키고 있었다.

"권 실장이라고 합니다. 차 이사님을 대신해 오늘 하루, 댁까지 오서화 양을 모시게 되었습니다."

남자가 깍듯하게 허리를 숙이며 차 문을 열어주었다. 서화는 조심스레 걸음을 옮기며 뒷좌석에 탑승했다. 권 실장이 뒤따라 운전석에 올라탔다. 이윽고 차가 부드럽게 움직이기 시작했다. 서화는 반 체념하다시피 창밖을 바라봤다. 비 온다고 한 적은 없었던 거 같은데. 톡톡, 얇은 가랑비가 사선처럼 창문에 달라붙었다. 그 풍경을 말없이 주시한 지도 시간이 꽤 흐른 무렵이었다.

"도착했습니다."

차가 정차하며 권 실장이 금세 운전석 문을 열고 나가 뒷좌석 문을 열어주었다. 달칵. 문이 열리자 쏴아아아ー. 쏟아지는 빗소리가 선명해졌다. 얇은 빗줄기는 어느새 굵은 빗줄기가 되어 바닥에 내리꽂혔다. 이런 기후 변화를 사전에 알고 있었던 것처럼 권 실장의 손에 커다란 우산이 들려 있었다. 서화는 원피스가 구겨지지 않게 두 발을 조심히 땅바닥에 내려놓았다. 그때였다.

"수고했어요."

낯선 그림자가 시야를 가로막았다. 차성준, 그 남자였다. 집에 있다가 나온 건지 그의 차림새가 가벼웠다. 성준이 우산을 펼치며 손을 내밀었다.

"여기서부터는 내가 안내하죠."

성준의 손을 물끄러미 응시하던 서화가 어깨에 묻은 빗방울을 털며 대답했다.

"우산만 같이 쓰도록 할게요."

명백한 거절이었다. 성준은 말없이 서화를 내려다봤다. 그 집요한 눈길을 무시하며 앞서 나아가자 등 뒤로 묵직한 발소리가 따라붙었다.

"그렇게 고집 부려서 좋을 게 뭐가 있지?"

귓가에 떨어진 의미심장한 말에 고개를 돌렸다. 기다렸다는 듯이 성준의 시선이 서화의 어깨에 닿았다.

"다 젖잖아."

"괜찮아요. 어차피 마를 거니까요."

차가운 대응에 성준의 눈매가 가늘어졌다. 설핏 찡그린 미간이 탐탁지 않은 감정을 표출했으나 서화는 모른 척하며 걸음을 옮겼다.

"거절할 줄 알았습니다."

현관문을 코앞에 둔 참이었다. 성준이 우산을 접으며 서화를 내려다봤다. 무슨 소리냐는 듯 서화가 눈을 가늘게 뜨자 그가 무감한 목소리로 말했다.

"워낙 단호하게 안 된다길래."

가만히 그의 말을 곱씹던 서화는 스리슬쩍 입술을 깨물었다. 전시회가 끝난 뒤, 그에게 연락을 준다고 해놓고 결국 퇴짜를 놓았다.

"그땐 사정이 있었어요. 늦었지만 사과할게요."

"쌍방 과실로 치죠. 나도 잘한 건 없으니까."

성준이 우산에 묻은 빗물을 털며 도어락에 손을 댔다. 띠리릭. 문이 열리자 그가 먼저 들어가라며 손짓했다. 집 안은 정원처럼 크고 웅장했다. 거실로 향하는 복도에는 일정한 간격으로 그림이 걸려 있었는데, 죄다 고가를 자랑하는 작품들이었다.

"아버지, 저희 왔습니다."

성준이 누군가를 바라보며 말했다. 자연스레 서화의 시선도 옮겨갔다. 많이 봐야 50대 초반으로 보이는 남자가 꼿꼿한 자세로 소파에 앉아 누군가와 대화를 나누고 있었다. 저 사람이 강호 그룹 회장인가? 준택이 조용히 한 손을 들어 올렸다. 아직 대화가 끝나지 않았으니 기다리란 뜻이었다.

"그래서 따로 나가 살겠다는 거야?"

어쩐지 그의 음성이 탐탁지 않았다.

"제 마음은 이미 오래전에 결정 났습니다."

"지한아."

바닥에 꽂혀 있던 서화의 시선이 번뜩 들렸다. 방금……. 제 귀가 틀리지 않았다면 방금 강호 그룹 회장의 입에서 나온 이름은 '지한'이 분명했다. 심지어 목소리도 똑같았다. 쿵쿵쿵. 심장이 걷잡을 수 없는 속도로 빠르게 뛰기 시작했다. 그때 등지고 앉아 있던 남자가 자리에서 일어나 서화를 마주 봤다. 자연스레 눈이 마주친 순간, 심장이 발치 밑으로 쿵 떨어졌다.

왜……. 어째서……. 소리 없는 아우성이 입안을 맴돌았다. 격하게 흔들리는 서화의 눈동자와 달리 지한의 눈은 흐트러짐이 없었다.

보이지 않는 진실

"이야기가 길어지는 바람에 실례를 범하게 됐군."

준택이 입을 열며 팽팽한 공기를 끊어냈다.

"오느라 고생 많았어요."

서화는 잠시 눈을 감았다 떴다. 폭풍처럼 휘몰아치는 감정을 어떻게든 정리해야 했다.

"덕분에 편히 올 수 있었습니다."

긴장한 것에 비해 흘러나간 음성은 덤덤했다. 그게 마음에 들었는지 준택의 입가에 희미한 미소가 번졌다.

"혹시 식사했을까?"

"아뇨. 아직."

"다행이네. 성준아."

준택은 주방이 있는 곳을 향해 눈짓했다. 성준이 직접 서화를 안내해주길 바라는 눈치였다. 성준은 잠시 서화를 내려다보더니, 순순히 걸음을 옮기며 그녀를 인도했다.

"가죠."

서화는 침묵하며 천천히 성준의 뒤를 밟았다. 하지만 한 발자국이 열 발자국이 되자 익숙한 향기가 훅 밀려들어왔다. 보지 않아도 알 수 있었다. 고개만 틀면 지한과 정통으로 눈이 부딪치게 될 거란 걸.

알 수 없는 배신감이 파도처럼 밀려왔다. 당장이라도 따지고 싶었다. 당신이 왜 여기 있는 거냐고. 그것도 다른 사람도 아닌 차성준의 아버지인 준택을 마주하며. 하지만 어떤 감정도 표출할 수 없었다. 서화는 등 뒤로 따라붙는 지한의 눈길을 외면하며 빛이 쏟아지는 주방으로 도망치듯 사라졌다.

* * *

서화는 정갈히 차려진 음식들을 물끄러미 바라봤다. 향이 짙은 음식을 내놓는 것을 좋아하지 않는 준택 덕에, 사실 이 집에서는 흔히 볼 수 없는 상차림이었다. 가끔 그 고집이 병적이다시피 느껴질 때가 있었다. 혹은 트라우마가 있는 건 아닐까, 의심이 서기도 했다. 그런데 그 집요한 공식이 서화의 등장으로 와장창 깨지

164

고 말았다. 아침 일찍 런던으로 떠난 조미진 여사가 이 광경을 봤다면 실소를 터트릴 일이었다.

"요즘 젊은이들이 뭘 좋아하는지 몰라서 나름의 준비는 해봤는데, 입맛에 맞을지 모르겠어."

준택이 먼저 식기를 들며 말했다. 서화의 입가에 의례적인 미소가 걸렸다.

"신경 써주셔서 감사합니다."

"식기 전에 어서 들지. 너희들도."

너희들. 두 사람을 가리키는 단어에 서화는 호흡을 짧게 삼켰다. 그녀의 옆에는 차성준이, 그리고 그녀의 앞에는…….

"지한이, 너는 매번 아침 거르는 습관은 언제 고칠 거야."

"한 끼 정도 굶는다고 안 죽어요."

받아치는 지한의 음성이 태연했다. 음식을 집어가는 젓가락질에는 망설임이 없었다. 서화가 알고 있는 '서지한'의 모습 그대로였다. 가끔은 뻔뻔하고, 때로는 한없이 차분해서 할 말을 잃게 만드는 사람.

"아직 젊은 피가 돌아서 그렇지. 그게 평생 갈 거 같아?"

준택이 혀를 끌끌 차며 타박했다. 묵묵히 음식물을 씹던 지한이 젓가락을 탁, 내려놓았다.

"평생 가지 않을 테니까 지금을 더 즐겨야죠."

그게 무슨 소리냐는 듯 준택의 미간에 굵은 선이 패였다.

"세끼 다 챙겨 먹는 것도 일인데 벌써 수고로울 필요가 뭐 있어요. 젊어서 누릴 수 있는 특권이라고 생각하세요."

"……말하는 꼴하고는."

무어라 더 늘어놓으려던 준택은 입을 다물었다. 손님이 있는 자리였다. 그것도 꽤 귀중한 손님.

준택은 서화의 옆에서 조용히 식사 중인 성준을 감상했다. 성준은 원체 감정표현에 무딘 자식이었다. 직설적이고 냉철하게 상황을 판단하는 점은 준택을 닮은 듯했으나 가까이서 보면 전혀 다른 그림이 펼쳐졌다. 적어도 준택은 화를 낼 줄 알았다. 격한 노를 표출해서라도 어긋난 회사체계와 질서를 바로잡았다. 그에 비해 성준은 직원들에게 언성을 높인 적도, 작은 신경질을 낸 적도 없었다. 그랬던 놈이 관심 있는 처자가 생겼다는 말을 흘리자 다소 놀랄 수밖에 없었다. 게다가 그 대상이 오제원의 장녀라는 사실에 더욱 구미가 당겼다.

"예술을 한다고?"

준택이 넌지시 묻자 서화가 젓가락을 내려놓으며 고개를 끄덕였다.

"네. 조소를 전공하고 있습니다."

"조소라……. 그 고운 손으로 뭘 만들 수 있을지 선뜻 상상이 안 가는데."

준택의 시선이 서화의 하얀 손등에 머물렀다.

"손."

"……."

"안 다치게 조심해야겠어."

서화가 의아한 눈길을 비췄다. 준택의 입가에 씁쓸한 미소가 번졌다.

"예술을 하는 사람은 곧 손이 생명 아니겠나?"

염려스러운 미소를 비추던 준택은 지한의 손도 함께 바라봤다. 그러다 문득 지한과 서화 사이에 간단한 인사조차 오가지 않았다는 걸 깨달았다.

"서화 양. 여기 앉아 있는 이 녀석은……."

본격적으로 지한에 대한 이야기를 꺼내려던 순간이었다. 끼이익-. 의자가 끌리는 소리에 준택의 시선이 위로 향했다. 지한이 나갈 채비를 하고 있었다.

"뭐 하는 거야?"

"먼저 일어나보겠습니다. 선약이 있어서요."

"앉거라."

준택이 낮게 경고했다. 지한은 식탁 위에 둔 핸드폰을 집어 들며 발걸음을 옮겼다. 참다못한 준택이 시린 눈으로 지한의 등을 좇았다.

"서지한. 손님 있는 자리에서 이게 무슨 예의야."

"제 손님은 아니잖아요."

"뭐?"

"불청객이 앉아 있을 자리는 더욱 아닐 테고요."

지한이 고개만 튼 채 세 사람을 응시했다. 정확히는 아직 반도 해치우지 못한 서화의 밥그릇이었다. 서화는 무릎에 올려둔 손을 움켜쥐며 지한을 바라봤다. 눈이 마주치기 무섭게 그가 등을 돌렸다. 작은 읊조림도 함께였다.

"체하면 누구 탓하려고요."

서화의 표정이 위태롭게 흔들렸다. 중간에 '답답한 놈.' 하는 준택의 음성을 듣지 못했다면 지한의 뒤태를 멀거니 응시했을 터였다.

탁. 갑작스러운 마찰음에 시선이 돌아갔다. 밥그릇 옆에 생수가 담긴 잔이 놓여 있었다. 성준의 짓이었다. 그가 자리에 앉으며 서화만 들릴 수 있는 목소리로 나직이 속삭였다.

"체할 필요까진 없다고 보는데."

"……"

"인정하기 싫으면 마저 들죠."

* * *

식사가 끝난 후 가벼운 티타임이 이어졌다. 대화는 준택이 주도했다. 서화는 그가 취미로 방문한 갤러리 관에서 아버지, 제원과 연이 닿았다는 것을 알게 됐다. 준택이 예술에 관심을 보인 것도 의외였지만, 제원이 개인적으로 갤러리 관을 찾은 적이 있다는 게 더 놀라왔다. 아버지가 그쪽에 관심을 보인 적이 한 번이라도 있었나. 아니, 전혀. 그림을 그릴 때도, 커다란 상을 받을 때도 눈길조차 준 적 없던 사람이었다.

"오 총장이 입이 무거워서 그런지 딸이 예술을 전공한다고 했을 때 얼마나 놀랐는지 몰라."

……아버지가 직접 전하셨다고? 서화는 더 깊은 미궁 속으로 빠져들었다. 머릿속에 두 개의 갈림길이 나타났다. 제원에게 자신과의 사이는 진심일지, 혹은 차성준과의 관계를 위해 쓰인 도구에 불과할지.

어수선한 감정 속에서도 대화는 계속 이어졌다. 준택은 서화가 어떤 사람인지 가늠하고 싶은 눈치였다. 서슴없는 질문이 날아들었다. 이를테면 학교생활은 어떤지, 조소를 택한 이유가 무엇인지, 예술을 하는 사람들은 주로 어떤 취미를 갖는지. 서화가 찻잔을 내려놓으며 나지막이 대답했다.

"딱히 취미랄 게 없어서요."

"이런. 가끔은 머리도 식혀줘야 좋은 작품이 나올 텐데. 성준이네가 시간 나면 드라이브도 시켜주고 그래."

준택이 자연스럽게 두 사람의 관계진전을 유도했다. 그제야 서화는 이곳을 방문한 목적을 상기했다.

"저 실례되는 말씀이지만 저는 차성준 씨와……."

"그럼 이만 일어나보겠습니다."

갑자기 성준이 말을 가로막자 서화의 입술이 작게 벌어졌다. 그가 바깥을 눈짓했다. 어느새 짙은 어둠이 하늘을 뒤덮고 있었다. 준택이 허허, 너털웃음을 흘리며 아쉬운 기색을 비쳤다.

"벌써 시간이 이렇게 흘렀나. 늙은이가 주책없이 너무 떠들기만 했어. 피곤했으려나?"

서화는 애써 웃으며 고개를 저었다.

"아뇨, 괜찮습니다."

"기회가 되면 또 도란도란 이야기를 나누고 싶은데. 그때는 오총장도 함께하도록 하지. 성준이 네가 집까지 잘 배웅해주고. 그럼 서화 양 다음에 보도록 해요."

"저……."

준택을 붙잡으려던 서화는 말을 잇지 못했다. 준택이 갑자기 걸려온 연락을 받고 서재로 들어가 버렸기 때문이다. 절망감에 입술을 깨물며 고개를 들자 기다렸다는 듯 성준이 눈을 맞춰왔다.

"그만 일어나죠."

먼저 걸음을 돌려 문으로 향하는 남자를 서화는 묵묵히 뒤따랐다. 현관을 빠져나와 정원을 걷던 와중이었다.

"차성준 씨, 잠시만요."

서화가 걸음을 멈추며 성준을 불러 세웠다. 그의 고개가 느릿하게 돌아갔다.

"지금 뭐 하는 거예요?"

"그럼 그쪽은 뭐 하는 짓이지?"

서화의 미간에 힘이 실렸다. 어둠을 등진 탓인지 몰라도 성준의 두 눈은 시린 겨울밤처럼 선득했다. 그는 천천히 거리를 좁혀오더니, 단 몇 발짝을 남겨두고 시선을 숙였다.

"초대 받은 입장이면 그에 걸맞은 태도를 갖추는 게 예의 아닌가? 아님 작정하고 엿이라도 먹이고 싶었나?"

"차성준 씨."

"그게 아니면 조용히 따라와요. 생각보다 보는 눈이 많으니까."

성준이 어딘가를 지그시 응시했다. 그 시선을 따라간 서화의 눈이 흔들렸다. 정원 곳곳에 CCTV로 추정되는 기계들이 360도로 돌아가는 중이었다. 한마디로 언성을 높여봤자 피차 좋을 게 없다는 소리였다. 대문을 넘어서자 기다렸다는 듯 권 실장이 대기 중이던 차량에서 튀어나왔다.

"직접 운전할 거니까 권 실장은 그만 들어가요."

성준이 상황을 정리하며 운전석에 올라탔다.

"타요."

성준이 운전대에 팔목을 걸치며 창문 너머로 말했다. 서화는 한 발짝도 떼지 않으며 대답했다.

"마음은 고맙지만 여기서부터는 알아서 갈게요."

"오서화 씨."

"네."

"마지막까지 예의는 갖추죠."

그게 무슨 소리냐는 듯 눈을 가늘게 뜨자 성준이 대문 위쪽을 바라봤다. 그 시선을 따라간 서화의 눈동자에 CCTV의 빨간불이 반짝, 박혔다 사라졌다. 그게 꼭 경고의 메시지처럼 느껴졌다. 이 차를 타기 전에는 여기서 한 발짝도 움직일 수 없을 거라는.

* * *

차가 목적지를 향해 달리는 동안 적적한 공기가 맴돌았다. 서화는 창밖에 스쳐 가는 밤거리를 응시했고, 성준은 묵묵히 운전에만 집중했다.

"여기서 내릴게요."

차가 오르막길에 진입하려던 때였다. 서화가 차 문고리를 잡으며 목소리를 냈다. 그러나 성준은 보기 좋게 핸들을 꺾으며 액셀을 밟았다. 할 말을 잃게 만드는 행보였다.

"차성준 씨. 아까부터 들어도 못 들은 척 구는데, 이건 배려가 아니에요."

상대방이 원치 않은데도 일방적으로 행동하는 것은 불쾌함을 주기 충분했다. 끼익, 기어가 당겨지며 차가 자택을 두고 멈춰 섰다. 전방을 주시하던 성준의 두 눈은 어느새 서화에게 닿아 있었다.

"상의도 없이 자기 의사만 무작정 전달하는 건 배려에 속합니까?"

"……."

"고분고분 매뉴얼대로 행동하더니 그런 식으로 뒤통수를 칠 줄은 전혀 몰랐네."

성준이 낮게 실소하자 서화는 한숨을 삼키며 대화를 이어갔다.

"그 점은 사과할게요. 연락 한 통으로 끝내는 것보단 얼굴 보고 끝을 이야기하는 게 낫지 않을까 싶었어요. 근데 내 생각이 짧았네요. 기분 상했으면 사과할게요. 미안해요."

"끝?"

"……."

"방금 끝이라고 했나?"

되묻는 남자의 어투가 차가웠다.

"우리가 뭘 시작이라도 했습니까? 고작 한 거라곤."

그는 말을 잇지 않았다. 그 대신 몸을 틀어 다가오기 시작했다. 좁혀지는 거리에 서화는 불길함을 느끼며 고개를 뒤로 물렀다. 차성준, 특유의 바다향이 깊이 스며든 순간이었다. 툭, 팽팽히 당겨진 벨트가 스르르 풀리며 제자리로 돌아갔다. 성준이 나긋이 말을 이었다.

"차 한 잔과 식사 한 끼가 전부였던 거 같은데."

"그러니까 더."

서화는 치솟는 감정을 꾹 억누르며 차갑게 받아쳤다.

"아무것도 하지 말자는 소리예요."

실타래가 엉키기 전에 끊어내는 것. 이 일을 제원이 알게 될 시 어떤 후폭풍이 몰아칠지 모른다. 겁나지 않는다면 거짓말일 것이다. 그렇다고 언제까지 이 남자와 애매한 관계를 지속할 수 없는 셈이었다.

"차성준 씨가 먼저 끝내는 거로 해줬으면 해요. 이유는 뭐가 됐든 상관하지 않을게요."

"어째서?"

"틀린 말도 아니니까요. 차성준 씨는······."

첫 만남 때도 느낀 거지만 성준의 눈에서는 어떤 애정도, 호감도 묻어나오지 않았다. 지나치게 이성적인 시선과 고른 숨결은 이 자리를 따분히 여기는 것처럼 느껴졌다.

"나를 만난다고 얻을 수 있는 게 뭐라도 있을지 모르겠지만 난 아니에요."

어느 때보다 서화의 표정은 단호했다.

"의미를 두고 차성준 씨를 만난 것도 아니고, 바란 게 있어서 연락한 것도 아니에요. 처음부터 그쪽은 이 만남에 진심이었던 적 없잖아요."

열린 창틈 새로 밤공기가 흘러들어와 서화의 머리칼을 흩트렸다. 목덜미에 찬 기운이 스며든 순간, 성준이 낮은 웃음을 터트렸다.

"오서화 씨는 원래 그렇게 잘 따집니까?"

"그게 무슨······."

"아님. 나한테만 그러나? 서지한 앞에서는 단 한마디도 못 하더니."

서화의 입술이 굳게 다물렸다. 성준이 핸들에 팔목을 걸치며 고개를 비스듬히 세웠다.

"봐, 지금도 아무 말도 못 하잖습니까. 서로 구면 아닌가? 교수와 제자. 난 그렇게 알고 있었는데."

단정 짓는 남자의 태도가 불쾌했다. 놀잇감이 된 듯한 기분. 손바닥 위에 자신을 올려놓고 어떻게 굴릴지 가늠하는 듯한 남자의 시선이 심기를 건드렸다. 서화는 최대한 감정을 배제하며 상황을 잘라냈다.

"여기서 왜 서 교수님 이야기가 나오는지 모르겠네요. 어쨌든 제 의사는 전달한 거예요. 나머지는 아버지한테 잘 설명할게요."

"미안하지만 난 오서화 씨 의견에 동의 못 합니다. 아니, 안 하는 거로 하죠."

차 문손잡이를 잡아당기던 서화의 손이 멈칫했다. 이해할 수 없다는 눈으로 바라보자 그가 무감하게 덧붙였다.

"동의는 서로의 의견이 어느 정도 일치했을 때 성립되는 겁니다."

"그게 무슨……."

"내가 오서화 씨한테 관심이 있다면 어떻게 되는 겁니까?"

서화는 미약하게 눈살을 찌푸렸다. 성준의 의사를 수용하기 어려웠다. 말이 되지 않는 소리지 않나. 그때 가방 속에서 벨소리가 울렸다. 받아보라는 듯 성준이 가방을 눈짓하자 서화는 마지못해 휴대폰을 꺼냈다.

-언니, 어디야?

전화를 받기 무섭게 수연의 초조한 음성이 쏟아졌다.

"무슨 일 있어?"

ー나간 지 한참 됐는데 안 오니까 걱정돼서 연락했지. 언니 나간 후로 엄마, 밥 한 숟갈도 제대로 못 떴어.

서화는 흘깃 성준의 눈치를 살피며 대답했다.

"집 앞이야. 금방 들어갈게."

ー알겠어.

통화가 끝이 난 후, 어색한 기류가 차 안을 맴돌았다. 끊긴 대화를 어떻게 이어갈지 고민하는데, 찰칵 소리가 울리며 차 잠금장치가 풀려났다.

"늦었는데, 그만 들어가 봐요."

서화는 선뜻 움직이지 못했다. 어떻게든 이야기를 갈무리 지어야만 했다.

"차성준 씨."

"서지한을 어디까지 알고 있습니까?"

생각지 못한 지한의 언급에 말문이 막힌 건 순식간이었다.

"……어디까지 알고 있냐뇨?"

"묻는 그대로입니다."

"차성준 씨가 말한 것처럼 교수님, 그 이상 그 이하도 아니에요. 무슨 대답을 원하는지 몰라도 서 교수님을 굉장히 의식하는 모양이죠?"

"글쎄. 의식은 내가 아니라 오서화 씨가 하는 거 같은데. 뭐, 내 촉이 틀렸다면 차라리 다행입니다."

……다행? 무시하면 그만인 말이었다. 그러나 서화는 치맛자락

을 살며시 움켜쥐었다. 성준이 찬찬히 고개를 돌려 눈을 맞춰왔
다. 알 수 없는 불안감이 들끓는 순간, 다소 충격적인 한마디가 서
화의 귓가를 찔렀다.

* * *

덜컹덜컹. 찬바람이 들어오는 창틀을 흔드는 지한의 손길이 다
소 거칠었다.

"또 쓸데없이 부지런 떤다. 왜 애먼 집구석 놔두고 여기 와서 설
치는 건데."

지한의 등 뒤에서 하품하던 상원이 찔끔 맺힌 눈물을 훔치며 신
경질을 냈다. 늦은 시간, 갑자기 지한에게서 전화가 걸려왔다. 용
무는 아주 간단했다.

"형. 이거 다 뜯어서 개조해도 되지?"

"네 맘대로…… 뭐?"

상원이 화들짝 놀라며 지한의 곁으로 달려왔다.

"미쳤냐? 멀쩡한 걸 왜 뜯어?"

"멀쩡하긴."

지한은 주먹으로 창문을 툭, 쳤다. 그러자 방충망 잠금장치가 맥
없이 바닥으로 추락했다. 상원의 입이 쩍 벌어졌다. 지한이 양손
에 목장갑을 끼며 상황을 갈무리했다.

"수리 비용은 내 선에서 해결할 테니까 뭘 건드려도 참견만 마."

"야, 잠깐만. 너 진짜 여기서 살림 차리려고?"

"여태 속고만 살았나. 말했잖아. 집 구하는 중이라고."

176

"그거야……."

상원은 차마 말을 잇지 못했다. 다소 허름한 인테리어와 부식이 시작된 나무 바닥은 보기 흉했다. 이곳은 몇 년 전까지 상원의 아버지가 작업실로 이용하던 주택이었다. 상원의 아버지는 유명하지 않지만, 부러진 나무들로 조형물을 만드는 예술가였다. 그러나 7년 전, 갑작스러운 사고로 아버지가 운명하면서 사람들의 발걸음도 뚝 끊겼다. 부유하지 않던 집안은 아버지가 떠난 뒤로 더욱 마모되었다. 자연스레 그 몫을 감당할 사람은 맏아들, 상원이었다. 몸이 불편한 어머니와 10살이 넘게 차이나는 남동생을 먹여 살리기란 쉽지 않았다.

아버지의 유일한 흔적이 묻어 있는 공방을 유지하는 것은 더욱 힘에 부쳤다. 없는 돈을 겨우 모아 재산세를 내는 게 전부였다. 그마저도 남동생이 대학교에 입학하면서 올해가 마지막이 될 예정이었다. 그러니 지한의 의도가 뻔하지 않은가.

"난 동정 싫다. 그동안 너무 먹어서 배가 터질 기세야."

"누가 동정이래. 형은 가끔 보면 인생을 다큐로 몰고 가."

삐걱삐걱. 지한이 걸음을 디딜 때마다 바닥에서 요란한 소음이 퍼졌다. 지한은 신경 쓰지 않으며 창문을 활짝 열어젖혔다.

"그냥."

숨을 크게 들이켠 그가 까만 밤하늘을 응시했다.

"여기가 좋아. 자그마한 마당도, 날이 밝으면 비스듬히 들어오는 햇빛도. 작업하기 최적화된 구성이랄까. 어차피 내놓을 거였다며. 이왕 아는 사람한테 팔면 형도 신경 안 쓰고 좋잖아."

지한은 은연중에 알고 있었다. 상원이 없는 돈을 쪼개가며 이곳을 지키는 이유는 아버지의 흔적을 쉽게 버릴 수 없어서란 걸.

"나 그만 너한테 폐 끼치고 싶다. 지한아."

상원이 한숨을 내쉬며 말했다. 현재까지도 많은 도움을 받는 처지였다. 2년 전에는 지금의 강 교수와 다리를 놓아주며 조교 자리까지 마련해주었다.

"나도 양심이란 게 있는 놈인데 이것까지 바라면 도둑놈 심보 아니겠냐."

"형."

"왜."

"미안하지만 이미 도장 찍었어."

"……뭐?"

상원의 고개가 퍼뜩 들렸다. 지한이 빙긋 웃으며 바지 뒷주머니에서 곱게 접힌 종이 한 장을 꺼냈다. 상원의 눈 밑이 부들부들 떨렸다. 빨갛게 찍힌 인장이 낯설지 않았다. 저건 분명…….

"어머님은 흔쾌히 오케이 해주시던데."

"어떻게 나랑 상의도 없이……."

"그러게 좀 더 치밀했어야지. 명의가 어머님 앞으로 돼 있는 이상, 형은 어떤 관여도 할 수 없는 입장이란 걸 그새 잊었나 보네."

"하."

상원은 기가 막힌다는 듯 실소하며 이마를 짚었다. 지한이 픽 웃으며 바지 주머니에 손을 찔러 넣었다.

"폼 다 잡아놓고 아쉽게 됐어?"

"진심이야? 어? 바닥이고 뭐고 싹 다 갈아엎어야 할 판인데. 드는 돈만 얼마야. 경치만 좋으면 뭐해? 넌 돈도 많은 녀석이 대체 왜 그러냐."

"그게 마음에 든다니까? 이미 완성된 건 보는 맛이 없어. 싹 다 뜯어내야 뭘 좀 음미할 구미가 당기지."

"예술 하는 놈 아니랄까 봐, 사상을 가져도 꼭 지 같은 것만 고르지. 어휴, 징글맞은 자식."

혀를 내두르던 상원은 한동안 계약서에서 눈을 떼지 못했다. 남동생이 대학을 무사히 졸업하고도 남을 만큼 과분한 금액이 찍혀 있었다.

"서지한."

"응."

"쫓겨난 건 아니지?"

"쫓겨났으면 왜? 형이 품어주게?"

"품어주면 잘도 안길 놈이다. 뭐 하러 집을 나와. 사서 고생할 일 있어? 그간 외국에서 번 돈으로 잘 먹고 잘살 수 있을지 몰라도……."

상원은 말끝을 흐리며 지한의 얼굴을 빤히 바라봤다.

"……언제 이렇게 컸대."

문득 지한을 처음 만난 날이 떠오른다. 딱히 튀는 행동을 하지 않아도 존재만으로 시선을 끄는 사람이 있다. 지한은 그런 놈이었다. 사람들은 무심하지만 직설적인 그의 성격을 부러워했고, 하기 싫은 것과 하고 싶은 것을 명백히 구분할 줄 알며 그것을 실행할 줄 아는 그의 추진력을 존경했다. 그래서 상원은 지한이 한국을 떠났을 때도 막연히 확신했다. 녀석은 분명 잘 해낼 거라고. 그게 무엇이 됐든.

그리고 지한은 보기 좋게 성공했다. 2년도 채 되지 않아 세계가 주목하는 '신예 예술가'라는 타이틀을 거머쥐었다. 그렇게 승승장구할 줄 알았던 놈이 도로 한국 땅을 밟은 이유가 뭘까. 다시는 돌아오지 않을 것처럼 미련 없이 떠났으면서.

"차 회장님이랑 아니, 아버지랑 한바탕하기라도 한 거야?"

　상원의 음성이 사뭇 조심스러웠다.

"웬만하면 잘 지내려고 해봐. 그분만큼 널 애지중지하는 분이 또 어디 있어. 그 누구야, 차성준인가 뭔가 하는 놈이랑도 잘 부대껴보고. 뭐…… 볼 때마다 밥맛이긴 하지만."

"형."

"왜 인마."

"형이 그때 그랬지?"

"뭘?"

"용서가 안 되면 용서하지 말라고."

　상원의 안색이 뻣뻣하게 굳었다.

"설마……. 너 아직도 회장님 원망하는 거야?"

　지한에게 준택은 일찍 생을 마감한 친어머니 다음으로 각별한 존재였다. 늘 아버지로서 존경했고, 유일하게 남은 가족으로서 누구보다 그를 따르며 좋아했다. 8년 전, 잔인한 진실을 마주하기 전까진.

　비가 날카롭게 쏟아지는 하루였다. 그날 상원은 지한과 함께 전시회를 보러 가기로 약속했었다. 그런데 무슨 이유인지 지한과 연락이 닿지 않았다. 하는 수 없이 녀석이 있을 학교 실기장으로 향하는 길이었다.

쾅쾅! 아무도 없는 학교 복도에 격렬한 파열음이 울려 퍼졌다. 상원은 불길함에 실기장으로 달려갔다. 아니나 다를까, 지한이 석고상을 향해 사정없이 망치를 휘두르고 있었다.

'야이 새끼야, 너 뭐 하는 짓이야!'
'놔.'
'서지한!'

그가 산산이 조각낸 조각상의 주인공은 다름 아닌 준택이었다. 언젠가 네 손으로 만든 날 보고 싶다던 준택의 권유로 지한이 고심해서 만든 작품이었다. 상원은 그날 사람이 어디까지 무너져 내릴 수 있는지를 생생히 지켜봐야만 했다.

'형. 모든 게 다 거지 같아.'

아직도 선명했다. 술에 잔뜩 취한 얼굴로 퍼붓는 비를 처량하게 맞던 어린 지한의 얼굴이. 그날을 회상하던 상원은 조바심에 주먹을 말아 쥐었다. 그 순간, 지한이 낮은 웃음을 터트렸다.
"그때 형 참 오글거렸는데."
"ㅁ, 뭐?"
"그날부터였을 거야. 형이 툭 하면 다큐를 찍기 시작한 게."
"야!"
상원이 놀란 가슴을 부여잡으며 소리쳤다. 지한은 창틀에 손을 얹은 채 시선을 널리 뻗었다.

"그냥 지금이 좋아. 혼자가 익숙해졌어. 그런 삶이 살아가기에도 편한 거 같아."

진심이라는 듯 그의 얼굴에서 편안함이 묻어나왔다. 작품을 만들며 여러 나라를 돌아다녔다. 한국에서는 절대 겪지 못했을 다양한 경험을 만끽하며 든 생각은 단 하나였다. 무언가에 집착하지 말자고. 그것이 타인을 향한 애정이든, 내 안의 욕망이든, 그래서 찾아오는 공허함이든.

끊임없이 채우기보다는 때로는 비워내는 게 삶을 살아가는 데 도움이 될 때가 있다. 무엇보다 남들이 추구하는 '성공'을 이룬 후 그 무엇도 지한을 자극하지 못했다. 불타오르게 하지 못했다. 그런데 왜⋯⋯.

"잠시 미쳤었나."

중얼거린 입술에 씁쓸한 미소가 번졌다.

"또 착각할 뻔했어. 그 사람들이랑 난 다를 거라고."

"다르다니, 뭐가?"

의문 모를 말에 상원이 눈을 끔뻑거렸다. 지한은 별거 아니라는 듯 고개를 저으며 다시금 까만 밤하늘을 바라봤다. 무수히 반짝이는 별들 사이로 한 여자의 얼굴이 별똥별처럼 스쳐 갔다.

⋯⋯오서화. 이름을 곱씹기 무섭게 성준과 나란히 앉아 있던 그녀의 모습이 떠올랐다. 그와 동시에 이유 모를 불쾌함이 불쑥, 가슴에 침투했다. 그 잔향이 깊어지기 전에 지한은 손을 뻗어 창문을 닫았다. 아주 굳게. 또 단단히. 그 누구도 들어올 수 없다는 듯.

* * *

"어제 못 잤어?"

묵묵히 땅만 보며 캠퍼스를 거닐던 서화가 고개를 들었다. 나란히 걷던 유라가 걸음을 멈추며 눈 밑을 가리켰다.

"다크써클 장난 아닌데?"

서화는 가방에서 자그마한 손거울을 꺼내 들었다. 유라의 말처럼 눈가 밑에 옅은 어둠이 드리워져 있었다.

"잠을 좀 설쳐서 그런가 봐."

"왜? 무슨 일 있었어?"

서화의 입술이 굳게 다물렸다. 성준의 저택에서 돌아온 후, 밤새 뒤척거리기를 반복했다. 수시로 성준과 지한의 얼굴이 번갈아 떠오르며 마음을 헝클였다. 하지만 근본적인 원인은 다른 곳에 있었다. 어젯밤, 성준이 마지막으로 건넨 말이 가슴에 턱 맺혀 사라지지를 않았다.

"응? 무슨 일 있었냐니까?"

유라의 재촉에 서화는 말끝을 흐렸다.

"그냥."

"너도 꽤 심란한 밤을 보냈나 보구나."

서화가 의아한 눈으로 유라를 바라봤다. 그녀만큼이나 유라의 피부도 푸석하며 까칠했다.

"너야말로 무슨 일 있었어?"

"나?"

유라가 눈썹을 들어 올리며 눈을 동그랗게 떴다. 그러더니 돌연 한숨을 내쉬며 미간을 구겼다.

"응. 어제 서재욱이랑 졸라 싸웠거든."

"……재욱이?"

재욱과 유라는 소꿉친구라는 대목만 빼면 원수지간이나 다름없었다. 부딪치기만 하면 날을 세우며 서로를 물고 뜯기 바빴다.

"생각하니까 또 열 받네."

유라가 고릴라처럼 가슴을 통통 두드리며 인상을 찌푸렸다.

"실은 어제 친구가 소개팅 해준다길래 냅다 물었거든. 알고 보니까 서재욱도 아는 애인 거야. 그래서 물어봤지. 걔 소개받으려 하는데, 어떻냐고. 그랬더니 대뜸 꺼지라잖아. 심지어 연영과에 내 스타일이라니까 그 새끼 소개받기만 해보라면서 협박까지 하데?"

그 이유를 도통 캐물어도 재욱은 좀처럼 입을 열지 않았다.

"앞뒤 설명 없이 받지 말라고만 하면 사람이 납득이 가냐고. 이거 완전 나 엿 먹으라는 심보밖에 더 돼? 하여간 태생부터 못돼 먹은 새……."

앞서 나가던 유라가 갑자기 우뚝, 멈춰 섰다. 강의가 있을 건물에서 길쭉한 두 남성이 걸어 나오고 있었다. 한 명은 재욱이었고, 재욱의 옆에 있는 사람은…….

"서 교수님. 왜 자꾸 서재욱이랑 붙어 다녀요? 얘한테 책잡힌 거라도 있어요?"

유라가 언짢은 얼굴로 힐난하자 지한이 입꼬리를 부드럽게 끌어당겼다.

"왜? 재욱이랑 같이 다니면 병이라도 옮아?"

"아니요. 생긴 것만 봐도 재수가 없잖아요."

"야."

재욱이 대화에 끼어들자 유라가 손을 들어 그를 단호히 막아 세웠다.

"말 걸지 말아라? 하, 노유라. 오늘 누구 때문에 운수 더럽게 없겠네."

"누가 할 소리."

"아, 맞다. 나 그냥 소개받기로 했어. 누구랑 다르게 얼굴도 잘생겼고, 성격도 좋다는데 마다할 이유가 뭐 있어?"

"너 진짜……!"

"잘 가라."

유라가 후다닥 강의동으로 뛰어갔다. 그 모습을 지켜보던 재욱이 어금니를 사리물며 얼굴을 쓸어내렸다.

"하여간 더럽게 말 안 들어 먹지."

반면 서화는 지한을 고요히 응시했다. 시선을 느낀 지한도 고개를 돌려 서화를 바라봤다. 그는 평소와 다를 것 없는 얼굴이었다. 적당한 무료함과 웃음기가 섞인 눈. 밤새 뒤척거린 자신과 달리 한없이 잔잔한 그의 모습에 아득한 상실감이 밀려왔다.

"오서화."

재욱의 부름에 서화의 고개가 들렸다.

"상원이 형한테 아니, 이 조교님한테 아직 이야기 못 들었지?"

"무슨, 이야기?"

"말하자면 좀 길어. 나 바로 훈련 들어가 봐야 해서 끝나고 연락할게. 형도 연락할게요."

재욱이 손을 흔들며 부지런히 내리막길을 내려갔다. 자연스레 지한과 남게 된 서화는 눈동자를 있는 힘껏 붙잡았다. 의지와 상관없이 그에게 끌려가는 시선이 애석했다. 어차피 눈길을 줘도……

"……교수님."

그는 아무렇지 않게 자신을 스쳐 갈 텐데. 서화의 부름에 지한이 뒤를 돌아봤다. 그리고 태연한 얼굴로 묻는다.

"응. 왜?"

"……어제는."

"어젠 잘 들어갔어?"

……잘 들어갔을 리가. 누구 때문에 잠을 설쳤는데.

"용건 더 있을까?"

그의 얼굴에선 어떤 감정도 묻어나지 않았다. 그러자 모든 게 신기루처럼 느껴졌다. 그와 나눴던 강렬한 입맞춤도, 척추를 느릿하게 쓸어내리던 그의 섬세한 손길도. 전부 한여름 밤의 꿈처럼 산산이 부서져 내렸다.

"……아니요."

서화는 치솟는 감정을 꾹 누르며 고개를 저었다. 지한이 웃으며 작별 인사를 건넸다.

"그럼 수고해."

서화는 망설임 없이 돌아서는 남자를 멍하니 주시했다. 그 모습이 시야에서 완전히 사라진 때였다. 밤새도록 부정했던 성준의 일침이 선명해지며 또다시 마음을 뒤흔들었다.

'*서지한과 사적인 관계로 얽혀봤자 좋을 게 없다는 것만 말해두죠. 녀석에 대해 깊이 파고들려고 하지 말아요. 오서화 씨한테 득*

될 건 하나도 없을 겁니다.'

 파고들어서도, 얽혀서도 좋을 게 없는 사람. 그 말이 잘 갈린 화살촉처럼 서화의 가슴을 깊숙이 찔렀다.

* * *

 어떻게 시간이 흘렀는지 모르겠다. 정신을 차렸을 때쯤에는 어느덧 마지막 수업만을 남겨두고 있었다. 그렇게 모든 스케줄이 끝난 직후였다. 서화는 곧바로 짐을 정리하며 자리에서 일어났다.
 "오써, 어디 가?"
 유라가 서둘러 서화를 붙잡았다.
 "조교님이 좀 보자고 하셔서."
 "왜? 아, 설마 그거 때문에 그러나?"
 유라가 관자놀이를 긁적이며 불퉁스럽게 말했다.
 "우리 곧 엠티잖아. 잘하면 체교과랑 간다더라."
 "진짜?"
 "야, 노유라 사기 치는 거면 죽어!"
 곳곳에서 동기들의 격양된 반응이 터져 나왔다. 몇몇은 흥분에 찬 얼굴로 눈을 반짝였다. 미대는 여성 비율이 월등히 높은 탓에 남학생과 접촉을 하는 일이 극히 드물었다. 특히 전시회나 시험이 겹칠 때면 소개팅은커녕 밤낮을 구분할 새 없이 작업실에만 틀어박혀 있어야 했다.
 "체교과 과대 입에서 나온 말이니까 구라는 아니겠지."

유라가 심드렁한 얼굴로 상황을 일축했다.

"과대라면 서재욱?"

"헐, 뭐야. 갑자기 설레게."

강의실이 후끈 달아올랐다. 재욱은 타과 학생들에게도 유명한 인물이었다. 성격이 까칠해서 그렇지, 우수한 피지컬과 준수한 외모 때문인지 늘 여학생들의 입방아에 오르내렸다. 전역한 뒤로 수컷 냄새가 한껏 짙어지자 여기저기서 그를 소개해달라는 요구가 유라를 들쑤셨다.

"거기서도 서재욱 얼굴을 봐야 한다니. 말세다, 말세."

유라가 진절머리 난다는 듯 혀를 내둘렀다. 서화는 재욱에게 연락이 온 게 없나 휴대폰을 확인했다. 아직 훈련이 끝나지 않았는지 메시지 함은 깨끗했다. 하는 수 없이 상원이 있을 학과 사무실로 걸음을 옮겼다.

똑똑. 가벼운 노크를 하며 문을 잡아당기는데, 익숙한 이름이 귓가를 찔렀다.

"응, 지한아."

상원이 창가에 걸터앉은 채 통화를 하고 있었다. 인기척을 느꼈는지 그가 서화에게 입 모양으로 '잠시만.' 하고 양해를 구했다. 문을 등지고 선 서화는 통화 소리에 귀를 기울였다.

"네 말대로 아버지 물건만 빼긴 했는데, 진짜 괜찮겠어?"

상원의 얼굴에 근심이 떠올랐다.

"남은 짐들 처리하는 게 보통 일인 줄 알아? 그러지 말고 집 정리는 내가 알아서 할테…… 여보세요? 야, 지한아. 야, 서지한!"

일방적으로 끊긴 통화에 상원은 어처구니없다는 듯 실소했다.

서화와 눈이 마주치자 그가 머쓱한 미소를 지었다.

"아, 지한이, 이 녀석이 곧 이사를 하거든. 손볼 게 많아서 도와 줘야 할 거 같은데, 도통 들을 생각을 안 하네. 그나저나 무슨 일로 왔을까?"

"엠티 관련으로 할 이야기가 있다고 하셔서요."

"어, 그래그래. 내가 연락했으면서 깜빡 잊고 있었네. 너희도 얼추 재욱이한테 이야기는 다 들은 거 같은데."

상원이 관자놀이를 긁적이며 난감한 투로 말했다.

"이런 말하기 좀 그렇지만 조소과가 다른 과에 비해 인원이 적은 편이잖니? 그래서 좋은 펜션을 빌리는 데 한계가 있을 거 같아. 마침 체교과도 엠티 장소를 고르는 중이라길래 서로 의견만 맞으면 같이 가는 건 어떨까 싶은데. 물론 건물은 따로 쓸 거고."

묵묵히 듣고만 있던 서화가 슬쩍 입을 뗐다.

"강 교수님도 동의하신 부분인가요?"

"교수님 의견이 따로 필요하나. 어차피 엠티는 과 학생회에서 자발적으로 개최하는 건데. 엊그제 잠깐 여쭤보긴 했는데, 좋다고 하셨어. 다만 참석 여부는 확실치 않고. 안되면 뭐, 지한이 보낸다고 했으니까."

"……서 교수님을요?"

서화의 눈동자가 무력하게 흔들렸다. 전혀 생각지 못한 조합이었다.

"근데 걔가 갈지 모르겠다. 워낙 사람 몰리는 걸 싫어하는 성격이라. 그래도 강 교수님 부탁이면 어쩌겠어, 지가. 까라면 까야지. 어쨌든 재욱이도 동의했고. 서화 너만 괜찮다면 추진할까 싶은데, 어때?"

서화는 쉽게 말문을 열지 못했다. 솔직히 말하면 자신이 없었다. 아무렇지 않은 얼굴로 지한을 상대할 자신이. 그때 상원의 휴대폰에 다시 진동이 울렸다. 혹여 지한일까 액정을 바라보자 상원의 입에서 긴 한숨이 새어 나왔다.

"이것들은 오늘 약속이라도 했나. 틈만 나면 전화네."

그가 통화버튼을 누르며 익숙한 이름을 불렀다.

"어, 유미야."

* * *

"응, 선배. 지한이랑은 통화해봤어?"

또각또각. 청아한 구두 굽 소리가 갤러리 관 복도를 울렸다. 유미는 통화를 하면서 손에 든 파일을 부지런히 살폈다. 전시회에 쓰일 자재품을 확인하던 차였다.

"실장님."

동료 직원의 부름에 유미가 '잠시만.' 속삭이며 상원과의 통화를 마저 이어갔다.

"따로 갖고 싶은 건 없대?"

–있어도 없다 할 녀석인 거 알면서 묻냐.

"그래도 한국에서 첫 독립인데, 기념선물은 챙겨줘야지. 내가 직접 물어볼까 했는데 들은 척도 안 할 게 뻔하잖아. 당분간 선배랑 자주 보니까 틈날 때마다 찔러봐.

–난 몰라. 네가 알아서 해. 방금도 이사 준비 도와준다고 했다

가 문전박대당하고 오는 길이다.

"하여간 독종. 알았어. 오늘 내가 만나서 잘 설득해볼게."

─너희 오늘 만나? 둘이서 뭐하게? 얼굴만 보면 서로 디스하는 것들이.

"그래서 둘 아니고 셋이서 봅니다. 선배. 나 시간 다 돼서 끊어야 해."

─야, 잠깐만. 셋이면 나 말고 누구 만나는…….

뚝. 유미는 잠시 숨을 고르며 통유리에 비춘 자신의 모습을 살폈다. 흐트러진 블라우스를 빳빳하게 펴주고, 무릎을 살짝 비추는 연분홍색의 스커트에 묻은 잔 먼지를 살며시 털어주었다. 그 모습을 호기롭게 바라보던 직원이 넌지시 물었다.

"실장님 혹시 오늘 데이트 있으세요? 평소랑 스타일이 좀 다르신데."

갤러리 관을 관리하는 직무를 맡은 사람으로서 유미는 항상 세미 슈트나 격식 갖춘 차림새를 추구했다. 그런데 오늘은 화사한 분위기가 느껴지는 게 꼭 봄을 입고 있는 거 같았다.

"왜? 별로야?"

"아뇨. 완전 잘 어울리세요. 평소에도 이렇게 입고 다니시면 안 돼요? 지나가는 남자들 죄다 울리겠어요."

"희민 씨, 점심 뭐 먹고 싶어?"

"어, 그런 불순한 의도로 한 말은 전혀 아닌데."

"오늘은 내가 선약이 있어서 안 될 거 같고. 내일쯤 점심 뭐 먹을지 미리 생각해둬요."

"진짜 데이트 가시는 거예요?"

"글쎄. 나도 그런 거면 좋겠는데 말이야."

때마침 휴대폰에서 진동이 울렸다. 유미는 반색하며 창밖을 바라봤다. 시동이 걸린 채 주차돼 있는 차가 보였다. 운전석에 앉아 있는 지한을 발견한 유미가 화사하게 웃어 보였다.

"딱 맞춰서 왔네."

* * *

지한이 차를 타고 도착한 곳은 강남에 있는 회사건물이었다. 로비 벽 중앙에 박힌 [강호 : 姜虎]의 커다란 문양이 시선을 끌었다. 미리 만남을 기약하고 온 덕분에 무리 없이 비서실장의 도움을 받아 대표실에 들어섰다. 유미는 자리를 잡자마자 지한의 상태를 살폈다.

"이제 어느 정도 시차는 적응됐어? 귀국한 뒤로 잠을 영 못 자는 거 같던데."

지한은 수긍하는 기색 없이 무표정한 얼굴로 유미를 바라봤다.

"왜 그런 눈으로 보는데?"

유미가 고개를 갸웃거렸다. 그녀의 차림새를 훑는 지한의 시선이 미묘했다. 하얀색 쉬폰 블라우스와 연분홍색 스커트의 조합. 누가 봐도 신경 쓰고 온 티가 역력했다. 상기된 얼굴과 은연중에 보이는 긴장된 눈빛은 그녀가 이 자리를 얼마나 고대하고 기다렸는지를 설명해주었다. 지한은 금세 흥미가 식은 표정으로 소파에 등을 묻었다.

"남 걱정할 시간에 네 걱정부터 하는 게 우선일 거 같아서."

"내 걱정? 뭐?"

달칵. 예고 없이 대표실 문이 열렸다. 유미는 언제 그랬냐는 듯 흐트러진 자세를 정돈했다. 마침내 한 남자가 모습을 드러내자 그녀의 얼굴에 화색이 돌았다.

"성준 오빠."

"오래 기다렸을까?"

성준이 정제된 몸짓으로 대표실에 들어서며 넥타이를 매만졌다. 유미는 고개를 저으며 입술을 말아 올렸다.

"아냐. 우리도 금방 왔어. 오빠야말로 일 많은 사람인데, 우리 때문에 급히 온 건 아니야?"

우리, 라는 단어에 성준이 잠시 걸음을 멈추며 익숙한 뒤통수를 지그시 응시했다.

"손님이 한 명 더 있었네."

"아, 내가 같이 오자고 했어. 셋이서 밥 먹은 지 오래됐잖아. 괜찮지?"

"미안하지만, 식사는 안 될 거 같은데."

"아……, 그래?"

유미의 얼굴에 실망감이 선연했다. 힘겹게 만든 자리였다. 어렸을 때는 지한의 집에 종종 놀러 가 운 좋게 성준을 볼 수 있었지만, 지한이 외국으로 떠난 뒤론 개인적으로 그를 만날 일이 극히 드물었다. 많이 봐야 일 년에 다섯 번이 될까 말까였다.

"불청객이면 빠져줘?"

지한이 고개를 돌려 성준을 바라봤다. 성준은 말없이 지한과 시선을 부딪치며 물었다.

"왜 그렇게 생각하지?"

"생각이란 걸 할 문제가 되나? 우리 사이에."

"그래서 상의도 없이 집부터 구한 거고."

잠시 침묵이 흘렀다. 따로 나가 살겠다는 통보를 뿌린 적은 있어도 그 장소가 어디인지는 절대 밝히지 않았다. 하지만 모든 걸 알고 있다는 성준의 눈빛에 지한의 얼굴이 차게 식어갔다.

"전부터 묻고 싶었는데, 별 도움도 되지 않을 곳에 시간 투자하는 거 아깝지 않아?"

"아깝지. 매우. 그래서 피곤하고."

"그런 사람이 내 뒤를 캐고 다니는 거 보면 형이 나에 대한 애정이 좀 남다른가 봐. 근데 왜 나는 기분이 더러울까?"

형제지간이라곤 느낄 수 없는 살벌한 대화였다. 난감한 얼굴로 두 남자를 번갈아 보던 유미가 서둘러 상황 수습에 나섰다.

"아, 왜 그래. 모처럼 만났는데. 그러고 보니까 오빠, 저번에 전시회는 무슨 일로 온 거야?"

유미가 화제를 돌리며 분위기를 돋웠다. 예술에 관심이 많은 차준택 회장과 달리 성준은 딱히 흥미를 느끼지 못했었다. 아예 관심조차 주지 않았다. 그에게는 언제나 일이 먼저였고, 취미라고 해봤자 체력을 기르기 위한 운동이 전부였다.

"아는 지인이라도 있었던 거야? 아님 지한이 제자들 작품이 궁금해서 온 건가?"

"아니."

단호한 대답에 유미의 눈이 동그래졌다. 성준은 한 손을 바지 주머니에 찔러 넣으며 지한에게 시선을 꽂았다.

"결혼할 여자."

"……."

"결혼할 여자 보러 간 거야."

유미의 표정이 멍했다.

"……결혼? 오빠 결혼해?"

"생각 중이야."

"아…… 그랬구나. 그래서 온 거였구나."

유미는 자조적으로 고개를 끄덕이며 입꼬리를 끌어당겼다.

"전혀 생각 못한 대답이라서 좀 놀랍다."

놀랍다는 표정보다 상처받은 표정에 가까웠다. 적어도 지한의 눈에는 그렇게 보였다. 애써 차오르는 감정을 꾹꾹 눌러 담는 얼굴. 입은 웃고 있어도 눈꼬리는 서글프게 휘어 있었다. 9년. 그녀가 남모르게 간직해왔던 짝사랑이 모래성처럼 와르르 무너지는 순간이었다.

"와, 어떤 분인지 너무 궁금한데? 오빠 연애라고는…….."

유미가 돌연 호흡을 크게 들이켰다.

"……별 흥미 없었잖아."

읊조리는 음색이 처량했다. 10년 가까이 성준을 쭉 지켜보며 깨달은 게 있다면 그는 섭사리 타인에게 틈을 보이지 않는다는 것이다. 이성을 만나도 아주 잠깐이었다. 깊이 있는 만남을 추구하지도, 긴 시간을 내주지도 않았다. 그런데 다 착각이었던 걸까.

"언제 한 번 시간 나면 나한테 소개해 줘. 여자는 여자가 봐야 안다고 하잖아."

유미는 최대한 말간 웃음을 지으며 성준을 마주 봤다. 이 정도 생채기쯤은 아무것도 아니란 듯. 그 모습을 말없이 지켜보던 지한이 자리에서 천천히 몸을 일으켰다.

"용건 끝났으면 먼저 일어난다."

"어? 야, 잠깐만. 서지한!"

쿵. 붙잡을 새도 없이 그가 문을 박차고 나갔다. 유미는 잠시 허망한 표정을 짓더니, 어쩔 줄 몰라 하며 성준의 눈치를 살폈다.

"오빠, 미안. 다음에. 다음에 또 보는 거로 하자. 잠깐이었지만 얼굴 봐서 좋았어. 그럼 수고해."

또각또각. 유미가 성급히 대표실을 빠져나갔다. 두 사람이 떠나자 그제야 고요함이 찾아왔다. 성준은 재킷을 벗어 의자에 걸어 놓더니 키폰을 지그시 눌렀다. 삐-. 날카로운 음이 울리기 무섭게 권 실장이 모습을 드러냈다.

"찾으셨습니까."

"저번에 알아보라고 한 건 어떻게 됐습니까?"

"생각보다 서지한의 측근들과 쉽게 접촉할 수 있었습니다. 다만······."

다만?

잠깐의 정적이 흐른 후, 권 실장이 입을 열었다. 품고 있던 이야기가 하나둘씩 터지고, 마지막 이야기가 성준의 귓가에 흘러 들어갔을 때였다. 감흥 없던 그의 눈동자에 묘한 이채가 떠올랐다 사라졌다.

* * *

"이모, 여기 소주 한 병 더요!"

커다란 외침과 함께 유미가 빈 소주병을 테이블을 찍다시피 내려놓았다. 그 모습을 묵묵히 관망하던 지한은 한숨을 삼키며 창밖을 바라봤다. 서울의 도시가 어느덧 짙은 어둠에 둘러싸여 있었다.

"넌 알고 있었지?"

유미가 다소 불만스러운 투로 말했다.

"성준 오빠 결혼하는 거, 서지한 너는 알고 있던 거야."

지한은 대답 대신 지루한 눈으로 테이블에 쌓인 빈 병들을 하나둘 세었다. 맥주와 소주까지 합쳐 총 네 병. 이 중의 반 이상은 유미의 식도로 넘어간 터였다.

"……나쁜 자식."

유미의 눈가가 붉게 달아올랐다. 뒤늦게 감정이 복받치는지 그녀는 상처받은 눈을 숨기지 못했다. 서둘러 빈 잔에 술을 채우려는데, 지한이 빠르게 술병을 빼앗아갔다.

"취했어."

"놔. 아직 멀쩡하거든."

"말했으면."

술병을 기울이던 유미의 손이 멈칫했다.

"고백이라도 했게?"

"너……."

유미는 말을 잇지 못하며 앙칼진 눈으로 지한을 노려봤다. 그러나 이내 물 젖은 솜 인형처럼 어깨를 축 늘어트렸다.

"그러게. 고백도 못한 주제에 왜 성을 내지? 겁쟁이한테 딱 어올리는 결말인데."

한탄하는 그녀의 음성이 쓸쓸했다.

"어차피 했어도 차였을 거야. 사람 감이란 게 있잖아. 10년 가까이 단 한 번을 변하질 않더라."

언제부터였을까. 성준을 좋아하기 시작한 게. 유미는 대학 시절, 주어지는 과제마다 지한과 같은 조로 편성이 돼 그와 붙어 다니다시피 대학 생활을 해야 했다. 그날은 자료조사 때문에 지한의 집을 찾는 날이었다. 욕실에서 손을 씻고 나오던 유미는 운명처럼 한 남자와 마주치게 되었다.

어쩌면 그때부터였나. 스물. 이름도 모르던 성준을 남몰래 품은 것이.

가벼운 홈웨어 차림이었음에도 남자의 몸에 시선이 사로잡혔다. 드넓은 어깨와 날렵하게 꺾인 팔뚝은 한눈에 봐도 단단해 보였다. 직업병 아니랄까 봐, 유미는 성준의 몸을 조각으로 만들고 싶다는 충동에 휩싸였다. 그러다 문득 성준과 눈이 마주쳤다. 유미는 그를 빤히 보고 있었다는 절망적인 사실을 깨달으며 허리를 납작 숙였다.

'……아, 안녕하세요! 저는 지한이랑 같은 과 동기 송유미라고 합니다!'

쪽팔려. 쪽팔려. 쪽팔려. 그 말이 입안 가득 메아리쳤다. 자신을 이상한 여자로 볼 게 뻔했다.

'그래요.'

　그러나 성준은 유미를 이상한 눈으로 보지도, 미친 여자 취급
하지도 않았다. 담백한 대답을 끝으로 그녀를 유유히 스쳐 갔다.
　유미는 그날 이후로 틈만 나면 지한의 집을 찾았다. 물론 매번
성준을 만나지는 못했다. 그는 사회인이었고, 강호를 이끌 중대한
인물이었다. 그래서 매번 다짐했다. 혹시나 성준을 보게 된다면
성숙하게 그를 대하자고. 자신이 조금이라도 그에게 여자로 느껴
질 수 있게. 그러나 성준과 마주치면 언제 그랬냐는 듯 우렁찬 외
침이 육성으로 터져 나왔다. 그날도 마찬가지였다. 성준이 욕실에
서 나온 게 원인이었는지, 젖은 머리칼을 털어내는 그의 손등이
유미의 이성을 잃게 한 건지, 그도 아님…….

'원래 그렇게 사람을 빤히 쳐다보나?'

　성준이 눈을 들어 계단에 서 있는 유미를 바라봤다. 갑작스레
시선이 얽히자 유미는 반사적으로 허리를 반으로 접었다. 두 눈
을 질끈 감고 목소리를 내어 사과를 하려는데, 나직한 음성이 그
녀를 막아 세웠다.

'죄, 죄송합니다! 저는……'
'알아요.'
'……'
'송유미.'

유미는 접힌 허리를 한동안 펴지 못했다. 안 그럼 들킬 게 뻔했다. 활화산처럼 타오른 얼굴을. 고개를 들었을 때 성준은 사라진 뒤였다. 그를 닮은 선선하고 시원한 향기만이 한동안 그녀의 코끝을 맴돌았다.

"첫 만남부터 너무 강렬했던 게 문제였어. 그러니까 내가……."

그날을 떠올리던 유미가 쓰게 웃었다.

"여태까지 현실을 직시하지 못하고 있는 거 아니야."

쉽지 않은 과정이었다. 낯선 타인에서 아는 여동생으로. 성준에게 친근한 존재로 각인되기까지 유미는 매번 심장을 졸였다. 혹여 성준에게 이 마음을 들키기라도 할까. 알고 있다. 자신은 결코 그에게 여자가 될 수 없다는 걸. 그가 알고 지내는 이성 중 친근한 사이라고 자부할 순 있어도 딱 거기까지였다. 그 선을 넘는다면 성준이 만들어놓은 굴레 안에서 가차 없이 내쳐지겠지.

"성준 오빠랑 결혼한다는 여자 말이야."

유미가 입술을 말아 물며 겸연쩍게 물었다.

"누군지 알아?"

지한의 시선이 고요했다. 유미가 큼큼, 헛기침을 하며 얼버무렸다.

"아니, 그냥. 갑자기 결혼 얘기를 꺼내니까 궁금하잖아."

"몰라."

"어?"

"나도 모른다고."

못마땅하게 지한을 바라보던 유미가 돌연 웃음을 터트렸다. 고개를 절레절레 저으며 잔을 들었다.

"하긴 네가 안다고 달라질 게 뭐 있겠어. 아, 몰라. 오늘은 무조건 마실 거야. 달릴 거야. 그러니까 서지한."

그녀의 눈이 비장하게 빛났다. 하지만 그 끝은 서글픔이었다.

"딱 하루만."

"……."

"하루만 민폐 좀 끼치자."

* * *

"으, 죽겠다."

거리를 방황하는 유미의 걸음걸이가 위태로웠다. 지한은 한숨을 흘리며 유미의 팔목을 잡아챘다.

"적당히 마시라니까."

"애매하게 마시면 감정이 막 살아난다고. 그게 더 괴로운 걸 몰라서 그래?"

유미는 지끈거리는 이마를 부여잡으며 지한에게 기대다시피 걸음을 옮겼다.

"근데 네가 묵고 있는 호텔로 가는 거지? 응? 맞지?"

"그만 조잘거려."

"내일 아침 일찍 작가님이랑 미팅 있어. 중요한 건이라서 늦으면 절대 안 돼. 우리 집보다 거기서 출발하는 게 더 빠를 테니까. 호텔 값은 내가 지불……."

유미는 말을 잇지 못했다. 스텝이 꼬여 몸이 앞으로 갸우뚱거린 탓이었다. 그대로 시멘트 바닥에 코를 박나 싶더니, 지한이 재빨리 그녀의 허리를 끌어안았다. 자연스레 그의 품에 쏙 안기게 된 유미가 히죽, 웃었다.

"역시. 서지한. 나이스 캐치."

지한은 한숨을 삼키며 다시 걸음을 재촉했다. 그러나 호텔을 코앞에 두고 더는 움직이지 못했다. 익숙한 실루엣이 지한을 바라보고 있었다. 뒤늦게 타인의 존재를 알아챈 유미가 멍하니 중얼거렸다.

"……서화 씨?"

서화는 미동 없이 두 사람을 주시했다. 정확히는 지한의 품에 아늑히 안겨 있는 유미의 가녀린 몸이었다.

"세상에. 지한이 보러 온 거예요?"

유미가 어눌한 발음으로 반갑게 아는 체를 했다. 서화의 눈동자가 차게 얼어붙었다. 핏기 없는 손끝은 장시간 누군가를 기다리고 있었다는 걸 증명했다. 뻔하지 않나. 눈앞의 남자밖에 더 있을까. 수없이 고뇌했다. 아무 일도 아니었다는 듯 머릿속에서 지워버릴까. 지한이 그랬던 것처럼 자신도 그를 지나간 추억으로 취급할까. 하지만 마음은 뜻대로 움직여주지 않았다.

한 번만. 딱 한 번만 더 그를 만나자고 가슴이 머리를 설득했다. 그래서 자존심까지 버려가며 상원을 통해 지한이 머물고 있는 장소를 알아냈다. 서화는 죽은 듯이 지한을 바라봤다. 무표정한 남자의 얼굴에서 속마음을 알아채기란 쉽지 않았다. 그때 유미의 허리를 감싼 지한의 팔뚝에 힘이 실렸다. 그는 걸음을 옮기며 서화를 무심히 지나쳤다.

"자, 잠깐만. 야. 서화 씨가 너 보러 왔다잖아!"

당황한 유미가 지한을 말려 세웠지만 만취한 몸으로 건장한 남성의 힘을 이겨내기란 역부족이었다.

"서화 씨! 우리, 다음에! 다음에 또 봐요!"

유미가 양손을 크게 흔들었다. 회전문이 돌아가며 두 사람의 모습이 사라지자 그제야 서화가 참고 있던 숨을 터트렸다. 돌덩이가 얹힌 것처럼 가슴께가 무거웠다. 누군가 심장을 으깨듯이 따가운 통증이 전신으로 퍼져나갔다. 서화는 데스크에서 키를 건네받고 있는 지한을 위태롭게 바라봤다. 그와 함께 눈앞에서 느리게 돌아가는 회전문. 가슴속에 두 개의 갈림길이 나타났다. 이대로 돌아갈지, 아님 더 큰 상처를 맞닥뜨릴지.

* * *

풀썩. 유미의 몸이 하얀 시트에 볼품없이 내던져졌다. 빙그르르, 몸을 굴리던 그녀가 눈을 게슴츠레 뜨며 지한을 노려봤다.

"마지막은 부드럽게 대해 주면 어디가 덧나나?"

"취했으면 곱게 잠이나 자."

지한은 유미의 핸드백을 팽개치듯 소파에 내려놓았다.

"고마워."

문고리에 손을 얹은 참이었다. 지한의 등 뒤로 서글픈 음색이 넘어왔다.

"너 아니었으면 주책이란 주책은 다 부렸을 거야. 지금도 진상이지만 최악은 면한 거 같거든. 고맙다, 서지한."

지한은 예감했다. 이 문을 열고 나가면 유미는 억눌렀던 감정을 터트릴 것이라고. 달칵. 문이 열리며 지한이 밖으로 나가자 픅, 희미한 울음소리가 터져 나왔다. 무시하며 걸음을 돌렸다. 어려서부터 성준을 향한 유미의 마음을 눈치 채고 있었지만, 그가 손쓸 수 있는 문제가 아니었다. 감정이란 그런 것이었다. 타인도, 나 자신도 쉽사리 관여할 수 없는 불가항력 공식.

문득 지한의 눈초리가 가늘어졌다. 복도 뒤편에 서 있던 가녀린 체구가 모습을 드러내며 그의 눈앞을 막아섰다.

"왜……."

"……."

"왜 내 전화 안 받아요?"

원망스러운 눈동자가 지한을 올려다봤다. 마주 잡은 여자의 손끝이 유난히 떨리는 게, 이곳에서 줄곧 그를 기다린 듯했다. 서화는 좀처럼 평온함을 유지하기 힘들었다. 혹시나, 정말 혹시나 지한과 유미가 한 방에서 밤을 보낼까 봐. 두 사람 사이에 강렬한 감정의 기류가 흐르고 있을까 봐, 1분 1초가 숨이 막히는 시간의 연속이었다. 그럴 리 없을 거라고 두방망이질치는 심장을 아무리 다독여 봐도 불안감은 순식간에 증폭되어 그녀를 집어삼켰다.

"미안. 무음이라 확인이 늦었어."

지한이 바지 뒷주머니에서 핸드폰을 꺼내며 말했다.

"……거짓말."

"……."

"피하는 거면서. 일부러 나 피하는 거잖아요."

그게 아니면 사람이 이렇게까지 변할 수 없는 거였다. 지한은 아무런 대답도 하지 않고 서화를 지나쳤다. 또 피하는 건가. 좌절감에 주먹을 꽉 말아 쥐는데, 고요한 음성이 서화의 등 뒤를 울렸다.

"할 말 있어서 온 거 아니야?"

어느새 승강기에 탑승한 그가 벽에 등을 기댄 채 시선을 보냈다. 긴 팔이 주저 없이 닫힌 버튼으로 향하자 서화는 고민할 것도 없이 승강기 안에 발을 디뎠다. 두 사람 사이에 팽팽한 긴장감이 흐르기를 잠시. 문이 닫히며 그들의 실루엣이 베일에 감춰졌다.

* * *

삑. 지한이 객실의 잠금장치를 카드키로 해제하며 문고리를 잡아당겼다. 익숙한 체향이 서화의 코끝을 찔렀다. 서지한을 닮은, 늘 그에게서 풍기던 달콤한 블루베리 향기였다. 먼저 객실로 들어서는 남자를 뒤따르며 주변을 둘러봤다. 홀로 지내기에는 꽤 큰 공간이었다. 서울의 야경이 훤히 드러나는 널찍한 유리와 두 사람이 이용해도 넉넉할 사이즈의 침실이 이목을 잡아당겼다.

"마실 게 이거밖에 없네."

지한이 냉장고에서 과일주스가 담긴 유리병을 꺼내며 가볍게 흔들어 보였다.

"뭐해? 앉지 않고."

그가 소파에 앉으며 건너편 자리를 눈짓했다. 서화는 동요하는 기색 없이 그를 고요히 내려다봤다.

"왜 말 안 했어요?"

"……"

"차성준 씨랑 교수님 관계. 왜 미리 말 안 해준 거냐고요."

그녀의 얼굴에 원망 비슷한 감정이 떠올랐다. 차 회장과 지한이 마주하고 있던 장면만 생각하면 아직도 정신이 아찔했다. 거기다 차성준까지. 원치 않은 삼자대면으로 서화가 느낀 감정은 '배신감'이었다. 도대체 지한의 진짜 정체는 무엇인지.

그가 차 회장과는 어떤 관계이며 차성준과는 또 어떻게 연이 닿아 있는지. 피를 나눈 형제인가 싶다가도, 성(鍼)부터 다른 두 남자였다. 그러나 이제 와 그게 다 무슨 소용일까. 모든 걸 알고 있었던 주제에 미련 없이 제게서 돌아서는 태도가 괘씸할 뿐이었다.

"안 한 적은 없는 거 같은데."

탁. 지한이 유리병을 탁자에 내려놓으며 서화를 지그시 응시했다.

"처음 만났을 때 적당한 미끼는 던져줬잖아."

······적당한 미끼? 문득 그와의 첫 만남이 떠올랐다.

'혹시 차성준이랑 잘 될 생각 있어요?'
'이름도 모르는 분한테 할 이야기는 아닌 거 같은데요.'
'그걸 들어야 내 답도 정해질 거 같아서.'
'······'
'차성준 따까리, 라고 하면 적당하겠네.'

"······따까리."

서화가 멍하니 중얼거리자 지한이 무표정한 얼굴로 물었다.

"설마 내가 차성준이랑 원만한 관계라고 생각해?"

아니, 절대.

서지한과 차성준. 서화는 감히 확신했다. 짙은 원망이 두 남자 사이를 가로막고 서 있다고.

"그래도……."

숨을 고르며 따지듯이 내뱉었다.

"미리 말해주면 좋았잖아요."

"그럼."

"……."

"뭐가 달라지는데?"

지한이 느긋하게 몸을 일으켰다. 한 걸음, 한 걸음 그가 보폭을 넓히며 다가오기 시작하자 서화는 반사적으로 뒷걸음질을 쳤다.

"미리 말해주면 드라마틱한 변화라도 생기는 거야?"

"……."

"알았으면."

물러서기를 반복하던 서화가 불현듯 걸음을 멈추었다. 아킬레스건에 딱딱한 물체가 닿았다. 침대 하단이었다. 자각할 새도 없이 엉덩이가 풀썩, 하얀 시트 위로 내려앉았다. 알 수 없는 두려움을 느끼며 고개를 들자 어둠을 등진 지한의 얼굴이 보였다.

"그 자리에 죽어도 안 나왔을 거라고 자신할 수 있어?"

"나는……."

서화는 쉽게 말을 잇지 못했다.

그 자리. 그건 곧 성준의 저택을 의미했다. 찰나였지만, 한 가정이 섬광처럼 눈앞을 스쳐 갔다. 지한과 깊은 키스를 나눈 후, 성준과 함께 나타난 자신을 보고 그도 배신감을 느낀 건 아닐까. 그래서 화가 난 거라면……. 희망의 불씨가 화르륵 피어오른 순간이었다.

무심한 한마디가 서화의 귓가를 찔렀다.

"뭐가 됐든 나랑은 상관없긴 해."

딱딱하게 굳은 서화의 눈을 보며 지한이 가볍게 웃었다.

"넌 참 겁이 없어."

"……."

"제 발로 여길 기어들어 오고."

지한이 양손으로 침대 시트를 짚으며 고개를 비스듬히 세웠다.

"나한테 뭘 기대했는지 몰라도."

남자의 숨결이 코앞까지 훅, 다가왔다. 예고 없는 침범에 서화의 상체가 뒤로 넘어갔다. 까만 머리칼이 물결처럼 퍼지며 절망 어린 여자의 하얀 얼굴이 지한의 시야를 가득 채웠다. 지한은 여자의 가녀린 팔목을 머리 위로 결박했다. 그리고 아주 손쉽게 여자의 심장을 헤집었다.

"내가 바란 건 이런 거야."

꿈인가…….

서화의 표정이 멍했다. 양 손목을 붙든 남자의 강한 악력과 시린 눈빛이 낯설었다. 그때 지한이 천천히 몸을 숙여왔다. 그토록 그리워하던 체취가 가까워지며 서로의 숨결이 맞닿는 찰나, 서화가 입술을 꾹 깨물며 고개를 돌렸다.

"……거짓말."

"……."

"다 거짓말이잖아."

서화는 현실을 부정하듯 눈에 힘을 주었다. 여전히 남자에게서는 어떤 감정도 흐르지 않았다. 그게 가슴을 몹시도 옥죄였다.

"왜 어울리지도 않은 가면까지 써 가면서……."

"그렇게 믿고 싶은 건 아니고?"

지한이 냉랭히 말꼬리를 잘랐다. 그는 능숙한 손짓으로 서화의 턱을 돌려 자신에게 고정했다.

"말했잖아."

"……."

"네가 상상하는 그런 놈 아니라고."

아니. 그는 작정하고 상처 주고 싶은 것이다. 그렇게 해서라도 자신을 밀어내려는 거다. 그 이유가 뭘까, 서화는 고민했지만, 그조차 남자는 허락하지 않았다.

"설마 내가 네 구원자라도 되길 바란 거야?"

남자의 입가에 비릿한 조소가 스쳤다.

"새장에 갇혔대서 네 빛이라도 된 것마냥 생각했다면 주소 잘못 짚었어."

구원자와 빛.

서화의 눈이 파도처럼 일렁였다.

"아님 형 여자를 빼앗고 도망치는 파렴치한 놈이 되길 원했나?"

"난……!"

반박하려던 서화의 입술이 굳게 다물렸다. 지한의 손가락이 아랫입술을 부드럽게 지분거리자 숨이 턱 막혔다. 순식간에 호흡이 어긋나며 사고회로가 정지됐다. 지한이 그 모습을 느긋하게 감상하며 속삭였다.

"그래봤자 넌."

"······."

"도망 못 갈 거야. 그럴 용기도 없을 거고."

서화의 얼굴이 하얗게 질려갔다.

"아쉽게 됐네. 원하던 백마 탄 왕자가 못 돼줘서."

흥미가 식은 남자의 얼굴을 보며 서화는 잠시 눈을 감았다. 가슴이 갈기갈기 찢기고 온몸이 너덜너덜했다.

그래, 어쩌면······. 어쩌면 기대했는지도 모른다. 다른 사람도 아닌 지한이, 그가 때때로 숨통을 조여 오는 이 어둠 속에서 손을 뻗어주기를. 한 번도 느끼지 못한 감정을 깨닫게 해준 그에게 이끌렸고, 욕심이 났다. 그를 타인과 공유하고 싶지 않아. 타인과 같은 공간에 머무르게 하고 싶지 않아. 그러니까 그렇게 다정히 웃어주지 마. 나 아닌 다른 누구도 당신에게 이런 감정을 갖지 않았으면 좋겠어.

유치하기 짝이 없는 바람이었다. 그래도 좋았다. 이런 게 '사랑'이라면 기꺼이 상처받아도 좋을 거 같았다. 하지만 이 순간만큼은 그걸 알면서도 찾아온 자신이 이토록 한심스러울 수가 없었다.

"비켜요."

서화가 싸늘히 말하자 지한이 순순히 물러섰다.

"원한다면."

손목을 옥죄이던 힘이 사라지자 서화의 두 눈이 하얀 천장에 닿았다. 모든 걸 상실한 눈빛이었다. 그녀는 침대를 벗어나는 지한의 뒷모습을 멍하니 응시하더니, 치솟는 서러움을 억누르지 못하며 목소리를 냈다.

"그렇게 자신을 속이면 좋아요?"

지한이 걸음을 멈추며 고개를 돌렸다.

"글쎄. 무슨 말인지 잘 모르겠는데."

한결같이 여유로운 음성이었다. 서화는 침대에서 천천히 일어나 지한을 마주 봤다. 상처받은 얼굴을 감출 새도 없이 분노를 표출했다.

"차라리 부담스럽다고 솔직히 말을 해요. 이유 같지도 않은 이유로 자꾸 피하는 거 되게 비겁하다는 생각 안 들어요? 그냥 겁쟁이는 몰라도 비겁한 겁쟁이는……."

그녀의 입꼬리에 힘이 들어가며 목울대가 울컥거렸다.

"나도 싫어."

그 말을 끝으로 서화는 미련 없이 지한을 스쳐 갔다. 그리고 문고리에 손을 얹으며 마지막일지도 모를 진심을 고스란히 내뱉었다.

"내 구원자이길 바랐냐고 물었죠. 근데."

"……."

"잘 생각해봐요. 누가 먼저 내 인생에 끼어들었는지."

쾅. 굵은 마찰음과 함께 그녀의 실루엣이 사라졌다. 지한은 한동안 닫힌 문에서 눈을 떼지 못했다. 비겁한 겁쟁이. 그 말이 조약돌처럼 목구멍에 박혀 한참을 내려가지 않았다.

* * *

호텔을 빠져나가는 서화의 걸음이 빨랐다. 그녀는 절대 돌아보

지 않았다. 급히 택시를 잡아탄 뒤, 동네에 도착하고서야 참고 있
던 숨을 왈칵 터트렸다.

"……비겁해."

마음 같아선 그 말을 백번이고 넘게 퍼부어주고 싶었다. 당신
은 정말 비겁하다고. 이럴 거면 애초에 건드리지 말았어야지, 애
초에…….

"나보고 어쩌라는 건데."

서화는 절망하며 손바닥에 얼굴을 묻었다. 가슴 깊숙이 박혀버
린 남자를 빼내기란 불가능이었다. 하지만 이 순간 더 참을 수 없
는 건…….

'아님 형 여자를 빼앗고 도망치는 파렴치한 놈이 되길 원했나?'
'그래봤자 넌.'
'도망 못 갈 거야. 그럴 용기도 없을 거고.'

반박하지 못한 자신이었다. 그제야 아득한 깨달음이 밀려왔다.
얼마나 그에게 어린애처럼 굴었는지. 아버지에게 좋아하는 사람
이 생겼다고. 사실 차성준의 남동생을 품고 있다고 고백할 용기
는커녕 그럴 생각조차 가지지 못했다. 왜? 겁이 나니까. 이 모든
걸 제원이 알게 됐을 시 어떤 상황이 벌어질지 너무나도 잘 알고
있으니까.

그는 미련 없이 서화를 떠날 것이다. 그의 울타리 안에서 딸을
내칠 것이다. 그렇게 또다시 그녀를 '고립'이란 어둠 속에 처박을
것이다. 그때 과연 난……. 버틸 수 있을까. 무너지지 않을 수 있을

까. 빌어먹게도 확신할 수 없었다. 하필 이 순간 다정하게 웃어주던 혜진의 얼굴이 눈앞을 아른거렸다.

'서화야. 엄마한테는 너밖에 없어.'

유일하게 그녀를 품어준 사람. 가장 두려운 상황이 찾아온다면 혜진을 인생에서 잃게 되는 걸 것이다. 서화는 주저앉다시피 무릎을 끌어안으며 흐느꼈다.
"나도…… 똑같은 겁쟁이잖아."

* * *

"어머, 성준아. 언제 들어왔니?"
샤워를 마치고 막 욕실에서 나오던 때였다. 유럽에서 귀국한 미진이 한 손에 캐리어를 끌고 거실로 들어서고 있었다. 성준은 벽에 걸린 아날로그시계를 바라봤다. 시침이 새벽 두 시를 넘어가고 있었다. 공항에서 바로 귀국했다는 사람치고 미진의 몸에서 나는 향수와 와인 향이 짙었다.
"거의 보름 만에 보는 거 아니니?"
그녀답지 않은 반가운 알은체였다. 성준은 무시하며 2층으로 향하는 계단을 밟기 시작했다. 그 무심함이 서운했는지 미진이 못마땅한 표정을 지었다.
"아들. 엄마 안 보고 싶었어?"
"적당히 하시죠."

"……뭐?"

성준이 턱 끝에 맺힌 물기를 손등으로 훔치며 말했다.

"솔직히 말씀드려요?"

"……."

"보고 싶었던 적 없습니다. 단 한 번도."

"……."

"일 년의 반 이상을 죽었는지, 살았는지 소식 없이 지내는 분을 그리워한다는 게 좀 웃기잖아요."

미진은 언제나 자유를 갈망하던 여자였다. 어려서부터 지나친 구속과 억압을 받고 자라온 탓인지 누군가 인생에 조금이라도 개입하려고 들면 바짝 날을 세웠다. 결혼해서도 다를 건 없었다. 집에서 정해준 약혼자에게서 벗어나기 위해 택한 남자가 지금의 차준택 회장이었다. 그러니 이 결혼에 애정 따위가 있을 리가.

그녀는 성준을 낳자마자 질색하며 바깥으로 나돌았다. 일 년의 반 이상을 외국에서 보낸 적도 허다했다. 미진을 어머니라고 인식하게 된 것도 성준을 애지중지 키워준 가정부가 퇴직하면서부터였다. 가정부는 거의 쫓겨나다시피 이 집에서 내보내졌다. 사유는 단순했다. 어린 성준이, 미진이 아닌 가정부를 향해 '엄마'라고 불러서였다.

'내가 네 엄마라니까? 다섯 살이나 됐으면 말귀를 좀 알아먹어야 할 거 아니야. 차성준. 내 눈 똑바로 보고 말해. 엄, 마. 뭐해? 당장 안 부르고?'

'사모님. 아직 성준이가 어려서 그래요. 천천히 교육하시면…….'

'그 입 안 다물어요? 누가 보면 내 아들이 아줌마 피붙이인 줄 알겠어?'

성준은 계단을 마저 밟았다. 그 모습을 못마땅하게 지켜보던 미진이 한마디를 흘렸다.

"네 방에 있는 조각 덩어리 말이야."

거짓말처럼 성준의 두 다리가 멈추었다.

"그 아가씨 작품이니? 오, 서화라고 했던가? 웬일이니? 예술은 쓰레기 취급하던 네가 따로 작품도 소장할 줄 알고. 지한이가 알면 꽤 서운해 하겠어. 하나뿐인 남동생 전시회는 눈길도 주지 않았으면서."

성준은 계단에 서서 미진을 고요히 내려다봤다. 감정을 느낄 수 없는 선득한 얼굴이었다.

"어머, 방금 내가 동생이라고 했니? 나 좀 봐, 말실수를 했네."

서지한은 미진에게도 성준에게도 눈엣가시였다. 굳이 그 감정의 농도가 짙은 쪽을 고르라면 성준일 것이다. 다만 그 이유가 서지한이 다른 여자의 배 속에서 나온 자식이기 때문인지. 아니면 차준택, 그 인간의 망할 첫사랑의 아들이라서 그런지는 단정 짓기 어려웠다. 가끔 제 핏줄이 맞나 싶을 정도로 성준은 속내를 알 수 없었다. 그랬던 아들이 한 여자에게 관심을 두기 시작했다. 그 사실을 자신에게는 입도 뻥긋하지 않았다는 게 미진은 치욕스러웠다.

"나한테 쌀쌀맞게 구는 거, 그 아가씨 때문이잖니. 내가 상의도 없이 그 자리에 지한이를 내보내서 못마땅한 거 아니었어? 그러게. 선 볼 여자 정도쯤은 엄마인 나한테 미리 귀띔만 해줬어도 이런 상황은 벌어지지 않았을 거 아니니."

성준은 묵묵히 남은 계단을 밟았다. 그리고 마지막 한 칸만을 남겨둔 때였다.

"어머니."

"……."

"가만히 있으면 중간이라도 가는 법입니다."

침묵이 내려앉으며 공기의 흐름이 바뀌었다.

"제가 필요로 하는 사람은 강호의 조력자 역할을 똑똑히 해준 조창원의 딸 조미진 여사님이지, 그 권력이 주는 무게도 감당 못하고 야반도주로 절 낳은 어머니는 절대 아닙니다."

미진의 얼굴이 손쓸 수 없을 만큼 일그러졌다. 다시는 돌아가고 싶지 않은 끔찍한 과거였다. 국회의원인 아버지의 핏줄이라는 이유만으로 따라오는 품위와 무게는 지금 생각해도 토기가 쏠렸다. 그런데 그걸 지금 바라다니. 그것도 다른 사람도 아닌 그녀의 친아들이.

품위, 언행, 뭐 하나 빠지는 거 없이 완벽했던 그때의 조미진만이 쓸모 있다는 소리에 미진은 속이 울렁거리기 시작했다.

"그게 아니라면 선 지키세요."

성준이 차갑게 경고하며 돌아섰다.

* * *

방에 들어선 성준은 옷장을 활짝 열었다. 회색 셔츠를 꺼내 들며 망설임 없이 가운을 벗었다. 툭. 샤워 가운이 바닥에 떨어지며 옷장에 붙은 거울이 넓은 등판을 비추었다. 팔을 들어 올리자 촘촘히 박힌 근육들이 생동감 있게 꿈틀거렸다. 하루 이틀로 만들 수 있는 결과물이 아니었다.

성준에게 취미는 운동이 전부였다. 웬만한 종목을 섭렵했다시피 많은 땀을 흘렸다. 종종 색다른 취미 생활을 제안하는 사람도 있었지만, 그때마다 칼 같이 쳐냈다. 어차피 더러운 놀이에 불과했다.

섹스, 그 이상 그 이하도 아닌 행위 따위를. 추잡한 상황까지 만들어가며 즐기는 게 신선한 취미 생활이라……

성준은 잔에 담긴 차를 한 모금 마셨다. 미지근한 액체가 식도를 타고 흐르자 생각의 흐름이 뚝 끊겼다. 그와 함께 다른 주제가 그의 머릿속을 침투했다. 오서화. 성준은 지체할 거 없이 방 뒤편에 있는 서재로 다가섰다. 그의 목적은 독서가 아닌 한 작품에 대한 감상이었다. 조미진 여사가 관심을 보였던 그 조각 덩어리. 창틈 새로 스며온 달빛이 서재 끝에 전시된 조각상을 은은히 비추었다.

작품명 : [갈구]

'갈구'라는 작명치고 어울리지 않은 형상이었다. 심장처럼 보이는 덩어리가 조각조각 부서지다 못해 파편을 튀었다. 모래시계처럼 가운데 부근이 쏙 들어간 부분은 말라죽기 직전, 괴로움에 몸부림치는 인간의 심장을 떠올리게끔 했다.

성준은 작품을 수집하는 것에 흥미가 없었다. 지긋지긋했다.

'예술'이라는 것.

그런 그가 처음으로 작품을 소장한 계기는 단순했다. 대학교 동창이 운영하던 갤러리 관에서 우연히 한 작품을 보게 됐다. 이유를 알 수 없는 이끌림이었다. 기분 탓일 거라며 돌아선 날에도, 그 다음 날에도 그날 봤던 작품이 잊히지 않았다. 보다 못한 동창이 성준을 설득했다.

'마음에 든 거 같은데, 하나쯤은 소장해도 나쁘지 않잖아.'

그는 속사포로 작품에 관한 이야기를 떠들어댔다.

'제일 그룹 알지? 거기서 주최한 공모전에서 수상한 작품이야. 그것도 만장일치로 발탁된 대상. 학생이라는데, 아마추어라고 하기엔 수준이 남달라. 기괴할 정도로 표현이 섬세하잖아. 가끔 밤에 보면 오싹할 때가 한두 번이 아니라니까.'

성준은 문득 궁금해졌다.

'작가가 누구지?'
'알면? 찾아보게? 자세한 건 나도 몰라. 여기 아래 적힌 이름 말고는.'

성준은 작품명보다 더 간소한 크기로 적힌 세 글자를 눈에 담았다.

[작가 - 오서화]

그렇게 성준이 난생처음으로 작품을 소장한 지 일 년이 흐른 무렵이었다. 준택이 한 저녁 식사 자리에 성준을 불러냈다. 거기서 만난 사람은 다름 아닌 오서화의 아버지, 오 총장이었다.

'인사하거라. 한영 대학교의 오제원 총장이시다.'
'듣던 대로 아드님이 굉장한 미남이시군요.'

성준은 적당한 예의를 갖추며 자리에 합석했다. 준택에게서 누군가를 소개받는 것은 익숙한 일이었다. 회사의 이윤을 위해 괜찮은 인맥을 추려 징검다리를 놓아주는 것. 준택이 유일하게 아버지로서 줄 수 있는 애정 비슷한 것이었다.

'첫째가 효녀라는 소문이 자자하던데.'
'서화 말씀하시는 건가요?'

술잔을 기울이던 성준의 손이 멈칫했다. 오 총장이 인자한 미소를 지으며 성준을 바라봤다.

'뭘 하든 성실한 아이긴 하죠.'

흔한 이름은 아니라고 생각했다. 다음 날, 준택에게서 일방적인 통보가 떨어졌다.

'네가 직접 학교까지 데리러 가. 필요하면 권 실장도 동행하고. 저번 식사는 오 총장 쪽에서 대접했으니 이번에는 우리 쪽에서 준비해야지. 총장으로 남기에는 아까운 양반이야. 미리 눈도장 찍는다 생각하고 다녀와.'

추후 성준이 본사로 돌아올 시 강호재단의 이사 자리는 공석이 될 예정이었다. 그 빈자리를 채울 후보 중 오 총장도 포함이란 것에 성준은 실소했다. 지극히 차준택 회장다운 발상이었다. 성준은 신경 쓰지 않았다. 어차피 그 재단도 성준의 것이나 다름없었다. 단지 준택의 제안을 거부하지 않았던 건⋯⋯.

'오서화!'

성준을 태운 검은 세단이 캠퍼스에 들어서던 참이었다. 머리를 질끈 묶은 여학생이 벤치에 누워있는 한 여학생에게로 달려가는 모습이 시야에 들어왔다.

'뭐야. 화장실 다녀온다는 애가 여기서 자고 있으면 어떡해!'

친구의 호통에 여자는 잠이 묻은 눈을 비비며 몸을 반쯤 일으켰다.

'미안. 깜빡 잠들었나 봐.'
'한참 찾았잖아. 전화는 받지도 않고. 애들 너 없다고 난리야. 작

품 주제 정하는 것부터 맥을 못 추려. 오서화 없으면 손가락만 쪽
쪽 빨고 있을 기세라니까.'

여자는 그저 희미하게 웃었다.

'유라야. 나 편의점에서 살 게 있어서 그러는데, 먼저 가 있을
래?'
'정 피곤하면 오늘은 여기서 쫑 낼까?'
'아니야. 개인 과제도 남았는데, 조별 과제는 마저 끝내야지. 금
방 따라갈게.'

동기가 사라진 뒤로 여자는 한동안 벤치를 떠나지 못했다. 성준
도 여자에게서 눈을 떼지 못했다.

'이사님.'

약속 시각이 가까워지자 핸들을 잡고 있던 권 실장이 조심스레
목소리를 냈다. 성준이 고개를 가볍게 까딱였다. 차가 느린 속도
로 주행하며 여자를 스쳐 갔다. 그때 하늘을 빤히 응시하던 여자
와 눈이 마주쳤다. 찰나였지만, 느낄 수 있었다. 여자의 눈에 담
긴 감정이 무엇인지.
우습게도 성준에게는 아주 익숙한 감정이었다. 그제야 오서화
가 만든 작품 '갈구'의 의미를 알 수 있었다. 그 후로 성준은 오
총장과의 식사 자리가 있을 때마다 자진해서 한영 대학교를 찾

앗다. 우연히 서화를 발견하면 운전석에 등을 묻은 채 그녀를 감상했다.

여자에게서는 다양한 표정을 찾기 힘들었다. 이따금 웃음을 터트릴 때도 있었지만, 금세 회색빛 도시에 갇힌 사람처럼 무료한 얼굴로 돌아와 세상을 바라봤다. 그 누구도 그런 감정에는 관심을 주지 않았다. 매번 여자를 찾는 사람은 많았으나, 여자의 마음을 깊이 들여다보는 사람은 없었다. 그런 여자가 어느 순간부터 달라지기 시작했다.

'차성준 씨와 서 교수님은 어떤 사이죠?'
'여기서 왜 서 교수님 이야기가 나오는지 모르겠네요.'
'차성준 씨가 말한 것처럼 교수님, 그 이상 그 이하도 아니에요. 무슨 대답을 원하는지 몰라도 서 교수님을 굉장히 의식하는 모양이죠?'

서지한. 그 존재가 여자의 입에서 나올 때마다 신경이 곤두섰다.

지이이잉. 성준이 주머니에서 휴대폰을 꺼내 들었다. 그는 발신자도 확인하지 않으며 전화를 받았다.

"말해요."

침묵 끝에 낮은 음색이 스피커 새로 넘어왔다.

─조금 전 서지한과 일한 이력이 있는 외국 회사 간부와 연락이 닿았습니다.

"그래서?"

어째서인지 권 실장은 다음 말을 잇지 못했다.

"권 실장."

나직하게 재촉하자 꽤 무거운 대답이 돌아왔다.

─오전에 말씀드렸던 이야기가 간부 입에서도 똑같이 나왔습
니다.

"그러니까."

터벅터벅. 성준이 서재 반대편 창문으로 다가갔다. 초승달의 푸
르스름한 빛이 유리창을 뚫고 그의 얼굴 위로 내려앉았다. 빛을
머금은 남자의 눈동자가 칼날처럼 차게 빛났다.

"서지한이 사람을 죽였다는 거지."

그 여자의 욕망

햇살이 따사롭게 내려앉은 어느 4월의 아침. 예정대로 MT를 떠나는 날이 찾아왔다. 커다란 관광버스가 주차장에 들어서며 학생들이 차례대로 버스에 올라탔다. 들뜬 분위기 속에서 상원이 버스에 앉은 학생들의 인원수를 부지런히 체크하기 시작했다.

"다 온 거지?"

"어? 서 교수님은 안 가요?"

맨 뒷좌석에 앉아 있던 학생이 손을 높게 들며 말했다. 강 교수를 대신해 참석할 줄 알았던 지한이 코빼기도 보이지 않았다.

"그러게. 간다는 소문 돌더니."

"애들 놀이에 어른이 굳이 끼고 싶겠냐?"

"자자. 시끄럽고. 곧 출발하니까 빠트린 거 없는지 잘 확인해 봐. 장소가 거의 산골이라서 필요한 거 있으면 휴게소에서 꼭 구매하고."

상원은 주의를 시키며 맨 앞좌석에 자리를 잡았다.

"뭐야. 진짜 겸임 안 오나 보네. 내심 기대했는데 아쉽게 됐어. 안 그래, 오써?"

유라가 창가 자리에 앉은 서화의 어깨를 콕콕, 찔렀다. 서화는 반응하지 않았다. 고요히 감긴 눈꺼풀을 그대로 내버려 두었다.

"그래서 연영과랑은 어떻게 됐는데?"

뒷좌석에 앉아 있던 가을이 불쑥 상체를 들어 유라를 추궁했다.

"딱 기다려봐. 이번 달에 답 나올 각이니까."

"완전 마음에 들었나 보네?"

"말도 마. 실물 보고 깜짝 놀랐잖아. 서재욱 때문에 우석이를 놓칠 수도 있었다는 것만 생각하면 아직도 장기에서 분노가 끓어오른다."

"이름이 우석이야?"

"응. 그것도 두 살 연하다?"

소개받은 남학생과의 일화를 신나게 자랑하던 유라가 돌연 입을 다물었다.

"오써. 오늘 분위기가 왜 그래? 컨셉이 냉미녀야?"

원래도 말수가 없는 편이었으나 오늘따라 서화의 상태가 유독 고요했다. 최근 들어서는 수업이 끝나기 무섭게 캠퍼스를 떠나는 게 일상이었다.

"요 며칠 새 계속 저기압이더니. 혹시 서 교수님 안 와서 그래? 그런 거면…….”

"유라야.”

"응?”

서화가 눈을 감은 상태로 나직이 말했다.

"나 서 교수님한테 아무 감정 없어.”

"……어?”

유라가 당황하며 눈을 끔뻑거렸다. 서화가 차분한 어조로 상황을 정리했다.

"그러니까 더는 몰아세우지 않았으면 해.”

"……어, 그래. 미안.”

유라는 난감한 표정을 지으며 가은을 바라봤다. 당혹스러운 건 가은과 그 옆자리에 앉은 은정도 마찬가지였다. 그리고 그들의 대화를 반강제적으로 듣게 된 상원은 손에 쥐고 있던 휴대폰에서 눈을 떼지 못했다.

* * *

조소과와 체교과가 함께 MT를 간다는 소식은 한동안 캠퍼스를 떠들썩하게 만들었다. 남녀비율이 월등히 차이 나는 두 과가 만났으니 이성적인 호감이 차오르지 않는 게 이상했다.

대형 버스가 연달아 숙소 주차장에 들어섰다. 미리 숙소에 도착해 있던 조소과 학생들이 용수철처럼 베란다로 튀어나와 버스에

서 내리는 남학생들을 감상했다.

"헐. 미쳤다."

"몸 좋은 것 좀 봐라. 모델로 쓰고 싶다고 접근해서 확 꼬셔버려?"

키가 큰 실루엣들이 줄지어 모습을 드러내자 조소과 학생들은 설렘을 감추지 못했다. 과대인 재욱이 버스에서 내렸을 때는 '쟤가 제일 잘생겼네!' 탄성이 터져 나왔다.

"큰일 났어."

그때 방에서 짐을 풀고 있던 학생이 충격에 휩싸인 얼굴로 중얼거렸다.

"큰일 났다니까."

"아씨, 뭔데. 별것도 아닌 거로 분위기 잡기만 해."

"……전날 사둔 고기 안 가져왔어."

"뭐?"

학생들이 일제히 뒤를 돌아봤다.

"집에 두고 왔나 봐. 어떡해. 아씨, 뭔가 자꾸 허전하더니."

"야. 다른 것도 아니고 고기를 빼먹으면 어떡해!"

오늘 하루 식사를 책임질 중요한 재료였다.

"잘 살펴봤어?"

부엌에서 일을 보던 서화가 등장하자 동기가 죽을상을 지었다.

"……얘들아. 미안해."

"다른 건?"

"다른 건 다 가져왔는데, 고기만 없어. 어떡하지? 지금 당장 사올까?"

숙소에서 한참을 내려가야 겨우 마트라고 부를 수 있는 작은 건물을 만날 수 있었다. 따로 차를 가지고 온 사람만 있었다면…….
모두가 막막함에 가로막혀 있는데, 누군가 바깥을 가리키며 소리쳤다.

"저거 겸임 차 아냐?"

* * *

"교수님 없었으면 우리 오늘 쫄딱 굶을 뻔했어요."

학생들이 눈을 빛내며 일제히 지한에게로 달려갔다. 트렁크에서 짐을 빼던 지한은 손에 들린 큰 봉지와 학생들을 번갈아 보며 퉁명스레 말했다.

"누가 그래? 이거 내 식량인데."

"아, 교수님!"

그가 픽, 웃으며 장바구니를 건넸다.

"상하기 전에 빨리 넣어둬."

"감사합니다! 이 은혜는 평생 잊지 않을게요!"

식사 당번을 맡은 학생들이 지한이 사 온 고기를 들고 부리나케 숙소로 돌아갔다. 지한이 트렁크를 정리하고 문을 닫았을 때였다. 등 뒤로 상원이 다가왔다.

"강 교수님 연락받고 온 거야?"

지한의 참석 여부는 불투명했다. MT가 있는 날에 스케줄이 생겨났다고 그의 입으로 직접 전한 게 불과 이틀 전이었다. 게다가 이런 자리를 원체 좋아하지 않는 성향이었다.

"교수님은 나 편할 대로 하라던데."

"그럼 자진해서 참석했다는 거야?"

"글쎄."

모호한 대답에 상원은 미간을 구겼다. 문득 펜션 입구에 서서 대화를 나누고 있는 유라와 서화가 눈에 들어왔다. 지한을 발견한 유라가 '안 온다더니, 왔네요?' 하며 반갑게 손을 흔들었다. 지한은 그저 가볍게 웃어 보였다. 그리고 자연스레 그의 시선이 서화에게 닿는 순간, 서화가 등을 돌리며 펜션 안으로 모습을 감췄다. 상원은 혹시나 싶은 마음에 얼굴을 굳히며 지한에게 다가왔다.

"야, 서지한. 너 설마 서화랑……."

"형."

"어?"

"배고프다."

"뭐?"

"모처럼 장시간 운전했다고 허기지네. 들어가자."

"야, 잠깐만."

붙잡기도 전에 지한이 돌아섰다. 상원은 넋이 나간 채 멍하니 중얼거렸다.

"쟤 지금 나 피한 거 맞지?"

* * *

이른 저녁 식사는 야외정원에 있는 바비큐장에서 이루어졌다.

긴 나무 식탁을 중심으로 조소과가 왼편에 자리를 잡고, 체교과
가 오른편에 자리를 잡으며 식사가 시작됐다.

"그래서 번호 땄다고?"

"아니. 따였지. 내가 따겠냐?"

건너편에 앉은 체교과 남학생들이 귓속말이라기엔 다소 큰 목
소리로 떠들어댔다. 하지만 서화와 눈이 마주치자 헛기침을 하
며 겸연쩍은 손짓으로 물을 한 모금 마셨다. 어색한 기류가 흐르
길 잠시. 가운데에 앉아 있던 남학생이 은근슬쩍 말을 걸어왔다.

"저 실례지만 이름이 어떻게 될까요?"

서화는 남학생을 지그시 응시했다. 조금 전 번호를 따였다고 떵
떵거리던 그 남학생이었다. 이런 자리에서까지 포마드 헤어를 추
구하며 옷에 잔뜩 힘을 준 게 꽤나 주변을 의식하는 성향인 듯
했다.

"저는 강재섭이라고 합니다. 선배님 아니면 제 또래 같은데, 학
번이 혹시……."

"이야, 너무 구식이다."

"네?"

재섭의 눈이 휘둥그레졌다. 서화의 옆에서 반찬을 뒤적거리던
은정이 식상하다는 얼굴로 재섭을 훑었다.

"너네 과대가 그러던데. 오서화 체교과에서 모르는 사람 드물
거라고."

재욱의 입을 빌리자면 그랬다. 이러나저러나 '서화'는 교내에서
화제의 인물이었다. 흔히 말하는 무슨 과 여신 뭐, 그런 거로. 그
래서인지 재욱의 인맥을 빌려 서화를 소개받으려는 체교과 학생

들이 만만치 않았다. 재욱이 중간에 딱 잘라 차단하긴 했지만, 그 정도로 서화의 이야기가 과에서 맴돌았다면 모른다는 게 수상했다. 재섭이 난감한 웃음을 흘리며 상황을 무마했다.

"죄송하지만 제가 학기 중간에 편입해서요. 누군지 잘 모르겠는데. 그럼 번호라도……."

탁. 둔탁한 마찰음에 정적이 흘러내렸다. 목장갑을 낀 굵직한 손이 어디선가 나타나 고기가 수북이 쌓인 그릇을 내려놓았다.

"뭐죠. 이건?"

은정이 의아한 얼굴로 지한을 바라봤다. 그가 무심히 말했다.

"밥."

"……."

"먹으라고. 골고루."

갑작스러운 그의 등장에 서화에게 관심을 보이던 남학생들이 불쾌한 표정을 지었다. 반면 은정은 굉장히 만족한 눈빛이었다.

"그러게요. 고기가 노릇노릇 잘 익었네."

은정은 숯불에 알맞게 익은 고기를 한 점 집어 서화에게 내밀었다.

"식기 전에 먹어."

서화는 하얀 쌀밥 위에 얹어진 고기를 내려다봤다. 고개를 돌렸을 때 지한은 이미 사라진 뒤였다. 오늘도 그의 주변에는 많은 사람이 따라붙었다. 그가 양손에 목장갑을 끼며 고기를 뒤집자 누군가 '아, 교수님. 다 타잖아요!' 소리 내며 그의 팔뚝을 내리쳤다. 고의성이 다분히 느껴지는 스킨십이었다. 평소라면 질투를 느꼈을 서화의 두 눈이 오늘따라 적막했다. 그녀는 고기를 도로 집어

은정의 그릇에 내려놓았다.

"왜?"

"별로 안 먹고 싶어."

"속 안 좋아?"

"아니. 그냥 배가 안 고파서. 나 신경 쓰지 말고 먹어."

은정은 서화와 지한을 번갈아 바라보더니, 뭔가를 눈치 챈 듯 묵묵히 식사를 이어갔다. 서화도 마저 젓가락을 들었다. 그러던 와중 점퍼 주머니에 넣어둔 휴대폰에서 진동이 울렸다.

[오늘 언제 시간 됩니까? – 차성준]

메시지를 확인한 서화의 두 눈이 어둡게 가라앉았다.

[오늘은 안 돼요. 엠티 왔어요.]

답장을 보낸 후, 다시 젓가락을 움직였다. 그러나 얼마 먹지 못하고 자리를 박찼다. 점이 되어 바비큐장을 빠져나가는 그녀를 발견한 사람이라곤 지한과 함께 고기를 굽던 상원뿐이었다.

* * *

밤이 깊어지면서 MT의 분위기도 한껏 달아올랐다. 마련된 소강당에서는 신입생들이 준비한 장기자랑이 한참이었다.

쿵쿵쿵. 닫힌 문 틈새로 격한 비트가 흘러나왔다. 지한은 건물

밖에서 조용히 담배를 태우던 중이었다. 그 모습을 탐탁지 않게 보던 상원이 낮은 목소리로 대화를 걸어왔다.

"솔직히 말해봐. 서화랑 뭐 있었지?"

"있긴 뭐가."

"내빼지 말고. 인마, 너 여기 온 것도 서화 때문이잖아."

지한은 담배를 한 모금 깊이 빨아들였다. 희뿌연 연기가 바람결을 따라 흔적도 없이 사라졌다.

"어차피 다 끝난 일이야."

"끝나? 뭐가 있긴 했나 보네. 저번에 서화가 너 있는 곳 주소 물어본 것도 그래. 난 걔 그런 모습 처음 봤다. 애가 덤덤한 척 굴어도 조급함이 얼굴에서 묻어나오는데……."

그날의 상황을 떠올리던 상원이 별안간 얼굴을 굳혔다.

"야. 내가 경고했지. 서화 함부로 건드리면 안 되는 애라고."

"그래서 끝냈다고 했잖아."

무심한 대답에 상원의 턱이 느슨히 벌어졌다. 전혀 예상치 못한 반응에 놀랐을 뿐더러 지한의 얼굴에 드러난 수심이 낯설었다.

"설마 진심이야? 너 진심으로 서화한테 관심 있는 거야?"

지한은 가벼워 보여도 결코 가볍지 않은 놈이었다. 쉽게 곁을 주는 거 같아도 그가 만든 경계 범위에 발을 들이면 칼같이 선을 그었다.

"형. 나, 한국에 귀국한 날 말이야."

지한은 나직이 운을 뗐다.

"차성준 대신 해서 선 자리를 하나 나가게 됐거든. 근데 상대방은 자기가 물 먹었다는 것도 모르더라고. 순진한 건지, 멍청한 건지. 화 한 번을 내지 않더라."

"갑자기 선은 뭐고, 차성준 그 양반 얘기가 여기서 왜 튀어나와."

"처음엔 너무 피곤해서 확 그 자리를 망쳐버릴까, 그런 생각도 했는데 그 애 얼굴을 보니까 아무것도 못 하겠더라고."

"야, 서지한 너 지금 무슨 이야길 하는 거야."

"그래서 어울리지도 않은 오지랖을 부렸어. 근데 그 애를 학교에서 다시 볼 줄은 몰랐지."

"그게 누구……. 설마 서화, 말하는 거야?"

지한은 긍정도 부정도 하지 않았다. 까맣게 타들어 가는 담배 끝의 불씨처럼 씁쓸히 말했다.

"차성준이 결혼할 여자래."

"……."

"사실 그딴 건 별로 중요하지 않아. 그 인간을 딱히 싫어한 적은 없으니까. 오히려 불쌍하다고 생각했지. 단지 그 집구석을 내가 어떻게 생각하는지 형은 잘 알잖아."

상원은 아무 말도 하지 못했다.

"그 애랑 얽히면 난 다시 그 집과 엉키게 될 거야. 진창이고 더러운 그림이 눈앞에 펼쳐지겠지."

차성준은 어떻게든 원하는 걸 손에 쥐어야 직성이 풀리는 인간이었다. 그리고 그 뒤를 준택이 기꺼이 밀어줄 것이다. 아무리 그가 지한을 아껴도 '강호'라는 타이틀 앞에서는 후계자인 성준의 선택을 우선순위로 존중할 수밖에 없었다. 그래야지만 그의 삶, 전부가 담긴 강호를 지킬 수 있으니까. 그런 인간이었다, 나의 아버지는. 하지만 정작 지한이 망설이는 이유는 다른 곳에 있었다.

"서지한. 너 그거 아니잖아. 아버지 때문에 이러는 거 아니잖아."

묘한 기류를 눈치 챘는지 상원이 전투적으로 파고들었다.

"유럽에서 무슨 일 있었던 거 맞지? 뭔데. 뭐가 자꾸 널 붙잡고 있는 건데."

지금 생각해보면 수상한 점이 한둘이 아니었다. 갑작스러운 그의 귀국. 일상이 따분해졌다며 작품 활동이 아닌 겸임교수로 취임한 것까지. 전부 다 서지한답지 않은 행동이었다.

"잘 모르겠어."

"……뭐?"

"하루에도 수천 번씩 고민해. 여기서 뭘 더 어떻게 해야 할까. 다 무시하고 함께 휩쓸릴까, 그냥 마음이 가는 대로 끌려 가버릴까. 그렇게 확……."

"……."

"나를 놔버릴까."

누구를 향한 질문인지 알 수 없었다.

"그러기엔 너무 많은 걸 알아버렸어."

지한은 다 타버린 담배를 바닥에 튕겼다.

"이미 결말도 정해진 만남이야. 그리고 난……."

꺼질 듯 말 듯 한 여린 불씨를, 그는 무참히 짓밟았다.

"걜 품어줄 사람이 못 돼. 그러니까."

지한의 입꼬리가 미약하게 올라갔다.

"형이 나 좀 말려줘라."

"……."

"휩쓸리지 않게."

알싸한 담배 향처럼 쓰디쓴 미소였다.

* * *

장기자랑이 끝이 나자 본격적인 술판이 벌어졌다. 어느새 친해
진 두 과는 정해진 인원수에 맞춰 동그랗게 둘러앉아 이야기꽃을
피우는 데 한창이었다.

"그냥 오빠라고 불러. 편하게."

"정말요?"

서로 호감을 분출하는 장면도 심심치 않게 관람할 수 있었다. 서
화가 속한 자리도 다를 건 없었다. 후배들의 손에 이끌려 인사도
제대로 나눈 적 없는 체교과 남학생들과 자리를 갖게 됐다. 도중
에 박찰까 싶었지만 이제 곧 졸업할 예정이라 시끄럽게 만들고 싶
지 않아 술이 채워질 때마다 고분고분 잔을 비웠다.

"잔 비었는데, 채워줄까?"

불쑥 들린 음성에 시선이 들렸다. 아까 그 남학생이었다. 서화의
번호를 물어봤던, 강재섭이라고 했던가.

"아까 흐름이 끊겨서 아쉬웠거든. 다시 소개할게. 강재섭이야.
알고 보니까 나랑 동갑이던데, 편히 말 놔도 되지?"

그런 것치고 그는 다소 공손한 자세로 빈 잔에 술을 따랐다. 유
라나 은정이 있었다면 빠르게 차단했을 터였다. 그러나 유라는 다
른 곳에 앉아 소개받은 남자와 수시로 연락하기 바빴고, 재욱은
그걸 못마땅한 눈으로 바라봤으며 은정은 어딜 간 건지 아예 보

이질 않았다. 서화는 맥주를 한 모금 들이켰다. 잔을 내려놓기 무섭게 재섭이 눈을 빛냈다.

"아깐 몰라봐서 미안. 워낙 주변에 관심이 없어서."

뻔한 수법. 뻔한 거짓말.

가만히 듣고 있자니 점점 지루해지던 참이었다. 갑자기 소강당 문이 끼익, 열리며 커다란 그림자가 밀려들어 왔다.

"교수님! 여기요, 여기!"

후배 중 누군가가 쪼르르 달려 나갔다. 굳이 보지 않아도 그 대상이 누군지 알 수 있었다. 학생들에 의해 반강제적으로 자리에 참석한 지한은 생각보다 자연스럽게 분위기에 섞여들었다. 아니, 오히려 그를 중심으로 판이 돌아갔다. 아무리 체교과 학생의 비율이 월등히 높아도 지한이 가지고 있는 특유의 분위기를 휩쓸기엔 역부족이었다.

어른 남자. 그를 가만히 보고 있으면 그런 감상평이 자연스레 혀 끝에 맴돌았다.

"선배님. 선배님 차례예요."

서화의 고개가 문득 돌아갔다. 후배가 눈을 말똥거리며 무언가를 내밀었다. 언제 준비한 건지 작은 통 안에 반으로 접힌 종이들이 수북이 쌓여 있었다. 그제야 돌아가는 상황이 파악됐다. 누군가 시작한 왕게임이었다. 숟가락을 쥐고 있는 남자가 곧 왕을 뜻했는데, 서화에게 술을 따라주던 강재섭의 동기였다. 서화는 마지못해 종이를 한 장 가져갔다. 적힌 숫자는 '8.' 종이를 접어 바닥에 내려놓자 숟가락을 쥔 남학생이 큰 목소리로 외쳤다.

"4번하고 8번 러브샷!"

"4번 누구? 8번 누구?"

수군거리는 목소리가 오가는 가운데, 한 남학생이 손을 번쩍 들었다.

"나 4번. 8번은 누구야?"

서화의 시선이 바닥에 붙은 종이 위로 떨어졌다. 숫자 8. 망설일 거 없이 눈앞에 놓인 술잔 중 하나를 집어갔다.

"이거 마시면 되는 거지?"

말릴 새도 없이 노란 액체가 서화의 작은 입속으로 쏟아졌다. 탁. 잔을 내려놓자 옆에 앉은 강재섭이 아쉬운 기색을 비쳤다. 그는 서둘러 판을 돌렸다. 누군가 다시금 큰 목소리로 떠들었다.

"1번하고 7번 러브샷!"

"또 러브샷이야? 식상한데?"

"백허그 상태로 러브샷이라고는 말 안 했습니다."

"헐, 껴안으라고요?"

진저리치면서도 모두가 기대하는 눈빛이었다. 어쩌면 이런 걸 바라고 만든 자리일지도. 그러나 지목을 당한 당사자는 아니었다. 서화는 펼쳐진 종이를 내려다봤다. 숫자 1. 숫자 7은 이 순간만을 기다렸다는 눈을 빛내는 강재섭이었다.

"또 술 먹기에는 무리지 않겠어? 빨리 끝내버리자고."

강재섭이 빙그레 웃으며 서화에게 손을 내밀었다. 서화는 쳐다도 보지 않았다. 취기가 꽤 올라온 상태였으나 상대가 원하는 그림을 흔쾌히 그려주고 싶진 않았다. 술이 넘칠 듯한 글라스 잔을 가져가려는데, 어디선가 나타난 커다란 손이 서화보다 먼저 잔을 낚아챘다. 벌컥벌컥. 하얀 목울대가 크게 꿈틀거리며 마지막 한 모금까지 남김없이 해치웠다. 서화는 입술을 잘근 깨물었다. 놀란 건 그녀만이 아니었다. 주변에 앉은 학생들이 하나같이 입을 다물지 못했다. 반면 지한은 입가에 묻은 액체를 손등으로 슥, 닦으며 여유롭게 미소 지었다.

"방식이 좀 고루하네."

그는 어안이 벙벙해진 강재섭과 그의 동기를 번갈아 바라봤다.

"게임하는 건 좋은데, 융통성은 있게 돌아가야지. 안 그래?"

점점 몰려드는 시선에 재섭이 날카롭게 쏘아붙였다.

"지금 그 말은 내가 작정하고 조작이라도 했다는 겁니까?"

지한이 싱긋 웃었다.

"그건 본인 양심이 잘 알겠지?"

"와, 나 어이가 없네. 아까부터 융통성 없이 끼어드는 사람이 누군데."

"야, 그만해. 왜 그래."

분위기가 살벌해지자 주변에 있던 동기들이 재섭을 막아 세웠다.

"아, 놔봐. 놓으라고!"

"틀린 말도 아니잖아."

불길이 활활 치솟는 상황에 나직한 음성이 찬물처럼 끼어들었다. 좀처럼 모습을 보이지 않던 은정이 인기척도 없이 나타나 서화의 앞을 가로막았다.

"계속 판이 오서화 위주로 돌아가던데. 우연이라기엔 빈도가 지나치다는 생각 안 들어? 왜? 네가 취하니까 여기 있는 사람들도 죄다 분별력이 흐려지는 거 같아?"

"맞아요. 벌칙도 똑같은 사람만 걸리고."

같은 조에 속해있던 후배가 입술을 부루퉁 내밀며 불만을 토로했다.

"돌아버리겠네. 내가 뭘 했는데? 어? 내가 뭔 짓을 했냐고."

재섭은 억울하다는 듯 가슴을 탁탁, 두드리며 지한을 손가락질했다.

"교수님이라고 하셨죠? 상황 판단 잘하세요. 어린애들이 좋다고 달려드니까 뭐라도 되는 줄……."

"야, 강재섭."

이번에 그를 막아 세운 건 재욱이었다.

"그만해."

거짓말처럼 강재섭의 입이 닫혔다. 어쨌든 재욱은 체교과의 과대였고, 그를 따르는 동기와 후배들이 수두룩했다.

"오써, 어디가?"

얼어붙은 공기 속에서 누군가 움직임을 보였다. 서화였다. 등 뒤로 따라붙는 많은 눈을 무시하며 그녀는 건물을 빠져나갔다.

* * *

"……뭐 하자는 거야."

찬바람이 솔솔 부는 건물 뒤편에서 서화가 스르르 내려앉았다. 뒤늦게 취기가 훅, 올라왔다. 하지만 그보다 괴로운 것은 뼛속까지 울리는 커다란 심장 소리였다. 잘 대처했다고 생각했는데, 착각이었나 보다. 지한이 서슴없이 다가오자 언제 그랬냐는 듯 가슴이 요동쳤다.

"……사람 갖고 노는 것도 아니고."

먼저 선을 그은 건 그 남자가 아니었나. 그런데 왜……. 아닌가. 별 의미 없는 선의였으려나.

그는 학생이 난처한 처지에 놓여 있으면 얼마든지 발 벗고 나설 남자였다. 그러니 착각하지 말자며, 앞서가지 말자며, 부풀어 오르는 감정을 짓누르는데 거친 음색이 어깨를 타고 넘어왔다.

"아씨, 저 새끼 대체 뭐냐고. 어?"

"일단 흥분 좀 가라앉혀봐. 제대로 개쪽 당하고 싶어서 환장했냐?"

"씨발, 겸임 따위가 주제 파악이 안 되나. 얼굴 좀 반반하다고 설치는 거 못 봤어?"

"입 조심해. 그 사람 서재욱이랑 친하다고."

"그게 뭐?"

"너 이러는 거 서재욱 귀에 들어가면 걔가 가만히 있을 거 같냐? 어쨌든 빌미 잡힌 건 우리 쪽인데. 그러니까 정도껏 하라고 했지? 한두 번 눈속임할 수 있을지 몰라도 계속 오서화만 걸리는데 눈치 안 까겠어?"

"지랄. 서재욱 그것도 별거 아니야. 걔 절친이 조소과인 거 알지? 아까 옆에서 존나 시끄럽게 떠들어대던 계집애. 노유라라고 했나? 내 후배가 걔 소개받았는데 얼빠란다. 지 얼굴 보자마자 그년 콧구멍이 커졌다는데, 존나 웃기지 않냐? 하여간 얼굴만 보고 달려드는 것들은……."

신랄하게 주절거리던 재섭의 입이 느슨히 벌어졌다.

"……오, 오서화."

네가 왜 거기서 나오냐는 듯 서화를 발견한 동공이 딱딱하게 얼어붙었다. 서화는 선득한 눈으로 재섭을 주시했다. 어째서 재욱이 막무가내로 유라의 소개팅을 막았는지 알 거 같았다. 휴학한 기간을 제외하고 4년 가까이 대학 생활을 하면서 별별 인간들을 겪었다. 절실히 깨달은 게 있다면 생각보다 캠퍼스 안에는 재활용도 불가능한 쓰레기가 꽤 많다는 것이다.

"하하. 아가는 미안. 실례를 범하려던 게 아니었는데, 괜찮으면 나중에 밥 한 끼……."

"……새끼."

"뭐?"

서화가 무표정한 얼굴로 내뱉었다.

"쓰레기 같은 새끼."

지금 뭐라고 한 거야? 재섭을 비롯한 다른 남학생의 눈이 휘둥그레졌다. 그도 그럴 것이 '오서화'가 어떤 학생이던가. 있는 집 자식으로 태어나 좋은 교육을 받고, 고생이라곤 발끝만큼도 겪어보지 못한 엘리트 이미지가 아니었나.

"다시 지껄여봐. 무슨 새끼?"

재섭이 침을 퉤, 뱉으며 위협적으로 다가왔다. 서화는 물러서지 않았다.

"사과해."

"뭘 사과? 지금 사과 받아야 할 사람이 누군데."

"유라 욕한 거 사과하라고."

"보이는 그대로 말한 걸 왜? 새끼까지 붙여가면서 모욕한 사람이 따질 입장은 아니지. 다른 애들도 너 이러는 거 아냐?"

서화는 조용히 머리칼을 쓸어 올렸다. 찬바람이 얼굴을 강타하자 흐리멍덩한 정신이 또렷해졌다. 평소의 그녀였다면 이 자리를 피했을 것이다. 애초에 이런 상황을 만들지도 않았을 것이다. 그런데 아까부터 꾹꾹 억누르던 감정이 자꾸만 식도를 뜨겁게 타고 올라왔다.

"남 잘되는 꼴 못 보는 것들이 꼭 그러지."

서화가 고요히 운을 떼며 재섭을 직시했다.

"자기 부족한 건 추호도 인정할 생각 없으면서 남 깎아내리는 건 또 일등 공신이야. 쟨 얼굴 먹고 들어간 거야. 쟨 집에 돈이 많잖아. 쟨 운이 좋았어."

"야, 오서화."

"수시로 비교하고 수시로 욕하고. 한 번쯤은 좀 스스로 돌아볼 법도 한데, 그러기엔 그릇이 또 작아."

"야!"

재섭의 얼굴이 벌겋게 달아올랐다. 서화는 멈추지 않았다.

"가만히 보고 있으면 어떤 줄 알아?"

그녀의 입술이 차게 비틀렸다.

"참 딱해. 없는 것들이 더 없이 굴어서."

"이 개 같은 년을 진짜!"

강재섭이 성질을 못 참고 손을 매섭게 쳐들었다. 그때 타인의 손이 불쑥 끼어들며 재섭의 손목을 잡아챘다. 동시에 서화의 등줄기가 뻣뻣하게 얼어붙었다.

"역시 도가 지나쳐."

지한이 가볍게 웃으며 말했다. 그러나 두 눈은 싸늘하게 식은 지 오래였다. 재섭이 붙잡힌 손목에 힘을 주며 발버둥 쳤다.

"놔. 놓으라고!"

"놓으면 그대로 징계감인데, 괜찮겠어? 뭐 나랑은 상관없으니까 확 놔버릴까?"

지한이 휴대폰으로 찍은 사진 한 장을 들이밀었다. 재섭이 위협적으로 서화를 몰아붙이는 장면이 선명히 찍혀 있었다.

"놀러 왔으면 즐길 생각부터 해야지. 왜 애먼 곳에 힘을 빼. 서로 골치만 아프게."

"뭔 개소리를 하고 있어!"

발악하며 몸부림치던 강재섭이 별안간 눈을 가늘게 떴다. 뱀처럼 야비한 시선이 지한과 서화를 차례로 훑어 내렸다.

"아…… 설마 둘이 사귀기라도 하나? 그러네. 이딴 상황만 벌써 몇 번째야? 역한 냄새가 난다더니. 역시 그런 거였네."

강재섭이 실소하며 낄낄거렸다. 그때였다. 지한이 강재섭의 손목을 뒤로 크게 꺾었다. 녀석이 악, 소리 지르며 숨을 멈췄다.

"적당히 하자니까 왜 자꾸 선을 넘지."

차가운 밤공기처럼 서늘한 기운이 그의 몸 곳곳에서 흘러나왔다. 그가 재섭의 손목을 지그시 옥죄이며 경고했다.

"일 커져서 좋을 거 없잖아."

"이것 좀……."

더는 한계인 듯 강재섭의 얼굴이 추악하게 일그러졌다. 녀석의 턱 근육이 덜덜 떨릴 때쯤 지한이 손에서 힘을 풀었다. 강재섭의 몸뚱어리가 속수무책으로 나동그라졌다. 멍하니 서 있던 동기가 헐레벌떡 재섭을 챙기며 건물 안으로 도망치듯이 몸을 숨겼다. 순식간에 분위기가 가라앉으며 적막이 흘러내렸다. 오롯이 서로만 남은 숨 막히는 공기 속에서 지한이 먼저 움직임을 보였다.

"오서화."

서화는 지한에게 시선을 주지 않았다. 그의 숨결이 코앞에서 느껴지는데도 발끝만을 응시했다.

"고개 들어."

어디 다친 곳은 없는지 그가 허리를 숙여 얼굴을 살피려고 했다. 커다란 손이 턱 밑을 감싸려는 순간 서화가 차게 말했다.

"만지지 마요."

그녀가 눈을 들어 지한을 바라봤다. 사방이 어둠으로 물든 시야 속에서도 여자의 원망스러운 눈빛만큼은 또렷하게 각인됐다.

"나는."

"……."

"당신의 이런 태도가 정말 싫어."

* * *

이틀간의 MT는 극도의 숙취를 몰고 왔다. 어느 정도 짐 정리가 끝나자 학생들은 버스에 탑승하기 위해 숙소를 빠져나갔다. 아직 방에 남아 있던 유라가 짐을 챙기는 둥 마는 둥 가방 지퍼를 닫으며 괴롭게 신음했다.

"아, 진심 머리통 아작날 거 같아."

"다 뿌린 대로 거두는 법이노라. 적당히 마셨어야지."

"이은정. 여기서까지 설교질 하고 싶냐. 그나저나 오써, 괜찮아? 어제 무리했잖아. 강재섭인가, 강재수인가 그 새끼, 학교에서 만나기만 해봐. 목을 확 비틀어버릴라!"

서화는 흐리게 웃으며 가방을 챙겼다. 그러나 움직일 때마다 속이 울렁거리며 식은땀이 났다. 눈앞이 어질어질해 잠시 걸음을 멈추자 유라가 걱정스러운 얼굴로 말했다.

"정 힘들면 겸임 차 타고 가. 아까 서재욱이 그러던데 정리할 게 있어서 조교랑 같이 타고 간다더라. 너도 껴 달라고 할까?"

"됐어."

서화는 마지막으로 남은 쓰레기봉투를 들고 문을 열었다. 그러자 숙소 앞에 주차된 지한의 차가 가장 먼저 보였다. 재욱과 이야기를 나누던 지한이 무심코 고개를 들었다. 시선이 정통으로 부딪쳤다. 서화는 고개를 돌리며 시선을 회피했다. 그의 눈길이 따라붙는 게 느껴졌지만, 무시하며 걸음을 옮겼다. 손에 든 쓰레기를 버리고, 함께 들고 나온 플라스틱 용품을 묵묵히 분리수거 했다. 마지막으로 남은 쓰레기를 버린 뒤 버스가 있는 곳으로 향하려던 참이었다. 어디선가 차 엔진소리가 들리기 시작했다.

"뭐야?"

학생들이 수군거리며 경사가 가파른 내리막길을 응시했다. 매끄러운 범퍼가 모습을 드러내더니 광택이 흐르는 검은 세단이 숙소 주차장에 들어섰다. 잠시 주행을 멈춘 차는 누군가를 발견하자 다시 움직였다. 그리고 정확히 서화의 앞에서 정차했다. 굳게 닫힌 운전석 문이 열리며 기다란 다리가 눈에 들어왔다.

"……왜."

서화가 놀란 표정으로 중얼거렸다.

"늦진 않게 도착했군요."

차에서 내린 사람은 다름 아닌 차성준이었다. 그는 운전석 문을 닫으며 서화의 앞으로 느긋하게 다가왔다.

"여길 어떻게……."

성준은 대답 대신 서화의 얼굴을 빤히 내려다봤다. 이유 모를 집요한 시선에 한 발짝 물러서자 그가 툭 뱉었다.

"상태가 좋지 않아 보이는데."

서화의 이마 끝에 식은땀이 송골송골 맺혀 있었다.

"일단 타죠. 가면서 천천히 설명할게요."

"아뇨. 미안하지만 사양할게요."

뒤늦게 경각했다. 성준의 등장이 어떤 영향력을 끼칠지. 아니나 다를까, 버스에 앉아 있던 학생들이 일제히 창문에 달라붙어 성준을 주의 깊게 관찰하고 있었다. 마지막으로 짐을 들고 숙소를 나오던 유라와 은정이 의아한 표정을 지었다.

"오써, 옆에 잘생긴 오빠는 누구?"

유라의 물음에 서화는 점점 두통이 몰려오는 것을 느꼈다. 다수의 관심거리가 된 것도 벅찼지만, 등 뒤에 서 있는 지한이 유독 신경 쓰였다. 설상가상으로 지한을 발견한 성준의 두 눈이 싸늘히 식어갔다.

"무슨 이유로 여기까지 온 건지 몰라도 그만 돌아가요. 보는 눈이 많아요."

서화는 서둘러 성준을 지나쳤다. 그러나 그가 먼저였다. 굵직한 손이 부드럽지만, 단단하게 서화의 손목을 움켜쥐었다.

"뭐 하는……."

별안간 심장이 쿵, 바닥으로 떨어졌다. 성준이 갑자기 이마에 손을 얹은 탓이었다. 차가운 인상과는 전혀 상반된 따스한 온기였다.

"전부터 마음에 안 들었는데."

성준이 느릿하게 손을 떼며 인상을 찡그렸다.

"괜찮은 척도 몸 상태에 따라서 조절하지."

"그게 무슨 소리……."

"지금 당신 몸에서 식은땀이 들끓는다고."

서화는 마른침을 삼켰다. 입안이 쩍쩍 갈라지는 듯한 건조함이 혀끝을 아프게 조였다.

"그래, 오써. 타고 가. 여기까지 직접 오셨는데. 나머지는 우리가 잘 수습할게."

유라가 다가와 서화의 등을 떠밀었다.

"초면이지만 잘 부탁드릴게요. 애 상태가 좀 메롱이니까 운전은 스무스하게 해주시고요."

성준은 감흥 없는 눈으로 유라를 보더니, 조수석 문을 열었다. 서화는 마지못해 차에 올라탔다. 두 사람을 태운 차가 부드럽게 숙소를 빠져나갈 때쯤이었다. 열심히 손을 흔들던 유라가 언제 그랬냐는 듯 무표정한 얼굴로 돌아왔다.

"아우라가 남다른 건 알겠는데, 뭔가 재수가 없단 말이지. 나만 그래?"

동의를 바라는 눈빛에 은정이 어깨를 으쓱였다.

"글쎄."

248

그녀는 고개를 돌려 한 남자를 바라봤다. 지한이었다. 그는 한 동안 서화를 싣고 간 성준의 차량에서 눈을 떼지 못했다. 그 모습에 은정이 한숨을 내쉬었다.

"다른 건 몰라도 파국인 건 확실하네."

* * *

성준이 운전을 하는 동안 서화는 깜빡 잠이 들고 말았다. 눈을 떴을 때는 이미 고속도로를 빠져나간 뒤였다. 푸르던 하늘이 석양빛에 물들어 그 아래 펼쳐진 도시를 온통 붉게 적셨다.

"일부러 안 깨웠습니다."

성준이 차 시동을 끄며 서화를 바라봤다.

"곤히 자는 거 같아서."

"아……"

서화는 느슨해진 몸을 바로 세웠다. 그때 뭔가가 차 시트 바닥으로 툭 떨어졌다. 물체를 집어 든 서화의 눈동자가 얕게 너울거렸다. 담요였다. 이게 방금까지 무릎을 감싸고 있었다는 사실이 뒤늦게 신경세포를 건드렸다.

"찬바람이 들어와서 어쩔 수 없었어요."

살짝 열린 문틈 새로 서늘하면서 잔잔한 바람이 흘러들어왔다. 혹여 자는 도중 속이 메스꺼울까, 방지 차 열어놓은 그의 배려란 걸 알 수 있었다. 서화는 담요를 곱게 접으며 작게 중얼거렸다.

"고마워요."

"의외네요. 그런 말도 할 줄 알고"

"덕분에 편하게 온 건 사실이니까요."

"그게 끝인가?"

"그럼요?"

원하는 말이 따로 있는지 성준의 표정은 모호했다. 그가 처음으로 한숨을 내쉬었다.

"뻔한 답을 멀리서 찾는 것도 능력인지. 아님 시야가 불필요한 곳에서만 쓸데없이 넓어지는 건지."

"차성준 씨. 자꾸 알아먹기 힘든 소리만 하는데……."

"말했잖습니까. 아주 뻔한 답이라고."

말꼬리를 잘라내는 남자의 음성은 차가웠다. 그가 조금은 갑갑하다는 듯 서화를 응시했다.

"저번에 똑똑히 들었을 텐데. 내가 오서화 씨한테 관심이 있다고."

서화는 두 귀를 의심했다. 한 귀로 듣고 한 귀로 흘려버린 말이었다. 그저 눈속임이 필요해서 던진 사탕발림 같은 마음이라고 치부했다.

"그럼 뭘 원할 거 같습니까?"

감정을 찾아보기 힘든 눈 위로 알 수 없는 뜨거움이 들어찼다.

"누구나 예상 가능한, 그런 진부한 반응 따위가 아닌."

"……."

"그 이상을 바라는 겁니다."

서화는 잠시 숨을 멈췄다. 석양빛이 두꺼운 유리창을 뚫고 들어와 성준의 얼굴을 붉게 물들였다. 꼭 남자의 뜻 모를 갈망처럼.

"지금 당장 얻을 수 있다고는 생각 안 합니다. 하지만 언젠가는."

언젠가는…….

서화는 불안했다. 그 뒤로 어떤 문장이 떨어질지. 성준은 말을 끝맺는 대신 차 잠금장치를 해제시켰다.

"피곤할 텐데 들어가서 쉬어요."

서화는 순순히 따르려다가 답답함을 추스르지 못하며 따지듯 물었다.

"그럼 관심이 있어서 그 먼 거리를 달려왔다는 거네요. 굳이 시간까지 쪼개가면서?"

서화는 성준의 진심을 믿지 못하는 눈치였다. 그동안 남자에게서 그럴 만한 단서를 느낀 적이 있나. 아니, 그 어떤 증거도 찾기 어려웠다.

"이유야 많겠지만 거슬립니다."

……거슬려? 어떤 게?

"누구일 거 같아요?"

"누구…….."

곱씹던 서화가 몸을 굳혔다. 숙소에서 누군가를 고요히 응시하던 성준의 얼굴이 떠올랐다.

"이미 눈치 챈 얼굴인데, 원하면 그 대상을 직접 언급해줄 수도 있습니다. 근데 그건 또 그거대로 기분이 더러울 거 같거든."

주어 없는 대상. 이 순간만큼은 결코 입에 담아선 안 되는 남자. 성준은 지한과 자신의 사이를 의심하고 있는 거다. 둘 사이에 무언가가 있다고. 서화는 입술을 꾹 깨물었다. 여기서 지한의 존재를 인정하면 끝이었다.

"데려다줘서 고마워요. 하지만 여기까지예요. 차성준 씨가 넘어

올 수 있는 선은."

"곧 오 총장님과 식사 자리를 가지기로 했습니다."

"난 이야기 들은 적 없어요."

서화는 차 문을 열다 말고 시린 눈으로 성준을 바라봤다.

"나도 오늘 아침에 연락을 받은 참입니다. 그리고 난 오서화 씨가 이 만남에 동의한 줄 알았는데. 그때 그러지 않았나? 내 쪽에서 이 만남을 끝내줬으면 좋겠다고."

꽤 정중히 요구한 부탁이었다. 그러나 남자는 전혀 귀담아듣지 않은 모양이었다. 이번에도 그는 한껏 여유로운 태도로 서화의 바람을 무참히 짓밟았다.

"여전히 난 그 요구에 응할 생각이 전혀 없습니다. 오서화 씨도 알고 있었잖아. 그럼 직접 나서서 총장님을 설득할 수밖에 없었을 텐데, 난 당신 아버지한테서 아무 이야기도 듣지 못했거든."

"……."

"아마 할 수가 없었겠죠. 실질적으로 오서화 씨가 행사할 수 있는 힘은 아무것도 없으니까."

서화는 주먹을 말아 쥐었다. 차성준은 진즉에 간파한 것이다. 네 힘으로 이 결혼을 무를 수 없을 거라는 걸. 치부를 들킨 것처럼 발끝에서부터 분노가 치밀었다.

"아직도 내가 당신한테 얻을 게 있어서 접근했다고 생각해요?"

"……."

"잘 생각해봐요. 당신의 아버지가 총장으로 있는 한영 대학교도 결국 강호의 소유물 중 하나일 뿐인데, 과연 내가 오 총장님께 얻을 만한 게 있을지."

재단과 강호. 서화는 잠시 눈을 감았다. 결국 제원은 강호재단의 자리를 탐내고 있던 것이다. 그래서 이 결혼도 추진한 거겠지. 예상한 결과였지만 막상 현실을 맞닥뜨리고 나니 공허함이 파도처럼 밀려왔다. 인정할 수밖에 없었다. '나'는 아버지에게 원하는 것을 얻기 위한 수단에 불과하다는 걸.

달칵. 서화가 조용히 차에서 내렸다. 뒤에서 성준의 부름이 들렸지만 무시했다. 세상에 홀로 남겨진 외톨이처럼 집안으로 들어섰다. 거실을 가로질러 쓸쓸히 2층으로 향하던 중이었다.

"언제까지 이렇게 나올 거예요?"

어디선가 날카로운 음성이 들려왔다. 서화는 잠시 걸음을 멈추고 귀를 기울였다. 이건 분명 혜진의 목소리였다. 본능적으로 소리의 근원지인 서재로 향했다. 열린 문틈 새로 한 줄기의 빛이 새어 나왔다.

"그만하고 나가지."

이건 제원의 음성이었다. 서화는 문에 바짝 다가섰다. 좁은 틈새로 혜진의 가녀린 등이 보였다.

"언제까지 과거에서 못 벗어날 건데요. 그게 서화 탓이에요? 왜 죄 없는 애를 자꾸……."

"그만하라고 했을 텐데."

서화는 숨을 죽였다. 제원의 저런 눈은 처음이었다. 온기라고는 전혀 느껴지지 않는 눈이 쇠사슬처럼 혜진을 옭아매고 있었다.

"더는 서화 몰아붙이지 말아요. 강요하지도 말아요. 당신 이익을 위해 애 휘두르는 꼴 더는 못 봐. 자꾸 이런 식으로 나오면 나도 못 참는다고요."

"정말 내 이익만을 위한 선택이었나?"

"······뭐라고요?"

혜진이 미간을 좁히며 제원을 경계했다. 제원은 읽고 있던 책을 내려놓으며 그녀를 바라봤다.

"그날의 선택이 내 이익만을 위한 것이었냐고 묻는 거야."

"지금 내 잘못도 있다는 소리예요?"

"그건 당신이 가장 잘 알겠지."

순식간에 혜진의 안색이 파리해졌다. 그녀는 입술을 꾹 깨물며 제원을 원망스럽게 노려봤다.

"그만해요. 나도 어쩔 수 없었어요. 당신 어머니가 그렇게까지 날 몰아붙이지만 않았어도······."

"당신을 탓하자는 게 아니야."

스르륵, 제원이 의자를 밀고 일어나며 혜진에게 다가왔다. 가녀린 어깨를 감싸자 혜진이 숨을 크게 들이켰다. 그 모습이 꼭 겁에 질린 먹잇감을 보는 듯했다. 반대로 제원은 먹잇감을 앞둔 포식자처럼 그녀를 능숙히 다루었다.

"지금도 늦지 않았어. 당신이 원하면 서화한테 모든 걸 말해도 나쁘진 않겠지. 그렇게 할 수만 있다면 말이야."

"당신 정말······."

혜진은 거의 울 것 같은 얼굴로 제원을 올려다봤다. 제원은 그런 여자를 안쓰럽다는 듯 내려다보며 쯧, 혀를 찼다.

"말했잖아. 당신을 탓하는 게 아니라고. 살다 보면 어쩔 수 없는 선택을 해야 할 순간이 있는 거야. 안타깝게도 우린 그날의 피해자고."

문고리를 잡은 서화의 손에 힘이 바짝 실렸다. 심장이 불안하게 요동쳤다. 진실은 무엇이고, 피해자는 또 무슨 소리일까. 그때였다.

"……서화야."

문 틈새로 스며든 그림자에 혜진이 화들짝 놀라며 제원을 밀쳐냈다. 혹시나 서화가 엿들은 건 아닐까, 그녀의 눈이 격하게 흔들렸다. 서화는 평소와 같은 얼굴로 두 사람을 상대했다.

"집에 사람이 없길래 와봤는데, 여기 계셨네요."

"……지금 숙소에서 도착한 거니?"

"네. 식사는 하셨어요?"

"아니, 아직. 우리 딸 배고프지? 잠깐만 기다려. 엄마가 간단한 토스트라도 만들어줄게."

혜진이 다급히 서재를 빠져나갔다. 그녀가 사라지자 고요한 정적이 흘러내렸다.

"잠깐 들어오거라."

제원이 뒷짐을 지며 말했다. 침묵하던 서화는 천천히 걸음을 옮겼다. 제원의 시선이 박힌 곳에 발을 딛자 십자가가 박힌 카펫이 눈에 들어온다. 가슴이 두근거리고 손발이 차게 식었다. 잘못하거나 심기를 거슬리게 할 때마다 제원은 항상 이곳에 서게 했다. 이곳은 곧 서화에게 지옥과도 같은 심판대였다.

"이번이 마지막 MT인가?"

제원이 차분히 의자에 앉으며 서화를 바라봤다.

"그럼 곧 졸업이겠군. 그래. 그 지긋한 놀이도 끝낼 때가 됐지."

그 지긋한 놀이란 게 '조소'라는 걸 서화는 단번에 눈치 챘다. 그는 서화가 미대에 다니는 것을 탐탁지 않게 여겼다. 혜진의 전폭적인 지원이 없었더라면 예술과는 전혀 먼 전공을 택했을 것이다. 그럼에도 서화는 노력했다. 제원이 만족할 수 있는 결과를 보여주기 위해 끊임없이 완벽한 작품을 탄생시켰다.

딱 한 번, 그에게 작품을 선물한 적이 있었다. 아홉 살, 고사리 같은 손으로 만든 카네이션 꽃이었다. 누구보다 제원이 기쁘게 받아주길 바라며 달려갔지만, 돌아온 반응은 무엇이었나.

"그깟 놀이쯤이야 결혼해서도 얼마든지 할 수 있을 거다. 서화, 네가 차 이사의 아내로 살아가게 된다면 말이다."

그날과 다를 게 없는 제원의 감상평에 서화는 허탈함을 느꼈다.

"차 이사가 직접 숙소까지 데리러 갔다던데. 이번에는 순순히 응해줬나 보지?"

서화가 의아한 눈빛을 비췄다. 제원이 깍지 낀 손에 턱을 묻으며 고요히 내뱉었다.

"내가 언제까지 네 장단에 맞춰 놀아날 거라고 생각했니? 한 번도 아니고 두 번 이상 차 이사를 내치는 건 예의가 아니지."

"……저한테 사람 붙이셨어요?"

서화는 다급히 입을 열었다. 뭔가가 잘못됐다. 그렇지 않고서야 이 모든 과정을 제원이 알고 있을 리 만무했다.

"설마 차성준 씨를 MT 장소에 부른 것도 아버지세요?"

"그래야 쓸데없는 날파리들이 네 주변에 꼬이지 않을 테니까."

쓰레기를 보는 듯한 시선에 숨이 턱 막혔다.

"서화야."

나긋한 부름에 어깨가 흠칫 굳었다. 터벅터벅. 제원이 다가올 때마다 심장이 울렁거렸다. 마침내 그의 그림자가 드리우자 서화는 떨리는 눈망울을 숨기지 못했다. 제원에게선 어떤 감정도 읽을 수가 없었다. 무심한 눈으로 서화를 내려다보며 입술을 달싹였다.

"넌 내게 자랑스러운 딸이야. 그 무엇과도 바꿀 수가 없지. 그런 네게 흠집이 나는 걸 아버지로서 가만히 두고 볼 순 없지 않겠니."

서화는 입술을 꾹 깨물었다. 뒤이어 떨어질 한마디는 뻔했다.

"그러니 선택은 네가 해야겠지."

이미 정해진 결말이었다.

"옳은 선택을 하든, 아니면 이 집 밖을 나가서 나와 연을 끊든."

그는 언제나 강자였고, 서화는 언제나 약자였다.

* * *

꿈을 꿨다. 한동안은 찾아오지 않던 끔찍한 장면이었다. 하얀 설원 위로 뒤집힌 두 대의 차량, 피로 물든 여자를 꽉 끌어안은 채 눈 속에 파묻힌 남자. 그리고 두 사람을 원망스레 바라보는 한 꼬마 아이.

그건…….

'나'였다. 오서화. 바로 나.

서화는 눈물조차 말라버린 아이를 멍하니 바라봤다. 혹독한 추위에 장시간 노출된 아이는 숨 쉬는 것조차 괴로워했다. 그런데도 끊임없이, 죽을힘을 다해 입술을 움직였다.

'살려…….'

'살려…주…….'
'살려주……세……요.'

서화는 외치고 싶었다. 그만 소리 내라고. 그만 빌라고. 그만 애
원하라고. 어차피 네가 그토록 바라던 자유는, 삶은, 찾아오지
않는다고. 이제야 생각한다. 차라리 나도 그때 그들과 생을 마
감했더라면, 죽어버렸다면……. 편해질 수 있었을까. 아주 조금
은……. 당신들을 덜 원망할 수 있었을까. 이 빌어먹을 간절함 따
위에서 벗어날 수 있었을까.

살고 싶다는 마음이 절실했던 아이는 기어코 살아났다. 타인의
손에 의해. 그게 누구인지 아이는 병실 침대에서 눈을 뜨며 알
게 됐다.

'……아저씨는 누구예요?'

꼬마는 혼몽한 정신 속에서 입술을 뻐끔거렸다. 그러자 제원이
아이의 차가운 볼을 감싸며 나긋이 대답했다.

'나는 말이지. 네 아버지와…….'

네 아버지와……. 더는 제원의 음성이 들리지 않았다. 움직이는
그의 입 모양을 주시했지만 헛수고였다. 어린 날의 서화는 눈을
감았고, 그대로 의식을 놓았다. 그리고 이 지긋지긋한 악몽은 항
상 여기서 끝이 났다.

* * *

　-그래서 짐은 다 챙긴 거야?

　수화기 너머 상원의 목소리는 심드렁했다. 지한은 MT에서 돌아오자마자 짐을 마저 정리했다. 이사 일정이 주말로 앞당겨졌다. 옷장에서 남은 짐을 빼낸 뒤, 어깨와 귀 사이에 휴대폰을 걸치며 통화를 이어갔다.

　"이것만 정리하면 바로 갈 거야. 어차피 이제 내 집인데, 언제 들어가든 형이랑은 상관없잖아."

　-말을 해도 꼭. 뭐라도 하나 더 챙겨주고 싶으니까 그런다, 왜.

　똑똑똑. 갑작스런 노크 소리에 지한이 뒤를 돌아봤다.

　"형. 미안한데, 다시 연락할게."

　대충 통화를 끊은 뒤, 문고리를 잡아당겼다. 그러자 문 앞에 서 있던 검은 실루엣이 스르르 밀려들어왔다.

　"기어코 나간다는 거지?"

　준택이 인상을 쓰며 방안으로 들어섰다. 지한은 순순히 길을 터주었다.

　"뭐가 문제야?"

　준택이 무거운 얼굴로 물었다. 웬만한 짐은 정리가 된 상태였다. 그것을 직접 보고 있자니 착잡함이 입안을 맴돌았다.

　"그런 거 없어요."

　"근데 멀쩡한 집 두고 왜 나가냔 말이야."

　"다른 부모들은 하루빨리 독립시키고 싶어서 난리라는데, 다 큰 자식을 늙어서까지 품고 싶으세요?"

올해로 서른. 친모(親母)의 죽음 앞에서 펑펑 울던 소년은 벌써 서른의 청년이 되었다. 준택은 아직도 어린 지한의 얼굴을 선명히 기억했다. 아이는 함께 살자고 해도 몇 번이나 뿌리쳤다. 다시는 볼 수 없는 엄마에게 가겠다며 울부짖었다. 그 모습이 가슴에 가시처럼 박혀 있었다.

"죄책감 때문에 그러세요?"

"뭐?"

지한이 협탁에 놓인 액자를 응시하며 물었다.

"어머니 때문이라면 신경 쓰지 마세요. 이미 떠난 사람이잖아요."

"지한아."

"아버지가 그러셨죠. 어머니를 사랑해서 헤어질 수밖에 없었다고."

지한의 어머니는 이른 나이에 명성을 떨친 신예 예술가였다. 그만큼 시기 질투도 끊이지 않았다. 동종업계 사람들은 그녀의 젊음을 부러워했고, 어린 나이에 걸맞지 않은 뛰어난 예술성을 어떻게든 흠잡으려 애를 썼다. 그 모든 것에 신물이 났을 때 어머니의 앞에 한 남자가 나타났다. 지금의 차준택 회장이었다.

그는 여러모로 흠잡을 데가 없는 남자였다. 개천에서 용 났다는 말이 가장 어울리는 사람. 평범한 집안의 장남으로 태어나 오로지 노력만으로 명성과 능력을 손에 쥔 사람. 하지만 그에게도 절대 뚫지 못하는 벽이 있었다. 바로 핏줄이었다. 아무리 앞만 보고 달려도 태어났을 때부터 완벽한 환경을 쥐고 자란 녀석들을 넘어서기엔 한계가 있었다.

준택은 이를 악물었다. 어떻게든 성공을 갈취하고 싶었다. 하지만 짙은 갈망도 사랑 앞에서는 무방비하게 녹아내렸다. 우연히 지한의 엄마를 만나게 된 게 화근이었다. 준택은 깊은 열병에 시달렸다. 시시때때로 지한의 엄마를 찾아 구애했다. 성공에 목마른 남자와 성공에 회의감을 가진 여자. 정반대의 성향을 갖고 있으면서도 그들은 한순간에 불타올랐다. 준택은 그녀가 가진 감성적인 면을 사랑했고, 그녀는 준택의 이성적인 면을 사랑했다. 눈이 멀 정도로 서로에게 목말랐던 두 사람이었지만, 그들에게 비극이 찾아오지 않으란 법은 없었다.

준택과 어머니는 3년의 열애 끝에 이별을 맞이했다. 그리고 반년이 흐른 후, 지한이 세상에 태어났다. 언젠간 준택에게 물은 적이 있었다. 어머니와 헤어진 이유가 뭐냐고.

'사랑해서……. 그래서 헤어질 수밖에 없었다. 내가 품고 있기엔 너무나 큰 사람이었어.'.

"지금도 그 마음에는 변함없으세요?"
지한이 그날을 떠올리며 되묻자 준택이 뒷짐을 지며 경계 태세를 갖췄다.
"무슨 말을 듣고 싶은 게야."
"글쎄요. 말에도 유효기간이 있다는데, 어머니를 사랑해서 헤어질 수밖에 없었다는 그 말씀, 아직도 유효한가 싶어서요."
질문의 의중을 간파하려는 듯 준택의 눈매가 가늘어졌다.
"그렇다면?"

침묵하던 지한이 돌연 장난스러운 미소를 띠었다.

"그럼 된 거죠. 되도록 쭉 한결같으면 더 좋겠고요."

지한은 어머니의 사진을 눈에 담았다. 정확히는 어머니의 두 팔을 담았다. 이상하리만큼 축 늘어진 모양새가 따로 노는 그림처럼 어색했다. 한동안 눈을 떼지 못하던 지한이 입술을 비틀었다.

"안 그럼 떠나간 사람이 좀 억울할 거 같거든요."

* * *

토요일 아침. 화장대에 앉아 휴대폰을 바라보는 서화의 눈이 착잡했다.

[겸임 집들이 안 올 거야? - 유라]

마음에 긴 갈등이 일었다. 어차피 가지 못할 곳이란 걸 알면서도 망설이는 꼴이 우스웠다.

지이이잉. 진동 소리에 서화가 깜짝 놀라며 휴대폰을 떨어트렸다. 서둘러 허리를 굽혀 팔을 뻗는데, 타인의 손이 불쑥 나타나 휴대폰을 채갔다. 언제 방에 들어왔는지 수연이 어서 받아보라는 듯, 손에 든 휴대폰을 눈으로 가리켰다. 서화는 조용히 통화버튼을 눌렀다. 그러자 칭얼거리는 유라의 음성이 넘어왔다.

-오써, 왜 답장이 없어.

"미안. 잠깐 다른 일 좀 보느라."

-애들 거의 다 모였는데, 진짜 안 올 거야?

262

서화는 흘긋 수연의 눈치를 살폈다.

"말했잖아. 선약 있다고."

-그래도 모처럼 모이는 건데, 미루면 안 돼? 아까 서재욱이 겸임이랑 통화하는 거 엿들었는데, 겸임 카드를 맘껏 긁을 수 있는 절호의 찬스가 주어질지도 모른다고. 잠깐만. 이은정. 여기 확실해? 뭔 놈의 오르막길이 이렇게 많아? 겸임이 이런 데 산다고?

유라의 숨소리가 거칠었다. 잔말 말고 따라오라는 은정의 목소리가 뒤를 이었다.

-아무튼 오써, 너 오길 이 언니는 목 빠져라 기다린다. 알겠지? 그리고 우리가 겸임을 위해 하나뿐인 집들이 선물을 준비했다는 거 아니야. 너도 보면 깜짝 놀랄걸! 야, 서재욱. 똑바로 못 들어? 깨트리면 여기서 확 굴려버릴 줄 알아!

티격태격하는 소리가 들리더니 통화가 뚝, 끊겼다.

"안 가도 돼?"

아직 방을 나가지 않은 수연이 물었다. 서화는 머쓱히 웃으며 휴대폰을 화장대에 내려놓았다.

"어떻게 가. 선약이 잡힌 마당에."

오늘 성준의 식구들과 식사 자리가 예정돼 있었다. 말이 식사지, 결혼을 성사시키기 위한 전형적인 발판이었다.

"언니."

"응?"

"언니는 차성준, 그 남자 어떻게 생각해?"

"갑자기 그건 왜?"

"솔직히 말할까?"

수연이 한숨을 푹 내쉬었다.

"언니 꼭 도살장 끌려가는 사람 같아."

"……뭐?"

"하나도 안 기뻐 보인다고. 차성준만 만나고 오면 온종일 흐림이야. 오늘은 소나기가 쏟아질 기세네. 만나기 싫으면 안 만나면 되잖아."

"아니야, 그런 거."

"거짓말. 언니, 요즘 들어 통 기운이 없어 보이는 거 알아? 차성준이랑 아빠 때문이지? 뭐야. 뭔데. 세 사람 사이에 내가 모르는 거라도 있는 거야? 엄마한테 물어봐도 입 꾹 닫고만 있고."

수연의 표정이 심각했다. 축 처진 눈썹과 초조하게 말아 문 입술이 꼭 똥 마려운 강아지를 보는 듯했다.

네가 내 친동생이었으면 얼마나 좋을까. 아무도 수연에게 서화가 가진 사연을 알려주지 않았다. 그래서 서화는 더욱 알뜰히 수연을 챙겼다. 좋은 언니로 남고 싶었고, 그렇게나마 제 존재를 이집에 각인시키고 싶었다. 그럼 최소한 버려지진 않을 테니까. 하지만 도움을 받는 쪽은 항상 자신이었다. 수연은 한결같은 아이였다. 꼬꼬마 시절부터 지금까지 끔찍이 서화를 생각해주었다. 학교가 끝이 나면 '언니!' 하고 달려오던 어린 소녀가 언제 이렇게 커버렸는지.

"수연아."

"응."

"연애하면 어떤 기분이야?"

"지금 남친?"

"응."

"음……. 전에 만난 남친들은 적당히 설레고 간질간질했다면 지금 남친은 뭔가 달라."

"달라?"

"응. 달라도 너무 달라. 자꾸 애가 타. 같이 있는데도 목이 마른 기분? 계속 옆에 있고 싶고 막 그래."

사랑을 속삭이는 수연의 얼굴은 무척 아름다웠다. 빛이 났고, 사랑스러웠다. 서화는 무심코 중얼거렸다.

"부럽다."

……솔직히 표현할 수 있는 네가.

"역시 차성준이 별로인 거지? 내가 아빠한테 말해볼까? 그 남자 영 별로라고. 형부 되는 사람 고르는 건데, 신중해야지. 아니야. 결혼까지는 가지 말자. 답을 정해놓고 사랑하는 건 미련한 거 같아."

답을 정해놓지 않고 사랑하는 것. 오로지 그 순간만을 위해 하루를 살아가는 것. 과연 그런 삶을 살 수 있긴 할까. 고민하던 서화는 이내 실없이 웃고 말았다.

* * *

띵동.

침실에서 짐을 정리하던 지한이 초인종 소리에 몸을 일으켰다. 거실로 나오자 띵동띵동, 성급한 벨 소리가 연달아 울려 퍼졌다.

달칵.

"교수님 저희 왔어요!"

유라가 양팔을 펼치며 활짝 웃어 보였다. 뒤이어 은정이 따라 들어왔고, 마지막으로 재욱이 현관에 발을 디딘 순간이었다. 지한이 그를 멈춰 세우며 낮은 목소리로 물었다.

"뭐야, 이거."

재욱의 양손에 커다란 물체가 들려 있었다. 지한을 본떠 만든 조각상이었다. 게다가 익숙한 걸 보면…….

"맞아요. 서화가 강 교수님 수업에서 만든 작품."

유라가 싱긋 웃으며 말했다.

"맘에 들죠? 교수님 생각해서 저희가 손수 들고 왔어요."

"야, 노유라. 말은 똑바로 해라. 개고생한 사람이 누군데."

재욱이 이마에 맺힌 땀을 닦으며 쏘아붙였다.

"그게 그거지 뭐. 내가 이런 기특한 생각 안 했으면 들고 오기나 했겠어? 아무튼 교수님을 위한 특별 선물이에요. 이대로 버리기엔 너무 아깝잖아요."

작품을 만드는 것보다 깨트리는 게 일상인 조소과였다. 아무리 완벽해도 짐이라고 생각되면 산산이 조각냈다. 그래서 당연히 버린 줄 알았더니.

"와, 집 좋다. 마당에 작은 호수도 있고. 이 안은 다 새로 공사한 거예요?"

유라가 눈을 반짝거리며 집안을 둘러보았다. 부식이 시작된 나무 바닥은 감쪽같이 사라지고 대리석 바닥이 매끈하게 깔려 있었다. 원목으로 가꿔진 벽면은 따스한 분위기를 자아내면서도 아날로그의 향기를 물씬 풍겼다.

"이게 다 얼마야? 이 조교님 말대로 교수님 부자 맞구나."

유라는 연신 감탄하며 벽면을 쓸어내렸다. 그러다 벽에 대충 걸쳐 있는 그림을 보곤 망부석처럼 얼어붙었다.

"헐, 이거⋯⋯."

유라의 등 뒤에 있던 은정이 픽, 웃으며 고개를 저었다.

"설마. 복제품이겠지."

그림의 정체는 세계에서 알아주는 신세대 예술가 '제이클'의 작품이었다. 그림 한 장에 억 단위가 오갈 만큼, 그의 작품은 죄다 고가를 자랑했다. 게다가 지한이 소유 중인 이 그림은 나라마다 단독으로 보도된 적이 있는 화제의 작품이었다.

"진품이면 어떡할래?"

지한이 싱거운 투로 말하자 유라와 은정의 눈이 휘둥그레졌다.

"에이. 제이클 작품이 어떻게 여기 있어요?"

"글쎄. 나도 묻고 싶네. 한국으로 돌아간다니까 선물이라면서 무작정 버리고 간 거라."

"버, 버려요? 교수님 뭐, 제이클이랑 친구라도 돼요?"

"가끔 술 한잔하는 사이?"

"⋯⋯말도 안 돼."

유라는 얼이 빠진 채로 멍하니 작품을 감상했다. 한 소녀가 등에 날개를 달고 하늘을 향해 고개를 높이 쳐든 장면은 그림이라기엔 영화의 한 장면처럼 생동감이 넘쳤다.

"형. 여기 아직 정리 안 된 거죠?"

부엌에서 재욱이 박스 하나를 들고 나타났다. 지한은 끼고 있던 목장갑을 건네며 위층을 가리켰다.

"그거랑 2층에도 짐이 산더미야. 그나저나 너네 도와주러 온 거 아니었어?"

"그렇긴 하죠. 근데 밥값은 교수님이 주셔야죠."

유라가 빙글거리며 양손을 내밀었다. 지켜보던 재욱이 인상을 찡그렸다.

"저건 껄떡하면 빌붙지."

"닥쳐라. 서재욱. 엄연히 집들이에 초대된 거지. 노동자로 착취된 건 아니거든?"

"먹고 싶은 거 시켜."

지한이 지갑에서 카드 한 장을 내밀었다. 유라가 잽싸게 카드를 채가며 어깨를 들썩거렸다.

"감사합니다. 교수님. 서운하지 않게 아주 풍족히 써드리겠습니다. 엊그제부터 깐풍기가 당겼는데, 일단 그거 하나랑 야, 서재욱. 넌 짬뽕이면 되지? 이은정. 넌 뭐 먹을래?"

조금 전만 해도 옆에 있던 은정이 보이지 않았다. 두리번거리던 유라가 '어?'하고 소리 냈다. 자연스레 지한과 재욱의 고개가 돌아갔다. 은정은 창틀에 앉아 누군가와 통화를 나누고 있었다.

"그래서 만나긴 만났어?"

—응. 잠깐 시간 내서 나오긴 했는데, 솔직히 왜 만나자는 건지 잘 모르겠어.

은정은 생각에 잠긴 듯 고개를 갸웃거렸다.

"서화야."

나직한 부름에 주위가 고요해졌다. 은정은 몸을 틀어 한 남자를 주시했다. 지한이었다. 그와 똑바로 시선을 맞추며 통화를 이

268

어갔다.

"넌 어떻게 하고 싶어?"

-응?

"그 자리 말이야. 나가고 싶어? 아님."

은정은 눈을 가늘게 뜨며 되물었다.

"여기로 오고 싶어?"

-지금 그런 걸 따져봤자 무슨 의미가 있겠어. 어차피 그 사람은......

은정은 소리 없이 통화를 스피커 모드로 돌렸다. 곧이어 서화의 씁쓸한 음색이 거실에 울려 퍼졌다.

-나 안 좋아해.

유라가 소리 없이 '뭐야?' 입술을 크게 움직였다. 은정은 궁금증을 풀어주는 대신 지한을 다시금 응시했다. 그의 분위기가 묘하게 달라져 있었다. 타이밍 좋게 서화가 한 번 더 목소리를 냈다.

-은정아, 미안한데. 도착한 거 같아. 조금 있다 연락할게.

"그래. 수고해."

통화를 끊자 유라가 속사포로 질문을 쏟아냈다.

"뭐야? 무슨 이야기 했어? 서화가 뭘 안 좋아해? 걔 오늘 선약 있다던데. 설마 차성준, 그 남자 만나는 거야?"

"글쎄."

은정은 어깨를 으쓱이며 눈동자를 굴렸다. 지한의 시선이 따라붙는 게 느껴졌다.

"안 좋아한다는 건지. 좋아할 수 없다는 건지."

* * *

서화는 건너편에 앉은 남자를 물끄러미 응시했다. 상원이 한숨을 흘리며 부드럽게 웃었다.

"서화야. 귀한 시간 내줘서 고맙다."

"아니에요."

"갑자기 연락해서 많이 놀랐지."

상원은 긴 고심 끝에 서화에게 연락을 취했다. 그러자 선약이 있어서 오랜 시간을 낼 수 없다는 대답이 돌아왔다.

"무슨 일로 보자고 하신 거예요?"

서화가 벽에 걸린 전자시계를 바라보며 물었다. 정확히 한 시간 뒤에 건너편 식당에서 성준의 가족들과 식사 자리가 예정돼 있었다.

"아, 내 정신 좀 봐. 일 분 일 초가 아까운 마당에 쓸데없는 소리만 늘어놓고 있네. 저, 그게 말이지."

상원은 헛기침을 하며 목을 가다듬었다.

"제삼자인 내가 이런 이야기를 꺼내도 될지 모르겠지만, 자꾸 오해가 쌓이는 거 같아서."

무료한 얼굴로 창밖을 보고 있던 서화의 고개가 느릿하게 돌아갔다. 상원이 나지막이 고백했다.

"지한이 이야기야."

* * *

"기어코 집을 나갔다는 거지?"

언짢은 음성이 검은 세단을 울렸다. 준택은 가슴께까지 차오른 한숨을 길게 내쉬었다. 기어코 짐을 챙긴 지한이, 작별 인사도 없이 저택을 떠났다.

"당신은 그 녀석 나갈 때 가만히 두고만 본 거야?"

"어머, 화살이 왜 나한테 와요?"

옆에 앉은 미진이 코웃음을 치며 눈썹을 들어 올렸다.

"지한이 이제 서른이에요. 독립할 나이도 됐죠. 그리고 호의를 거절한 건 그 아이예요. 난 몇 번이나 집 근처에 작업실을 얻어주겠다고 말했어요."

그래봤자 별 시답잖은 말이나 늘어놨을 테지. 미진은 하나뿐인 핏줄인 성준도 낳기 무섭게 나 몰라라 하던 여자였다. 언제나 본인의 자유가 먼저인 여자가 밖에서 데리고 온 지한을 알뜰히 챙길 리 만무했다.

"이놈의 녀석, 전화도 통 안 받고. 오늘 같은 자리에 같이 참석하면 얼마나 좋아."

"잠깐만요. 지한이가 왜 이 자리에 참석해요?"

미진이 이해할 수 없다는 듯한 투로 되물었다.

"공과 사는 구분하셔야죠. 엄연히 성준이 상견례예요. 그 아이를 집에 들이는 건 허락해도 그 이상은 용납 못 한다고, 그 약조에 군말 없이 수락한 건 당신 아니었나요?"

준택이 어린 지한을 데리고 저택에 나타났을 때 미진은 조건을 내걸었다. 아이가 어느 정도 안정되면 입양을 보내자는 제안이었다. 준택은 들은 체도 하지 않았다. 어차피 서로의 이득을 위해 체결된 결혼이었다. 그는 낯짝도 두껍게 그걸 이용했다.

'어차피 당신도 날 몇 번이나 이용했잖아. 아버님한테도, 당신 약혼자한테도. 이번에는 내 차례야. 당신의 도움이 필요해.'

미진은 기가 막히면서도 거부할 수 없었다. 빌어먹게도 준택은 그녀의 인생에 썩어빠졌을지언정 유일한 동아줄이었다. 사랑하지도 않은 약혼자와의 결혼을 추진하려는 아버지로부터 도주한 날이었다. 미진은 그날, 준택과 충동적인 밤을 보냈다. 말 그대로 정말 충동적인 선택이었다. 준택은 아버지가 미래 사업 확장을 위해 만나던 간부의 부하직원에 불과했다. 그러나 간부를 대신해 준택이 종종 아버지와의 접대 자리에 나타나자 미진은 단순히 그가 책임감 때문에 얼굴을 비추는 게 아니란 걸 깨달았다.

준택의 눈을 보고 있으면 갈급한 목마름을 느낄 때가 여러 번이었다. 그녀는 그 마음을 철저히 이용했다. 술에 취해 그를 찾아가 울다시피 매달렸다. 날 좀 살려달라고. 제발 이 불구덩이 속에서 꺼내주라고. 그럼 당신이 원하는 모든 걸 이루게 해주겠다고. 그리고 그 간절함이 하늘에 닿았는지 단 한 번의 잠자리만으로 아이가 생겨났다. 아이는 준택의 발목을 붙잡기에도, 아버지의 일방적인 구속에서 벗어나기에도 가장 적절한 수단이 되어주었다.

"나, 이 나이 먹고 다른 여자 배에서 나온 아이 키웠다는 것 때문에 부처 소리 듣기 싫어요. 상상만으로 끔찍해."

"말조심해."

준택이 낮게 으름장을 놓았다. 미진은 기가 찼다. 항상 이런 식이지. 가장 나쁜 역할을 맡는 건 매번 그녀, 자신이었다.

"회장님은 툭하면 본인 실수를 남 탓으로 돌리는데, 그거 아주 못된 버릇이에요."

"조미진."

준택의 두 눈이 엄중했다. 미진은 물러서지 않으며 입꼬리를 부드럽게 말아 올렸다.

"잘 생각해봐요. 지한이가 과연 나 때문에 집을 나갔을지. 전 아무리 봐도 회장님에게 답이 있다고 생각하거든요."

* * *

"우와, 이분은 누구세요?"

어느 정도 짐 정리가 끝난 상태였다. 지한의 방을 구경하던 유라가 침대 옆 협탁에 놓인 액자를 바라보며 물었다.

"교수님 어머님 맞죠? 딱 봐도 닮았네."

30대 초반으로 보이는 여자가 새하얀 원피스를 입고서 활짝 웃고 있었다. 선한 인상과 청초한 외모에서 묻어나오는 분위기가 지한과 거의 흡사했다.

"근데 팔이…… 뭔가 좀 부자연스럽네요?"

유라가 고개를 갸웃거렸다. 축 늘어진 여자의 양팔이 따로 노는 그림처럼 어색했다.

"팔에 신경이 없으니까."

"……네?"

유라가 화들짝 놀라며 뒤를 돌아봤다. 그녀가 당황한 틈을 타

지한이 액자를 가져갔다.

"말 그대로 팔에 감각이 없는 거야. 교통사고를 당했거든."

"아……. 후유증 같은?"

"비슷해."

"죄송해요. 그런 줄도 모르고."

유라가 난처한 표정을 숨기지 못하며 두 손을 깍지 끼었다. 지한은 싱겁다는 듯 가볍게 웃으며 침대에 걸터앉았다.

"죄송할 게 뭐 있어. 말해준 건 난데."

"야, 노유라! 잠깐 나와 봐."

거실에서 재욱의 성난 음성이 들렸다. 유라는 어색한 웃음을 흘리며 황급히 침실을 빠져나갔다. 지한은 액자를 협탁에 내려놓으며 사진 속의 여자를 지그시 감상했다. 그러나 그도 잠시. 금세 눈길을 거두고 휴대폰에 시선을 고정했다. 액정 위를 지분거리는 매끈한 손가락에서 이유 모를 망설임이 묻어났다.

"신경 쓰이긴 하나 봐요?"

불청객의 음성이 끼어들자 지한의 고개가 돌아갔다. 은정이 팔짱을 낀 채 문턱에 서 있었다.

"아까부터 계속 폰만 바라보던데."

서화와 통화를 끝낸 직후였을 것이다. 지한은 남은 짐을 정리하는 동안 무의식적으로 휴대폰을 몇 번이나 손에 쥐었다 내려놓기를 반복했다. 게다가 눈치를 밥 말아 먹은 유라가 시시때때로 차성준의 이야기를 늘어놓으니 의식을 안 하려야 안 할 수가 없었을 것이다. 침실에 들어선 은정은 창밖 너머의 작은 마당을 바라보며 말했다.

"길게 이야기해봤자 좋을 거 없으니까 본론만 꺼낼게요. 먼저 서화를 건드린 건 교수님 아니에요?"

고요한 정적이 흘렀다. 은정을 바라보는 지한의 눈이 싸늘했다. 은정은 아랑곳하지 않고 창틀에 걸터앉아 본격적으로 지한을 자극했다.

"뭐가 됐든 상대방 마음에 불을 지폈으면 책임은 져야죠. 함께 작정하고 타오르든가. 아님 확실히 꺼트리든가. 근데."

"……."

"제가 보기엔 후자는 이미 실패한 거 같거든요"

"무슨 말을 듣고 싶은 거야?"

지한이 자리에서 일어나며 물었다. 자연스레 그를 마주한 은정의 얼굴에 그림자가 드리웠다.

"글쎄요. 교수님한테 듣고 싶은 말이 있을까요? 어차피 당사자는 내가 아닌 오서화인데."

지한의 한쪽 눈이 가늘어졌다. 은정은 그런 남자를 가늠하려는 듯 빤히 바라보더니, 이내 어깨를 으쓱였다.

"물론 교수님 마음을 이해 못 하는 건 아니에요. 나이 서른이면 제법 많은 걸 알게 될 테니까. 그만큼 겁도 생기겠죠. 감정보다는 이성에 초점을 맞추며 인간관계를 유지하는 것처럼요."

흔히 어른들은 말했다. 불처럼 연애하는 것도 젊을 때나 가능한 것이라고. 한 살, 한 살 먹을수록 헌신하던 사랑이 얼마나 부질없는지 깨닫게 될 것이고, 그래서 하나하나 따져가며 손해 보지 않은 관계를 유지하면서 살아가는 게 인생이라고.

"저도 그 말에 동의하는 바예요. 사람 한 명 한 명한테 감정 쏟는 거 피곤하잖아요. 하지만 가끔은."

은정은 잠시 말을 끊으며 지한을 올려다봤다. 여전히 그의 얼굴은 무료했다. 그러나 다갈색 눈동자에는 옅게나마 불씨가 살아 있었다. 그게 꼭 누군가와 닮아 있었다.

"가끔은 그래서 놓치는 것들이 있을지도 모르죠."

"……."

"아무리 나이를 먹어도 쉽게 정의 내리지 못하는 문제들이 있는 것처럼. 누가 그러던데? 그럴 때는 머리보다 가슴이 원하는 걸 택하라고. 그게 훨 이득일 거라고."

머리가 아닌 가슴. 오로지 원초적인 본능만을 따라서 결정을 내리는 것.

"적어도 난 서화가 한 번쯤은 그런 선택을 했으면 해요. 더 늦기 전에."

은정은 매사에 눈치가 빨랐다. 서화의 가정사를 알고 있는 것 같은 그녀의 표정에 지한은 앞머리를 느리게 쓸어 올렸다. 가려져 있던 남자의 탁한 눈빛이 드러나자 은정은 그럴 줄 알았다는 듯 미소 지었다.

"물론 교수님도요. 세상에 상처 없는 사람은 없으니까요."

마치 그가 왜 망설이는지를 알고 있다는 듯한 투였다. 지한은 우스워하면서도, 그녀의 충고를 불쾌해하지 않았다. 어쩌면 그건…….

"꺅!"

난데없는 비명에 두 사람의 시선이 거실로 향했다. 다급히 방을 빠져나오자 초조한 유라의 뒷모습이 보였다. 그녀가 높은 책장에 걸려 있는 조각상을 보며 크게 소리쳤다.

"서재욱 조심해!"

서화가 지한을 본떠 만든 작품이었다. 지한은 그 아래에 서 있
는 재욱을 발견하고 본능적으로 손과 다리를 뻗었다. 동시에 석
고상이 아래로 낙하했다.

* * *

"언니!"

카페에서 막 나오던 길이었다. 수연이 저 멀리서 양팔을 크게 흔
들며 서화에게로 달려왔다.

"먼저 식당에 가 있던 거 아니었어?"

수연은 냉큼 서화에게 팔짱을 끼며 해맑게 웃었다. 하지만 서화
의 옆에 서 있는 상원을 발견하자 언제 그랬냐는 듯 표정을 굳히
며 그를 노골적으로 훑어 내렸다.

"누구? 언니 남친?"

"전혀!"

상원이 소스라치며 양손을 크게 저었다. 서화가 '학교 조교님이
셔.' 작게 덧붙이자 수연의 눈동자에 맺힌 경계심이 녹아내렸다.

"서화 여동생?"

상원의 물음에 수연이 고개를 끄덕였다.

"서화 닮아서 예쁘네."

"거짓말."

"…응?"

"저랑 언니 하나도 안 닮았는데. 둘 다 예쁜 건 맞지만 닮았다는 소리는 한 번도 못 들어봤거든요."

"아……."

상원은 난감해하며 서화의 눈치를 살폈다. 서화는 당황한 그를 대신해 상황을 정리했다.

"조교님 그만 가 보세요."

"그, 그래. 시간 내줘서 다시 한번 고맙다. 그리고 오늘 들은 이 야기는……."

Rrrrr. Rrrrr.

갑자기 울리는 벨소리에 상원이 잠시만, 양해를 구하며 재킷 주머니에서 휴대폰을 꺼냈다.

"어, 재욱아. 지금 막 출발하려던……."

별안간 그의 안색이 딱딱하게 얼어붙었다. 수상함을 느낀 서화가 고개를 갸웃거린 순간, 불시에 그의 언성이 높아졌다.

"뭐? 누구? 지한이가 다쳐?"

심장이 막을 새도 없이 발치로 쿵, 떨어졌다.

"병원 주소 찍어줘. 바로 출발할게."

통화를 끝마친 상원이 택시를 잡기 위해 손을 뻗었다. 그러다 고목처럼 서 있는 서화를 발견하곤 다급히 다가왔다.

"별일 아니니까 너무 신경 쓰지 마. 오늘 들은 이야기도 깊이 새겨듣진 말고. 상황 보고 연락 줄게."

서화는 아무 말도 하지 못했다. 상원이 택시를 잡고 떠나갈 때까지 멍한 얼굴로 허공을 응시했다. 갑자기 들이닥친 폭풍우에 정신이 희미해졌다.

"……언니. 괜찮아?"

수연이 조심스레 서화의 팔을 붙잡고 흔들었다.

"이제 가봐야 할 거 같은데. 약속 시간 다 됐어."

서화의 시선이 건너편 건물로 옮겨졌다. 때마침 주차장 안으로 들어서는 검은 세단이 보였다.

* * *

"오 총장은 갈수록 안색이 좋아지는 거 같아?"

창을 등지고 앉은 준택이 부드럽게 대화를 유도했다. 그러자 맞은편에 앉아 있던 제원이 적당한 미소를 흘렸다.

"회장님이야말로 바쁘신 와중에도 낯빛이 좋으십니다. 뭐, 차 이사가 워낙 든든하게 회장님 뒤를 지키고 있으니 없던 수심도 날아갈 거 같긴 합니다."

대놓고 성준을 지목한 덕담을 흘리자 자연스레 이목이 쏠렸다. 성준은 각진 슈트처럼 흐트러짐 없는 자세로 자리를 지키고 있었다. 그 모습이 혜진은 왠지 마음에 걸렸다. 첫인상으로 사람을 판단하면 안 된다지만 웃음기 하나 없는 냉담한 얼굴을 보고 있자니, 거부감이 일었다. 마치 선 자리에서 지금의 남편, 제원을 처음 만난 날로 돌아간 기분이었다. 무거운 중압감이 그녀의 어깨를 짓눌렀다. 혹여 서화도 이런 감정을 느꼈을까, 가슴이 갑갑하던 차였다.

"이런 자리는 처음이신가 보죠?"

미진이 방긋 웃으며 찻잔을 들어 보였다.

"컨디션이 안 좋아 보이는데. 어디 불편하세요?"

"……아니요. 신경 쓰이게 했다면 죄송합니다."

"어머, 그게 왜 죄송할 일인가요. 이제 곧 사돈 될 사이에."

한순간에 혜진의 낯빛이 굳었다. 본심을 숨기지 못하는 그녀의 표정에 제원의 눈빛도 차갑게 식어갔다.

"왜 벌써 앞서가고 그래?"

준택이 가라앉은 분위기를 수습하려 나섰다.

"어머? 내가 실수한 거예요? 그러려고 모인 자리 아니었어요? 안 그러니, 성준아?"

화살이 성준에게로 넘어가자 혜진은 자신도 모르게 경계했다. 그는 어떤 반응도 보이지 않았다. 그저 주인을 기다리고 있는 빈 자리를 고요히 직시할 뿐이었다.

* * *

어떻게 길을 건넜는지도 모르겠다. 정신을 차렸을 때는 두 발이 1층 식당 로비에 닿아 있었다.

"엄마랑 아빠는 이미 도착했나 봐. 어디냐고 방금 문자 왔어."

수연이 손수 휴대폰 액정을 보여주며 말했다.

'어디쯤이니?'

혜진의 것으로 추정되는 문구가 보였다.

"근데 언니 혹시 엄마랑 무슨 일 있었어?"

"아니. 왜?"

"내 기분 탓인지 몰라도 요 며칠 새 엄마가 자꾸 이런 얼굴로 언

280

니를 보길래."

　수연이 손수 혜진의 표정을 따라 했다. 누가 봐도 근심이 가득한 얼굴이었다. 서화는 뭔가를 말하려다가 입술을 다물었다. 혜진과 대화가 끊긴 지 오늘로 일주일 차였다. 그녀가 일방적으로 서화를 피한 탓이었다. 서화는 그 이유를 알 것 같았다. 아마도 마음에 걸리는 거겠지. 제원의 서재에서 두 사람이 나눴던 대화가.

　'지금도 늦지 않았어. 당신이 원하면 서화한테 모든 걸 말해도 나쁘진 않겠지. 그렇게 할 수만 있다면 말이야.'
　'당신 정말…….'
　'말했잖아. 당신을 탓하는 게 아니라고. 살다 보면 어쩔 수 없는 선택을 해야 할 순간이 있는 거야. 안타깝게도 우린 그날의 피해자고.'

　늘 헌신적으로 서화를 챙기던 혜진이었다. 그래서 더, 그녀가 뭔가를 숨기고 있다는 것에 서화는 며칠째 잠 한숨 편히 자지 못했다.
　"언니, 무슨 일 있었냐니까?"
　"별거 아니야. 신경 쓰지 마."
　"언니는 툭하면 신경 쓰지 말래? 신경이란 신경은 다 쓰이게 해 놓고."
　입술을 뾰로통 내밀던 수연은 흘긋 서화를 보며 조심스레 물었다.
　"지한? 누구야, 그 남자?"

서화는 아무 말도 하지 못했다. 시공간이 멈춘 사람처럼 숨을
죽였다.

"혹시 그 사람 좋아해?"

"……."

"……진짜야?"

수연은 보고도 믿을 수 없다는 듯 눈을 재차 끔뻑거렸다. 처음
이었다. 이렇게 표정을 관리하지 못하는 서화는. 방금까지 안온
했던 얼굴에 미세한 균열이 일기 시작했다. 언제나 단아하고 성
숙한 태도로 사람들의 이목을 끄는 게 그녀의 일상이었다. 그런
데 쓰고 있던 고고한 가면에 금이 가며 그 사이로 위태로운 감정
이 와르르, 쏟아져 내렸다.

"나……."

서화가 간신히 입술을 뗀 찰나였다.

Rrrrr. Rrrrr. 가방에서 벨소리가 울렸다. 휴대폰을 꺼내든 서화
는 마른침을 삼키며 액정을 살폈다. 발신자는 은정이었다. 떨리는
손끝이 위태롭게 통화버튼을 눌렀다.

"……여보세요?"

-응. 나야. 걱정할 거 같아서 연락했어.

지한의 상황을 알고 있다는 말에 심장이 다시금 바닥으로 추
락했다.

"……어떻게 된 거야?"

-말하자면 좀 긴데, 실수로 머리를 다쳤어.

"……뭐?"

휴대폰을 쥐고 있던 양손 중 한 손이 허공으로 툭, 떨어졌다. 눈

앞이 새하얘지며 온몸에 피가 쭉 빠져나가는 기분이었다.

-일단 구급차 불러서 응급실로 이송은 했는데, 좀 지켜봐야 할 거 같아.

"……거기 어디야?"

서화는 간신히 목소리를 가다듬으며 물었다.

-오게? 선약 있던 거 아니었어?

잠시 침묵이 흘렀다. 서화는 1층으로 내려오는 승강기를 바라보더니, 한 걸음 뒤로 물러섰다.

"어딘지 알려줘."

-어, 그러니까 여기가 어디냐면 말이지. 청담동 근처에 있는 대학 병원 응급실인데, 그러고 보니까 서화 너, 약속 있는 장소랑 가깝겠다.

이성적으로 대화를 나눌 수 있는 건 거기까지였다. 통화를 끊으며 치맛자락을 꽉 움켜쥐었다. 마음이 갈팡질팡했다. 이 만남을 파투내면 제원은 절대 자신을 가만두지 않을 것이다. 하지만 그러기엔…….

"언니."

따스한 온기가 팔목을 감싸왔다.

"방금 심각한 통화 맞지?"

"……수연아."

"그 사람한테 무슨 일 생긴 거 맞잖아."

서화는 부정하지 못했다. 입술을 꽉 깨물며 고개를 끄덕였다.

"그럼 솔직하게 말해줘. 언니, 그 사람 좋아해?"

서화의 표정이 멍했다. 좋아하냐고? 언제나 폭풍 같은 감정이었다. 서지한, 그 남자를 보고 있노라면 끝없이 밀려오는 파도에 허우적거려야만 했다. 아무리 헤엄쳐도 벗어날 수 없는 해일 같은 이 마음이 사랑이라면······.

"됐어. 말하지 마. 그 말은 나한테 하지 말고 그 사람한테 직접 전해."

"······수연아."

"언니 예전에 그 일 기억나?"

수연이 입술을 휘며 덧붙였다.

"나, 유학 가기 싫어서 울고불고했을 때 아빠가 집 밖으로 쫓아냈던 날 말이야."

제원은 언제나 엄격한 아버지였다. 격식을 밥 먹듯이 따졌고 항상 교양 있는 태도로 삶을 살아가기를 딸들에게 강요했다. 서화는 제원의 말이 곧 법인 듯 그가 원하는 삶을 차례차례 밟아왔다. 반면 수연은 달랐다. 하기 싫은 것과 하고 싶은 것을 명백히 구분하며 매일같이 제원과 전쟁을 치렀다.

"지금 와서 말하지만, 나 그때 엄청 쫄았다? 아빠는 한다면 하는 사람이잖아. 쥐 죽은 듯이 날 외국으로 보낼 거 같은 거야. 근데 언니가 다 막아줬잖아. 다른 사람은 몰라도 언니는 항상 내 편이었으니까. 그러니까 이번에는 내가 도울게."

서화의 눈동자가 서서히 팽창됐다. 수연이 빙그레 미소 지었다.

"방금 내가 기가 막힌 시놉이 하나 떠올랐거든."

* * *

응급실 문이 열리며 상원이 헐레벌떡 뛰어 들어왔다. 그는 숨을 헉헉거리며 누군가를 찾기 위해 연신 주변을 두리번거렸다. 그때 익숙한 실루엣이 시야에 들어왔다.

"여기예요."

마침 상원을 발견한 은정이 손을 들어 보였다.

"뭐가 어떻게 된 거야."

"왜 이렇게 늦었어요."

"야. 거기서 여기까지 차로만 20분 넘게 걸려. 거기다 차까지 밀려서……."

오죽했으면 기사에게 범칙금이 나오면 죄다 물어줄 테니 속도를 밟아주라며 두 손 두 발을 빌어야 했다.

"그나저나 지한이는? 많이 다친 거야?"

상원은 다급히 커튼을 열어젖혔다.

"……뭐야. 이 자식 어디 갔어?"

그가 황당한 얼굴로 중얼거렸다. 텅 빈 침대와 구겨진 시트, 그리고 지한의 것으로 추정되는 붉은 선혈이 하얀 이불에 방울처럼 물들어 있었다. 지한의 얼굴은 코빼기도 보이지 않았다.

"그게 말이죠."

상원의 등 뒤로 다가온 은정이 평온한 얼굴로 말했다.

"이미 갔어요."

"……뭐?"

"이미 치료 끝내고 갔다고요. 급한 일 생겨서 당장 가 봐야 한다던데."

"야. 아무리 그래도 그렇지. 환자를 그냥 돌려보면 어떡해."

"어? 상원이 형."

때마침 재욱이 두 사람에게 다가왔다. 상원이 흥분에 찬 목소리로 따졌다.

"야, 서재욱. 너도 가만히 있었…… 뭐야? 넌 손이 왜 그래?"

재욱의 손등에 하얀 붕대가 감겨있었다.

"별거 아니에요. 저보다 지한이 형이 더 다쳤어요. 저 감싸주느라. 다행히 혈관이 있는 곳까지는 살이 파이지 않아서 소독만 잘해주면 된대요."

"아니, 분명……."

상원이 의아한 눈길로 은정을 바라봤다. 은정은 태연하게 어깨를 으쓱였다.

"다쳤다고만 했지, 죽을병에 걸렸다고는 안 했습니다."

"와, 나……."

상원은 황망한 표정을 지으며 가슴을 쓸어내렸다.

"나는 그것도 모르고……. 하아, 그래. 크게 안 다쳤으면 됐지."

어찌 됐든 지한이 큰 부상을 얻지 않았다는 것에 십 년 감수했다.

"아, 맞다. 서화한테 전화해줘야지."

초조한 마음으로 기다리고 있을 서화가 뒤늦게 생각났다. 상원이 휴대폰을 꺼내기 무섭게 은정이 단호히 그의 손을 제지했다.

"안 돼요."

"왜?"

"서화는 서 교수님이 위급한 상황에 있는 줄 알거든요."

"뭐? 어쩌자고 그런 소리를 함부로 해댔어. 안 그래도 서화, 걔

지한이 좋아……."

상원은 아차, 싶어 바로 입을 다물었다. 그러나 이미 돌이킬 수 없는 강을 건넌 뒤였다. 은정이 눈을 가늘게 뜨며 추궁했다.

"그래서 비밀리에 서화랑 단둘이 만났어요?"

"그걸 네가 어떻게……."

"어쨌든 두 사람 도와주려고 했던 취지는 맞잖아요."

상원은 반박하지 못했다. 은정이 팔짱을 끼며 경고했다.

"조교님이 쏘아 올린 작은 공 널리 널리 퍼트리겠다는 거니까 괜히 나서서 초 치지 말아요. 서재욱. 너도 같이 입 맞추고."

"내가 왜?"

재욱은 귀찮은 일에 껴들기 싫다는 눈치였다. 은정이 한 걸음, 한 걸음 다가오며 재욱을 몰아세웠다. 더는 물러설 곳이 없던 재욱의 엉덩이가 병실 침대에 툭, 부딪혔다.

"너 노유라 좋아하지?"

찬물을 끼얹은 것처럼 재욱의 안면이 딱딱해졌다.

"하긴 군대 있을 때 노유라가 밤새 만든 쿠키 먹고 확 빠졌다곤 어디 가서 말하기 좀 그렇지. 그건 쿠키에 가깝기보다 음…… 돌덩이? 시커멓고 딱딱한 게 한입 물기도 힘들던데."

"야. 이은정."

"너 노유라가 최근에 소개받은 애 알지? 연영과 연하남. 그 녀석 질 안 좋은 것도 잘 알 거고. 근데 노유라가 워낙 막무가내여야지. 이대로 확 둘이 불붙게 내버려 둬?"

눈에 띄게 재욱의 표정이 흔들렸다. 은정은 회심의 미소를 지었다.

"네가 협조만 잘해준다면 내가 노유라 불씨쯤이야 확 꺼트려
줄 수 있는데."

재욱의 턱 근육이 꿈틀거렸다. 이내 그의 입술 새로 짙은 탄식
이 흘렀다.

"……이은정. 넌 악마야."

"고맙다. 근래 가장 듣기 좋은 소리네. 아무튼 조교님도 협조하
는 거예요?"

상원은 순식간에 상황을 종결한 은정을 멍하니 감상했다. 가까
스로 정신을 번뜩 차린 그가 은정을 막아 세웠다.

"네가 무슨 의도로 이런 일을 벌였는지 알겠는데, 만에 하나 잘
안 되면 어떡할래?"

"그거야 두 사람 몫이죠."

"뭐?"

"불은 이미 붙었으니까 나머지는 두 사람이 알아서 잘하겠죠.
그래도 엇나간다면……."

은정은 말끝을 흐리며 응급실 밖을 바라봤다. 하늘은 푸르고
맑았다. 바람결에 휘날리는 나뭇잎을 바라보며 그녀가 씁쓸히 미
소 지었다.

"인연이 아닌 거겠죠."

* * *

"……엄마. 나 너무 아파서 도중에 집으로 다시 왔어."

수연이 혜진에게 전화를 걸자마자 내뱉은 첫 마디였다. 스피커

새로 깜짝 놀란 혜진의 음성이 들리자 수연은 온 힘을 다해 목소리를 쥐어짰다.

"모르겠어. 복통이 심해서 언니가 같이 응급실까지 가줬는데."

통화는 거기서 끝이 났다. 손쓸 수 없이 벌어진 상황에 수연은 불안해하는 서화를 달래며 독촉했다.

"나머지는 내가 수습할 테니까 빨리 가봐, 언니."

"정말 괜찮겠어?"

"안 괜찮을 건 또 뭐야. 난 은근 스릴 있어서 좋은데? 뭔가 오제원 씨 골탕 먹이는 거 같아서 속 시원하달까?"

평소 제원에게 불만이 많다는 건 알고 있었지만 이런 식으로 도움을 줄 줄은 몰랐다.

"대신 만나면 꼭 후기 들려줘야 한다. 알았지? 잘 되면 그 남자 꼭 소개시켜주고. 내가 언니보다 어려도 남자 보는 눈은 높으니까."

"……미안해. 그리고 고마워."

"더 늦기 전에 빨리 가."

수연의 배웅을 받으며 서화는 이를 악문 채 뛰기 시작했다. 한 걸음을 크게 내디딜 때마다 상원과 나눴던 대화가 머릿속을 소용돌이쳤다.

'지한이랑 너, 두 사람 사이에 무슨 일이 있었는지 몰라도 그게 지한이 진심이 아니란 것만 알아줬으면 해.'

상원은 말했다. 모든 게 지한의 진심이 아니라고. 서화는 귀담아듣지 않았다. 부질없는 기대만 피울 뿐이었다. 어차피 지한에게 자신은 어떤 영향력도 끼치지 못하는 사람이었다. 그때 똑똑히 보지 않았나. 흥미가 식어버린 남자의 두 눈을. 그 마음을 알아챈 상원이 무겁게 입을 뗐다.

'지한이는 쉽게 진심을 보이지 않으려고 할 거야. 그리고 서화, 너 차성준 그 사람이랑도 아는 사이라며?'

'그걸 어떻게……'

'지한이 입으로 직접 들은 이야기야. 그럼 너도 잘 알겠지. 두 사람 사이가 썩 좋지 못하다는 거. 알다시피 그쪽 집안도 굉장히 복잡해. 서화, 네가 보기엔 지한이가 차성준이랑 얽히기 싫어서 널 피한다고 느낄 수 있겠지만……'

'……'

'지한이는 네가 자기랑 엮여선 안 된다고 생각해.'

'……그게 무슨 소리예요?'

'걔가 저번에 그러더라. 자기는 널 품을 그릇이 못 된다고.'

참 우스운 일이었다. 고작 그 한마디에 수천 번 다잡았던 마음이 툭 무너져 내린 것은.

'품어 달라고 한 적 없어요. 전……'

억울했다. 한 번이라도 그에게 매달린 적이 있었나. 그를 향한 뜨거운 마음을 내비친 적은 있어도, 사랑해 달라고 갈구한 적은 없었다. 진심을 완벽히 내보이기도 전에 남자는 등을 보였고 그녀를 떠났다. 마음을 고백할 틈조차 주지 않았다. 애초에 기회란 걸 주지 않았다.

 빤히 내 마음을 다 알고도 외면하는 상대를 바라보는 게 얼마나 비참한지 그는 알지 못한다. 좋아하는데, 좋아한다고 말할 수 없는 비극을 그는 알지 못한다. 새어나가는 마음을 꾹꾹, 짓눌러야만 하는 괴로움을 그는 절대 모를 것이다.

 '알아. 어쨌든 난 제삼자니까 이렇다 저렇다 할 처지가 못 돼. 어쩜 지금 하려는 말도 너한테는 변명으로 들릴 수 있어.'

 쿵쿵쿵. 서화의 심장이 아프게 뛰기 시작했다. 상원이 무슨 말을 할지 도무지 감이 안 섰다. 그는 호흡을 크게 들이키며 먼 산을 보듯 창밖을 멀거니 응시했다.

 '그냥 사람이 그러더라. 한 살, 한 살 먹을수록 겁이 많아져. 나한테 늦둥이 남동생이 한 명 있거든? 걔가 내년에 대학을 입학하는데, 어느 날 그러는 거야.'
 '……'
 '형. 난 아버지가 없어도 형이 있어서 버틸 수 있어.'
 '……'
 '이십 대까지만 해도 그 말에 의지가 불타올랐는데, 서른이 넘어서니까 언제부턴가 겁이 나. 과연 내가 동생한테 괜찮은 어른이 될 수 있을까. 실수하면 안 되는데. 실수하면 어떡하지? 좋은 사

람이 되지 못하면 어떡하지?'

상원이 쓰게 웃으며 덧붙였다.

'지한이도 이런 마음이 아니었을까 싶다.'

이런 마음. 좋은 어른이 되지 못할까 봐, 너에게 괜찮은 사람이 되지 못할까 봐. 그게 참 겁이 나서……

'걔한테도 말 못 할 사정이 있겠지만, 그건 내가 할 이야기는 아닌 거 같고. 그냥 네가 상처받지 않았으면 싶어서. 그리고……'

서화는 턱까지 차오른 숨을 꾸역꾸역 집어삼켰다. 쉬지 않고 달리며 종아리에 힘을 바짝 주었다. 식당과 정반대의 길을 택해 달리고 또 달렸다. 그래야지만 눈에 띄지 않을 수 있었다. 혹시나 성준과 마주치기라도 한다면……
"택시!"
서화는 목청껏 택시를 외치며 손을 뻗었다. 마음이 급했다. 혹시나 지한을 만나게 됐을 때 또 상처받으면 어떡하나, 수시로 차오르던 두려움은 이미 증발한 뒤였다. 열 번이고, 백 번이고 다쳐도 좋으니까 다시 남자를 보고 싶었다. 그리고 따지고 싶었다.

'다 무시하고 함께 휩쓸릴까, 그냥 마음이 가는 대로 끌려 가버릴까. 그렇게 확 나를 놔버릴까.'

상원이 마지막으로 지한을 대신해서 내뱉은 고백이었다. 상원은 물었다. 그게 무슨 의미일 거 같냐고. 서화는 단 한마디도 하지 못했다. 상원이 아닌 지한의 입으로 직접 들어야만 했다. 어떻게든 그를 다시 만나야만 했다.

"택시!"

서화는 팔이 부서져라 허공에 크게 흔들었다. 그러나 지나가는 택시마다 애석하게 모두 손님이 탑승해 있었다.

"……제발."

1분 1초가 시급한 상황에 눈물이 그렁그렁 차올랐다. 혹시 지한이 잘못되기라도 한다면…….

"제발, 택시……."

치밀어 오르는 울컥함을 참지 못하며 다시 허공에 팔을 뻗었다. 그리고 쉴 새 없이 몇 번이나 택시를 부르짖었다. 미친 사람을 보듯 따라붙는 시선들에 개의치 않으며 서화는 누구보다 간절히 소리쳤다. 마침내 목이 쉬다시피 입 밖으로 쇳소리가 흘러나왔을 때였다.

"택……시."

"오서화."

익숙한 음성이 서화의 등 뒤를 울렸다. 방금 길가에 멈춰 선 차량에서 내린 한 남자의 것이었다. 서화는 숨 쉬는 것도 잊어버린 채 천천히 뒤를 돌아봤다. 믿을 수 없게도 지한이 오른팔에 붕대를 감은 채 서 있었다. 크게 다쳤다는 은정의 언질과는 전혀 다른 모습이었다.

하지만 그게 뭐가 중요할까. 그가 살아 있다는 것. 그녀의 눈앞

에 있다는 것. 그 두 가지 사실이 파도처럼 범람하며 전신을 뒤덮
었다. 온몸에 긴장이 풀리며 현기증이 일었다. 서화는 그대로 바
닥에 풀썩 주저앉았다. 그 모습에 놀란 지한이 서둘러 그녀에게
로 달려왔다.

"오서……."

"……못 하겠어요."

서화가 고개를 푹 숙이며 읊조렸다.

"……더는 못 하겠어."

그녀가 천천히 눈을 들었다. 그와 동시에 지한의 눈이 빳빳하게
굳었다. 서화의 커다란 눈매에 눈물이 가득 차올라 있었다. 그것
은 기어코 여자의 하얀 볼을 타고 또르르 흘러내렸다. 턱 끝에 맺
혀 바닥으로 툭, 낙하한 순간 그녀가 고백했다.

"……좋아해요."

"……."

"좋아해요, 교수님."

그를 만나면 무작정 따질 생각이었다. 언제 자신을 품어 달라 한
적이 있냐면서 몰아붙일 생각이었다. 그러나 그를 보자 머릿속이
새하얘졌다. 타오르는 불씨에 잡념이 속수무책으로 불타오르며
오직 한 남자만 보였다.

"더는 못 버티겠어요."

서화는 흐르는 눈물을 닦지 않았다.

"못 참겠어. 도무지 내 맘대로 되지가 않아요."

아무리 붙잡아도 손 틈새를 비집고 빠져나가는 작은 모래알처
럼, 내버려 두었다.

"자꾸만 떠오르고, 자꾸만 보고 싶고 그럴수록 자꾸만⋯⋯."

"⋯⋯."

"당신이 미워져."

생애 처음 느껴본 감정이라서, 그래서 감당하지 못하는 거라고. 시간이 지나면 무뎌질 거라고 아무리 마음을 다잡아 봐도 역부족이었다. 잠시였지만 끔찍했다. 지한을 다시는 못 볼 수도 있다는 가정에 숨이 턱 막혔다. 서화는 파르르, 떨리는 입술을 꾹 깨물며 지한을 올려다봤다.

"뭘 어떻게 해야 할지 모르겠어요."

"⋯⋯."

"나는⋯⋯ 나는⋯⋯."

그동안 꾹꾹 눌러왔던 감정이 봇물 터져 나왔다. 결국 양손에 얼굴을 묻고 아이처럼 펑펑 울어버렸다. 솔직히 두려웠다. 언제는 이 마음만 오롯이 전할 수 있어도 좋겠다고 생각했는데, 막상 진심을 전하고 나니 더 큰 욕심으로 불어났다.

그와 함께 있고 싶었다.

그가 자신을 바라봐줬으면 했다.

그의 시선이 오직 자신에게만 닿았으면 했다.

말없이 서화를 응시하던 지한이 무릎을 굽히며 서화의 어깨에 손을 얹었다.

"일어나."

"⋯⋯밀어내지 말아요."

서화가 눈물이 얼룩진 목소리로 간절히 애원했다.

"나랑 함께한 추억들이 아무 일도 아닌 것처럼 굴지 말아요."

여자는 절박했다. 이 순간이 마지막 기회인 것처럼 남자에게 매달렸다. 피어오른 불씨를 크게 번지게 할 줄만 알뿐, 꺼트리는 법은 애초에 알지 못했다.

"미안해."

나직이 떨어진 한마디에 서화의 눈동자가 얼어붙었다. 코앞까지 다가온 지한이 다정한 손길로 그녀의 눈물을 훔쳤다.

"거짓말해서."

"……."

"내가 꽤 겁쟁이거든."

"……흐윽."

눈물이 또다시 왈칵 터졌다.

"그만 울어. 길바닥에서 여자 울린 놈은 좀 그렇잖아."

지한이 눈썹을 찡그리며 미소 짓자 안도감이 가슴에 들어찼다. 서화가 알던 그 남자였다. 지한이 손을 내밀었다. 서화는 입술을 꾹 깨물며 남자를 바라봤다. 여전히 어떤 두려움이 그녀의 말간 눈에 남아 있었다. 그 마음을 어루만지듯 지한이 견고히 말했다.

"다신 도망 안 갈게."

"……."

"그러니까 잡아."

그제야 서화는 천천히 손을 뻗었다. 다시는 느낄 수 없을 줄 알았던 남자의 온기가 피부에 스며들자 심장에 뜨거운 전율이 흘렀다. 붙잡힌 팔에 악력이 실리며 단숨에 몸이 일으켜졌다. 부드러우면서도 완고한 힘이었다. 이내 손 마디마디 그의 손가락이 파고들더니, 서로의 온기가 맞닿으며 깍지가 끼워졌다. 다시는 그녀를 놓지 않겠다는 듯 단단한 옭아맴이었다.

* * *

"완벽한 컨트롤이 가능한 줄 알았더니, 착각이었나 봅니다."

묵직한 저음이 커다란 목울대를 타고 흘러나왔다. 성준이 찻잔을 내려놓으며 제원을 응시했다.

"변명이 필요하다면 해보시죠. 그 정도 들어줄 여유는 있습니다."

불과 몇 분 전이다. 완벽한 성사로 거듭나야 할 상견례 자리가 단숨에 파투 난 것은.

'죄송한데, 저희 딸한테 일이 생겨서 가봐야 할 거 같아요. 죄송합니다.'

먼저 자리를 박찬 쪽은 오서화의 어머니, 양혜진이었다. 그녀는 한 통의 전화를 받더니, 얼굴이 하얗게 질린 채로 식당을 빠져나갔다. 그 뒤를 이어 미진이 일어났다.

'이를 어쩌니, 성준아. 이미 끝난 만남인 거 같은데.'

또각또각. 그녀가 신고 있던 하이힐 소리가 성준의 신경을 긁었다. 마지막으로 준택이 갑갑한 한숨을 내쉬며 허리를 세웠다.

'보아하니 좋지 못한 일인 거 같은데, 다음에 다시 자리를 잡지. 오 총장, 염려 말고 먼저 가봐. 나머지는 성준이 네가 정리하고 오거라.'

그렇게 성준과 제원. 오롯이 두 남자만 남게 되자 시린 침묵이 감돌았다.

"오 총장님."

"죄송합니다. 큰 결례를 범했습니다."

"결례라……."

톡톡. 테이블을 두드리는 성준의 두 손가락에서 옅은 짜증이 묻어났다. 그는 잠시 창밖을 응시하더니, 나직이 말했다.

"실망입니다. 야망이 크신 분인 줄 알았더니. 적어도 오 총장님은 강호의 식구가 되실 줄 알았거든요."

"……."

"솔직히 여쭤보죠. 이 자리 탐납니까?"

제원은 말없이 성준을 응시했다. 올곧은 시선. 그것만으로 답은 나온 셈이었다. 첫 만남에서 진즉에 그의 성향을 간파한 뒤였다. 나이가 들어서도 끓어오르는 야망을 잠재우지 못하는 남자. 그리고 그것을 최대한 기품 있게 표출하고자 고고함을 유지하는 남자. 그래봤자 성준에게는 갖지 못한 것에 대한 욕망에 허우적거리는 인간 중 한 명일 뿐이었다.

"얼마든지 오 총장님이 앉을 수 있는 자리입니다. 총장님이 제대로 마음만 먹는다면요."

성준은 넥타이를 느슨히 풀며 말을 이었다.

"그때 그러셨죠? 오서화 양을 컨트롤 할 수 있다고."

준택의 권유로 제원과 단독으로 만난 날이었다. 그는 단도직입적으로 서화를 들먹였다. 이미 그의 딸한테 성준이 눈독 들인 걸 알고 있다는 듯 허리를 곧게 세우며 눈을 맞춰왔다.

'제 부족한 딸이 차 이사님의 호기심을 불러일으켰나 봅니다.'

노골적인 듯하면서 노골적이지 않은 멘트였다.

'원하는 게 뭡니까?'
'글쎄요. 전 그저 그 아이를 가치 있게 이용하고 싶을 뿐입니다.'

가치 있게. 그 말에 담긴 뜻이 모호했다. 그러나 뭐가 됐든 성준과는 상관없었다. 그는 얻고자 하는 것만 손에 쥐면 되는 일이었다.

"많은 걸 요구하지 않겠습니다. 가치 있게 이용하고 싶다는 그 말."

"……."

"지키셔야죠."

제원의 두 눈이 느릿하게 뜨였다. 지금까지 그를 대변하던 고고함 따위는 찾아볼 수 없었다. 타오르는 불길처럼 검은 음습함이 회색 동공을 가득 채웠다.

"오서화가 총장님의 친딸이 아닌 건 이미 잘 알고 있습니다. 헌신적인 마음에 그 여자를 입양했다는 건 가십거리에 쓸 만한 이야기일 테고. 본심을 듣고 싶군요."

"……."

"다시 묻겠습니다. 이 자리, 탐납니까?"

제원은 대답하지 않았다. 침묵은 곧 긍정이었다.

"그럼 내게 버리세요. 오서화를."

"……."

"그게 당신이 품고 있는 가치를 가장 유용하게 쓸 방도일 겁니다."

제원은 한 치의 망설임도 없이 고개를 주억거렸다.

"염려 마시죠."

* * *

지한은 운전하는 동안 룸미러를 힐끗거렸다. 핸들을 돌릴 때마다 서화의 시선이 따라붙었다. 오른손에 붕대가 감긴 탓에 한 손으로만 운전하는 게 영 못 미더운 모양이다.

"안 죽어."

지한이 염려하지 말라는 듯 타일렀다.

"……어쩌다 이렇게 된 거예요?"

팔목 전체가 붕대로 칭칭 감긴 게 꽤 깊이 다친 것이 분명했다. 때마침 차가 긴 언덕을 오르며 담장이 낮은 한 주택가에 멈춰 섰다. 지한이 먼저 운전석에서 내리자 서화가 그 뒤를 따르며 의아한 얼굴을 했다.

"앞으로 여기서 살 예정이야."

그의 설명에 가장 먼저 목재로 만들어진 대문을 바라봤다. 뒤이어 담장 너머 뻗어 나온 푸릇한 나뭇가지가 눈에 들어왔다. 겸임이 이런 곳에 살 거라곤 상상도 못 했던 유라의 말이 뒤늦게 떠올랐다. 하지만 서화의 감상은 정반대였다. 그와 무척 잘 어울리는 집이었다. 커다란 나무 뒤로 보이는 아날로그 풍의 저택은 그가 평소 풍기던 분위기와 많이 닮아 있었다.

"들어갈래?"

선뜻 내민 제안에 서화는 고개를 느리게 끄덕였다. 지한이 지체할 거 없이 대문을 열었다. 밖에서 봤던 것보다 더 푸릇한 광경이 눈앞에 펼쳐졌다. 초록으로 물든 잔디, 적당한 크기의 마당, 그리고 그 중앙에는 작지도 크지도 않은 연못이 배치돼 있었다. 연못 귀퉁이에는 수련꽃이 둥글게 피어 있었는데, 은은한 향기가 흘러나와 코끝을 간지럽혔다.

"꽃 좋아해?"

꽃에 관심을 보이는 서화를 보며 지한이 물었다.

"싫어하는 사람이 있을까요?"

"그런가."

그가 작게 웃으며 연못을 스쳐 갔다. 작은 돌담길을 밟고 올라서자 그토록 궁금하던 저택이 나타났다. 지한이 도어록을 누르며 잠금장치를 해제했다.

달칵. 문이 열리자 서화는 무의식적으로 양손을 말아 쥐었다. 그러나 현관에 들어서기 무섭게 눈 밑이 빳빳하게 굳었다. 충격적인 장면을 목격한 것처럼 한 발짝도 움직이지 못했다. 석고상으로 추정되는 파편들이 거실 바닥에 산산조각이 되어 널브러져 있었다.

피가 묻은 조각상을 발견한 순간, 거칠게 돌아서며 지한의 팔을 바라봤다.

"미안해."

그가 무심한 투로 고백했다.

"네 작품 못 지켜줘서."

"……그걸 지금 말이라고 해요?"

서화의 입술이 부르르 떨렸다. 굳이 말하지 않아도 깨진 작품이 지한을 본떠 만든 조각상이란 걸 알아챘다. 그래서 더 화가 났다.

"더 크게 다쳤으면 어쩌려고 했어요?"

자칫하면 더 큰 사고로 번질 수 있었던 아찔한 상황이었다.

"……저따위 작품, 뭐가 중요하다고."

"네 작품이잖아."

지한이 허리를 숙이며 눈을 맞춰왔다.

"네 손으로 직접 만들어준 나잖아."

"……."

"본능이었어. 지켜야겠다고 생각한 건. 그래서 마음보다 발이 앞섰고. 근데 보다시피……."

그가 다친 팔을 들어 보이며 미간을 찡긋거렸다.

"놓쳐버렸네."

"진짜……."

서화가 치밀어 오른 울컥함에 입술을 꽉 깨물자 지한이 난처한 미소를 흘렸다.

"울지 마. 울리려고 한 소리 아니야. 나름 반성할 기회를 달라는 건데."

그가 양팔을 뻗었다. 드넓은 품이 서화를 감싸더니, 나직한 한숨이 그녀의 머리맡을 울렸다.

"왜 자꾸 울리는지 모르겠다."

"……흐윽."

"잘못했으니까 그만 울어."

"다시는 못 볼 줄 알았어요. 다시는……."

더는 닿을 수 없는 온기라고 단념한 탓일까. 그의 품에 안기자 이루 말할 수 없는 안도감이 밀려왔다. 그러나 두려움도 함께였다. 자신이 이 남자를 얼마나 원하는지 절실히 깨달아버려서. 그래서 행복한데, 마냥 행복해할 수 없었다. 그와 또다시 멀어지면…….

"……뭐 하는 거예요?"

지한이 허리를 숙여 눈높이를 맞춰왔다. 지그시 응시하는 눈동자에 당황하자 그가 싱긋 웃었다.

"실컷 보라고."

"……."

"질릴 때까지 보면 그 말이 쏙 들어가겠지."

그가 거리를 좁혀오며 얼굴을 들이밀었다. 훅, 파고드는 달콤한 향에 서화는 주춤 뒤로 물러섰다. 그럼 달아난 거리만큼 그가 바짝 다가왔다. 물러서고, 다가서고, 물러서고, 다가서고. 몇 번의 추격전이 반복되며 뒤꿈치에 딱딱한 감촉이 닿았다. 거실로 이어지는 문턱이었다.

그때였다. 주춤거리던 서화의 오른발이 조각난 파편에 미끄러지며 몸이 크게 휘청거렸다.

"……!"

그 순간 억센 팔이 그녀의 허리를 강하게 당겨 안았다. 숨을 크게 들이키며 눈꺼풀을 들어 올리자 차갑게 굳은 지한의 얼굴이 보였다.

"하여간 잠시도 눈을 뗄 수가 없지."

"그런 게 아니라……."

"안 되겠다."

지한은 최대한 서화를 멀리 밀어내며 거실로 들어섰다. 그는 어디선가 빗자루를 가지고 와 부서진 조각을 쓸어 담았다. 대충 정리가 끝나자 그가 현관문 손잡이를 잡아당겼다.

"밖에서 이야기하는 게 더 낫겠어."

서화는 문밖을 멀거니 주시했다. 하늘은 온통 석양빛으로 붉게 물들어 있었다.

"뭐해?"

지한이 미동 없이 서 있는 서화를 보며 채근했다.

"오서화."

"싫어요."

단호한 거부에 지한의 눈이 커졌다.

"여기 있고 싶어요."

서화는 구두를 벗으며 거실 마루에 발을 디뎠다. 지한의 두 눈이 차갑게 가라앉았다. 혹여 치우지 못한 조각이 서화의 발을 찌를까, 신경이 곤두섰다. 그런 속 타는 마음을 아는지 모르는지 여자는 속절없이 그의 이성을 흔들었다.

"여기서 교수님이랑 단둘이 있고 싶어요."

* * *

공기의 흐름이 묘했다. 그게 차창 너머로 스며오는 석양빛 때문인지 침실에 앉아 서로를 마주하고 있기 때문인지는 분간하기 어려웠다. 서화는 최대한 떨림을 감추며 지한의 팔을 잡았다.

"치료는 제대로 받은 거예요?"

"받긴 했는데, 잘 기억이 안 나네."

그걸 지금 말이라고 하나. 서화는 인상을 찌푸리며 감긴 붕대를 풀기 시작했다. 한 겹, 한 겹 말린 천이 풀릴 때마다 짙게 물든 피가 보였다. 통증을 느낄 법도 한데 지한은 미동 없이 서화의 얼굴을 주시했다.

"별로 안 다쳤다면서요."

마지막 한 겹까지 풀어낸 서화가 따지듯이 물었다. 손목부터 팔뚝까지 살결이 찢어진 흔적이 적나라했다.

"내 기준에선 이 정도면 양호한 거야. 외국에 있을 때는 작업하다가 추락한 적도 있으니까."

가볍게 팔을 좌우로 흔들던 지한이 급히 입술을 다물었다. 서화의 안색이 어두웠다.

"그런 적이 있었다고. 과거형이야. 괜히 심각해지지 마."

서화는 상처를 유심히 관찰했다. 팔뚝부터 손목까지 느릿하게 시선을 흘리더니, 한숨을 내쉬었다.

"대체 치료를 어떻게 받은 거예요?"

성의 없는 처방이 인상을 찌푸리게 했다. 중간에 사 온 소독약을 침대에 내려놓는데.

"급해서."

지한이 한심하다는 눈으로 상처를 응시했다.

"마음이 급하니까 시간 낭비라고 느꼈어. 그래서 소독만 대충 끝내고 나온 거야."

나사 하나 빠진 놈처럼 조급하게 응급실을 나섰다. 그토록 억누르던 감정이 툭 터지자 일 분 일 초가 아까웠다. 혹여 다시는 서화가 돌아보지 않을까 봐, 그녀를 붙잡을 수 없을까 봐 그는 뛰고 또 뛰었다. 그러다 자신보다 더 애타게 달리고, 택시를 부르짖고, 끝내 주저앉아버린 그녀를 보며 든 감정은 무엇이었나. 이기적이게도 안도감이었다.

"그래서 묻는 건데."

"……."

"잘나신 네 친구한테 무슨 소릴 들은 거야?"

서화는 눈을 가늘게 떴다. 그가 지목하는 상대라면 딱 한 명밖에 없었다.

"걔가 그러던데. 널 먼저 건드린 건 나 아니냐고."

덧붙여진 말에 서화는 시선을 회피했다. 바보처럼 지한을 찾아다니던 자신을 떠올리자 얼굴에 열이 몰렸다.

"아무 소리 안 했어요."

"그래?"

"치료할 거니까 가만히 있어요."

서둘러 약솜을 뜯어 그의 팔목을 잡아당겼다.

"맞는 소리긴 해."

"……."

"먼저 건드린 거 나 맞다고."

문득 그가 원망스러웠다. 그는 가끔 사람을 구석으로 몰아붙일 때가 있었다. 더 화가 나는 건 매번 얼이 빠져 아무 말도 하지 못하는 자신이었다.

"고의성이 좀 다분한데."

지한이 인상을 찡그렸다. 소독약을 바르는 서화의 손길이 사뭇 신경질적이었다. 결국, 그녀가 치료를 멈추며 원망스러운 얼굴로 따졌다.

"왜 그랬어요?"

"뭘."

"왜 나한테 거짓말했어요?"

그의 무심함에 상처받은 나날만 떠올리면 아직도 가슴이 저렸다. 어울리지 않는 가면까지 써가며 나쁜 놈이 되길 자처한 그를 이해할 수 없었다.

지한은 새 거즈를 펼쳐 다친 팔에 능숙히 감기 시작했다. 핀을 꽂아 매듭을 지은 뒤에는 침대에서 몸을 일으켰다. 그리고 창틀에 비스듬히 등을 기대며 서화를 바라봤다.

"진짜 거짓말이라고 생각해?"

서화는 잠시 눈을 찌푸렸다. 밀려오는 노을빛에 눈이 부셨다. 잠시 눈을 감았다가 뜨자 빛을 등진 지한의 얼굴이 보였다.

"너한테 했던 말 중에 진심이 아니었던 건 없어."

그의 말투가 단호했다.

설마 또 피하는 건가. 두려움에 입술이 떨린 순간, 그가 실소를 흘렸다.

"널 보고 있으면 가끔 내가 두려워."

"......."

"몰상식한 놈이 돼서라도 품에 가둬버릴까. 뒤처리 따윈 생각하지 말고 안아버릴까."

서화의 표정이 멍했다. 남자의 얼굴에서 웃음기라곤 더는 찾아볼 수 없었다. 오로지 어둠만이 공존하는 갈색 눈동자가 서화를 또렷이 직시했다.

"그게 널 보는 나야."

그가 순전히 서화를 처음 봤을 때 느낀 감정은 호기심이었다. 무던한 척 세상을 바라보는 것 같아도 말간 눈동자에는 늘 갈급한 목마름이 담겨 있었다. 그 감정이 뭘까, 눈길이 가고, 시선이 맞물리고, 숨결이 닿았을 때는 이미 돌이킬 수 없는 길에 접어들었다. 메말랐다고 생각한 그의 마음이, 꺼질 듯한 불씨가, 눈앞의 여자만 보면 활활 불타올라 자제력을 잃게 했다.

"생각해보면 이미 파렴치한 놈일지도 모르겠네."

그게 무슨 소리냐는 듯 서화가 초조한 표정을 지었다.

"그때도 말했지만 난 널 제자라고 생각한 적 없어."

"......."

"처음부터 여자였지."

쿵쿵쿵. 심장이 아프게 뛰었다.

그가 팔짱을 끼며 시선을 올곧이 뻗었다.

"난 네가 생각하는 좋은 사람도, 좋은 어른도 아니야. 지극히 내 감정이 우선이고 나밖에 몰라. 이게 싫다면 지금이라도 늦지 않았으니까 돌아가."

서화는 입술을 꾹 깨물었다. 그는 정말 자기밖에 모르는 남자였다. 마음을 들쑤실 대로 쑤셔놓고 선택권을 주는 게 이기적이지 않을 수 없었다.

"왜 시작도 안 했는데 벌써 끝을 생각해요?"

"타오르면, 언젠가는 식게 돼 있으니까."

적어도 그가 겪은 세상은 그랬다. 꿈도, 사랑도 순수한 열정만으로 타오르는 건 찰나였다. 더 큰 자극과 이상이 나타나면 마음을 빼앗기는 게 인간이었다. 한때는 그러한 이유로 어머니를 버린 아버지를 원망한 적이 있었다. 상처를 준 아버지가 미웠고, 그런 남자를 원망 한 번 하지 않고 눈을 감은 어머니가 원통스러웠다. 하지만 가장 용서할 수 없던 건 바로 그 자신이었다. 잔인한 진실도 모르고 아버지가 새로 만든 가정에 섞이기 위해 발버둥 친 나날들만 생각하면 헛구역질이 치밀었다.

스물하나, 뒤도 돌아보지 않고 집을 뛰쳐나왔다. 그리고 수십 번 다짐했다. 나는 당신들처럼 살지 않겠다고. 자신의 신념을 위해서 남의 인생을 나 몰라라 하는 그런 부조리한 인간 따위 되지 않겠다고 다짐했으나 그때는 알지 못했다. 그것이 얼마나 큰 착각이자 오만이었는지.

"언제까지 타오를 순 없는 거였어."

속삭이는 음성이 적막했다.

"그건 너도, 나도 마찬가지겠지."

서화는 고개를 저었다. 그럴 일 없다고 말하려는데, 그가 먼저 입을 열었다.

"근데 난 이상하게 자신이 없어."

"……."

"널 보는 이 감정이 식을 거라는 판단이 잘 서지 않아. 그러니까 내가 질리면."

그의 입가에 씁쓸한 미소가 번졌다.

"그땐 네가 가차 없이 날 버려."

적막한 침묵이 흘렀다. 물끄러미 지한을 바라보던 서화가 소리 없이 몸을 일으켰다. 그리고 손을 뻗어 그의 얼굴을 감쌌다.

"정말로 내가 돌아갔으면 좋겠어요?"

되묻는 그녀의 음성에서 더는 초조함을 찾아볼 수 없었다. 오히려 눈앞의 남자가 안쓰럽다는 듯, 맑은 눈동자에 측은함이 떠올랐다.

"방금 그랬잖아요. 지극히 나밖에 모르는 사람이라고."

"……."

"그럼 이 순간만큼은 솔직해져 봐요."

문득 그런 생각이 들었다. 그는 두려운 것이 아닐까. 그래서 상처받기 전에 미리 자신의 몸에 상처를 내는 게 아닐까. 그 내면이 서화는 낯설지 않았다. 겁이 나서 미리 답을 정해놓고 살아가는 그녀와 무척 닮아 있었다. 서화는 마저 다른 손을 뻗어 지한의 얼굴을 감쌌다. 붉게 물든 그의 눈이 실기장에서 키스를 나눈 그날처럼 깊고 어두웠다. 그때로 돌아가듯 남자의 입술을 살며시 쓸며 애원했다.

"말해줘요. 서지한 씨 마음."

지한의 눈이 한층 더 깊게 가라앉았다. 기다란 팔이 낚아채듯 서화의 허리를 끌어당겼다. 희고 긴 손가락으로 등줄기를 느릿하게 쓸어내리며, 그가 예고 없이 고백했다.

"몇 번이고 너랑 휩쓸리고 싶어."

끝이 정해져 있다 하더라도. 상처받을 걸 알면서라도.

"……."

서화의 입술에 서글픈 미소가 걸렸다. 이래놓고 어떻게 돌아서 란 건지. 어떻게 그를 버리라는 건지. 애초에 수용 불가한 조건이 었다.

"……끝까지 참 이기적이야."

그리 말하면서도 슬프기보다 기쁜 마음이 컸다. 가슴이 벅차올 라 뒤꿈치를 들어 지한의 목을 끌어안았다. 그리고 마음이 이끄 는 대로 남자의 입술에 자신의 입술을 포개었다. 사뿐한 입맞춤 은 순식간에 질척한 호흡을 만들어냈다.

서화의 몸이 붕 떠올랐다. 지한이 단숨에 그녀를 안아 올려 창 틀에 앉혔다. 뒤바뀐 위치 덕분에 그의 이목구비를 선명히 감상 할 수 있었다. 첫 만남 때도 느낀 거지만 참 아름다운 얼굴이다. 석양빛으로 물든 긴 눈매도, 그림자가 드리울 만큼 길고 풍성한 속눈썹도, 흘러들어오는 바람결에 살며시 휘날리는 머릿결도. 서 화는 자연과 맞닿은 모든 것이 잘 어울리는 남자를 껴안으며 애 원했다.

"안아줘요."

지한은 순순히 그 바람을 들어주었다. 그는 작지만 도톰한 입 술을 감쳐물며 혀로 느릿하게 쓸어내렸다. 갈급한 목마름에 서화 의 입술이 쉽게 벌어졌다. 그 틈을 놓치지 않고 그가 깊숙이 파고 들었다. 뜨거운 혀가 뒤엉키고, 서로의 타액이 섞여들며 호흡이

311

가빠졌다. 그리고 그 순간, 서화의 심장 깊숙한 곳에서 꿈틀거리던 무언가가 확 터져 나왔다. 그것은 여자가 생애 처음으로 가져본 '욕망'이었다.

그 남자의 욕망 (1)

달칵. 현관문을 열고 들어오는 서화의 손길이 조심스러웠다. 최대한 발소리를 죽이며 2층으로 향하는데, 등 뒤로 문 열리는 소리가 들렸다.

"서화니?"

"……안 주무셨어요?"

혜진이 가디건을 어깨에 걸치며 안방에서 걸어 나왔다.

"혹시 수연이 걱정되는 거면 내일 들어가 봐. 아까 약 먹고 푹 잠들었어."

서화는 흘긋 수연의 방을 바라봤다. 마지막까지 연기를 펼치다 지쳐 잠들었을 동생을 상상하자 마음이 좋지 않았다.

"수연이 말로는 학교에 급한 일이 생겨서 나갔다 온 거라며. 피곤할 텐데 이만 올라가 봐."

"저 엄마. 오늘 일은……."

"늦었구나."

서화가 바짝 굳으며 뒤를 돌아봤다. 제원이 돋보기를 쓴 채 서재를 등지고 서 있었다.

"들어 오거라."

그 한마디에 혜진의 안색이 급격히 어두워졌다. 서화가 애써 웃으며 그녀를 안심시켰다.

"전 괜찮으니까 들어가서 쉬세요."

혜진이 마지못해 몸을 돌렸다. 그제야 서화의 두 발이 서재로 향했다.

제원은 어느새 책상에 앉아 서류를 정리 중이었다. 서화는 그 모습을 물끄러미 지켜보더니, 카펫에 두 발을 올렸다.

"아버지."

"……."

"오늘 약속. 지키지 못해서 죄송해요."

흘러나온 사죄는 덤덤했다. 항상 두려움을 갖고 제원을 상대하던 어린 날의 서화와는 대조되는 모습이었다.

"수연이가 많이 아팠다지."

제원이 쓰고 있던 돋보기를 내려놓으며 시선을 들었다.

"동생을 챙기는 건 언니로서 당연한 일이야. 난 너의 그런 점이 어려서부터 마음에 들었다."

"아니요."

꽤 단호한 음성이 제원을 가로막았다.

"오늘 그 자리에 가지 않은 건 순전히 제 의지였어요."

지한과 헤어진 후, 수차례 고민했다. 수연의 힘을 빌려 부풀려진 거짓말을 이용할까. 아니면 진실을 고백할까. 현명한 선택을 고르자면 당연히 전자였다. 제원의 눈 밖에 나 봤자 좋을 게 없었다. 지금의 '오서화'를 만들어준 데에는 그의 비중이 방대했다. 하지만…….

"죄송하지만 전 이 결혼, 하지 않을 생각이에요."

"……."

"제가 차성준 씨를 좋아하지 않아요. 그건 차성준 씨도 잘 알고 있어요. 제 입으로 직접 전했으니까요. 물론 그 사람과의 관계가 아버지한테 얼마나 중요한지도 잘 알아요. 잘 아는데……."

"……."

"결혼만큼은 못 하겠어요."

버려진 그녀를 길러주고, 먹여주고, 재워준 제원이었다. 절을 해도 모자랄 판이었다. 한때는 그가 원하는 것이라면 뭐든 들어줄 의향이 있었다. 서지한. 그 남자를 만나기 전까지는.

"대신 더 자랑스러운 딸이 될게요. 좋은 사람이 될게요. 절대 아버지에게 누가 되지 않을게요. 그러니까……."

통할 리 없는 대책이란 걸 알면서도 서화는 그동안 쌓아온 진심을 간절히 토해냈다. 핏줄이 섞이지 않았을지언정 아버지는 아버지였다. 단 한 번만이라도 좋으니 제원이 자신의 마음을 들여다봐

주지 않을까, 실낱같은 희망이 그녀를 붙들었다.

"그간 내가 참 못난 아비였나 보구나."

"……."

"네 마음을 전혀 생각하지 못했어. 당연히 내 눈에도 괜찮은 사람이면 너에게도 좋은 짝이 될 거라 생각했다."

서화는 조용히 입술을 말아 물었다. 꿈을 꾸고 있는 건가. 그토록 바라던 제원의 따스한 음성이 환영처럼 느껴졌다.

"많이 힘들었겠어."

"……아버지."

"그래. 네 말대로 차 이사와의 약혼은 다시 고려해보마. 적어도 너 졸업할 때까지는 일절 꺼내지 않겠다."

서화는 잠시 고민했다. 여전히 제원에게 가장 좋은 사윗감은 차성준이었다. 차라리 좋아하는 사람이 생겼다고 말할까, 고민하는데, 불현듯 지한과 나눈 대화가 떠올랐다.

'우리 사귀는 거 당분간은 비밀로 할 수 있을까요?'

'왜?'

마음 같아선 그의 손을 잡고 맘껏 캠퍼스를 누비고 싶었다. 그러나 교수와 제자가 사귀는 걸 좋게 볼 이는 아무도 없었다. 게다가 MT 때 나타난 성준의 영향 때문인지 곳곳에서 서화에게 남자가 생겼다는 소문이 떠돌아다녔다. 은정은 시간이 지나면 사라질 뜬소문이니 나서지 않는 게 좋을 거라 충고했다.

그래, 어차피 곧 졸업이니까.

그 마음을 알아챈 듯 지한이 뜻밖의 반응을 내비쳤다.

'너 편할 대로 해. 시끄러워져봤자 좋을 건 없으니까.'

서화는 호흡을 가다듬으며 제원을 응시했다.
"그래도 제 마음은 변하지 않을 거예요."
우유부단하게 상황을 넘기기보단 확실히 매듭을 짓고 싶었다.
"서화, 네가 참 많이 컸구나."
침묵하던 제원이 나직이 운을 뗐다.
"어려서는 늘 작게 웅크리기만 하던 네가."
"……."
"그새 이렇게 자랐어."
어쩐지 다정한 듯하면서, 다정하지 않은 목소리였다.
"네 마음은 잘 알겠다. 밤이 늦었으니 이만 올라가 봐."
"……."
"아, 그리고."
제원이 돌아서는 서화의 등을 향해 말했다.
"언젠가는 꺼내야 할 이야기였는데, 지금이 가장 적절한 시기인 거 같구나."
"……."
"몇 년 전에 네가 네게 물어봤던 거 기억나니? 김윤서, 그 여자가 어디에 잠들어 있는지 알고 싶다고."
서화의 등허리가 뻣뻣하게 굳었다. 전혀 생각지 못한 주제에 당혹감을 감추지 못하자 제원이 한마디를 덧붙였다.

"그래, 너의 생모 말이다."

갑자기 그걸 왜…….

"곧 기일이야. 시간 되면 동행하도록 해."

고1, 겨울이었을까. 눈이 펑펑 내리던 날, TV에서 김윤서의 죽음을 다루던 프로그램을 보게 됐다. 그녀가 살아생전 찍었던 영화가 연달아 화면을 스쳐 갔다. 사람들은 그녀의 죽음을 안타까워하며 애도했다. 그들에게 김윤서는 아름답고 연기에 열정이 남다른 배우로 각인돼 있었다.

그래서 충동적으로 물었다. 그 여자가 어디에 잠들었는지 알고 싶다고. 어쩌면 내가 생각했던 것보다 괜찮은 사람이 아니었을까, 일말의 동정심이 불거졌다. 하지만 제원에게 생모의 안부를 듣기 무섭게 서화는 말을 바꿨다. 그런 사람, 별로 궁금하지도, 알고 싶지도 않다고.

"그래도 널 낳아준 여자잖니."

서화는 아무 말도 하지 않았다. 문고리를 잡은 손에 힘을 주며 그대로 자리를 박찼다. 그 모습을 묵묵히 바라보던 제원이 책상 밑 서랍에서 사진 한 장을 꺼내 들었다. 각진 슈트가 무척 잘 어울리는 훤칠한 남성의 사진이었다. 유태하. 서화의 생모(生母)와 함께 목숨을 잃은 남자. 제원이 무표정한 얼굴로 읊조렸다.

"친딸도 아닌 널 키워준 미련한 놈이기도 하지."

* * *

다음 날 아침, 서화는 학교에 가기 위해 집을 나섰다. 내리막길을 내려가는데, 휴대폰이 부산스레 울리더니 메시지가 연달아 도착했다. 혹시 지한이 아닐까 싶어 빠르게 홀드 버튼을 눌렀다. 그러나 눈에 들어온 건 스크롤이 쉴 틈 없이 올라가는 단톡방이었다.

[대박 사건 - 유라]
[또 설친다 - 은정]
[나 고백 받음 - 유라]
[헐? 누구? 그때 소개받은 연영과? - 가은]
[아니........망할 서재욱 - 유라]

두 다리가 우뚝 멈추었다. 그러기 무섭게 또다시 휴대폰에서 진동이 울렸다. 발신자를 확인한 서화의 두 눈이 의심으로 가늘어졌다. 간신히 통화 버튼을 누르며 스피커를 귀에 가져다 댔다.
"······여보세요?"
-아침에 수업 있지?
전화를 건 사람은 다름 아닌 지한이었다.
"어떻게 알았어요?"
-내리막길 쭉 내려오다 보면 코너 하나 보일 거야. 거기 잠깐만 서 있어.
"네? 그게 무슨······."
물을 새도 없이 통화가 끊겼다. 잠시 액정을 바라보던 서화는 서둘러 걸음을 재촉했다. 큰 도로에 접어들자 은색 빛 외제차가 이곳을 향해 달려오는 게 보였다. 차는 부드럽게 코너를 꺾더니, 정확히 서화의 옆에 정차했다. 스르륵. 창문이 내려가며 그토록 바라던 얼굴이 나타났다.

"뭐해? 안 타고."

지한이 옆자리를 눈짓했다. 잠시 머뭇거리던 서화는 천천히 조수석에 올라탔다. 그러자 온통 지한의 체향이 코끝을 찔렀다.

"……뭐예요?"

"뭐가?"

"여긴 어떻게 온 건데요?"

"저번에 한 번 데려다준 적 있지 않나?"

있기야 했다. 하지만 듣고 싶은 말은 그게 아니었다. 그 마음을 읽었는지 지한이 핸들을 돌리며 말했다.

"나도 수업 있어서 가는 길이야."

"오늘 월요일이잖아요."

지한의 수업은 화요일 오후와 금요일 오전이 전부였다.

"강 교수님께서 부탁하신 게 있어서 함께 들어가기로 했어."

"강 교수님이랑은 오래전부터 알고 지낸 사이인가 봐요?"

"그렇지? 대학 다닐 때 내 전담 교수님이셨으니까. 이것저것 도움도 많이 받았고."

"……유미 언니도요?"

"응."

서화는 수긍하는 척, 고개를 끄덕이며 벨트를 초조하게 말아 쥐었다.

"그럼…….."

"오서화."

갑자기 지한이 입을 열자 서화의 눈이 커졌다. 그와 동시에 빨간

신호가 켜지며 차량이 정차했다. 지한이 운전석 헤드에 머리를 기대며 서화를 지그시 바라봤다. 그윽한 시선에 저도 모르게 고개를 뒤로 무른 순간, 그가 픽 웃음을 터트렸다.

"숨넘어가겠다."

"……."

"하나씩 천천히 물어봐. 다 대답해줄 테니까."

서화는 입술 안쪽을 잘근 깨물었다. 잔뜩 긴장한 그녀와 다르게 지한은 한없이 여유로웠다. 어쩐지 부끄러워졌다. 실은 아직도 실감이 나지 않았다. 그와 연인관계라는 게. 어젯밤 제원에게서 생모(生母)의 이야기를 들었을 때만 해도 컨디션이 좋지 않았다. 여전히 김윤서, 그녀는 서화에게 지우고 싶은 트라우마로 남아 있었다. 하지만 지한을 떠올리자 언제 그랬냐는 듯 가슴께가 간지럽기 시작했다. 뱃속이 뭉글거리고 얼굴이 달아올랐다.

……내가 저 남자랑 사귄다고? 지한을 남몰래 흘긋거리던 서화의 눈이 문득 커졌다.

"……손."

"응?"

"손이 이런데 운전을 해요?"

잠시 잊고 있었다. 그가 환자란 걸.

"가능하니까 하지. 원래도 한 손으로 하는 편이라 별 무리 없어."

대수롭지 않다는 듯 그가 거즈 감긴 팔을 들어 보였다.

"상처 벌어지면 어떡해요."

"쓸 일이 없는데, 벌어질 리가. 아, 그건 좀 불편하더라."

그게 뭐냐는 듯 서화가 눈을 깜빡였다. 지한이 싱긋 웃으며 미간을 찡그렸다.

"씻는 거."

"……."

"물에 안 닿으려고 움직이니까 옷이 계속 젖어."

서화는 마른침을 삼키며 시선을 회피했다. 저도 모르게 흠뻑 젖은 그의 몸을 상상했다.

"원래 이렇게 입으려던 게 아니었는데."

나직한 중얼거림에 서화의 두 눈이 반사적으로 지한의 몸을 훑었다. 어느덧 초여름이 다가왔다는 걸 상기시키듯 그의 차림새는 한결 가벼웠다. 연 베이지색 셔츠는 그의 매끄러운 피부에 화사함을 더해주었고, 발목에서 딱 떨어지는 검정 슬랙스는 안 그래도 긴 다리를 더욱 훤칠하게 돋보이게 해주었다. 마지막으로 흰 스니커즈가 어우러지며 더없이 깔끔하고 댄디한 룩이 연출됐다.

"자꾸 훔쳐보는데, 별로야?"

지한이 룸미러로 서화를 보며 물었다.

별로일 리가. 오늘도 그의 옷차림을 보고 수군거릴 학생들이 눈앞에 선히 그려졌다.

"그렇게까지 신경 쓰는 이유가 뭐예요?"

"뭐?"

"어차피 뭘 입어도 다 잘 어울릴 텐데, 그동안 수업해봤으면 본인이 제일 잘 알 거 아니에요. 다른 애들이 얼마나 교수님한테 관심이 많은지."

문득 유라가 했던 말이 떠오른다. 태어났을 때부터 잘난 놈들은 죽을 때까지 자기 잘난 맛으로 산다고. 지한도 그중 한 명이려나. 그만 보면 볼을 붉히는 학생들이 많았다. 그런데 자진해서 이목을 끌려는 그의 행보에 돌연 마음이 뾰족해졌다.

"일부러 그래?"

지한이 신호가 멈춘 틈을 타 물었다.

"뭘요?"

"가끔 보면 사람을 묘하게 자극할 때가 있어."

"……무슨 말이에요?"

"진짜 몰라서 묻는 거야? 아님 모른 척하는 건가?"

질투심을 숨기지 못하는 서화의 반응에 웃음이 나면서도 갈증이 일었다.

"맞아. 잘 보이고 싶은 거."

꽤 노골적인 시선이 서화를 주시했다.

"근데 난 다수에 취미 없어."

"……."

"한 명으로도 충분히 벅차서. 어떻게? 힌트 더 줘?"

잠시 침묵이 흐르고 서화의 귀가 붉게 물들었다. 눈치가 없는 것처럼 굴더니, 이건 또 용케 알아먹었나 보다. 그게 어쩐지 귀여워 손을 뻗으려던 지한은 잠시 움직임을 멈추며 미간을 모았다. 하필 오른손에 붕대가 감긴 탓에 서화의 손을 잡을 수 없었다.

"생각보다 거슬리네."

서화가 놀라며 지한을 바라봤다. 그의 얼굴에 옅은 짜증이 번져 있었다.

* * *

"교수님, 손이 왜 그래요?"

"어쩌다 이렇게 됐어요?"

"불편하지 않으세요?"

역시나 예상은 빗나가지 않았다. 강 교수의 수업에 지한이 등장하자 학생들은 다친 그의 손을 보며 호들갑을 떨어댔다.

"다 나 때문이야."

갑자기 들린 낮은 목소리에 서화의 고개가 돌아갔다. 유라가 침울한 표정을 한 채 서 있었다.

"방금 뭐라고 했어?"

"겸임 손 저렇게 된 거 다 나 때문이라고. 내가 서재욱한테 석고상을 책장 위에 두라고 하지만 않았어도……. 미안해, 서화야. 내가 죽을죄를 지었어."

순간 가슴이 뜨끔했다. 왜 유라가 자신에게 죽을죄를 지었다고 하는지 모를 일이었다. 설마 지한과 사귀는 걸 알게 됐나. 유라가 낚아채듯 서화의 양팔을 잡아당겼다.

"네 작품 다 깨부숴서 미안해."

"아……."

서화가 깊은 탄식을 흘렸다. 그거 때문이었구나. 안도하며 끊긴 대화를 이어갔다.

"괜찮아. 다시 만들면 되지."

"다시?"

유라가 코를 훌쩍이며 지한을 쳐다봤다. 그는 뒷짐을 진 채 강 교수와 대화를 나누고 있었다. 유라의 시선을 느꼈는지 그의 고개가 서화가 있는 쪽으로 돌아갔다. 정통으로 눈이 마주치자 서화는 서둘러 말을 정정했다.

"내 말은 작품은 얼마든지 만들 수 있으니까."

"아, 난 또 뭐라고. 겸임을 다시 만든다는 줄 알았네. 으이그, 이 계집애. 마음은 태평양같이 넓어서."

"그나저나 재욱이한테 고백……."

서화는 말을 잇지 못했다. 유라의 표정이 심각해졌기 때문이었다. 마치 식음을 전폐한 사람처럼 얼굴에 퍼런빛이 돌았다. 그 모습을 한심스럽게 지켜보던 은정이 손으로 엑스 자 표시를 해 보였다. 더는 재욱을 언급하지 말란 소리였다. 서화는 알겠다며 눈치껏 고개를 끄덕였다.

그 사이, 지한은 학생들이 그린 조형물 스케치를 살피기 시작했다. 어느덧 서화의 차례가 다가왔을 때였다. 머리 위로 커다란 그림자가 드리웠다. 달콤한 향이 코끝을 맴돌자 서화는 시선을 바닥에 고정했다. 괜스레 눈이 마주치면 표정 관리가 되지 않을 거 같았다.

"이번에도 인체네."

등 뒤에 선 그가 손바닥으로 책상을 짚으며 말했다. 자연스레 그의 품에 갇히게 된 모습이 연출되자 심장이 걷잡을 수 없이 뛰기 시작했다. 쿵쿵쿵. 이 마음을 들켜선 안 된다는 생각 때문인지 아니면 지켜보는 많은 시선 때문인지 손안 가득 긴장감이 배었다.

"선 그릴 때 손에 힘을 좀 빼봐."

지한이 무심한 눈으로 그림을 살피며 말했다.

"좀 더 넓은 시야로 사물을 보려 하고. 그럼 뭐가 부족한지 조금씩 보일 거야."

그 말을 끝으로 그가 등을 보였다. 아침에 느꼈던 다정함은 눈 씻고도 찾아볼 수 없었다. 지한은 어느새 후배들의 그림을 살피는 중이었다. 피드백을 주는 목소리와 눈짓이 서화를 상대했던 것과 별반 다르지 않았다. 그래서였을까. 서화는 비밀연애 중이란 걸 망각하며 끌려가는 시선을 붙잡지 못했다. 애석하게도 지한은 수업이 끝날 때까지 서화에게 눈길 한 번 주지 않았다.

* * *

"서재욱, 그 자식 머리가 돈 게 확실해."

유라가 주문한 아메리카노를 탁, 내려놓으며 말했다. 날밤을 새웠는지 그녀의 눈 밑에는 다크써클이 자욱했다.

"서재욱 머리 좋지 않나? 원래는 외대 갈 생각이었다며."

은정의 퉁명스러운 대꾸에 유라의 인상이 더욱 험악해졌다.

"그 머리랑 이 머리랑 같니? 갑자기 저녁밥 사준다는 것부터가 이상했지."

"왜? 면전에 대고 고백이라도 했어?"

유라는 반박하지 않았다. 은정이 다소 놀란 듯, 입을 벌렸다.

"진짜?"

"살면서 처음으로 고기 먹다가 체할 뻔했다. 심지어 소고기였는데."

유라의 표정이 급격히 어두워졌다. 그 자리가 그런 자리인 줄 알

앉다면 절대 나가지 않았을 것이다. 아직도 생생했다. 노릇노릇 익은 한우를 두고 폭탄선언을 던진 서재욱의 무표정한 얼굴이.

'야, 나 너 좋아해.'

"어떻게 표정 하나 안 바꾸고 그런 말을 할 수 있어?"
"이야, 직구로 꽂아버렸네."
은정이 휘파람을 불며 피식 웃었다.
"나 이제 어떡해? 이제 소만 봐도 서재욱이 생각날 거고 소고기 구울 때마다 어제 일이 떠오르겠지. 이제 나한테 고기는 서재욱인 거야? 어떻게 그 자식이 나한테 이럴 수 있어?"
유라가 머리를 부여잡으며 호소했다.
"여기서 소가 왜 나와. 서재욱이 소보다 못하다는 것도 아니고."
"그럼 잘해? 걔 일부러 그러는 거야. 복수하는 거라고. 나 때문에 손이 그 모양 그 꼴 돼서 훈련 못 받으니까. 거기다 대회까지 미뤄져서…… 미……뤄……져서."
유라를 제외한 두 사람의 눈이 휘둥그레졌다.
"……유라야, 너 울어?"
서화가 조심스레 유라의 어깨에 손을 올렸다. 바르작거리던 어깨가 위아래로 크게 헐떡이기 시작했다.
"진짜 크게 다쳤을까 봐 얼마나 가슴 졸였는데. 나 때문에 혹시나 잘못되면……. 그 자식 잘하는 거라곤 운동밖에 없는데. 안 그래도 미안해 죽겠는데, 대체 왜 그러냐고."
"그럼 받아줘."

"뭐?"

은정이 시큰둥한 얼굴로 상황을 뒤집었다.

"너도 한때 서재욱 좋아했잖아."

이건 또 무슨 소리일까. 자초지종을 알지 못하는 서화는 슬며시 유라를 살폈다. 방금까지 흐느끼던 얼굴이 당혹감으로 물들어 있었다.

"내, 내가 언제? 야, 이은정. 넌 왜 없던 일을 지어내고 그래?"

"그럼 그때 밤새워서 만든 건 뭔데? 그 시커먼 숯덩이 있잖아. 쿠키랍시고 서재욱 부대에 네가 손수 보낸 발렌타인 선물."

"그건 걔가 불쌍해서 준 거지! 그리고 그때도 얼마나 못돼 먹었으면 받자마자 뭐란 줄 알아? 평생 부엌에는 드나들지도 말라 했다고!"

"그래? 내가 알기론 하나도 빠짐없이 위장에 털어 넣어서 새벽에 실려 갔다던데."

그게 무슨 소리냐며 유라가 미간을 좁혔다. 그때 딸랑, 소리와 함께 두 명의 남자가 카페 안으로 들어왔다. 그중 한 명의 얼굴을 확인한 유라가 몸을 굳혔다. 뒤이어 서화의 두 눈이 얕게 흔들렸다. 하필 문을 연 장본인은 재욱이었다. 그의 등 뒤로 지한도 함께였다.

"나, 나 먼저 갈게."

유라가 허둥지둥 짐을 챙기며 몸을 일으켰다. 그러나 재욱이 한 발 더 빨랐다. 유라를 발견한 그가 테이블로 성큼성큼 다가왔다.

"노유라."

유라를 막아선 재욱이 시선을 내리깔았다.

"……왜?"

"너 나, 왜 피해?"

"그, 런 적 없는데?"

"근데 톡은 왜 씹고 전화는 왜 안 받아."

순식간에 공기가 얼어붙었다. 재욱의 이런 얼굴은 처음이었다. 평소에도 말수가 없고 성격이 무뚝뚝해 속내를 알기 어려웠지만, 지금의 그는 누가 봐도 간신히 화를 억누르는 중이었다.

"싫으면 싫다, 좋으면 좋다. 그것만 말하면 되잖아."

"뭐야, 고백이라도 한 거야?"

"쟤 체교과 서재욱 맞지?"

갑자기 분위기가 냉랭해지자 다수의 시선이 몰려들었다. 재욱은 어딜 가나 유명 인사였다. 깔끔하면서 수려한 그의 외모에서 눈을 떼지 못하던 학생들이 유라를 보며 다 들릴 목소리로 수군거렸다.

"쟨 누구야?"

"나도 몰라. 근데 생각보다 서재욱 눈이 낮네?"

유라의 눈썹이 꿈틀거렸다. 보다 못한 서화가 상황을 수습하려는데, 익숙한 흰 스니커즈가 그녀의 앞을 막아섰다. ……지한이었다. 그가 여유롭게 두 사람 사이를 파고들며 붕대 감긴 팔을 들어 올렸다.

"뭐, 뭐예요?"

유라가 당황하며 눈을 끔뻑였다.

"보다시피 난 환자라서."

"……네?"

"그리고 보다시피 누구 때문에 이렇게 된 거라."

그가 카운터에 올라온 음료와 디저트를 향해 느긋이 명령했다.

"손이 부족해. 둘이 다녀와."

"싫어요."

유라가 눈에 힘을 주며 반박했다. 그러자 지한은 붕대를 슬며시 쓸며 미간을 좁혔다.

"지금 보니 좀 아린 거 같기도 하고."

"아, 진짜."

더는 방어가 불가능한 공격이었다. 결국 유라는 울며 겨자 먹기로 카운터로 떠났다. 재욱이 마지못해 그 뒤를 따랐다.

"교통 정리하는 능력이 탁월하시네요."

은정이 박수를 두어 번 치며 지한을 칭찬했다.

"덤으로 시선 분할까지."

두 사람에게 쏠린 이목이 언제 그랬냐는 듯 지한에게로 옮겨졌다. 그를 흘끔거리는 여학생들의 시선은 꽤 노골적이었다. 냉랭했던 공기가 금세 후끈 달아오르자 은정이 서화를 보며 씩, 웃었다.

"누군 좋겠네."

의미를 알 수 없는 말에 눈을 끔뻑인 순간이었다. 드르르륵. 의자 끌리는 소리와 함께 익숙한 실루엣이 서화의 시야에 들어찼다.

"어? 거기 제 자린데요."

어느새 돌아온 유라가 못마땅한 눈으로 지한을 바라봤다. 하필 그가 앉은 자리는 유라가 앉아 있던 자리였다. 그리고 서화의 옆자리이기도 했다.

"자리 많잖아."

꼭 이 자리여야만 하냐는 듯 그가 건너편을 눈짓했다.

"지금 복수하는 거예요?"

"설마."

"아, 진짜. 교수님 그렇게 안 봤는데……."

"왜? 신경 쓰여?"

지한의 시선이 유라의 뒤에 서 있는 재욱에게로 향했다. 도둑이 제 발 저린다고 유라의 어깨가 크게 들썩였다.

"절대 아닙니다. 절대!"

하는 수 없이 유라는 은정의 옆자리를 꿰찼다. 유라의 옆은 당연히 재욱의 몫이었다. 하지만 그는 좀처럼 앉을 기미를 보이지 않았다.

"뭐해? 앉지 않고."

유라가 재촉하자 재욱이 무표정한 얼굴로 툭, 내뱉었다.

"싫으면 싫다고 확실히 선 그어. 그 정도는 감수하고 한 말이니까."

반박할 새도 없이 그가 돌아서며 카페를 빠져나갔다. 얼이 빠져 있던 유라가 하, 헛숨을 터트렸다.

"쟤 진짜 미친 거 아냐?"

"그럼 너도 노선 똑바로 정해."

은정이 단호한 투로 일침을 가했다.

"고백 받았으면 그게 기본 예의야. 얼렁뚱땅 넘어가려는 거랑 여지만 주는 꼴이랑 뭐가 달라. 안 그래, 서화?"

서화의 어깨가 흠칫 떨렸다. 신경이 온통 지한에게 쏠려 있었다. 실은 고민했다. 점심시간을 빌미 삼아 그에게 연락해볼까. 하지만 뒤늦게 얼마나 어린애같이 굴었는지를 자각했다. 먼저 비밀연애를 제안한 건 그녀였다. 지한은 그 약속을 철저히 지켰고, 그녀는……. 단지 그가 다른 학생들과 똑같이 상대했다는 이유만으로 금세 흐트러지지 않나. 그런데 그가 보란 듯이 옆자리를 꿰차자 간신히 다잡은 마음이 흔들리기 시작했다.

"말에 뼈가 있네?"

잠자코 앉아 있던 지한이 무심히 입을 열었다. 은정이 어깨를 으쓱이며 천연덕스럽게 대꾸했다.

"그거야 듣는 사람 양심에 달렸죠."

"뭐야? 그거 나 말하는 거지?"

눈치가 바닥에 붙은 유라가 대화에 끼어들며 인상을 구겼다.

"아, 몰라. 머리 아파. 나중에 생각할래. 안 그래도 서재욱 때문에 밤새웠단 말이야. 그나저나 교수님은 어쩐 일이에요?"

"어쩐 일이긴. 카페 와서 할 일이 뭐겠어?"

"교수님들은 여기 애용 잘 안 하는데. 서관에 있는 홀스를 자주 이용하지."

"언제부터 그렇게 나한테 관심이 많았을까?"

"우리 과에 왔을 때부터요."

유라가 빙긋 웃으며 턱받침을 했다.

"나뿐만 아니라 이 동네 저 동네에서 안테나 세우고 있는 거 몰랐어요?"

안테나? 생소한 단어 쓰임에 서화는 귀를 쫑긋 세웠다.

"엊그제 경영학과 다니는 애가 그러던데. 경영대 여신 임수현이 차이는 날도 다 있다고. 오써, 그때 기억나? 아 왜 있잖아. 우리 전시회 앞두고 실기장에 무작정 들이닥쳤던 애."

서화는 기억을 더듬었다. 그리고 유라가 말한 '임수현'이란 여자애를 손쉽게 찾아냈다. 사막여우를 떠올리게 했던 앙증맞은 외모가 유독 인상 깊게 남아 있었다. 유라가 지한을 빤히 직시했다.

"듣기로 아주 뺑 찼다면서요? 펑펑 울었다던데. 독설이라도 날렸어요?"

처음 듣는 이야기였다. 평소 그를 흠모하는 여학생들이 많다는 건 알고 있었지만, 그 마음을 직접적으로 드러낼 줄은 전혀 몰랐다. 게다가 임수현, 그 애는 누가 봐도 호감을 불러일으키는 외모를 갖고 있었다. 유라의 말을 빌리자면 수시로 고백을 받아 콧대도 높다고 했다.

대체 언제 고백을 한 거지. 지한과 자신이 사귀기 전? 아니면 후? 그 일에 대해 입도 뻥긋하지 않은 그의 속내가 궁금하면서도 한편으론 궁금하지 않았다. 지한이 빨대를 빙글 돌리며 심드렁하니 말했다.

"글쎄. 잘 기억 안 나는데."

"그치. 이게 있는 자의 여유지. 솔직히 말해봐요. 지금까지 몇 명이랑 연애해봤어요?"

"알아서 뭐 하게."

"그냥 궁금하잖아요. 그치, 오써?"

서화는 아무 말도 하지 못했다. 생각해보면 그는 언제나 능숙했다.

"혹시 지금도 현재진행형?"

유라가 눈을 빛내며 묻자 서화의 심장이 쿵 떨어졌다. 대놓고 자신을 지목한 것도 아닌데, 가슴이 좋였다. 하지만 알고 있다. 지한은 이 상황을 단호히 부정할 거란 걸. 그는 약속을 철저히 지킬 줄 아는 사람이니까. 그때였다. 별안간 서화의 눈이 커졌다. 허벅지에 올려둔 손에서 타인의 온기가 느껴진 탓이었다. 다름 아닌 옆에 앉은 지한의 손이었다. 손등 위로 포개진 그의 커다란 손이 유독 뜨거웠다. 그는 눈 하나 깜빡이지 않고 유라를 보며 대답했다.

"그럴지도."

"헐, 대박."

"그러니까 사사건건 묻지 마. 안 그래도 바빠."

쿵쿵쿵. 서화는 입술을 꾹 깨물었다. 심장이 크게 뛰었다. 그의 기습 공격에 길을 잃은 기분이었다. 갈팡질팡 헤매며 죄 없는 입술만 짓씹는데.

"안녕하세요, 교수님."

처음 보는 여학생들이 우르르 몰려들며 지한을 알은체했다. 혹붙잡힌 손이 들키기라도 할까, 팔에 힘을 주었지만 헛수고였다. 지한이 포갠 손에 힘을 주며 손등을 단단히 옭아맸다.

"아는 애들이에요?"

유라가 영문을 모르겠다는 눈으로 묻자 하늘색 원피스를 입은 여학생이 상냥한 미소로 화답했다.

"저희 기억 안 나세요? 며칠 전에 소품 운반 때문에 도움 청했었는데, 교수님이 흔쾌히 도와주셨잖아요."

"그랬었나?"

지한의 무심한 반응에 여학생의 눈 밑이 이지러졌다. 하지만 입에 걸린 미소만큼은 꿋꿋이 유지했다.

"언제 한 번 시간 좀 내주세요. 그때 저희 교수님 덕분에 시합 앞두고 일찍 귀가할 수 있었거든요. 그 보답으로 밥 한 번 살게요."

"마음만 받을게요."

"네?"

"용건 끝났으면 가줬으면 싶은데. 보다시피 일행이 있어서."

지한의 두 눈이 카페 입구로 향했다. 어서 눈앞에서 사라지라는 말과 다를 게 없었다.

"아……. 네."

여학생이 난감함을 감추지 못하며 물러섰다. 그녀가 끌고 온 무리가 돌아서며 '뭐야, 존나 재수 없어.' 대놓고 지한을 힐난했다. 정작 당사자는 감흥 없는 얼굴로 아메리카노를 마실 뿐이었다.

"이제 알겠다. 임수현도 저런 식으로 울렸죠?"

유라가 눈초리를 가늘게 뜨며 지한을 추궁했다.

"그리고 쟤네 무용과 애들 아니에요? 가방 보니까 맞는데? 이젠 쟤네까지 건드린 거예요?"

"그럴 리가. 짐승도 아니고."

"그럼 교수님을 어떻게 알아요?"

"건물 근처에서 담배 하나 피우다 붙잡힌 거뿐이야."

정확히는 건물 뒤편이었다. 발밑으로 웬 공 하나가 굴러오길래 주워들자 처음 보는 여학생이 눈앞에 서 있었다.

"그게 바로 수작이에요. 여자 친구도 있다면서 그걸 몰라요?"

지한의 한쪽 눈썹이 위로 솟았다. 그는 턱을 괴며 서화를 바라봤다. 갑자기 날아든 시선이 당혹스러웠지만, 서화는 애써 무덤덤한 얼굴로 그와 시선을 교류했다. 하지만 그 노력이 무색하게도 커다란 손이 손가락 마디마디를 파고들며 깍지를 껴오자 등줄기에 힘이 들어갔다. 그가 엄지로 서화의 손등을 뭉근히 쓸며 말했다.

"그런가?"

어쩐지 그가 미워지려고 했다.

"그걸 왜 오써한테 물어요. 쟤는 그런 걸 잘 몰라요. 소개팅 제안만 죽어라 받아봤지, 실전에선 영 꽝이라고요. 그리고 말 돌리지 말아요."

유라의 개입으로 지한의 고개가 정면을 향했다.

"죽을죄라면 죽을죄겠는데, 난 일개 직원에 불과한 몸이라."

그러니 도와달라는 학생을 뿌리치지 못했다는 게 그의 변명이라면 변명이었다.

"일개 직원은 무슨. 조교님이 다 말해줬거든요. 교수님 외국에서 겁나 잘 나가는 조예가였다면서요?"

생각해보니 강 교수도 그런 말을 했었다. 지한은 인간 개인마다 가지고 있는 선들을 다채롭게 표현하기로 저명하다고.

"근데 왜 우리 학교에 있어요? 여기서 일하는 것보다 거기서 작품 하나 파는 게 몇 십 배는 더 벌 텐데."

유라가 궁금증을 늘어놓자 덩달아 서화의 눈에도 호기심이 일었다. 그리고 전혀 뜻밖의 대답을 듣게 됐다.

"재욱이가 그러더라. 운동 때려치울 거라고."

"바, 방금 뭐라고 했어요?"

유라의 표정이 심각하게 굳었다. 지한이 싱긋 웃으며 방아쇠를 당겼다.

"오늘 들은 뜨끈한 소식이야."

"이 미친놈을 진짜!"

유라가 자리에서 벌떡 일어나며 가방을 집어 들었다. 그녀는 뒤꿈치에 부스터를 단 것처럼 작별 인사도 없이 카페를 떠났다. 순식간에 일어난 상황에 서화가 걱정스러운 목소리로 물었다.

"진짜로 관둔대요?"

"아니. 그동안 한 게 엿 같아서라도 버틴다던데."

"근데 왜……."

그런 거짓말을 했냐고 묻고 싶었지만, 건너편에 앉은 은정이 짐을 챙기는 탓에 서화의 입이 다물렸다.

"누가 가르쳤는지 학습 능력도 탁월하시네요."

은정이 회심의 미소를 지으며 말했다. 마치 지한의 거짓말에 타당성이 있다는 것처럼 들렸다.

"더 있고 싶은데, 이상하게 난 커플이랑만 있으면 항마력이 딸려서. 먼저 갑니다."

은정이 가볍게 손을 흔들며 카페를 빠져나갔다.

"방금……."

서화가 놀란 입을 다물지 못했다. 방금 은정의 입에서 나온 단어 중 분명 '커플'이 섞여 있었다. 어떻게 알고 있지. 아직 입도 뻥긋하지 않았는데. 혼란스러워 하는 서화를 보며 지한이 산뜻한 미소를 지었다.

"꽤 본받을 만한 스승이거든."

* * *

[수업 끝나면 후문 뒤편으로 와.]

마지막 강의가 끝나자 지한에게서 메시지가 도착했다.

서화는 주위를 두리번거리며 발을 디뎠다. 후문은 곧 뒷산과 연결되는 곳이었다. 차를 주차할 용도가 아니면 대부분의 학생은 정문을 애용했다. 그래도 알아보는 사람이 있진 않을까, 긴장감을 늦추지 않았다.

학교에는 제원의 눈과 귀가 되어주는 교수들이 많았다. 그들이 지한과의 관계를 눈치 채 제원에게 흘리기라도 한다면, 지한이 피해를 볼 수도 있었다. 그러니 좀 더 시간이 흐른 후에 이 같은 사실을 고백할 셈이었다. 사회적으로 자랑스러운 딸이 돼서, 존경받을 만한 딸이 돼서 제원에게 이 만남을 당당히 허락받고 싶었다.

"오래 기다렸어요?"

후문에 도착하자 담벼락 밑에 서 있는 지한의 모습이 보였다.

"아니. 나도 방금 왔어."

"그럼 우리……."

어디 가냐는 말이 선뜻 나오지 않았다. 정식적인 첫 데이트가 오늘이 될 거라고 예상하지 못했다. 뒤늦은 걱정이 밀려왔다. 바른 거라곤 고작 선크림과 립스틱이 전부인데. 입고 있는 하얀색 티와 청 스키니도 마음에 들지 않았다. 뭐 하나 예뻐 보이는 구석이 없었다.

"어디 가요? 차는요?"

서화는 순간적으로 지한의 옷자락을 움켜쥐었다. 그의 두 다리가 주차장과는 정반대 방향으로 움직이고 있었다. 그가 걸음을 멈추며 뒤를 돌아봤다.

"보다시피 손이 이래서 운전을 하면 잡을 수가 없어."

진심인 듯 그의 목소리에 옅은 짜증이 묻어났다. 서화는 그의 말이 가리키는 것이 자신의 손이란 걸 알아챘다. 볼이 달아오르며 가슴이 뛰었다.

"불편하면 차로 갈까?"

그가 손을 내밀며 제안했다. 서화는 커다란 손을 물끄러미 바라봤다. 한 번쯤 생각했었다. 벚꽃잎이 흩날리는 캠퍼스 아래, 손잡고 돌아다니는 학생들을 보며 나도 언젠간 저런 풋풋한 추억을 쌓을 수 있을까.

막연히 상상만 하던 바람이 현실로 나타나자 마음이 벅찼다. 비록 원하던 벚꽃잎이 휘날리지도, 캠퍼스를 맘껏 누빌 수 있는 자유도 주어지지 않았지만 '봄'이었다. 좋아하는 사람과 함께 있을 수 있다는 것만으로. 그리고 그 사람이 '지한'이란 것에 서화의 머리 위로 봄바람이 불었다.

"……아뇨."

서화는 조심스레 그의 손을 맞잡았다. 그가 이끄는 대로 걸음을 옮기자 버스 정류장이 하나 나타났다.

"버스 자주 타는 편이야?"

지한이 정류장에 설치된 노선표를 올려다보며 물었다.

"최근에는요."

그전까지는 혜진의 차를 타고 등교하는 일이 많았다. 괜찮다고 뜯어말려도 그녀는 매번 서화의 등굣길을 책임졌다. 그러고 보니 그녀와 편히 대화를 나눠본 적이 언제더라. 차를 빌려 탔을 때만큼은 시시콜콜한 이야기가 오가곤 했는데.

"그럼 여기서 마음에 드는 번호 하나 골라봐."

"……갑자기요?"

"응. 하나만 딱 골라봐."

노선표를 가리키는 눈짓에 서화는 빠르게 버스 번호표를 훑어 내렸다.

"이거?"

가장 아래에 있는 번호를 손짓하자 그가 빙그레 웃었다.

"오케이. 타이밍도 좋게 곧 도착이다."

머지않아 노란 띠를 두른 버스가 한 대 도착했다. 지한은 서화의 손을 잡고 버스에 올라탔다.

"기사님 두 명이요."

그가 바지 뒷주머니에 있는 지갑을 꺼내 단말기에 가져다 댔다. 삑. 기계음이 경쾌하게 울려 퍼졌다.

"들어가."

그가 맨 뒷좌석의 창가 자리를 턱짓했다. 서화는 순순히 안쪽에 엉덩이를 붙였다. 곧이어 지한이 옆자리를 차지하자 그녀가 입에 머금고 있던 궁금증을 조심히 터트렸다.

"어디 가는 거예요?"

"글쎄. 딱히 목적지를 정해놓지는 않았는데."

"네?"

지한이 창밖에 스쳐 가는 풍경을 보며 말했다.

"어렸을 때 생각이 많아지면 무작정 버스 하나를 잡고 끝 정거장까지 가곤 했어. 처음에는 회피하고 싶다는 생각에 몸을 실었는데 의외로 안 보이는 것들이 조금씩 보이기 시작하더라고. 그때 깨달았어. 아. 내가 너무 세상이 만들어놓은 정답에 갇혀 있었구나. 그게 꼭 옳은 것만은 아닐 텐데."

처음이었다. 그의 개인적인 이야기를 듣는 것은. 그래서일까. 그의 입이 좀 더 움직여주길 바랐다. 생각해보면 그에 대해 아는 것이 별로 없었다. 어렸을 때의 '서지한'은 어떤 사람이었을지, 그때도 지금처럼 자유분방하고 자신이 원하는 삶을 살아갔을지. 궁금한 마음에 신경을 세우는데, 지한이 예고 없이 고개를 돌려 눈을 맞춰왔다.

"물론 오늘은 복수하려고 태운 거지만."

복수? 무슨 복수? 서화는 갈피를 잡지 못했다. 그때 지한이 서화의 턱을 붙잡아 자신에게로 고정했다.

"내가 말했지. 자꾸 자극하지 말라고."

"……내가 언제요?"

"정말 몰라서 물어? 근데 왜 수업 내내 내 뒤통수만 보고 있어."

서화의 입이 무력하게 다물렸다.

……알고 있었나. 눈길 한 번 주지 않길래 전혀 모를 줄 알았는데.

그가 나직한 한숨을 흘렸다.

"학교에서는 되도록 조심하자던 게 누구더라. 근데 자꾸 그런 눈으로 보면……."

지한은 살면서 인내심이 고갈돼본 적이 손에 꼽을 정도로 적었다. 가끔은 그런 점을 부러워하는 사람도 있었다. 하지만 그는 오늘 절실히 깨달았다. 자신은 생각보다 통제력이 부족한 놈일지도 모르겠다고.

"갖고 노는 거 아니면 앞으로 그런 눈은 금지야."

"그건 교수님, 아니 서지한 씨도 마찬가지잖아요. 애들 보는 앞에서 무턱대고 손을 잡으면……."

아직도 그 순간만 생각하면 등줄기에 식은땀이 흘렀다.

"안 그럼 서운해 했을 거잖아."

"그건……."

차마 아니라는 말이 나오지 않았다. 늘 느끼는 거지만 그는 너무나도 쉽게 그녀를 꿰뚫는다.

"물론 그러지 않았어도 잡았을 거야."

"……."

"잡고 싶어서 잡은 거니까."

서화의 눈에 힘이 들어갔다. 천국과 지옥을 드나들게 하는 남자의 능글거림이 얄미웠다.

"혹시 음악 듣는 거 좋아해?"

그가 화제를 돌리며 주머니에서 무언가를 꺼내 들었다. 블루투스 이어폰이었다.

"싫어하진 않아요."

"그래? 그럼 잠깐만."

그가 손을 뻗어 길게 흘러내린 서화의 머리를 귀 뒤로 넘겨주었다. 그 과정에서 기다란 손끝이 귓불을 스치고 지나갔다. 심장이 펄떡이며 어깨가 움찔거렸다. 처음으로 이곳이 예민한 감각을 지녔다는 걸 알게 되는 순간이었다.

"어때?"

서화가 눈을 느리게 끔뻑거렸다. 여린 피아노 음이 귓가를 잔잔히 두드리더니, 바이올린 소리가 한 음, 한 음 연주에 스며들었다. 지한이 볼륨을 키우며 덧붙였다.

"대학생 때 한창 들었던 음악인데, 누구랑 같이 듣는 건 처음 이야."

처음이야. 그 말만이 서화의 뇌리에 콕, 박혀 파문을 일으켰다.

"별거 아닌 세상도 음악이 더해지면 별 게 될 때가 있거든. 한 번 잘 느껴봐."

그가 생각지 못한 과제를 던져주며 몸을 숙였다. 그와 함께 서 화가 딱딱하게 굳었다. 왼쪽 어깨에 묵직함이 실렸다. 지한의 머 리였다. 그가 제 어깨에 머리를 기댄 채 곤히 눈을 감고 있었다.

"……자려고요?"

"응. 어제 누구 때문에 잠을 좀 설쳐서."

"누구……."

입술이 굳게 닫혔다. 지한이 긴 속눈썹을 들어 올려 서화를 주 시했다. 날이 선 듯하면서 나른함이 감도는 그의 눈빛에 심장이 바짝 조였다.

"누구일 거 같은데."

낮은 음성이 어깨를 타고 귓가를 울리자 서화는 아무 말도 하지 못했다. 자꾸만 시선이 남자의 붉은 입술 위로 떨어졌다.

"그것도 잘 찾아봐."

그가 다시 눈을 감으며 전보다 더 깊이 몸을 기댔다.

"이미 답을 알고 있는 거 같지만."

살며시 올라가는 입꼬리가 짓궂었다.

쿵쿵쿵. 몸속을 울리는 커다란 심장 소리를 그에게 온전히 들킨 것만 같았다. 그래도 마냥 싫지가 않다면……. 사랑, 이기 때문일까. 아니면 이 남자이기 때문에 사랑을 느끼는 걸까.

서화는 햇살과 그늘이 공존하는 남자의 얼굴을 감상하며 슬며시 물었다.

"노래 제목이 뭐예요?"

"류이치 사카모토의 Merry Christmas Mr. Lawrence."

스며드는 햇살처럼, 그의 목소리가 잔잔했다. 서화는 노래 제목을 곱씹으며 창밖을 바라봤다. 파릇파릇한 나뭇잎과 잘게 이지러지는 햇살이 보석처럼 반짝였다.

연주는 어느덧 중반 부근에 다다랐다. 미안하게도 그가 내준 과제는 해결하지 못할 거 같았다. 서화의 신경은 오직 한 남자에게 쏠려 있었다. 단지 그가 곁에 있다는 것만으로 별거 아닌 풍경이 아름다워 보였고, 묵직한 첼로 소리가 심장 박동과 어우러져 가슴을 뻐근하게 했다. 도무지 연주에 집중하기가 어려웠다. 남자의 향기가 코끝에 스며드는 것만으로 질식할 거 같았으니까.

서화는 눈을 감았다. 창틈 새로 스며든 바람이 머리칼을 부드럽게 헤집었다. 기분이 좋았다. 처음으로 살아 있다는 게 행복하게 느껴졌다. 마치 한여름에 맞는 크리스마스처럼. 연주가 끝을 향해 달려가자 서화는 나지막이 중얼거렸다.

"……메리 크리스마스."

더없이 평온하고 나른한 늦봄의 오후였다.

* * *

344

투둑. 투두둑. 얕은 빗소리에 눈이 떠졌다. 정신이 몽롱했다. 무거운 눈꺼풀을 밀어 올리자 달콤한 숨결이 정수리를 울렸다.

"잘 잤어?"

뿌연 시야가 점차 선명해지더니 지한의 날카로운 턱선이 가장 먼저 눈에 들어왔다. 그가 씩 웃으며 한쪽 눈가를 찡그렸다.

"아주 푹 자던데."

그제야 이 남자의 품에서 잠들었다는 사실이 서화의 머릿속을 스쳐 갔다. 서둘러 몸을 바로 세우며 흐트러진 머리를 정돈했다.

"깨우지 그랬어요."

민망함을 감추지 못하자 그가 너풀거리는 머리칼을 다정히 넘겨주었다.

"방금 깨우려고 했는데 일어난 거야. 몇 정거장만 더 가면 종점이라서. 근데……."

그가 말끝을 흐리며 창밖을 응시했다.

"비가 오네. 잠깐 지나가는 소나기려나?"

창가를 때리듯이 달라붙는 빗줄기는 제법 굵었다.

"일단 내리자."

종점에 도착하자 그가 지체 없이 몸을 일으켰다. 그리고 차에서 내리자마자 돌아서며 손을 뻗었다. 서화가 그 손을 조심스레 붙잡으며 발을 내디뎠다.

정류장에 선 두 사람은 한동안 비가 내리는 광경을 말없이 감상했다. 생각보다 꽤 깊은 곳까지 들어왔나 보다. 울창한 숲과 신설 아파트가 들어서려는지 잠시 작업이 중단된 공사 현장이 보였다. 귀를 잘 기울이면 시냇물 흘러가는 소리가 어렴풋이 들리기도 했다.

"생각보다 꽤 길어질 모양새네."

지한이 떨어지는 빗줄기를 손으로 훔치며 눈을 가늘게 떴다.

"일단 다시 버스를 타야 하지 않을까요?"

"그래야지."

건너편에 정류장이 하나 더 있었다. 다만 거리가 상당해서 뛰어가더라도 비 맞은 생쥐 꼴은 면치 못할 듯싶었다. 그때 지한이 소매 단추를 풀더니, 셔츠를 걷어 올리기 시작했다.

"잠깐만 여기서 기다려. 오기 전에 편의점이 하나 있는 걸 봤어. 금방 다녀올게."

"잠깐만요!"

손을 뻗기도 전에 그가 거센 빗줄기 사이로 뛰어들었다. 다리가 긴 만큼 커다란 보폭으로 그는 금세 점이 되어 떠나갔다. 그리고 정말 10분도 채 되지 않아서 서화의 눈앞에 다시 나타났다.

"……다 젖었잖아요."

역시나 그는 비 맞은 생쥐 꼴을 면치 못했다. 햇살이 닿아 금빛처럼 빛나던 머리칼은 흠뻑 젖어 있었다. 전속력을 다해 뛰어왔는지 신고 있는 흰 스니커즈 곳곳에도 흙탕물이 번져있었다.

"다행히 아르바이트생이 이 주변에 택시가 다닌대서 한 대 잡고 오는 길이야."

그가 주머니에서 휴대폰을 꺼내 자랑스럽게 흔들었다.

"안 추워요?"

"괜찮아. 파리에 있을 때는 비 내리는 게 일상이라 자주 맞고 다녔거든. 하루도 아니고 매일같이 우산을 들고 다녀야 하니까 짐짝만 못했지."

"그러다 탈모라도 오면 어쩌려고 그래요?"

지한이 멈칫하며 시선을 내렸다. 어쩐지 의문스러운 눈빛에 서화가 한 발짝 물러서며 경계 태세를 갖췄다.

"왜 그런 눈으로 보는데요?"

"아니, 네가 농담도 할 줄 아나 싶어서."

"이게 지금 농담처럼 들려요?"

"아. 아니었어?"

놀리기라도 하듯 그가 미간을 모으며 웃음을 터트렸다.

"일단 가자."

그가 손에 쥔 우산을 펼쳐 들었다. 두 사람을 감싸기엔 다소 작은 크기였지만 서화는 싫지 않았다. 혹여 비에 젖을까, 제 손을 자연스럽게 감싸 쥔 그의 손이 몇 번이나 닿아도 죽을 만큼 좋았다. 지한은 오른쪽 어깨에 빗물이 떨어지는데도 개의치 않고 우산을 서화 쪽으로 기울였다. 간신히 반대편 정류장에 도착하자 그는 누군가와 통화를 하기 시작했다.

"네, 기사님. 거기서 신호 받고 좌회전하시면 정류장 하나 보이실 겁니다. 네, 알겠습니다."

통화를 끝낸 그가 옅게 미소 지었다.

"곧 도착한대."

얼마 지나지 않아 개인택시 한 대가 정류장 앞에 도착했다. 지한이 문을 열어 서화를 먼저 택시에 태웠다.

"청담동으로 먼저 가는 거 맞죠?"

운전석에 앉은 택시 기사의 말에 서화는 미간을 좁혔다. 청담

동은 서화가 사는 동네였다. 지한이 나긋한 목소리로 상황을 설명했다.

"학교에 가서 차를 가져오자니 시간이 걸릴 거 같아서. 바로 집으로 가도 괜찮지?"

서화는 찬찬히 지한의 상태를 살폈다. 셔츠와 바지 할 거 없이 온통 물바다였다. 그중 가장 신경 쓰이는 건 붕대가 감긴 그의 손이었다. 새살이 아물기도 전에 물이 닿았으니 아프고 쓰라릴 것이다. 서화는 급한 대로 가방에서 물티슈와 비상용 휴지를 꺼냈다. 그리고 부지런히 액셀을 밟고 있는 기사를 향해 부탁했다.

"죄송한데 목적지 좀 바꿀 수 있을까요?"

"예. 편히 말씀하세요."

기사의 너그러운 수락에 서화의 입이 비장하게 열렸다.

"홍은동으로 가주시겠어요?"

다름 아닌 지한의 집이었다.

* * *

"수고하세요."

지한이 카드를 받아들며 택시 문을 닫았다. 집에 도착하자 거짓말처럼 비가 뚝, 그쳤다.

"괜찮다니까 왜 고집을 부려."

그는 자신의 집으로 온 게 영 못마땅한 눈치였다. 그 때문에 택시 안에서 작은 실랑이가 벌어졌다. 지한이 다시 목적지를 바꾸려던 게 화근이었다. 서화는 단호히 그를 제지했다. 룸미러로 두 사람을 관람하던 택시 기사의 개입으로 싸움은 끝이 날 수 있었다.

"지금 본인 상태가 어떤 줄 알고나 말해요?"

서화가 살결에 달라붙은 지한의 셔츠를 보며 따지듯 물었다.

"너야말로 은근 고집 있다?"

"몰랐어요?"

"……뭐?"

생각지 못한 반박에 지한의 입술이 느슨히 벌어졌다. 서화가 차갑게 그를 지나쳤다.

"앞장서요."

지한은 어이가 없다는 표정을 짓더니, 순순히 대문을 열고 현관문에 붙은 도어락에 손을 댔다. 삑, 삑, 삑, 삑, 띠리릭. 정확히 4개의 번호가 입력되자 잠금장치가 해제됐다. 서화는 괜스레 가방을 고쳐 메며 현관으로 발을 디뎠다.

달칵. 뒤따라 들어온 지한이 신발장 위에 배치된 스위치를 눌렀다. 어두웠던 사위가 확 트이며 깔끔히 정리된 집안이 눈에 들어왔다.

"욕실은 저기야."

"……."

"뭘까, 그 표정은?"

지한이 서화를 유심히 관찰하며 고개를 기울였다. 그녀의 얼굴이 눈에 띄게 굳어 있었다. 그 이유가 눈에 선히 보이자 웃음이 새어 나왔다.

"네 몰골도 만만치 않아서 하는 말이야."

서화의 입술이 안으로 물렸다. 그래봤자 그녀는 어깨만 살짝 젖은 정도였다.

"왜 뭐가 더 있길 바라는 얼굴 같지."

감출 새도 없이, 그에게 속마음을 들킨 거 같아 민망함이 밀려왔다. 서둘러 그의 등을 떠밀었다.

"난 괜찮으니까 먼저 씻어요."

"미안하지만, 바로 또 나가봐야 해."

어딜? 다른 약속이라도 있나, 추측하던 서화의 눈이 어둡게 가라앉았다.

"혹시 나 때문이면 신경 쓰지 말아요. 혼자 갈 수 있어요."

은연중에 느끼긴 했다. 그는 지금 최대한 노력 중이란 걸. 자신밖에 모른다던 엄포와 달리 그는 다정했고, 또 섬세했다. 제대로 된 연애라곤 해본 적 없던 서화였다. 서툴고 어리숙한 존재. 더딘 속도에 맞춰 걸어주는 그의 배려가 고마우면서도, 한편으론 좀 더 성숙한 사람이 되고 싶어졌다. 욕심일지 몰라도 그의 앞에서만큼은 오롯이 '여자'이고 싶었다.

"어떻게 신경을 안 써."

저벅저벅. 묵직한 발소리가 들리며 서화의 머리 위로 커다란 그림자가 드리웠다. 지한이 상체를 숙이며 시선을 맞춰왔다.

"여자친군데."

커다란 손이 서화의 정수리를 따스히 덮었다.

"안 씻을 거면 거실에서 잠깐 기다리고 있어. 옷만 갈아입고 금방 나올게."

서화는 멀어지는 남자의 뒷모습을 멍하니 바라보았다. 그러다 한 가지 깨달음이 머릿속을 스쳐 갔다.

'씻는 거.'

'......'

'물에 안 닿으려고 움직이니까 옷이 계속 젖어.'

옷 갈아입기 불편할 텐데.

붕대까지 젖었으니 옷을 벗고, 입을 때마다 아픔이 동반할 것이다. 서화는 욕실에 들어가 마른 수건 두 장을 가지고 나왔다. 그리고 지한이 있을 안방으로 다가섰다. 똑똑. 돌아오는 반응이 없었다. 다시 한번 문을 두드렸다. 전과 같은 침묵이 찾아오자 알수 없는 불길함에 망설이지 않고 문고리를 잡아당겼다. 그때였다.

"나가."

서늘한 경고가 난데없이 날아들었다. 목소리만큼이나 차가운 눈으로 지한이 서화를 바라봤다. 서화는 물러서는 대신 손에 쥔 문고리를 힘없이 툭 놓았다.

"......방금 뭐예요?"

충격적인 장면을 목격한 것처럼 그녀의 목소리가 떨렸다. 분명....... 상흔이었다. 그의 등에 큰 상처가 박혀 있었다. 지한이 셔츠를 벗다 말고 어느새 다가온 서화를 내려다봤다.

"나가 있어."

"싫어요."

"오서화."

"묻잖아요. 방금 그거 뭐예요?"

그가 한숨을 흘리며 마지못해 대답했다.

"별거 아냐. 어렸을 때 좀 다친 거야."

"조금 다친 게 어떻게……."

한눈에 봐도 깊은 상처였다. 최대한 침착한 눈으로 그의 몸을 훑었다. 역시나 그는 힘겹게 단추를 끄르던 중이었다. 셔츠에 묻은 손자국이 짙었다.

"뭐 하는 건데."

지한이 인상을 굳히며 눈을 내렸다. 서화의 하얀 손이 그의 옷을 훔쳐 쥐고 있었다. 그녀가 떨리는 목소리로 말했다.

"내가 해줄게요."

"오서화."

더는 손대지 말라는 듯 그가 단호히 셔츠를 움켜쥔 손을 붙잡았다. 하지만 서화는 고집스럽게 손끝에 힘을 실었다.

"가만히 있어요. 금방 끝낼 거니까 제발 좀……."

애원하는 목소리가 절박했다. 결국 손목을 붙든 그의 손에서 힘이 빠져나갔다. 가까스로 자유를 얻게 된 서화가 엉성하지만 최선을 다해 남은 단추를 끄르기 시작했다. 단추가 하나씩 풀릴 때마다 그녀를 내려다보는 지한의 시선이 짙어졌다. 비로소 젖은 셔츠가 바닥으로 툭 떨어지자 근육이 촘촘히 박힌 상체가 시야를 가득 채웠다.

"……."

"……."

적막하면서 팽팽한 공기가 두 사람을 둘러쌌다. 서화는 간신히 남자를 마주했다. 상상한 것보다 더 단단한 몸이었다. 직각으로 떨어지는 널찍한 어깨와 물기 젖은 가슴팍은 한눈에 봐도 탄탄했다.

"이제 됐으니까 나가봐."

지한이 침대에 던져둔 새 셔츠를 집어 들었다.

"……아파요?"

그의 몸이 흠칫 굳었다. 돌아선 틈을 타 서화가 그의 어깨에 박힌 상처를 살며시 쓸어내렸다.

"……아플 거 같아."

가까이 서 본 상흔은 더 적나라했다. 날카로운 갈고리에 내리 찍힌 것 같은 대각선의 형태가 꽤 끔찍한 사고에서 비롯된 것이란 걸 예측하게 했다.

"전혀."

지한이 고개를 튼 채 대답했다.

"말했잖아. 젊었을 때 다친 거라고. 이젠 하나도 기억 안 나."

기억나지 않는다는 건 무슨 의미일까.

"잠깐 앉아 봐요."

서화가 지한을 침대로 이끌었다. 군말 없이 따라온 남자의 맨살과 마주한다는 게 조금 부끄러웠지만, 내색하지 않으며 붕대가 감긴 손을 제 쪽으로 가져갔다. 핀을 빼내고, 축축한 거즈를 풀자 예상했듯 상처가 흠뻑 젖어 있었다.

"하나도 안 아프긴."

서화는 방에 있던 구급상자를 집어 들었다. 하얀 솜을 뜯어내 상처 주변에 묻은 물기를 살살 닦아내며 지한의 얼굴을 수시로 살폈다. 혹 따끔거리진 않을까, 쓰라리진 않을까. 그를 바라보는 말간 눈이 초조했다. 대충 소독이 끝나자 서화의 입에서 나직한 한숨이 새어 나왔다.

"덧나지 않아야 할 텐데."

예술을 하는 사람의 손이니만큼 상처가 흉으로 남을까 걱정이 앞섰다. 저도 모르게 붕대를 조심히 문지른 찰나였다. 커다란 손이 서화의 턱을 움켜쥐며 위로 끌어당겼다. 희고 매끈한 손가락이 볼을 살살 어루만지자 호흡이 어긋났다.

"……교수님."

"왜 또 교수님인데."

지한의 무표정한 얼굴이 서화의 팽창된 눈동자 위로 선명히 비쳤다.

"다른 녀석들은 몰라도 네가 그렇게 부르면 기분이 이상해. 썩 달갑지가 않아."

그가 서서히 거리를 좁혀오며 양 뺨을 감싸 쥐었다.

"경고했지. 자극하지 말라고."

낮게 깔린 목소리가 지나치게 선정적이었다.

"그런 적……."

"없다고 하기만 해봐. 이럴 거면 그때 말해줘야 했어."

……뭘? 의아함을 품기도 전에 몸이 번쩍 들렸다. 순식간에 그의 허벅지에 앉혀진 서화가 본능적으로 그의 어깨를 붙잡았다. 그녀의 볼을 어루만지던 그의 손이 천천히 내려와 입술을 지분거렸다.

"머저리가 아닌 이상 참는 것도 한계가 있다고."

"……"

"그리고 난 머저리 되긴 진즉에 글러 먹은 거 같다고."

그 말이 기폭제가 되듯 입술 위로 더운 숨이 포개졌다. 반사적으로 몸을 무르자 기다란 팔이 허리를 단단히 휘감았다. 자그마한 머리통을 부드럽게 감싸 쥔 그가 여린 입술을 감쳐물었다. 그녀의 손을 잡았을 때처럼 부드럽고 말캉한 감촉이었다. 도톰한 아랫입술을 혀로 간지럽히며 이를 세우자 비좁은 틈이 생겨났다. 지한은 놓치지 않고 그대로 파고들었다. 겁먹어 물러서 있는 핑크빛 혀를 단숨에 옭아매며 부드럽게 놓아주기를 반복했다. 입천장을 원을 그리듯 혀로 쓸자 으응, 얕은 신음이 서화의 입술 새로 흘러나왔다.

"자…… 잠깐."

숨이 막혀오는지 가녀린 팔이 그의 가슴팍을 밀어냈다. 다른 때라면 순순히 물러설 지한이었다. 그러나 오늘따라 그는 집요했다. 타액으로 번들번들한 여자의 입술을 사탕 먹듯이 빨고 물며 다시 혀를 집어넣었다.

"흐읍, 더……는."

서화가 고개를 도리질하며 지한의 가슴팍에 손을 올렸다. 그녀의 손이 뜨거운 건지 그의 맨살이 뜨거운 건지 맞닿은 감촉이 생경했다. 불끈거리는 그의 맥박이 손금을 스친 순간, 양팔이 머리 위로 결박됐다. 자연스레 등에 매트가 닿고 몸이 눕혀졌다.

"하아……."

벅찬 숨을 토해내는 서화의 얼굴이 붉었다. 지한이 맞물린 입술을 떼어내며 물었다.

"그만할까?"

서화는 숨을 색색거리며 눈꺼풀을 끔뻑였다. 그가 코끝이 닿는 거리에 있었다. 모든 것이 엉망진창이었다. 헐떡이는 숨소리도, 흐릿해진 시야도. 유일하게 그만 흐트러지지 않았다. 옷을 헐벗고 있는데도 단정함이 느껴졌다. 꼭 신사를 보는 듯해 어쩐지 심술이 일었다. 서화는 손목을 누르던 지한의 힘이 느슨해진 틈을 타 팔을 뻗었다. 그의 목울대를 슬며시 짓누르자 또다시 두 팔이 결박당했다.

"풀어줘요."

서화가 호흡을 헐떡이며 애원했다. 지한은 동요하는 기색 없이 지그시 시선을 내렸다. 그 고요함에 서운함이 일다가도 두 눈이 홀린 것처럼 남자의 외모에 붙박였다. 앞머리가 촉촉이 젖어선지 그의 얼굴이 오늘따라 유독 청초했다. 그러나 깊은 목울대와 잘 짜인 복근을 보고 있노라면 선득한 위압감이 느껴졌다. 소년과 남자. 그 경계선에 서 있는 지한을 서화는 문득 그리고 싶어졌다. 만지고 싶다는 욕망이 크게 들끓었다.

"……왜 말 안 했어요?"

"뭘."

"임수현, 그 애한테 고백받았다고."

"굳이 말할 필요성을 못 느꼈으니까."

맞는 말이었다. 다만 그런 판단이 섰다. 그를 보면 불쑥 튀어 오르는 이 충동적인 마음과 설렘을 자신만 느꼈을 린 없다고.

"만나는 사람 있다고 했어."

지한이 무감하게 말하며 덧붙였다.

"없었다 해도 넌 아닐 거라고 못 박았고."

그런데도 서화의 표정은 좀처럼 풀리질 않았다.

"뭘 알고 싶은 거야?"

"……신경 쓰여요."

서화가 입술을 물며 말했다. 방금까지 그와 진득한 키스를 나눴다는 걸 상기시키듯 부푼 아랫입술의 감촉에 아랫배가 간지러웠다. 호흡이 다시금 달뜨며 귀 끝에서부터 열기가 피어올랐다. 이성이 욕망에게 좀먹히는 순간, 서화는 용기 내어 말했다.

"언제부터인지 모르겠는데, 그냥 다 싫어요."

"……."

"유치한 거 아는데, 어린애처럼 보일 거 아는데, 그래도 싫어요. 나 아닌 다른 사람이 이런 눈으로 서지한 씨를 보는 것도 싫고, 나 아닌 그 누구도."

"……."

"당신을 사랑하지 않았으면 좋겠어."

어리숙하지만 날것 그대로의 고백이었다. 서화는 결박당한 손을 스스로 풀어 지한의 얼굴을 감싸 안았다. 쿵쿵쿵. 심장이 터질 것만 같았다. 바르르, 떨리는 손끝을 움츠렸다가 저도 모르게 날을 세워 남자의 목울대를 긁어내렸다. 낮은 한숨이 그의 입술을 타고 흘렀다. 열기가 묻은 탁한 숨결이었다.

"그러니까……."

서화는 혀끝을 조이는 긴장감을 꾹 집어삼켰다.

"참지 말아요. 난 더 서지한 씨를 만지고 싶고, 입 맞추고 싶고, 더…… 으읍."

거친 키스가 파도처럼 덮쳐왔다. 누군가 이성을 뚝 끊은 것처럼 입안 곳곳을 헤집는 그의 혀가 조급하고 날카로웠다. 허리가 활처럼 휘며 그의 손에 의해 몸이 끌어 내려졌다. 한동안 질척이는 소리가 침실을 울렸다. 지한의 팔뚝을 잡고 있던 서화의 손이 어느새 단단한 어깨 위로 올라왔다. 그러다 불현듯 굵직한 상처가 손끝에 맞닿자 움찔 놀라며 팔을 떼었다.

"괜찮아."

지한이 입술을 촉, 맞추며 속삭였다.

"너라면 괜찮아."

너라면……. 그 말에 벅차기도 잠시.

"……읍."

다시 그에게 입술이 먹혀 들어갔다. 전보다 더 농밀한 입맞춤이었다. 혀가 끊임없이 뒤엉키며 볼 안쪽 살을 느릿하게 쓸어내렸다. 눅진히 비벼댈 때는 절로 다리가 꼬였다. 서화는 자꾸만 다리 밑으로 고이는 감각을 참지 못하며 지한에게 몸을 붙였다. 그때 티셔츠 안으로 커다란 손이 들어오며 안 그래도 홧홧한 살결을 쓸어내렸다. 그러자 몸이 타들어 갈 것처럼 뜨거워졌다.

"으응……."

이성이 흐려지며 신음이 제멋대로 튀어나왔다. 빈틈없이 맞물렸던 입술이 슬며시 벌어지며 그의 탁한 숨결이 얼굴을 적셨다.

"너만 보면 왜 제어가 안 되는지 모르겠어."

"……."

"사람이 자꾸 미친다고."

그답지 않은 고백이었다. 믿을 수 없다는 듯 간신히 눈꺼풀을 끔뻑이자 허리에 머물렀던 그의 손이 스멀스멀 올라와 브래지어 밑, 갈비뼈를 뭉근히 문질렀다. 흐읍, 절로 호흡이 들이켜지며 폐가 부풀어 올랐다. 희뿌연 시야가 농염으로 젖어 들기 바로 직전이었다.

Rrrrr. Rrrrr. 협탁에 놓인 지한의 휴대폰에서 벨소리가 울렸다. 그의 손은 여전히 서화의 몸을 물 흐르듯 배회 중이었다. 홀쭉한 배를 지나 자그마한 배꼽을 지난 손은 바지 버클에 정착했다. 은근한 기대감과 두려움에 휩싸인 순간, 거짓말처럼 그의 손이 달아났다. 지한이 흐트러진 서화의 옷가지를 정돈해주며 미소 지었다.

"오늘은 여기까지. 잠깐만 기다리고 있어."

서화는 휴대폰을 쥐고 달아나는 그의 손을 본능적으로 붙잡았다. 불안했다. 그 마음을 알아차렸는지 그가 무릎을 꿇으며 시선을 맞춰왔다.

"급할 거 없어."

"……."

"조급할 필요는 더욱 없고."

"혹시 실망했어요?"

그게 무슨 소리냐는 듯 그의 눈초리가 가늘어졌다.

"내가, 나답지 않아서. 나랑은 너무 안 울리니까 그래서 별로였어요?"

뒤늦은 후회가 복받쳤다. 지금껏 만나온 사람들 모두가 그랬다. 꼬리표처럼 따라오는 평판이 곧 그녀의 전부이듯 완벽한 인간이 되기를 바라는 시선이 대부분이었다. 그게 가끔은 벅찰 때가 있었다. 그래서 지한에게만큼은 솔직해지고 싶었다. 그런데 그 괴리감이 너무 컸던 걸까. 그래서…….

"그럴 리가."

그가 살짝은 어이없다는 눈으로 서화를 내려다봤다.

"누구 때문에 샤워 생각이 절실해졌는데."

"……."

"못 알아듣겠어? 괴로운 건 그쪽이 아니라 이쪽이라고."

그의 시선이 입고 있던 슬랙스 밑으로 향했다. 유독 사납게 튀어나온 부근이 시선 끝에 걸려들자 서화의 표정이 멍해졌다. 그가 침실을 빠져나가며 낮게 웃었다.

"사람을 아주 다방면으로 골리는 재주가 있지."

달칵. 문이 닫히자 서화는 쿠션에 얼굴을 파묻었다. 눈을 뜨기가 괴로웠다. 부끄럽고, 수치스러웠다. 그러나 지한의 것으로 추정되는 향이 몸속 깊숙이 스며들자 또다시 마음이 근질근질해지기 시작했다. 종잡을 수 없는 첫사랑이었다.

* * *

"조심히 들어가."

택시에서 막 내린 서화가 뒤를 돌아봤다. 지한의 입가에 옅은 미소가 걸려들었다. 그는 괜찮다는 만류에도 기어코 함께 택시를 타고 귀갓길을 동행해주었다.

"연락할게요."

"그래."

조수석 문이 닫히며 차가 내리막길을 따라 종적을 감췄다. 서화는 그제야 발걸음을 떼며 대문 안으로 들어섰다.

"서화야."

등 뒤로 익숙한 음성이 들렸다. 서화가 표정을 굳히며 뒤를 돌아봤다.

"……엄마."

혜진의 손에는 목장갑과 미니 삽이 들려 있었다. 아마도 화단을 가꾸던 중에 나온 듯싶었다.

"방금 차에 타고 있던 사람은 누구니?"

우려했던 일이 벌어지자 입안에 침이 고였다. 전부 다 봐버린 걸까. 서화는 쉽게 말문을 열지 못하더니, 이내 마음을 다잡은 듯 꽤 견고한 얼굴로 말했다.

"좋아, 하는 사람이에요."

담담한 고백에 혜진의 얼굴이 한층 굳어졌다. 그녀는 놀란 입을 다물지 못하며 되물었다.

"……만나는 사람이야?"

"네. 더 빨리 말씀 못 드려서 죄송해요."

"근데 저 사람……."

마치 일전에 본 적이 있다는 듯한 시선에 서화가 고개를 주억거렸다.

"맞아요. 전시회에서 봤던 그 교수님."

혜진에게 지한은 꽤 좋은 인상으로 각인된 사람 중 한 명이었다. 상황에 맞춰 적당한 예의를 갖출 줄 알던 모습이 눈에 선했다. 지한이 교수라는 걸 알게 됐을 때는 내심 마음이 놓였다. 이런 사람의 손끝에서 탄생하는 예술이라면 분명 서화가 배울 게 있을 거라는 확신이 섰다. 혜진은 양손을 맞잡고 있는 서화를 올려다봤다. 딸아이는 덤덤한 듯해도 눈동자에 초조함이 어려 있었다. 억

겁의 침묵이 두 사람 사이로 흐르길 잠시.

"잠깐 엄마랑 이야기 좀 할 수 있을까?"

* * *

"마셔, 몸이 따듯해질 거야."

혜진은 직접 우려낸 둥굴레차를 테이블 위에 내려놓았다. 서화는 찻잔을 손으로 매만지기만 할 뿐, 쉽사리 입을 떼지 못했다.

"당당히 고백할 때는 언제고 왜 인제 와서 긴장이야."

혜진이 부드럽게 웃으며 서화를 안심시켰다.

"언제부터야? 언제부터 서로한테 마음이 있었던 거야?"

"얼마 안 됐어요."

"그랬구나."

혜진이 고개를 끄덕이며 깊이 우려진 둥굴레 차를 내려다봤다. 생각에 잠긴 그녀를 보고 있자니 괜스레 서화의 마음이 초조해졌다. 언제나 자신의 이야기라면 귀를 기울여주는 혜진이었다. 그녀는 무엇 하나 허투루 들은 적이 없었다. 공감해줬고, 웃어줬으며, 누구보다 기뻐해 줬다. 그래서 더 감추고 싶지 않았다. 혹여 거짓말한 걸 들키게 됐을 때 혜진이 겪을 상실감과 실망감을 상상하고 싶지 않았다.

"엄마, 저……."

"서화야. 얼마 전에 서재에서 말이야. 아버지랑 무슨 이야기를 나눴니?"

생각지 못한 주제에 서화의 눈이 커졌다.

"혹시 그 사람이 널……."

추궁하는 혜진의 얼굴이 어두웠다. 서화가 느꼈던 초조함이 그녀에게로 넘어간 듯, 입술을 말아 문 표정은 위태롭기 짝이 없었다.

"솔직하게 다 말씀드렸어요. 차성준 씨랑은 결혼할 생각이 없다고."

"그랬더니?"

"이해해주셨어요."

"그이가 이해, 를 해줬다고?"

"네. 제 마음을 헤아리지 못한 거 같다면서 사과도 직접 하셨고요."

"하, 그랬었구나."

혜진은 안도하면서도 낯빛에 드리운 그림자를 쉽게 걷어내지 못했다.

"그리고……."

뭔가를 더 말하려던 서화가 입술을 다물었다. 그 미세한 간극을 알아챈 혜진이 단도직입적으로 물었다.

"혹시 김윤서 씨에 대한 이야기는 안 꺼냈니?"

"……어떻게 아셨어요?"

"왠지 그랬을 거 같아서."

"말씀 못 드려서 죄송해요."

"아니야. 나한테 미안할 게 뭐 있니. 어쨌든 서화, 널 낳아주신 분인데."

널 낳아준 사람. 절대 바꿀 수도, 지울 수도 없는 사실. 서화는 가슴 한편이 무거워짐을 느꼈다. 꼭 넌 내 친딸이 아니라고, 혜진이 선을 긋는 거만 같았다.

"여전히 그 사람을 미워하니?"

혜진이 사뭇 조심스러운 음성으로 입을 열었다. 한때 서화를 죽음으로 몰고 간 여자였다. 김윤서에 관한 프로필을 무감하게 내뱉던 제원의 얼굴이 아직도 생생하기만 했다.

'긴 무명 생활 끝에 겨우 빛을 보나 싶더니 얼마 전 생을 마감했지. 그 여자가 죽기 직전에 그런 말을 했다더군. 유태하를 만나서 자기 인생이 망가졌다고. 글쎄. 유태하가 썩어빠진 동아줄이란 걸 알면서도 잡은 건 그 여자의 선택 아니었나?'

혜진은 마른침을 삼켰다. 서화가 그 여자만 떠올리면 괴로워하는 것처럼 혜진에게도 '김윤서'는 족쇄 같은 존재였다. 그녀는 밤마다 꿈에 찾아와 자신의 목을 졸랐다. 네가 왜 내 딸의 부모 노릇을 하고 있냐는 듯 스크린에서나 봤던 예쁜 눈을 흉측하게 일그러뜨리며 숨통을 조여 왔다. 그게 가끔은 견딜 수 없이 괴로워 서화에게 모든 걸 솔직히 고백하려고 했던 적도 있었다.

사실은 서화야. 사실 유태하, 그 사람은······.

차마 입이 떨어지지 않았다. 그렇게 되면 어린 서화는 분명히 이 집 밖으로 내쫓아질 테고, 그때까지도 아이를 갖지 못한 자신은······.

'너 같은 년 들이려고 내 아들이 뼈 빠지게 이 자리까지 올라온 줄 알아? 귀한 내 새끼, 내세울 거라곤 명성밖에 없는 콩가루 집안에 보내줬더니 네가 감히 내 뒤통수를 쳐?'

'어머니, 그런 게 아니에요. 제가 어떻게 어머니한테 그런 짓을 하겠어요. 이건 전혀 계획에 없던 일이었어요.'

'입 다물어. 내가 어떻게 이 지옥 같은 긴 세월을 버텼는데, 그 모욕을 어떻게 참아내며 여기까지 왔는데. 내 새끼 두 다리 뻗고, 지 닮은 손자 놈 껴안으면서 편히 자는 거, 그거 하나 보려고 내 죽지 못해 두 눈을 부릅뜨고 살아왔는데, 뭐? 애를 못 가져?'

핏발이 곤두선 눈으로 몰아붙이던 시어머니의 얼굴이 떠오르자 혜진은 양팔을 감싸 안았다. 여전히 끔찍한 기억이었다. 이젠 이 세상 사람이 아닌데도 시시때때로 그 환영은 찾아와 그녀를 괴롭혔다.

"⋯⋯전 엄마 딸이에요."

간절한 음성에 혜진의 고개가 번쩍 들렸다. 그녀를 바라보는 서화의 눈망울은 절실했다.

"더는 그때로 돌아가고 싶지 않아요."

서화의 음성은 단호했다. 혜진이 친모가 아니라고 해도, 죽을 때까지 제원이 원하는 딸로 살아가야 하더라도, 서화는 손에 쥔 이 행복을 놓칠 수 없었다.

"전 평생 엄마 딸이고 싶어요."

혜진은 마음속에 긴 갈등이 일었다. 지금 말하지 않으면 돌이킬 수 없다. 지금 모든 진실을 말해야 한다. 마지막 기회일지도 모르는 이 순간을, 혜진은 끝내 붙잡지 못했다. 차마 그럴 수 없었다.

제원이 눈보라처럼 몰고 온 폭풍 같은 진실을 외면한 그날처럼, 이 번에도 그녀는 방관자를 자처했다. 그리고 한 줄기 빛이 되어 찾 아온 서화를 놓칠 수 없다는 듯 꽉 껴안았다.

"누가 뭐래도 넌 내 딸이야. 서화야, 나는 널……."

절대 포기할 자신이 없어.

꾹 감긴 두 눈 사이로 뜨거운 눈물이 한 방울 흘러내렸다.

* * *

똑똑똑. 지한이 굳게 닫힌 문을 간결히 노크했다.

"들어 오거라."

중후한 음성이 넘어오자 문고리를 잡아당겼다. 지한이 오기만 을 기다렸다는 듯 두 개의 찻잔을 두고 자리를 지키고 있는 준택 이 보였다.

"부르셨어요?"

"부, 르셨어요?"

준택이 탐탁지 못한 어감으로 지한의 말을 돌려주었다. 심기가 꽤 뒤틀린 얼굴이었다.

"해도 해도 너무한다는 생각은 안 드나 보지?"

"또 뭘요."

"어떻게 연락 한 통도 없을 수가 있어."

지한이 이 커다란 저택을 떠난 지도 벌써 2주가 흘렀다. 짧다면 짧을 수 있는 시간이겠지만, 준택에게는 그 어떤 기다림보다 길 게만 느껴졌다. 살갑지는 않아도 일주일에 한 번씩은 꼭 안부를

묻던 아들이었다.

그러나 좀 더 큰 세상을 경험하고 싶다며 막무가내로 한국을 떠난 뒤로 아들은 조금씩 달라졌다. 연락은커녕 죽었는지, 살았는지 흔한 메시지 한 통 보내지 않았다. 지한이 외국에서 주목받고 있는 예술가로 활동하고 있다는 것도, 대회에서 큰 상을 휩쓸었다는 것도 언제나 녀석의 입이 아닌 매체를 통해 확인해야 했다.

"다 큰 성인인데, 어련히 잘 살겠죠."

"넌 애가 매사에……."

준택이 언성을 높이기 무섭게 인상을 굳혔다. 붕대 감긴 지한의 오른팔이 뒤늦게 눈에 들어왔다.

"팔이 왜 그 모양 그 꼴이야."

"별거 아니에요."

"별거 아닌데 왜 붕대를 감고 있어. 손이 생명인 녀석이 뭘 하고 다니길래 칠칠치 못하게 몸에 흠집을 내고 다녀. 까딱 잘못되면 은주처럼……."

준택이 급히 입술을 다물었다. 놀란 마음에 언급해서는 안 되는 금기의 이름을 함부로 입에 담고 말았다.

"알고 계셨네요."

거짓말처럼 지한의 눈동자가 차게 가라앉았다.

"지한아."

"아버지한테 서운한 거 없으니까 그렇게 부르지 마세요."

습관 같은 부름이었다. 지한이 자신을 피하거나 혹여 뭔가를 감추려 들 때마다 그는 낮지만 부드러운 목소리로 아들을 타일렀다. 한때는 그 간사한 다정함에 깜빡 속아 조개처럼 속마음을 활짝 내보인 적이 있었다. 그가 마치 구원자라도 되는 것마냥 이 집에서 겪었던 외로움과 낯섦 그리고 여전히 잊지 못한 어머니를 향한 그리움을 모조리 토해냈다. 그럴 때마다 준택은 어린 지한을 무릎에 앉힌 뒤, 여린 등을 토닥여줬다.

그래서 원망하지 않았다. 아버지에게 다른 가정이 있다는 걸 알게 됐어도, 아버지가 그 낯선 집에 자신을 데려갔어도 미워하지 않았다. 살다 보면 모든 걸 가질 수가 없다는 어머니의 말처럼, 아버지에게도 피치 못할 사정이 있을 거라고 생각했다.

"그럼 그 이유도 아시겠네요."

"뭘 말이냐?"

"어머니 팔이 왜 그렇게 됐는지."

"……."

"분명 어머니의 죽음에 대해 아무것도 모른다고 하셨던 거 같은데."

지한은 덤덤히 그날의 기억을 떠올렸다.

"교통사고였죠. 모두가 잠든 새벽에 일어난, 운수라곤 쥐뿔도 없었던."

지한이 네 살이 되던 해였다. 언제나 옆에서 잠자리를 지켜주던 어머니가 갑자기 새벽에 어디론가 뛰쳐나갔다. 그리고 어머니는 돌아오지 못했다. 옆집 아주머니의 도움으로 병원에서 간신히 숨을 부여잡고 있는 그녀를 마주할 수 있었다.

"어머니가 이젠 붓질도 하지 못하는 팔을 보면서 그러시더군요. 다 자기가 신중하지 못했던 탓이라고. 그러니까 걱정하지 말라고. 끝까지 아버지를 탓하지 않으셨죠."

준택의 눈 밑이 딱딱하게 얼어붙었다.

"그날 왜 찾아오셨어요?"

지한이 무표정한 얼굴로 물었다.

"성공에 눈이 멀어 미련 없이 어머니를 버렸으면서 왜 다시 찾아오셨어요."

그랬더라면 어머니는 절대 세상을 떠나지도, 그토록 좋아하던 그림을 손에서 놓지도 않았을 것이다. 추후에 알게 됐다. 어머니가 남몰래 찾아온 아버지를 쫓아가다가 차에 치여 두 팔의 신경을 잃게 됐다는 진실을.

그로부터 3년 후. 어머니가 죽었다. 지독한 우울증과 상사병으로 인한 심장마비였다. 어려서부터 어머니는 심장이 좋지 않았다. 교통사고를 당한 후로 상황은 더욱 악화됐다. 그런데도 어머니는 아버지를 탓하지 않았다. 원망하지 않았다. 가끔 아버지가 어떤 사람이냐고 물으면 맘먹은 일은 어떻게든 해내는 사람이라며 도리어 그를 감싸며 추켜세웠다. 어느 날은 씁쓸한 얼굴로 말했다. 그런 사람을 곁에 두기엔 자신의 그릇이 참 작았다고.

"아버지가 저한테 그러셨죠. 네가 좋아하는 예술을 하면서 성공이란 성공은 다 쥐어 잡으라고."

"……."

"어머니한테도 그러셨어요?"

"……."

"자신한테 따라붙는 그 모든 수식어가 지겨워서, 이 바닥을 떠난 어머니한테도 그렇게 몰아 붙였냐고 물었습니다."

신은 어머니에게 가난이라는 슬픔을 주는 대신 뛰어난 예술성과 남다른 천재성을 부여했다. 그러나 그것은 어머니를 극한으로 몰아붙였고 끝내 그녀를 고립시켰다. 그저 작품을 만드는 게 좋았던 어린 소녀가 동종업계 사람들의 끊이지 않는 시기와 질투를 감당하기엔 한계가 있었다. 그런 어머니에게 준택은 유일한 빛이었다. 유일한 사랑이자 유일한 안식처.

준택의 눈동자가 갈 길을 잃은 채 처량하게 흔들렸다. 지한의 입가에 실소가 번졌다. 사랑해서 어머니를 떠났다는 준택의 변명이 하찮은 거짓말로 전락하는 순간이었다.

"그래서 버렸나 보죠. 아버지 뜻대로 움직여주지 않으니까. 더 큰 부와 명예를 가질 수 있는 능력을 써먹지 못한 어머니가 당신 눈에는 한심해 보일 수도 있었겠어."

이미 다 알고 있는 진실이었음에도 직접 내뱉자 기분이 엿 같았다. 심기가 비틀리고, 오물을 뒤집어쓴 것처럼 속이 울렁거렸다. 이런 남자를 한때 하나뿐인 가족이라며 존경했던 날들만 생각하면 이토록 치욕스러울 수가 없었다.

"그런 게 아니다."

준택이 간신히 숨을 돌리며 상황을 정정했다.

"뒤늦은 변명 듣자고 온 거 아닙니다. 이젠 정리할 때가 온 거 같아서 찾아뵌 거예요."

지한이 온기라곤 느껴지지 않은 눈으로 준택을 내려다봤다.

"지금까지 아들 노릇 한 거로 제 할 도리는 다했다고 봅니다."

"잠깐만. 잠깐만 기다려라."

준택이 어느 때보다 절실한 목소리로 지한을 붙잡았다.

"……언제부터 알고 있었던 거야. 다 알면서 왜 말하지 않았어."

"왜 말하지 않았냐고요?"

어쩌면 기다렸는지도 모른다. 그의 입으로 직접 말해주길. 내가 생각한 만큼 당신이 최악은 아닐 거라고. 그러나 지금 와서 그게 다 무슨 소용일까. 이미 관계는 비틀렸고 밝혀진 진실은 절대 뒤바뀌지 않을 텐데.

"말할 필요성을 못 느꼈나 보죠."

지한이 차게 못 박으며 서재를 박찼다.

"어머, 가니?"

때마침 2층에서 내려오던 미진이 지한을 보며 반색했다. 그녀는 어느 때보다 산뜻한 미소를 지으며 지한의 뒤를 밟았다.

"식사는 하고 가지 그러니."

"생각 없습니다."

"곧 성준이도 올 텐데."

현관으로 향하던 지한이 걸음을 멈추며 뒤를 돌아봤다.

"언제까지 따라올 생각이세요? 배웅할 생각은 전혀 아니실 테고."

"그 정도는 해주는 게 도리 아니겠니? 그래도 이 집에서 꽤 오래 버텼구나."

"그러게요. 좀 더 있을까 했는데, 누구처럼 비위가 강하지 못해서요."

지한의 태연한 반응에 미진이 코웃음을 쳤다.

"네 아버지가 원망스러운 건 아니고? 많이 괴로워했잖니. 그래서 도망치듯이 외국으로 떠나버린 거고. 이럴 거면 그때 말해주지 말 걸 그랬어. 네가 아무것도 모르는 얼굴로 차 회장을 존경하는 게 안타까웠을 뿐인데, 지금 생각하면 내가 참 어리석었어."

자신을 탓하며 대화를 유도하는 미진의 속내가 뻔히 그려졌다. 그녀는 그 순간으로 몇 번을 돌아가도 똑같은 선택을 했을 것이다. 스물하나, 지한에게 지옥 같은 밤을 선사한 여자.

'정말 차준택이 네 엄마를 사랑했다고 생각하니? 그래서 헤어졌다고? 웃기지도 않을 소리.'

그날 미진은 유독 취해 있었다. 손에 든 잔을 빙글, 돌리더니 남은 포도주를 지한의 작품에 쏟아 부었다. 지한은 절망했다. 어머니를 본떠 만든 석고상이었다. 붉은 액체가 석고상의 눈에서 주르륵, 흘러내리자 미진은 매우 흡족해하며 비아냥거렸다.

'사람은 다 자기 욕망 앞에선 거짓말쟁이가 된단다. 그게 네가 존경하는 아버지, 차준택일지라도.'

그날을 회상하던 지한의 낯빛이 싸늘히 식어 내렸다. 한때는 미진의 사랑을 원했던 적이 있었다. 한순간에 잃어버린 엄마의 품이 그리워 비록 남일지라도, 미진의 애정이 허한 가슴을 채워주길 바랐다. 그러나 이 커다란 저택에 '애정'이라고 부를만한 것은 없었다. 각기 다른 욕망으로 똘똘 뭉쳐 만들어진 화려한 껍데기에 불과했다.

"아니요. 말하길 잘하셨어요."

"……."

"안 그럼 서지한이 아니라 차지한으로 살아가게 됐을 텐데."

지한은 목 부근의 셔츠 단추를 끄르며 나직하게 말했다.

"상상만으로도 기분이 더럽잖아요."

지금까지 성을 바꾸지 않은 이유는 단 하나였다. 차준택의 아들이 아닌, 어머니 서은주의 아들로 평생을 살아가는 것. 죽은 어머니를 위해 할 수 있는 유일한 도리였다.

"그리고 오래 버틴 것도 아니죠. 지긋지긋하다면서 30년 가까이 아버지 곁을 지킨 여사님과 감히 제가 비교가 되겠습니까?"

지한은 잘 알고 있었다. 준택과 미연, 두 사람 사이에 '사랑'은 존재하지 않는다는 걸. 오직 서로의 이득만을 위해 연을 맺은 쇼윈도 부부와 다를 바 없었다.

미연은 습관처럼 말했다. 차준택, 당신을 만난 뒤로 내 인생은 더욱 불행해졌다고. 그러나 그것은 헛된 변명이었다. 그녀에게 준택은 구원이자 빛이었다. 그건 준택도 마찬가지였다. 미진을 만나 그토록 갈망하던 성공을 이루지 않았나. 그리고 '강호'를 세우는 데 큰 조력자 역할을 했던 미진의 아버지가 10년 전 세상을 떠났다. 그러니 미연은 언제든지 이 저택을 떠나면 된다. 등에 날개를 달고 훨훨 날아가면 된다. 하지만 여자는 떠나지 않았다. 꼿꼿이 차준택 아내로서 삶을 살아가는 중이었다.

"감정이란 게 참 골치 아픈 겁니다."

무슨 소리냐는 듯 미진이 날을 세웠다. 지한은 측은한 눈빛을 띠었다.

"그토록 자유를 바라셨는데, 사랑이란 게 싹을 피워서 발목이 붙잡혀버렸잖아요?"

미진의 눈동자가 크게 넘실거렸다. 지한이 슬며시 입가를 말아 올렸다.

"그러니까 더 버티세요. 당신이 얻지 못한 차준택 회장의 사랑을 얻기 위해 발버둥 치면서. 그렇게 조 여사님이 얼마나 나약한 사람인지 쭉 증명해 보이세요."

"너……!"

미진의 얼굴이 노기로 붉게 일렁거렸다. 지한은 마저 걸음을 옮기며 현관을 나섰다. 이제 정말로 끝이었다. 이 집과 얽힌 지긋지긋한 인연도, 그래서 끊임없이 차올랐던 원망도.

지한은 습관처럼 담배를 입에 물며 불을 지피었다. 볼이 움푹 패일 만큼 연기를 들이마시며 내뱉었다. 희뿌연 연기를 따라 눈을 들자 짙고 어두운 밤하늘이 보였다. 꼭 시커먼 그의 마음처럼. 언젠가는 정리해야 할 감정이었다. 그런데 막상 충격에 허덕이는 준택을 보자 미련스럽게도 한 움큼의 희망이 솟아났다. 어쩌면 아버지는 어머니를 진심으로 사랑했던 건 아닐까.

"우습지."

지한은 실소하며 다시금 연기를 빨아들였다. 그때 끼이익- 대문이 열리며 커다란 실루엣이 걸어 들어왔다. 반짝이는 구두코가 낯설지 않았다.

지한을 발견한 성준이 문득 걸음을 멈추며 시선을 주었다.

"다시 기어들어 온 모양이지?"

"웬일이실까. 알은체를 다 해주고."

준택을 제외하면 지한을 이 집에서 반기는 사람은 없었다.

"내 물건에 손만 대지 않는다면 네가 여기서 뭘 하든 관심 없어."

먹고, 싸고, 자고. 성준이 지한에게 허용할 수 있는 자유의 범위였다. 그는 잘 가라는 인사 없이 지한을 지나쳤다.

"뭔가 착각하는 거 같은데."

"……."

"이 집구석을 제외하면 처음부터 네 물건은 없어."

성준의 고개가 느릿하게 돌아갔다. 지한이 무표정한 얼굴로 말을 이었다.

"그게 누가 됐든."

누가 됐든.

자연스레 한 여자가 두 남자의 머릿속을 스쳐 갔다. 지한은 언제부턴가 고민했다. 과연 사람이 사람을 완벽히 소유할 수 있을까? 여전히 그 물음에는 답을 내리지 못했다. 다만 새하얗게 웃던 서화의 얼굴을 떠올리자 범람하는 뜨거움을 억누르지 못하며 고스란히 드러냈다.

"그러니까 멋대로 단정 짓지 말라고. 그것만큼 미련한 착각도 없으니까."

지한은 아직 반이나 남은 장초를 미련 없이 내던지며 돌아섰다.

"우습네."

낮은 실소가 등 뒤를 울렸다. 고개를 돌리자 성준이 아직 그 자리에 멈춰 서서 지한을 바라보고 있었다.

"네가 아직도 뭐라도 되는 줄 아나 보지?"

의미가 모호한 질문이었다. 성준은 주머니에 한 손을 꽂은 채 지한을 느릿하게 훑어 내렸다.

"어차피 그 팔로는 다시 작품을 만들지도 못할 텐데."

성준의 시선이 상처가 박힌 지한의 왼쪽 어깨에 닿아 있었다.

"기어들어 올 게 아니라면 되도록 눈에 띄지 마."

"……."

"거슬리는 건 치워버리고 싶어지니까."

그 말을 끝으로 성준이 등을 보였다. 잠자코 지켜보던 지한이 입술을 뗀 건 그때였다.

"뒷조사라도 하고 다니나 본데, 궁금하면 직접 물어봐. 쓸데없이 손에 오물 묻히지 말고. 그런 거 질색하잖아."

성준이 걸음을 멈추며 뒤를 돌아봤다. 자박자박. 그의 블랙 로퍼가 잘 깎인 잔디를 짓밟으며 정확히 세 걸음을 남겨두고 멈춰섰다.

"그럼 잘 알겠네."

성준이 표정 변화 없이 지한을 직시했다.

"네가 어떤 수준이고, 그래서 어디까지 감당할 수 있을지."

"돌려 말하지 말고 하고 싶은 말을 해."

"오서화."

생각지 못한 이름이 나오자 지한의 얼굴에서 여유로움이 싹 사라졌다. 성준이 고개를 비스듬히 기울이며 말했다.

"네가 감당할 수 있을 거 같아?"

계속 한 곳을 빙빙 도는 듯한 대화에 지한은 인내심이 점점 한계까지 도달함을 느꼈다.

"어지간히 말귀를 못 알아먹네. 신사인 척 굴면서 사람 간 보는 것도 여전하고."

태어나서 지금까지 성준이 화를 내는 모습을 본 적이 없었다. 그건 그의 아버지 준택도, 어머니 미진도 마찬가지였다.

감정 없는 표정, 온기가 느껴지지 않는 목소리. 그러나 절대 상스럽지 않은 단어 선택. 성준은 그렇게 상대의 심리를 자극해 구석으로 몰아가곤 했다. 한때 그런 면모에 질색한 미진이 어린 아들의 손을 잡고 정신과를 찾았지만, 지극히 정상이라는 결과가 돌아왔다.

지한이 야트막한 한숨을 흘렸다.

"그 골치 아픈 방식이 그쪽 세계의 룰인 거 같아서 관여는 안 하겠는데, 최소한 상대는 봐가면서 머리를 굴려. 겉만 그럴싸한 질문만 던지지 말고. 하고 싶은 말도 제대로 전달 못 하면서, 어떻게 날 자극하려고?"

성준의 속내가 뻔하다는 듯 지한의 입가에 희미한 웃음이 걸렸다.

"늘 느끼는 거지만 참 보잘것없는 알맹이야."

"……."

"그래서 난 형이 불쌍해."

진심으로 안쓰러움이 묻어나는 목소리였다.

"스스로한테 솔직해지려고 해봐."

"……."

"그럴 필요가 충분히 있어 보이니까."

짤막한 조언과 함께 지한이 느긋한 걸음으로 저택을 빠져나갔다.

끼익, 쿵. 육중한 쇳소리가 성준의 신경을 날카롭게 긁었다. 지한은 내리막길 중간에 멈춰 서며 왼쪽 어깨에 손을 올렸다. 그리고 팔목까지 천천히 쓸어내렸다. 피부에 맞닿는 손의 온기가 생경했다. 주먹을 쥐었다 피는 것도 무리 없이 이루어졌다. 한마디로 지극히 정상이었다. 그 사실에 아쉬움을 느끼다가도 하늘에 있을 어머니를 떠올리면 안도하게 됐다. 신경이 다쳐 팔을 쓰지 못하게 된다면 그녀가 가장 슬퍼할 테니까.

지이이잉-. 바지 주머니에서 진동이 울렸다. 휴대폰을 꺼내자 한 통의 메시지가 지한의 시야에 들어찼다.

[지한. 언제 다시 돌아올 거야? 모두 널 기다리고 있어. - 제이클]

유럽에 있는 제이클에게서 온 연락이었다. 그는 지한에게 몇 안 되는 친구이자, 외국에서 맺은 인연 중 지금까지 연락하는 유일한 인물이었다.

[마크 어머님이 널 보고 싶어 하셔. 이젠 그만할 때도 됐잖아. - 제이클]

뒤이어 도착한 메시지에, 지한은 액정을 지그시 문질렀다. 가슴이 도로 갑갑해졌다. 누구 말처럼 이젠 그만할 법도 하건만. 이런 안일함을 느낄 때마다 스스로를 채찍질했다. 설마 편해질 생각을 했냐고. 멀쩡한 사람을 죽여 놓고.

기쁨과 슬픔을 느끼는 것조차 역겨워서 감정을 억누르고 또 억눌렀다. 그토록 사랑하는 작품에도 손을 대지 않았다. 아니 댈 수 없었다. 그 어느 곳에서도 영감을 받지 못했다. 감정이 메마르니 세상도 메마르게만 느껴졌다. 그런데 언제부턴가 꽉 막힌 마음에 틈이 생기며 그 사이로 샘이 흐르기 시작했다. 덧없는 욕심에 손을 뻗고 싶어졌다.

　Rrrrrr. Rrrrrr. 줄기차게 울리는 벨소리에 지한은 서슴없이 통화 버튼을 눌렀다.

　–바빠요?

　통화를 건 상대의 음성은 사뭇 조심스러웠다.

　"아니."

　–그렇구나.

　"뭐가 그렇구나야."

　–그냥. 연락한다고 했잖아요. 그리고…….

　서화가 말끝을 흐리며 자그맣게 중얼거렸다.

　–목소리라도 듣고 싶어서 전화했어요.

　지한의 미간이 설핏 좁아졌다.

　"목소리만 듣고 싶은 것도 아니고 목소리라도 듣고 싶은 건 뭔데."

　–뭐긴 뭐겠어요. 보고 싶다는 거지.

　진솔한 고백에 지한의 얼굴이 딱딱하게 굳었다. 여자는 늘 이런 식이었다. 연애가 처음이라는 이유로 모든 걸 낯설어하면서, 어떻게 다가가야 할까, 고민하면 그 노력이 무색하게도 훅 치고 들어왔다. 순식간에 그를 흩트렸다. 그래놓고 아무것도 모른다는 듯, 이런 내가 한심하지 않냐는 듯 상처받은 눈을 할 때면 깊은 갈증에 시달리는 것은 자신이었다.

"지금 갈까?"

바로 지금처럼.

-네?

"보고 싶다며."

-아…….

"반응이 싱겁네? 립 서비스였어? 아님 밀당?"

-밀당이라뇨. 저 그런 거 몰라요.

모르긴. 지금 하는 게 딱 그 꼴인데. 실소를 흘리던 지한은 저 멀리서 택시 한 대를 발견하곤 손을 높이 들어 보였다.

"기다려. 금방 갈게."

- 2권에 계속 -